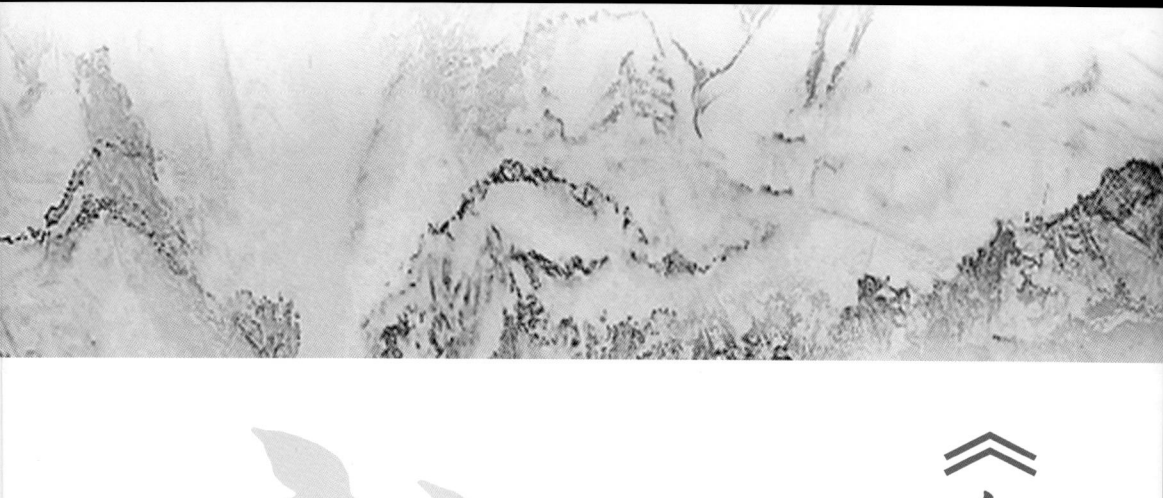

《全明散曲》用韵研究

张婷婷 ◎ 著

中国社会科学出版社

图书在版编目(CIP)数据

《全明散曲》用韵研究 / 张婷婷著. -- 北京：中国社会科学出版社, 2024. 7. -- ISBN 978-7-5227-4123-9

Ⅰ. I207.24

中国国家版本馆 CIP 数据核字第 202437049F 号

出 版 人	赵剑英
责任编辑	宫京蕾
责任校对	闫　萃
责任印制	郝美娜

出　　版	中国社会科学出版社
社　　址	北京鼓楼西大街甲 158 号
邮　　编	100720
网　　址	http：//www.csspw.cn
发 行 部	010-84083685
门 市 部	010-84029450
经　　销	新华书店及其他书店

印刷装订	北京君升印刷有限公司
版　　次	2024 年 7 月第 1 版
印　　次	2024 年 7 月第 1 次印刷

开　　本	710×1000　1/16
印　　张	19.5
插　　页	2
字　　数	328 千字
定　　价	118.00 元

凡购买中国社会科学出版社图书，如有质量问题请与本社营销中心联系调换
电话：010-84083683
版权所有　侵权必究

目 录

第一章 绪论 ………………………………………………………… (1)
  第一节 中国古代曲的起源及发展 ………………………………… (1)
  第二节 国内对明代曲韵研究的回顾 ……………………………… (4)
    一 对单个散曲家用韵的研究 …………………………………… (4)
    二 对某地区作家群用韵的研究 ………………………………… (5)
    三 方言对曲韵的影响 …………………………………………… (6)
    四 有关明散曲曲韵研究的著作 ………………………………… (7)
  第三节 明散曲用韵研究的材料、方向及意义 …………………… (8)
    一 研究材料 ……………………………………………………… (8)
    二 研究方向 ……………………………………………………… (8)
    三 研究意义 ……………………………………………………… (10)
  第四节 研究方法 …………………………………………………… (10)
    一 历史比较法和文献考证法 …………………………………… (10)
    二 内部分析和外部考察相结合 ………………………………… (11)
    三 系联法和计算机辅助相结合 ………………………………… (12)
    四 横向分析与纵向分析相结合 ………………………………… (12)
第二章 《全明散曲》曲韵体制及韵脚字的选定 …………………… (13)
  第一节 散曲的体制及分类 ………………………………………… (13)
    一 小令 …………………………………………………………… (13)
    二 套数 …………………………………………………………… (16)
    三 南曲与北曲 …………………………………………………… (19)
  第二节 曲律曲谱 …………………………………………………… (20)
  第三节 韵脚字的选定 ……………………………………………… (22)

一　韵段的确定 …………………………………………（22）
　　二　韵脚字的判断 ………………………………………（24）
　　三　韵脚字的归纳 ………………………………………（25）
　　四　韵脚字的摘录 ………………………………………（26）
　　五　韵部的分合 …………………………………………（27）
 第四节　韵脚字的排列及多音字、异体字的处理 …………（28）
　　一　韵脚字的排列 ………………………………………（28）
　　二　多音韵脚字 …………………………………………（28）
　　三　异体字 ………………………………………………（29）
 第五节　《全明散曲》作家籍贯分区统计 …………………（30）

第三章　《全明散曲》北方散曲作家用韵分析 …………（35）
 第一节　阴声韵部 ……………………………………………（35）
　　一　支思韵 ………………………………………………（35）
　　二　齐微韵 ………………………………………………（36）
　　三　鱼模韵 ………………………………………………（40）
　　四　皆来韵 ………………………………………………（43）
　　五　萧豪韵 ………………………………………………（45）
　　六　歌戈韵 ………………………………………………（47）
　　七　家麻韵 ………………………………………………（50）
　　八　车遮韵 ………………………………………………（53）
　　九　尤侯韵 ………………………………………………（54）
 第二节　阳声韵部 ……………………………………………（56）
　　一　东钟韵 ………………………………………………（56）
　　二　江阳韵 ………………………………………………（59）
　　三　真侵韵 ………………………………………………（60）
　　四　寒山韵 ………………………………………………（63）
　　五　先欢韵 ………………………………………………（64）
　　六　庚青韵 ………………………………………………（67）
　　七　监咸韵 ………………………………………………（69）

第四章　《全明散曲》南方散曲作家用韵分析 …………（72）
 第一节　阴声韵部 ……………………………………………（72）
　　一　支思韵 ………………………………………………（72）

目 录

　　二　齐微韵 ………………………………………………………… (74)
　　三　鱼模韵 ………………………………………………………… (77)
　　四　皆来韵 ………………………………………………………… (79)
　　五　萧豪韵 ………………………………………………………… (81)
　　六　歌戈韵 ………………………………………………………… (84)
　　七　家麻韵 ………………………………………………………… (85)
　　八　车遮韵 ………………………………………………………… (90)
　　九　尤侯韵 ………………………………………………………… (92)
第二节　阳声韵部 ……………………………………………………… (95)
　　一　东钟韵 ………………………………………………………… (95)
　　二　江阳韵 ………………………………………………………… (97)
　　三　真侵韵 ………………………………………………………… (99)
　　四　寒山韵 ………………………………………………………… (101)
　　五　先欢韵 ………………………………………………………… (103)
　　六　庚青韵 ………………………………………………………… (106)
　　七　监咸韵 ………………………………………………………… (109)
第三节　《全明散曲》南北方散曲用韵的异同 ……………………… (110)
　　一　南北方散曲用韵相同之处 …………………………………… (110)
　　二　南北方散曲用韵不同之处 …………………………………… (110)

第五章　《全明散曲》的异部通押 ……………………………… (112)
第一节　阴声韵部的通押 ……………………………………………… (112)
　　一　支思韵与齐微韵 ……………………………………………… (112)
　　二　支思韵、齐微韵与鱼模韵 …………………………………… (115)
　　三　齐微韵与皆来韵 ……………………………………………… (119)
　　四　鱼模韵与歌戈韵 ……………………………………………… (123)
　　五　鱼模韵与尤侯韵 ……………………………………………… (125)
　　六　车遮韵与家麻韵 ……………………………………………… (128)
　　七　尤侯韵与萧豪韵 ……………………………………………… (130)
　　八　歌戈韵与车遮韵 ……………………………………………… (132)
第二节　阳声韵部之间的通押 ………………………………………… (134)
　　一　东钟韵与庚青韵 ……………………………………………… (134)
　　二　真侵韵与庚青韵 ……………………………………………… (137)

第三节　其他韵部之间的通押情况 …………………………（140）
　　　　一　皆来韵与家麻韵 ………………………………………（140）
　　　　二　萧豪韵与歌戈韵 ………………………………………（142）
第六章　《全明散曲》用韵中的-m尾与-n尾 …………………（144）
　　第一节　《全明散曲》-m尾与-n尾韵字的使用情况 ………（144）
　　　　一　-m尾独用情况 ………………………………………（144）
　　　　二　-n尾独用情况 …………………………………………（146）
　　　　三　-m向-n尾转化情况 …………………………………（147）
　　第二节　《全明散曲》用韵中-n尾内的混叶 ………………（155）
第七章　《全明散曲》曲韵的入声韵与入声调 ………………（161）
　　第一节　《全明散曲》中的入声韵 ……………………………（161）
　　第二节　入声韵字的归派 ……………………………………（166）
　　第三节　入派三声 ……………………………………………（169）
第八章　元明清散曲曲韵比较 …………………………………（174）
　　第一节　元明清散曲韵部的归纳 ……………………………（175）
　　　　一　阴声韵 …………………………………………………（175）
　　　　二　阳声韵 …………………………………………………（179）
　　第二节　元明清散曲曲韵中《中原音韵》未收字的使用情况 …（183）
第九章　《全明散曲》韵谱 ………………………………………（186）
　　　　一　冯惟敏散曲韵谱 ………………………………………（186）
　　　　二　汤式散曲韵谱 …………………………………………（208）
结　语 ……………………………………………………………（222）
　　　　一　本书结论 ………………………………………………（222）
　　　　二　本书的特点 ……………………………………………（223）
　　　　三　本书尚待改进的问题及今后研究展望 ………………（224）
附录一　南北方散曲宫调曲牌统计 ……………………………（225）
附录二　321位作家籍贯及生卒年 ……………………………（288）
参考文献 …………………………………………………………（299）

第一章

绪　论

第一节　中国古代曲的起源及发展

曲，是起源于我国南宋时期的一种民间音乐文学。后来，它不断壮大，兴盛于元代，发展于明清，直至当今仍在传唱。在我国文学史上，"诗""词""曲"是重要的文学创作。

明代王世贞在《曲藻序》和《曲藻》中分别这样提到："曲者，词之变。自金、元入主中国，所用胡乐，嘈杂凄紧，缓急之间，词不能按，乃更为新声以媚之。"①"三百篇亡，而后有骚赋，骚赋难入乐，而后有古乐府；古乐府不入俗，而后以唐绝句为乐府；绝句少宛转，而后有词；词不快北耳，而后有北曲；北曲不谐南耳，而后有南曲。"② 明代沈宠绥在其《弦索辨讹》中也提到："三百篇后变而为诗，诗变而为词，词变而为曲。诗盛于唐，词盛于宋，曲盛于元之北，北曲不谐于南而始有南曲。"③ 明末李玉在《南音三籁序》也提到："原夫词者诗之余也，曲者词之余也。"④ 王世贞、沈宠绥和李玉的观点都道出了"诗""词""曲"之间的关系，即：词源于诗，曲源于词。广西大学梁扬教授也指出："从根本上看，曲与词，也都是诗，只不过它们本是用以配乐歌唱的诗，然后发展到

---

① （明）王世贞：《曲藻序》，《中国古典戏曲论著集成》第四册，中国戏剧出版社1982年版，第25页。

② （明）王世贞：《曲藻》，《中国古典戏曲论著集成》第四册，中国戏剧出版社1982年版，第27页。

③ （明）沈宠绥：《弦索辨讹》，《中国古典戏曲论著集成》第五册，中国戏剧出版社1982年版，第18页。

④ 康保成：《苏州剧派研究》，花城出版社1993年版，第178页。

后来，它们也成为与诗同样的案头文学了。"① 可见，"曲"是在"诗""词"基础上衍化而成的一种文学体裁，"诗""词""曲"有着继承与发展的关系。

曲始于宋，它源于词并在词的基础上发展起来，是词的一种俗化。到了元代，曲的文学地位超过了"词"，达到了空前鼎盛时期。在当时的社会，汉族的读书人常常受到排挤，他们的身份仅比乞丐高一等级，出现了"彼其才力无所用，而一于词曲发之"②。在这种情况下，在官场不得志的大批文人志士，只有投身于文艺创作中，从而使北曲盛极一时，并产生了大量优秀的作家和作品。到了元朝中期，曲的创作中心开始南移，出现了和北曲风格不同的南曲，南曲的出现不但进一步丰富了元曲的创作，同时也将曲推向了创作顶峰。

有明一代，政权稳定，人们在安居乐业之时，仍然不忘文艺作品的创作，出现了更贴近普通大众、朗朗上口的作品——传奇、戏曲。创作者们通过这些曲目来宣泄自己的苦闷、抒发内心的情怀。与此同时，北曲的创作却开始"走下坡"，日渐衰落；而南曲却"走上坡"，日益强大，特别是南杂剧。顾起元在《历代笔记小说大观：客座赘语》中提到："南都万历以前，公侯与缙绅及富家，凡有宴会小集……唱大套北曲……后乃变而尽用南唱……大会则用南戏。"③ 明曲在作品数量上大大超过了元曲，曲的题材也更加丰富多样、新颖独特，曲作家更是出身迥异、层出不穷。明曲在继承元曲优秀传统的基础上又有自己的独特创新。

到了清代，文人志士不敢通过曲来宣泄对社会的不满，再加上戏曲的新形式（如传奇）越发壮大，散曲创作失去了元明的兴盛，日趋衰落，最终在民国时期走向了衰亡。

曲是由散曲和杂剧两部分组成。但散曲才是说唱主流，是真正意义上的"曲"。梁扬（1997）分析说："……当它们（北曲或南曲）勃兴之后，由于它们成了某些戏剧的主要构成材料，这些戏剧也被牵强地纳入'曲'的大家庭……'曲'的队伍便空前地壮大起来。"④

---

① 梁扬：《曲的起源新探》，《广西大学学报》（哲学社会科学版）1997 年第 3 期。
② 王国维：《传世经典文库：宋元戏曲史》，安徽人民出版社 2013 年版，第 93 页。
③ （明）顾起元：《历代笔记小说大观：客座赘语》，上海古籍出版社 2012 年版，第 204 页。
④ 梁扬：《曲的起源新探》，《广西大学学报》（哲学社会科学版）1997 年第 3 期。

散曲一词最早出现于南北朝。齐人王融《散曲》："金枝湛明燎，绣幕裂芳然。层闱横绿绮，旷度缅朱缠。楚调广陵散，瑟柱秋风弦。轻裙中山丽，长袖邯郸妍。徐歌驻行景，迅节沦浮烟。言愿圣明主，永永万斯年。"① 但此时的"散曲"与真正意义上的散曲没有任何关系。在明代初期朱有燉的散曲集——《诚斋乐府》（散曲集分为两卷，前卷称为散曲，后卷称为套数）提到的"散曲"也并非我们所谓的散曲，他是把专收小令的前卷称为"散曲"。到了后来，散曲才渐渐成为小令和套数的合称，成为真正意义上的"散曲"。

因风格、体式等方面的差异，曲有北曲和南曲之分。北曲以北方语音为标准音，风格朴实豪放。南曲语音受南方方言（主要是吴语区）的影响，风格亲和柔婉。北曲衬字较多，节奏较快；南曲衬字较少，节奏舒缓。在曲调方面，北曲和南曲皆有各自的曲牌，如【南商调黄莺儿】【北仙吕寄生草】。

北散曲原本来自所谓的"藩曲""胡乐"。王世贞指出："自金、元入主中国，所用胡乐，嘈杂凄紧，缓急之间，词不能按，乃更为新声以媚之。"② 这里所指的"新声"就是由"藩曲""胡乐"发展而来的北散曲。后来，北散曲不断发展壮大，渐渐和杂剧相结合，形成了元曲。

到了明代，随着政治的稳定、经济的繁荣，散曲在继承元代散曲的基础上，继续保持着强盛发展的势头。而此时，南方作家也层出不穷，南曲也呈现出轰轰烈烈之势，南曲因此和北曲在曲坛上有着同等重要的地位。虽然有些南北方作家的作品皆有南曲和北曲，但就主流而言，北方作家仍以北曲为主，南方作家仍以南曲居多。

总的来说，在元代，南曲未成气候，北曲独占曲坛，异常繁荣。同"唐诗""宋词"齐名。到了明代，南曲不断发展壮大，无论是作家人数还是作品数量都大有超过北曲的势头，因此出现同北曲平分曲坛的形式。

散曲同诗、词一样，在创作过程中"韵"是最重要的韵律特征。根据曲牌、曲律，在作品的韵脚处选择同一类的韵字，是每一位散曲作家在创作时遵循的准则。清代戏曲家李渔曾指出："词家绳墨，只在谱、韵二书，合谱合韵，方可言才；不则，八斗难充升合，五车不敌片纸，虽多虽

---

① （宋）郭茂倩：《乐府诗集》，人民文学出版社2010年版，第1173页。
② （明）王世贞：《曲藻序》，《中国古典戏曲论著集成》第四册，中国戏剧出版社1982年版，第25页。

富，亦奚以为？"① 又如许颖颖（2008）指出："对于曲调来说，其押韵（韵位）便是整支曲调的音乐旋律在进行过程中的停顿处。而同一支去掉的旋律的每一个停顿之处，其音必须相互呼应，这样才能保持整支曲调的旋律的完整同一。"②

因此，从语言学的角度来看，如同诗韵是重要的历史语音资料一样，曲韵也是反映当时语音特点的重要资料。通过曲韵研究，我们不仅可以发现当时的语音特点，还为语音史、方言史的研究提供有力的语料素材。

第二节 国内对明代曲韵研究的回顾

相比较来说，明代的韵书、韵图以及韵学论著的研究都取得了辉煌的成绩，然而明代散曲用韵的研究还有很大的缺憾。这是因为散曲在元代达到了鼎盛时期，学者们把主要精力放在对元散曲的研究上，明散曲得到的关注相对较少一些。

一 对单个散曲家用韵的研究

就笔者所收集的材料发现，有11位明散曲作家的作品常被研究，他们是：冯惟敏、常伦、康海、王九思、朱有燉、汤式、赵南星、施绍莘、汤显祖、薛论道、张可久。

刘英波在这方面的研究论文最多，有《康海北散曲小令用韵简析》《王九思北散曲小令用韵简析》《朱有燉北散曲小令用韵简析》《汤式散曲小令用韵简析》《明代北散曲小令用韵简析——以汤式、朱有燉、王九思等人的北散曲小令用韵为例》《常伦北散曲小令用韵试析》，这几篇文章从不同作家作品的用韵分析角度得出"不同作家作品在用韵宽严方面虽有些不同，但韵部的分合大多遵守元代周德清《中原音韵》的部界，也有少数用韵稍宽的现象"③，"用韵特点具有普遍性"④。其研究结论得到

---

① （清）李渔：《闲情偶寄》，《中国古典戏曲论著集成》第七册，中国戏剧出版社1982年版，第38页。
② 许颖颖：《全清散曲》，博士学位论文，福建师范大学，2008年。
③ 刘英波：《明代北散曲小令用韵简析——以汤式、朱有燉、王九思等人的北散曲小令用韵为例》，《聊城大学学报》（社会科学版）2010年第1期。
④ 刘英波：《明代北散曲小令用韵简析——以汤式、朱有燉、王九思等人的北散曲小令用韵为例》，《聊城大学学报》（社会科学版）2010年第1期。

大家的认可并常常被引证，具有很强的学术价值。

韦金满（2005）经分析冯惟敏 315 首北小令的押韵情况，发现其作品的韵脚字韵叶过宽，其中超越《中原音韵》的部界多达 33 首，由此得出"冯惟敏小令的押韵方式十分多样，韵叶的宽严方面则超越了《中原音韵》的部界"① 这一结论。

张建坤（2009）通过对 731 首北曲的押韵字进行归纳，指出："明代晚期的语音已有了一系列的变化，《中原音韵》的寒山、先天、桓欢、廉纤四个韵部出现了合并的现象，齐微部中的开口与合口字出现分化倾向。"②

马重奇（1998）以晚明施绍莘南曲作品③中的 563 个用韵单位作为研究对象，对阳声韵部、阴声韵部、入声韵部三个方面进行了研究，并结合明清时期吸取理论家的理论以及上海松江方言，考证得出："明末上海松江方言的 17 个韵部及 47 个韵母，并构拟出音值。"④

杜爱英（2001）通过对明代重要戏曲家汤显祖"临川四梦"中韵脚字的归类及研究，发现："作品的用韵既不完全符合《中原音韵》的 19 韵，也与《洪武正韵》有入声的音系不同，而是有其自己通语和方音特点，是一种不拘音律，自然流露的体现。"⑤

孙艳芳（2007）通过对薛论道散曲用韵的整理和归纳，发现其用韵共分十六部比《中原音韵》少了侵寻、监咸、廉纤三部，而这三部分别归入真文、寒山、先天。齐微和鱼模两部也有明显的分化倾向。

王莹（2007）在对张可久散曲用韵进行全面地、穷尽式地分析后，得出张可久散曲用韵十九部归属分明，作品用韵十分严格和精当。其次，作者把作品中入声字的归派情况同《中原音韵》的归派情况进行了对比，得出张可久散曲入声韵字的归派是符合《中原音韵》的结论。

二　对某地区作家群用韵的研究

学术界的前修时贤对诗、词、曲的地域性作品的用韵情况研究取得了

---

① 韦金满：《冯惟敏北小令用韵之探讨》，《中国韵文学刊》2005 年第 2 期。
② 张建坤：《冯惟敏北曲用韵考》，《现代语文》（语言研究版）2009 年第 8 期。
③ 共 79 套套数、68 首小令。
④ 马重奇：《明末上海松江韵母系统研究——晚明施绍莘南曲用韵研究》，《福建师范大学学报》（哲学社会科学版）1998 年第 3 期。
⑤ 杜爱英：《"临川四梦"用韵考》，《古汉语研究》2001 年第 1 期。

一定的成果，如：鲁国尧（1992）《宋元江西词人用韵研究》，李慧芬（1992）《浙江元人散曲用韵研究——与〈中原音韵〉比较研究》；还有一些学位论文，如：许国梁（2008）《唐代山东文人诗韵研究》，钱毅（2008）《宋代江浙诗韵研究》。但明代散曲地域性作家群的作品虽得到了一些重视，但涉及的区域范围较小，只有江苏、浙江、山东三个地方。

王曦（2007）通过归纳研究指出，明代南京作家的南曲不同于《中原音韵》与《洪武正韵》，它掺杂了方言，体现了当时南京的语音特点。同时也反映出明代后期由于人群的迁徙、南方不同方言的影响，使南京音出现了吴语的语音特点。

尤寅灵（2012）和王红（2015）都是通过韵脚字的系联来归纳作品的用韵特点。前者对明代江浙15个地区44位作家的南曲作品与《中原音韵》进行对比分析，发现浙江南曲的用韵分部由于受吴语的方言影响，分部少于《中原音韵》，与北方语音有明显的差别。后者通过排比系联《全明散曲》中山东籍作家作品的韵脚字，归纳出13个韵部，并分析异部通押的"合韵"现象。除此之外，还将研究结果同《等韵图经》《西儒耳目资》《中原雅音》进行对比，证实明代官话的基础音是北京音。

三 方言对曲韵的影响

马重奇（1995）通过研究《南音三籁》中所有的作品，指出："南曲多用吴音……造成大量庚青、真文、侵寻通用例……导致监咸、廉纤与寒山、桓欢、先天大量通用……"[①] "南音受方音的影响，也是造成韵杂的一个极其重要的方面。"[②] 同时，马重奇（1998）通过对施绍莘南曲的用韵情况分析，认为："由于受到上海松江方言的影响，其韵部与《中原音韵》有很大的区别。"[③]

杜爱英（2001）通过对"临川四梦"用韵的考察，得出阴声韵部和阳声韵部分别为7部和5部。其中阳声韵尾相混的现象也很明显，这可能也是受到了方言的影响。

---

　　① 马重奇：《〈南音三籁〉曲韵研究》，《福建师范大学学报》（哲学社会科学版）1995年第1期。

　　② 马重奇：《〈南音三籁〉曲韵研究》，《福建师范大学学报》（哲学社会科学版）1995年第1期。

　　③ 马重奇：《明末上海松江韵母系统研究——晚明施绍莘南曲用韵研究》，《福建师范大学学报》（哲学社会科学版）1998年第3期。

王曦（2007）指出："明代南京作家的南曲用韵不同于《中原音韵》《洪武正韵》，其间参杂方音……明朝后期随着北方话影响的减弱，吴语影响深入，造成了现在南京方言中具有吴语的前后鼻不分的特点。"[①]

　　张建坤（2010）通过对冯惟敏231首南曲的韵字进行分析，发现语音发生了一系列变化，其中受方音影响的变化就是-m韵尾出现逐渐消失的情况，而且这种消失具有"不平等性"。

四　有关明散曲曲韵研究的著作

　　我们在确定选题并进行了初步研究之后，发现了由陆华所著的《明代散曲用韵研究》一书。该书出版于2011年，共分为五大章。前两章作者回顾了近百年曲韵研究的概况，并对散曲的体例、特征以及《全明散曲》中的作家、作品进行了概述，选取了177位作家的4979首小令、929首套数作为研究对象。第三章、第四章作者全面分析了《全明散曲》的用韵情况：（1）将177位作家籍贯划归现代汉语方言五大分区[②]中，对4979首小令、929首套数分区讨论，最后得出16韵部。（2）初步分析了"《全明散曲》有《中原音韵》无"的一些韵脚字。（3）对-m尾的演变、散曲用韵中的声调问题也做了简要分析。该书的最后一章，作者对元明曲韵进行了梳理和比较，提出了如何将曲韵研究同文学史、音乐史有机地结合起来的问题。

　　该书对《全明散曲》的研究范围广泛，小到分析用韵中的特殊韵字，大到将曲韵研究同其他学科领域相结合，做到了"面面俱到"。该书虽对明代散曲做了比较全面的研究，但也存在着一些欠缺，例如：分析欠细致深入，所研究的作家作品不够全面，没有对南北方散曲各自韵部做分类、归纳和对比，没有详细地从南北方言的角度分析韵部之间的通押关系，也未从纵向的角度对元明清三代散曲曲韵进行梳理。

　　因此，本书的研究在重新整理散曲用韵材料的基础上，着重弥补了陆华《明代散曲用韵研究》一书的不足：（1）利用新出版的《全明散曲（增补版）》，对321位作家的作品进行了用韵的分析，避免了只利用少数作家作品所得结论可能存在的片面性；（2）根据方音南北有别的语言事实对南北方散曲作家的作品分别进行分析、归类，并根据历史方音和现

[①]　王曦：《明代南京作家南曲用韵研究》，《泉州师范学院学报》2007年第5期。
[②]　吴语区、江淮官话区、中原官话区、胶辽官话区、冀鲁官话区。

代方音说明异部通押的方言背景；（3）对元明清三代曲韵进行了纵向的比较，以见其继承性和发展性以及透露出的语音演变线索；（4）整理明代散曲韵谱，既是作为本书研究的基础，同时又可供相关研究者参考。

第三节　明散曲用韵研究的材料、方向及意义

一　研究材料

本书所用的明代散曲材料是谢伯阳编辑的《全明散曲（增补版）》（2016，齐鲁书社）[①]。该书是在编者《全明散曲》（1994，齐鲁书社）基础上增补而成。该书共分为8册，收录作者474位，共计小令12306首，套数2202套，是目前收录明代散曲最全的作品。该书以散曲作家时代先后为序，标明作品的出处。同时，该书后附"作家姓名字号籍贯索引""明人散曲有关作品作者异名表"以便读者检索利用。

可见，《全明散曲》收录的作品多，既有价值又翔实可信，这些丰富的语言材料为我们考察明代散曲用韵提供了一个坚实的基础，也为我们的研究开拓了广阔平台。

二　研究方向

历代韵文作品都是语音史研究的重要资料。王力先生曾在《汉语史稿》中说："历代韵文本身对汉语史的价值并不比韵书、韵图低些……《切韵》以后虽然有了韵书，但是由于韵书据守传统，并不像韵文（特别是俗文学）那样正确地反映当代的韵母系统。因此，我们有必要研究唐诗、宋词、元曲的实际押韵，来补充和修正韵书脱离实际的地方。"[②] 可见韵文作品在语音研究中是非常重要的，它们不仅让我们了解到当时的语音面貌，同时也可以弥补我们在语音史研究中的不足。

明代时期，韵书韵图等直接记录语音状况的材料比较多，对此已取得了丰硕的研究成果，而明代散曲押韵的研究成果还不是很多。我们研究明代散曲作家用韵，可以从实际的语言材料中观察明代语音的面貌，与韵书韵图的研究成果相互补充。具体来说，就是主要运用韵脚字系联法和比较

[①] 以下简称为《全明散曲》。
[②] 王力：《汉语史稿》，中华书局1980年版，第21页。

方法，对明代散曲的用韵进行穷尽式研究，从宏观和微观两个角度对明代散曲用韵进行全面的分析与归纳，比较明散曲的用韵系统与《广韵》和《中原音韵》音韵系统的异同，找出当时散曲的韵部及韵部特点，归纳明代散曲的用韵特点，进而考察明代的实际语音面貌，揭示语音演变规律。尤其是注意分析特殊押韵现象，找出特韵现象的原因。

明代散曲有南散曲和北散曲之分，作家的母方言又各有不同。南北方散曲作家在创作时多多少少会受到方言的影响，有意或无意地流露出母方言的语言特点。通过研究明散曲用韵时所受的方言影响和所反映的方言特点，可以为近代汉语语音史的研究提供一些真实可靠的语料，揭示明代方言的一些语音特点。正如刘晓南（2001）所说的，通过文献材料追溯方言历史，"这是一种新的思路，它将充分肯定方言史在汉语语音史乃至整个汉语史研究中举足轻重的地位"。①

基于上述认识，本书欲在前人研究的基础上，有所开拓和深入。为此将做以下几方面的努力：

1. 在研究视角上，对明代散曲籍贯或生平详细的作家及其现存作品进行综合研究，根据曲牌和韵律，以及通过排比同曲牌曲子的方法找到韵脚字，并对韵脚字进行归类。同时，解释作品中特殊的押韵现象。

《全明散曲》是目前收录明代散曲最全的作品，本书以此为研究对象，整理并归纳《全明散曲》中的作家生平籍贯，确定他们所属的方言区。排比同曲牌的曲子，选出韵脚字，通过系联及分合比例归纳韵部，对一些《中原音韵》未收字及特殊的韵脚字进行分析说明。

本书所研究的明代作家共 321 人，作品包含小令 9039 首，套数 1528 套。较之陆华的《明代散曲用韵研究》的作家人数和作品总数更多。众多数量的曲韵用例为结论提供了更为可信的依据。

2. 在研究深度上，我们力争做到求深入，求细致。既要和《广韵》《中原音韵》的音韵系统进行历时的比较，分析异同，也要考虑当时方言这一共时因素对散曲用韵的影响，进而考察明代的语音面貌。

在韵脚字归纳时，既要考虑到历时因素，又要注意到共时因素。既要同《广韵》《中原音韵》进行对比分析，发现韵部间的继承与演变；又要在韵脚字系联归纳时考虑到作家所处方言区的语音影响。

---

① 刘晓南：《宋代文士用韵与宋代通语及方言》，《古汉语研究》2001 年第 1 期。

3. 在研究涉及面上，求广泛。横向在于南方散曲与北方散曲的分类对比研究，纵向在于元明清散曲曲韵系统的对比。

明代散曲作家地域性广，不仅北方散曲作家繁多，南方散曲作家也层出不穷，《全明散曲》散曲作家籍贯分布在 19 个省。与《明代散曲用韵研究》不同，本书将根据散曲作家的籍贯分为北方散曲和南方散曲两大部分分别讨论作品的用韵情况，总结出南北方散曲各自的用韵韵部后再进行对比，找出南北方散曲用韵的异同及原因。最后，我们将元明清三代的散曲曲韵系统做一个纵向比较，找出它们在曲韵方面的继承与发展。

三　研究意义

通过研究韵文的用韵特点，归纳总结考求一个时代的韵系是汉语语音史研究必不可少的一个重要方法。本书通过深入挖掘《全明散曲》中的材料，突破选择单一作家或单一地域作家群作为研究的做法，对明代散曲家散曲用韵进行具体分析，了解明代散曲韵部发展特点，归纳明代散曲的韵部，为明代语音研究史的建构和描写提供可信真实的实际面貌。

明代散曲家籍贯分布区域相当于今天的 19 个省，南方主要集中在江浙，北方主要集中在山东、河北、陕西一带。他们在创作的过程中既遵守韵书的部界，又会以口语入韵留有方言的痕迹。因此，我们在研究散曲曲韵时可以观察到明代多地方言状况，对南北方作家作品进行考察，分析它们各自的语音特点及相互关系，挖掘方言信息，为方言的发展演变提供材料和历史依据。

综上，本书的研究无论是对汉语语音史的探索，还是明代韵文韵系及方言史的研究，都是有重要意义的。

第四节　研究方法

一　历史比较法和文献考证法

历史比较法是 19 世纪欧洲语言学建立起来的一种研究方法。简单地来讲，就是通过后代的不同语言之间的比较去探求这些语言原始形式。

文献考证法是中国古人流传下来的研究方法。就是根据历史文献中的"已知"去探求"未知"，成功地将"未知"转为新的"已知"，更好地推进学术研究。

历史比较法和文献考证法目的相同，互为补充，都是音韵学的研究方法。两者有效地结合融汇在一起有助于学术的顺利发展。

首先，我们利用曲谱及曲牌排比的方法穷尽式地勾勒出《全明散曲》的韵脚字，对于一些特殊字，我们也先保存下来，存疑待考。其次，以《广韵》《中原音韵》为参考音系，等每个韵脚字确定好韵部之后，通过系联法分析韵部之间的关系，并结合通押比例、方言等语言因素，客观地进行韵部分合。最后，得到一个完整的韵部系统。

二　内部分析和外部考察相结合

内部分析主要是指明代散曲韵部的组成及音系内部各种音变的探究。外部考察主要是指与明代散曲用韵相关的作家背景、地理环境及文化背景等相关方面的考察。在研究作品"合韵""分韵"时，内外因素应该有机地结合起来。

杨耐思先生曾说："所谓合韵，即是语音相近的韵部里的字，可以互相通押。……这不只是《诗经》，唐诗、宋词、元曲、明传奇、现代戏曲、民歌都存在着这种通押现象。"[①] 耿振生也指出造成合韵的原因主要是"方言入韵、仿古押韵、普通的押宽韵"[②]。

韵部分合的判断既要对韵脚字进行仔细地辨别，也要把握好研究者的主观性和作品的客观性这个双重标准。目前学术界对分合的标准不一，我们通过多方考虑，以通押比例达到或者超过70%[③]作为合韵标准。对于韵部间的互叶现象我们认为：韵部间双向互叶说明合韵的概率很大；韵部间单向互叶，且符合曲律、韵脚字较多、发音机制具有相通性，则说明它们之间存在合韵的可能。而对于我们无法有把握判断的合韵，本书存疑，排除合韵。

因此，本书根据"内外相结合的原则"，以作品韵脚字为基准，参考《广韵》《中原音韵》音系，按照韵部分合的百分比，得到一个韵部体系；同时，对一些特殊音变及不同韵脚字的归部进行分析，找出造成差异的外

[①] 杨耐思：《音韵学的研究方法》，《近代汉语音论》，商务印书馆1997年版，第196页。
[②] 耿振生：《20世纪汉语音韵学方法论》，北京大学出版社2004年版，第19页。
[③] 本书采用70%为韵部间的分合标准，是根据多篇曲韵研究论文的分合比例和我们归纳韵部的实际情况确立的。以往的研究者所研究的作品范围较小、韵脚字较少，因此通押比例也会较低。我们研究的小令和套数数量过万，韵脚字较多，韵部之间的通押比例自然也会高很多。根据语音的实际情况及韵部之间的亲疏关系，我们以70%为合韵标准。

在原因。

三 系联法和计算机辅助相结合

在以往的韵脚字研究中，人们往往采用"丝贯绳牵法"进行穷尽式归纳。根据曲韵摘录出韵脚字，做成小卡片，对大量的韵脚字进行系联归纳，工作量不但庞大而且很烦琐，同时也不可避免地出现一些人为失误。随着社会的发展，科技水平不断地提高，计算机的广泛使用，为音韵学研究注入了新鲜"血液"。学者们开始利用计算机 Excel 软件对散曲韵脚字进行归纳总结，这样在一定程度上减少了很多烦琐、重复工作，计算过程既快捷又省时，计算出的结果既精准又可信。

为此，本书在散曲韵脚字归纳统计时将传统"系联法"和现今的计算机 Excel 软件相结合，尽可能精确地完成统计工作。

四 横向分析与纵向分析相结合

本书除了对《全明散曲》文本进行剖析外，还将广泛利用同时代的官话韵书、方言材料等研究成果，对本书结论进行多角度、多层次、全方位的论证，以期得到更准确的音理阐释。

此外，本书除注重韵部归纳与特殊字音的研究外，还将明代曲韵研究结论同元、清散曲韵的研究进行对比，找出元明清三代之间的语音的继承与变化，并将纵向对比结果放入近代语音研究系统中进行阐释，做到"从局部观整体，从整体释局部"，进而使《全明散曲》曲韵结论更为合理。

第二章

《全明散曲》曲韵体制及韵脚字的选定

第一节 散曲的体制及分类

散曲一般分为小令和套数两大部分。小令从词发展而来，语言通俗生动口语化较强，一般以 58 字为限；套数从诸宫调发展而来，内容丰富多样，无字数限制。

一 小令

小令是散曲的基本篇制，是内容和形式都独立成篇的散曲，它跟词的形式相近，类似于词中的单调小令。小令一词最早出现于元代燕南芝庵的《唱论》："成文章曰'乐府'，有尾声名'套数'，时行小令唤'叶儿'。"[1] 后来小令还产生出一些变体，比如，重头、带过曲与集曲等。

1. 单调小令，也叫"叶儿"，短小精悍，一般不超过 30 字。

如：汤式（浙江）《题画上小景》【北越调天净沙】

绿杨枝底寻春。[2] 碧桃花下开樽。流水溪头问津。闲评闲论。吾不是阮肇刘晨。

2. 重头小令是作家创作完一首小令后觉得意犹未尽，用同一曲调重复再写若干首。但是重复再写的若干首用韵都与第一首不同，有的甚至全部用韵都不同。重头小令在数量上也没有限制，可多可少。

---

[1] （元）燕南芝庵：《唱论》，《中国古典戏曲论著集成》第一册，中国戏剧出版社 1982 年版，第 160 页。

[2] 例句标点以《全明散曲》为准，加着重号的字为韵脚字。

如：冯惟敏（山东）《八不用》【北双调清江引】共有 8 首小令，共押 6 个韵部。分别押"江阳韵、鱼模韵、萧豪韵、支微韵、真文韵、车遮韵"。

乌纱帽满京城日日抢。全不在贤愚上。新人换旧人。后浪催前浪。谁是谁非不用讲。（江阳韵）

紫罗兰披的破卢苏。也非是值钱物。缝联无挂搭。拆洗难重做。送与他故衣行不上数。（鱼模韵）

拖天带系的没颠倒。总是虚圈套。一条死牛皮。几块生牛角。拖拉的有上梢无下梢。（萧豪韵）

皂朝靴磨擦了半截底。也有个登开日。驴前马后行。檐下揩傍立。近新来丢剥了如敝屣。（支微韵）

摆头搭一双双开路神。引入迷魂阵。翻回安乐窝。远离京畿郡。俺如今是山中自在人。（真文韵）

三檐伞儿不用遮。仰看天心月。雪中戴斗笠。雨里擎荷叶。好向王维画儿上写。（车遮韵）

花藤轿儿行的紧。远路多劳顿。颠的心绪慌。摇的头皮晕。总不如瘦驴儿骑的稳。（真文韵）

黄堂上自来公座高。无福谁能到。夜阑人未归。早起寒犹峭。总不如热炕头还是好。（萧豪韵）

3. 带过曲也是散曲中常见的一种形式。它用两个或三个同一宫调、不同曲牌，但音律恰能衔接的曲调连接在一起，组成一支曲子。在作品中，我们常常看到用"带过""带""过"来连接曲牌。

如：黄峨（四川）【北双调雁儿落带过得胜令】

【雁儿落】俺也曾娇滴滴徘徊在兰麝房，俺也曾香馥馥绸缪在鲛绡帐，俺也曾颤巍巍擎他在手掌儿中，俺也曾意悬悬阁他在心窝儿上。【得胜令】谁承望，忽剌剌金弹打鸳鸯，支楞楞瑶琴别凤凰。我这里冷清清独守莺花寨，他那里笑吟吟相和鱼水乡。难当，小贱才假莺莺的娇模样；休忙，老虎婆恶狠狠地做一场。

又如：王九思（陕西）《归兴》【北双调水仙子带折桂令】

【水仙子】一拳打脱凤凰笼。两脚蹬开虎豹丛。单身撞出麒麟洞。望东华人乱拥。紫罗襕老尽英雄。参详破邯郸一梦。叹息杀商山四翁。思量起华岳三峰。【折桂令】思量起华岳三峰。棹臂淮南。回首关中。红雨催时。青春作伴。黄卷填胸。骑一个蹇喂儿南村北垄。过几处古庄儿汉阙秦宫。酒盏才空。鼾睡方浓。学得陈抟。笑杀石崇。

兰楚芳（西域）《闺情》【北南吕骂玉郎过感皇恩采茶歌】

【骂玉郎】兰堂失却风流伴。倦刺绣懒描鸾。金钗不整乌云乱。情深似刀刃剜。愁来似乱箭攒。人去似风筝断。【感皇恩】口则说应举求官。多因是买笑追欢。从今后鸳梦见再休完。鱼书儿都休寄。龟卦儿也休钻。离愁万般。心绪多端。芳草迷烟树。落花催雨点。香絮滚风团。【采茶歌】阳台上路盘桓。蓝桥下水弥漫。傍楼一傍一心酸。空忆当时花烂熳。可怜今夜月团圆。

4. 集曲是较为普遍运用的曲调变换方法。它从原有的同一个宫调的曲牌中摘取若干支曲，凑成一支新曲牌。它是多首曲调的结合，也是曲牌名称的综合。如：【五马江儿水】是由【五供养】【驻马听】和【江儿水】三曲集成；【山桃红】是由【下山虎】【小桃红】二曲集成；【朱奴插芙蓉】是由【朱奴儿】和【玉芙蓉】二曲集成；【普天带芙蓉】是由【普天乐】和【玉芙蓉】二曲集成；【集贤看黄龙】是由【集贤宾】和【降黄龙】二曲集成。

如：刘兑（浙江）《四时闺怨》

【普天带芙蓉】【普天乐】景凄凉。人潇洒。何日把双鸾跨。怨薄情空寄鱼笺。相思尽续琵琶。弹粉泪湿香罗帕。暗数归期在斜阳下。动离情征雁呀呀。无奈心事转加。【玉芙蓉】对西风。病容消瘦似黄花。

【朱奴插芙蓉】【朱奴儿】渐迤逦寒侵绣榻。早顷刻雪迷了鸳瓦。

自恨今生分缘寡。炉畔共谁闲话。詀啼罢。托香腮闷加。【玉芙蓉】胆瓶中。懒添雪水浸梅花。

二 套数

套数又叫作散套或套曲，是散曲的另一种组曲形式。套数一词最早出现在元代燕南芝庵《唱论》："成文章曰'乐府'，有尾声名'套数'，时行小令唤'叶儿'。套数当有乐府气味，乐府不可似套数。"①

套数一般由两支以上的宫调相同的曲子联缀而成，结尾时一定要用"尾声"或"煞尾"结束。不管套曲中的曲子有多少支，各支曲子必须使用同样的韵，即不得换韵。同时，各支曲子的组合衔接也是有一定顺序的。

如：冯惟敏（山东）《题丹元楼》

【北南吕一枝花】常悬捧日心。少慰瞻云憾。去天欣尺五。如东喜函山。从桂毵毵。袅瑞霭香风淡。恩光玉露湛。倚南山紫翠千重。俯北海烟波一览。

【梁州】环眺望雕楹绣槛。荷缾幰珠履琼簪。檐牙炳燿金珠绀。窗咱旭日。帘捲晴岚。奇葩烂漫。怪石巉岩。幕亭台四面苍杉。染池塘半亩柔蓝。喜修心兀坐端居。好藏书兼收并揽。爱寅宾阔论高谈。忠肝义胆。瞻天恋阙宁辞暂。仰精诚。佩昭鉴。卓行芳名播斗南。宠赉瑶函。

【尾】旌贤宝善勤推勘。敕使观风几驻骖。指日传宣圣恩湛。犒黄封味甘。宴丹元饮酣。贺当今大孝尊亲万民感。

1. 套数中有一种常见形式：幺篇（或幺），是作家在一个套数的曲子完后，如果意犹未尽，以同一曲调再作一首；或歌曲完了一段后，再来一段时称之为"幺篇"或是"幺"。幺篇与前面的作品有着相同的曲调、曲韵。

如：汤式（浙江）《题马氏吴山景卷》

---

① （元）燕南芝庵：《唱论》，《中国古典戏曲论著集成》第一册，中国戏剧出版社1982年版，第160页。

【北双调风入松】十年踪迹走尘霾。踏破几青鞋。自怜未了看山债。先赢得两鬓斑白。登山屐时时旋整。买山钱日日牢揣。

【幺篇】吴山佳丽压江淮。形胜小蓬莱。堆蓝耸翠天然态。才落眼便上心怀。但得仪容淡冶。何妨骨格岩厓。

【沉醉东风】朝云过峨眉展开。暮云闲螺髻偏歪。玲珑碧玉簪。缥缈青罗带。抵多少翠袖金钗。馋眼的夫差若见来。将馆娃移居左侧。

小令中也有"幺篇（或幺）"。
如：汤式（浙江）《四景为储公子赋·春》

【北正宫脱布衫带小梁州】问春来何处忘机。小奚奴相趁相随。傍柳行乌纱翠湿。踏花去马蹄香细。翠幄银屏锦绣围。莫放春归。人生七十古来稀。便做道一百岁。能几度醉如泥。

【幺】韶华迅速难拘系。杜鹃声只在楼西。北海樽。东山妓。春风天地。何日不寒衣。

2. 在有些曲调中，特别是南散曲，幺篇又称为"前腔"。
如：文征明（江苏苏州）《题情》

【南商调山坡羊】春染郊原如绣。草绿江南时候。和烟衬马满地重茵厚。堪醉游。残花一径幽。乌衣巷口还依旧。燕子归来人在否。添愁。桃花逐水流。还愁。青春有尽头。

【前腔】花褪残红香瘦。院静绿阴清昼。荷香扇暖扑面薰风透。景物幽。临池送酒筹。齐纨扇底闻歌奏。也胜兰桡杜若洲。忘忧。亭亭映碧流。还忧。情多似拙鸠。

3. 尾声是套数中最后一支曲，又叫"尾""煞尾"等，表示该套数已结束。
如：朱有燉（安徽凤阳）《庆寿》

【北南吕一枝花】洪钧转管莩。化日长官线。一阳生大地。五福降中天。祝寿筵前。庆赏在蓬莱殿。听瑶池列管弦。晓云深绣户初开。香雾霭珠帘半卷。

【梁州第七】酒献着银瓶绿蚁。花簪着翠叶金蝉。绮筵中聚会神仙眷。歌音溜亮。舞态翩翻。霓裳缥缈。细乐喧阗。值人间喜庆相联。看仙舆来降真铨。南极星现光明寿域天开。东华公增福禄瑶阶日转。西金母献蟠桃玉盘香传。华筵。玳筵。满斟仙酒频相劝。列仙班。授仙传。千岁龟鹤祝寿延。松柏长年。

【尾声】琼浆玉液长生宴。宝路篆丹符永寿篇。千岁常开七真院。青玉案边。黄金殿前。高把这福禄寿三星画图展。

4. 南北合套是指在一个套曲里兼有南曲和北曲散曲体例。散曲形成初期是不允许这样的现象出现，到了元代中后期，这种对立逐渐打破。一些曲作家从南北散曲中挑选一些韵律和谐的曲目交错使用，最终组成同一宫调的套曲，形成南北合套。

如：金銮（甘肃）《过吴七泉山居》

【梧桐树南】生来洒落怀。还尽风流债。酒友诗朋。一任夸豪迈。莺期与燕约。总是春拖带。蝶梦与蜂魂。枉被花禁害。丽春园赢得名儿在。

【骂玉郎北】闻来一枕青山外。甚的是南柳市北花街。见而今白云久隔红尘陌。糊涂了三百杯。打熬出三万场。超脱尽三千界。

【东瓯令南】园亭榭。小楼臺。半亩方塘一鉴开。好山似画溪如带。妆点出烟霞寨。桃花流水偏天臺。切莫引世人来。

【感皇恩北】尽着他春去秋来。雾锁云里。吟不就杜陵诗。写不出王维画。赋不尽子云才。自然铺叙。谁与安排。清风振丽泽堂。淡烟生水竹坞。明月满挂兰斋。

【浣溪沙南】鹤唳中。猿啼外。别一个优雅襟怀。不争你玲珑剔透疏狂态。雪月风花锦绣排。无处买。这的是洛阳隈寿春庄。有人绿野重开。

【采茶歌北】青松岭手亲栽。绿荷裳手亲裁。陶潜元是旧彭泽。落得个日出三竿残睡醒。少甚么月明千里故人来。

【尾声南】酒三行歌一派。紫藤鸠杖白芒鞋。随处春风不用买。

《全明散曲》散曲中的套数，在数量上最少数支，最多十几支甚至几十支，一般以六七支最为常见；在押韵上基本秉持"首尾一韵"的原则，但是也出现了中途换韵的现象，并且数量也不是零星几个。究其原因归结于：（1）语言形式的表达随着时代的发展而变化。作家丰富变化的情感有时无法通过恪守的宫调曲牌来表达，特别是在创作过程中，作家情感的宣泄与彰显要求作品不再局限于同一押韵的创作格局，而以换韵来表达内心丰富变化的情感。（2）明代文学的发展，出现了一些新型的文学创作，在曲坛上，传奇的出现及兴盛大大影响了散曲。传奇创作形式多样，曲调更是南北结合，进而影响了曲子押韵的同一性。对于这些换韵的套数，我们会根据曲子韵脚字的实际押韵情况归入不同的韵部。

三　南曲与北曲

散曲有南北之分。宋元时期北曲一直占着领先地位，南曲只在长江以南流行。到了明朝，南曲逐渐繁荣兴盛起来，不断北上，北曲却受其影响，开始下滑走向衰落。实际上，明代散曲中的南北曲是指南北方散曲作家所用的各种曲调、曲牌，不是入唱时戏曲方面的南北曲。南方散曲家可以使用北曲曲调，北方散曲家也可以使用南曲曲调，作品会表现出不同的南北方语音特点。

本书研究以地域为分界，分别关注南北方散曲作家作品的用韵情况。原因如下：

（1）《全明散曲》不仅收录的曲目数量繁多，作家籍贯也非常广，分布在19个省。庞大的作家群在研究时无疑会给我们带来诸多不便。以南北方地域为分界，既可以做到统筹规划又可以发现南北方方言对作品创作的影响。

（2）无论是南方散曲作家还是北方散曲作家，他们在创作时，即便会有南北曲之分，即便会有南北曲曲调，但出自同一作家的作品在曲韵方面不会有太大的差异。因此，我们以地域为分界，找出南北方散曲作家作品在用韵方面的不同。

至于南方散曲作家南北曲的用韵情况及北方散曲作家南北曲的用韵情况，我们会在今后深入研究。

第二节　曲律曲谱

　　曲谱是作家在创作过程中需要遵循的曲调格式，它起源于宋，兴盛于元明清，直至近现代曲谱仍被作为戏曲创作的准则。曲谱是一种"古代剧作家、曲作家填词制曲遵循模拟的格律范本，伶工曲师按板习唱、依律度曲的样板"①。由于曲是一种相对自由的创作作品，有些曲谱收录的曲牌不全，有些曲牌被收录，但各散曲家创作曲式又不尽相同，因此目前没有一部十分完备的曲谱。常见的南曲谱有《旧编南九宫谱》《南九宫十三调曲谱》《南词新谱》；北曲的用韵则以北方语音为标准，常见的北曲谱有《太和正音谱》《北词广正谱》。

　　后来还有吴梅的《南北词简谱》、郑骞的《北曲新谱》、王力的《汉语诗律学》、涂宗涛的《诗词格律纲要》和齐森华等人编的《中国曲学大辞典》等新作问世，这些著作都在对前人曲谱总结的基础上为后人创作时定格律、编新词提供了重要依据。

　　本书着重参考的曲律曲谱主要有以下几种：

　　1. 周德清《中原音韵》

　　《中原音韵》是元代周德清编撰的北曲曲韵专著，成书于1324年，后又做了多次修订。周氏以"中原之音"为依据，以北方散曲杂剧作品为研究对象，总结了这些作品的发音规律，并将作品中的五千多个韵脚字进行归类，并分为十九部，每个韵部下的韵脚字又以"平声、上声、去声"归类。入声分别派入平、上、去三声之中，平声又分为阴平和阳平。

　　《中原音韵》是中国最早出现的一部曲韵著作，全面覆盖了北曲宫调曲牌，自问世以来，一直被元明清学者视为创作准则。它所反映的实际语音也为元明清曲韵学家创作提供了依据。

　　在曲韵创作中素有"北叶《中原》，南遵《洪武》"之说。这一说法最早是明末沈宠绥在其作品《度曲须知》中提出。文章提到："北叶《中原》，南遵《洪武》，音韵分清，乃称合谱。"② 这一说法的提出引起

---

① 周维培：《曲谱研究》，江苏古籍出版社1999年版，第1页。
② （明）沈宠绥：《度曲须知》，《中国古典戏曲论著集成》第五册，中国戏剧出版社1982年版，第208页。

了戏曲学界的讨论。到目前为止,"北叶《中原》"得到大多数学者的支持与认可,而"南遵《洪武》"之说仍存在很大的分歧,学术界至今仍未有定论。

《洪武正韵》虽是官方韵书,但并没有广泛使用,其影响力也不够。明代陆容在《菽园杂记》卷十载:"《洪武韵》……然今惟奏本内依其笔画而已,至于作诗,勿见朝野……"①(明)沈璟也认为:"国家《洪武正韵》,惟进御者规其结构,绝不为填词而作……《洪武正韵》虽合南音,而中间音路未清,比之周韵,尤特甚焉。"②清人刘禧延虽是江苏吴县人,但在散曲创造中仍以《中原音韵》为"圭臬"。他在《中州切音谱赘论》中说道:"前人制曲,用韵错杂者不必论,其或南曲用韵宽。……然今南曲所读之音,其部分与《中原音韵》无甚辨别,独用韵合并。"③

尉迟治平先生(1988)认为沈宠绥提到的"北叶《中原》,南遵《洪武》"是"演员演唱宾白的字音,北曲遵循《中原音韵》,南曲遵循《洪武正韵》,但跟作家创作押韵字无关,写曲押韵无论南曲北曲一律应遵循《中原音韵》。"④陆华(2011)也指出:"《洪武正韵》仅在南曲曲唱这一层面起规范作用,而《中原音韵》不论北曲曲唱,还是南北曲曲读层面都起到了规范作用。"⑤

因篇幅的关系,不再举证。本书赞同以上几位学者的观点,认为不论南曲还是北曲,在曲韵方面都应以《中原音韵》为宗。

2. 朱权《太和正音谱》

《太和正音谱》成书于 1398 年,分上下两卷,是现存最早的北曲谱。其中第二卷的曲谱共收 335 支曲牌,12 个宫调。该书详细地注明了四声平仄,每支曲牌还列举出元或明初的杂剧和散曲。

《太和正音谱》同《中原音韵》一样,为北曲设立了用韵规范,是北曲作家的创作指南,为以后的北曲曲谱的体制奠定了基础。

---

① (明)陆容:《菽园杂记》第十卷,中华书局 1985 年版,第 123 页。
② (明)沈宠绥:《度曲须知》,《中国古典戏曲论著集成》第五册,中国戏剧出版社 1982 年版,第 324 页。
③ (清)刘禧延:《中州切音谱赘论》,《新曲苑》第 30 种,中华书局 1931 年版,第 5 页。
④ 尉迟治平:《北叶〈中原〉,南遵〈洪武〉溯源——〈中原音韵〉和南曲曲韵研究之一》,《语言研究》1988 年第 1 期。
⑤ 陆华:《明代散曲用韵研究》,上海教育出版社 2011 年版,第 110 页。

3. 王骥德《曲律》

《曲律》成书于1625年，是王骥德戏曲理论的代表作之一，在中国古典曲论著作中占有重要的地位。该书论述了南北曲源流、南北曲的不同风格。全书共四卷，分40节，其中第2、3、4、7节对本书有着重大的参考价值。

4. 李玉《北词广正谱》

《北词广正谱》成书于明末清初时期，是北曲曲谱。共收录400余个北曲曲牌，采选元人及明初作家所撰北词为例。该书弥补了《太和正音谱》的不足，为曲家填写北词提供了重要依据。同时，该书兼有曲选性质，为散曲的创作提供大量有价值的材料。

5. 沈自晋《南词新谱》

《南词新谱》为南曲曲谱，是沈自晋根据其叔父沈璟《南九宫十三调曲谱》修订而成。该书共26卷，体例大致依照沈璟《南九宫十三调曲谱》，更换了一些词例，加入一些说明，并收入不少明末新创的曲调。选录的曲牌由原来的719个增加到996个。

6. 吴梅《南北词简谱》

此书是吴梅先生"竭毕生之精力"而作成的。北词部分共收入332种曲牌，套式62例；南词部分共收872种曲牌，套式92例。该书偏重研究曲牌格律，在曲话、曲品、曲论、曲律等多个方面做到"取各谱之所长，去各谱之所短"，是一部学术价值较高内容完备的著作。

7. 王力《汉语诗律学》

该书对曲谱的标注一改前人的做法，用数字和罗马字母来表示，形式简明而涵盖的句式也更加丰富。在其第四章《曲》中提到了北曲的十二个宫调，以及其中常用宫调的曲牌。并对曲韵及平仄进行了详细的说明，对元代声调的调值也做了构拟，是一部汉语诗律学经典之作。

第三节　韵脚字的选定

在对《全明散曲》体制的了解和曲谱选定的基础上，我们能更科学、更严格地遵循程式，选定韵脚字。

一　韵段的确定

"区分韵段是用韵考的重要一环。它需要根据已经是韵例和当时或相关年代的语音现象分析判定某个或某几个韵字是否和另外的韵字构成一个韵段。"① 散曲作品的韵段比中古诗文简易许多,除一些特殊情况外,都是一韵到底,中间一般不换韵。每一首小令被视为一个韵段,套数是由多支曲子组成,每一支曲子都被视为一个韵段,有多少支曲子就算多少韵段。如下:

1. 北曲套数　例如:冯惟敏(山东)《谢少溪归田》

　　【北南吕一枝花】慵听玉殿鞭。怕待金门漏。承恩双凤阙。拜表五龙楼。笑解归舟。打叠起麟袍袖。收藏了宝带钩。闲时节寻一片绣水渔矶。闷时节访几个青山道友。

　　【梁州】人道是前朝王谢。俺道是当代伊周。生平事业都成就。对丹墀三千礼乐。拥画戟百万貔貅。网罗縠公门桃李。羽扇麾帅府诸侯。酬志了三十年廊庙分忧。准备着数千里湖海遨游。也不恋大官羊列鼎鸣钟。也不厌家常饭粗茶淡粥。也不嫌小村庄瓦钵磁瓯。书楼。笔畴。调停岁月闲消受。酒三杯。诗百首。有时节高卧东山不可留。念苍生也索回头。

　　【尾】者么您惠连康乐争驰骤。明月白云共宴游。乐事赏心随处有。俺则待画山光一丘。写行乐一轴。唱一会归去来辞开笑口。

该套数有三支曲子,算三个韵段。

2. 南曲套数　例如:宛瑜子(江苏苏州)《秋日为冯喜生赋》

　　【南南吕梁州新郎】胭脂微晕。明霞迥照。仿佛姿容绝肖。妖妍种种。飞仙谪降丹霄。不数那吴宫莲曲。出塞琵琶。洛浦鸣珰好。他在朱门华屋里。逞丰标。云雨高唐暮暮朝。堪叹处尘缘到。雪衣娘去空凝眺。章台暗。柳丝摇。

　　【前腔】芳容如昨。幽怀偏好。殢杀王孙芳草。等闲一笑。千金半刻难消。说甚么凌波罗袜。楚苑纤腰。一笔都勾倒。往来无俗客。尽英豪。多少词人带月敲。堪羡处名架噪。不知是那一点花星照。声价似泰山高。

――――――――
① 金雪莱、黄笑山:《中古诗文用韵考研究方法的进展》,《语言研究》2006年第3期。

【前腔】妆成几度魂销。靓妆时丰姿尤妙。更新妆如画。眉黛轻描。说不尽六朝金粉。三楚精神。八宝妆成巧。饶君心似雪。也难熬。一见应如烈火烧。幽窗下棋声小。醉来口角微成调。谁道是凤城遥。

【前腔】羡娘行兴趣雄豪。算秦楼如卿绝少。更贵轻情重。义比云高。况羡他量欺邀月。侠类偷萧。名压苏卿小。十年今始识。那多娇。遂订当年灵右交。相偎处缘非少。探喉一石怜同调。胶与漆意坚牢。

【前腔】英姿涵草茅。世争嘲。惟卿具目先分晓。恩波掉。欲海抛。尘缘了。却向千层波里回头草。当初坠落一丸泥。今朝跳出连城宝。

【前腔】青楼没下稍。等萍飘。看下场头结果知分晓。朱颜老。绿鬓雕。红尘恼。落花枝上莺啼早。君不见海棠一夜被风吹。红英满地无人扫。

【尾声】黄粱一梦君今觉。铜雀春深锁二乔。莫向东风怅寂寥。

该套数有七支曲子，算七个韵段。

二 韵脚字的判断

散曲家在实际创作时，由于曲谱的编撰目的、收录的散曲宫调曲牌、曲文文体出处等各方面与明散曲可能会出现不一致的情况，这时就不能完全依靠于曲谱，要结合散曲的实际情况。吴葆勤（2003）说道："目前的曲律书大多是一种理想的定格，并没有做到穷尽式地归纳……确定某曲某句入韵与否，只有通过穷尽式的归纳才能得到比较可靠的结论。"[①] 由此可见，曲谱本身有着局限性，对明散曲来说，曲韵既要依靠曲谱，又要结合具体的散曲实例，采用曲律的排比法和穷尽法，找出哪里押韵、哪里不押韵，有根据地摘录出韵字。我们也是秉承这一理念，对《全明散曲》中的曲例进行分析后，客观地摘选出韵脚字。

如：上述提到的冯惟敏（山东）套数《谢少溪归田》，其韵脚字分别为：漏楼舟袖钩友（尤侯韵）；周就貅侯忧游粥瓯楼畴受首留头（尤侯

[①] 吴葆勤：《元刊杂剧用韵研究》，博士学位论文，南京大学，2003年。

韵）；骤游有丘轴口（尤侯韵）。宛瑜子（江苏苏州）套数《秋日为冯喜生赋》，其韵脚字分别为：照肖霄好标朝到眺摇（萧豪韵）；好草笑消腰倒豪敲噪照高（萧豪韵）；销妙描巧熬烧小调遥（萧豪韵）；豪少高萧小娇交少调牢（萧豪韵）；茅嘲晓掉抛了草宝（萧豪韵）；稍飘晓老雕恼早扫（萧豪韵）；觉乔寥（萧豪韵）。

三 韵脚字的归纳

归纳韵脚字最常用的方法是系联法。韵脚字系联法也叫丝贯绳牵法、丝联绳牵法、一贯珠法，是把同一韵文材料中的押韵字辗转贯穿、递相系联以求得若干韵部的方法。其原理和方法是：凡在一起押韵的字必属同一韵部，如甲和乙押韵、乙和丙押韵、丙和丁押韵，则甲乙丙丁诸字可以系联在一起，归为一个韵部。

散曲的押韵具有一定的规则。无论是小令还是套数一般都是押同一韵，韵脚字相同即是要求字音的韵腹、韵尾相同，而介音、声调不一定相同。如下：

1. 北曲小令　例如：王克笃（山东）《自述》

【北双调折桂令】老先生不爱繁华。淡淡生涯。小小人家。有的是万轴牙笺。一轩风月。数亩烟霞。甚的是轻裘肥马。甚的是大纛高衙。名也休夸。利也休夸。富也从他。贵也从他。

韵脚字为：华涯家霞马衙夸夸他他。押家麻韵。

2. 南曲小令　例如：陈所闻（江苏南京）《春郊纪游》

【南仙吕入双调朝元歌】渔家。酒家。四面山如画。桃花。李花。一刻春无价。芳草铺裀。垂杨系马。一处处传不弄琶。只见三五娇娃。临风笑声喧水涯。高髻爱盘鸦。红裙妒落霞。徘徊林下。全不管游冶子醉魂消化。

韵脚字为：家家画花花价马琶娃涯鸦霞下化。押家麻韵。

本书根据此方法，在确定作品的韵脚字时，会根据南方散曲作家作品和北方散曲作家作品分类进行。以《广韵》《中原音韵》为根据，逐一分析所考察每一位作家的每首小令及每套套数。

在韵脚字归纳过程中，我们发现一些《中原音韵》未收字。对于这些字的归类，我们首先看它们在散曲中押韵的实际情况，再参考这些字的中古韵类和中古韵类与《中原音韵》韵部的对应规律，最后确定这个字应该归入哪个韵部。如：《中原音韵》的"家麻韵"一般来自《广韵》"麻佳歌盍月黠合乏洽押曷瞎模戈末"等韵。"娃"是《中原音韵》未收字，《广韵》归于佳韵。该字在《全明散曲》北方散曲中，全部与家麻韵通押。这样，我们根据"娃"的实际用韵情况及中古来源，将它归入家麻韵。如上文提到的陈所闻（江苏南京）的小令《春郊纪游》。

四　韵脚字的摘录

韵脚字的摘录及归纳是一个巨大而又烦琐的"工程"。这需要根据散曲韵例对《全明散曲》中的9039首小令、1528套套数逐一进行分析，摘录出韵脚字。

大量的数据如果全靠人工来完成，会消耗大量的时间和人力。本书在系联法的基础上采用了Excel软件来处理《全明散曲》韵部的独用韵段、通押韵段的次数，并归纳整理了全部韵脚字。将各个作家作品韵段独用次数、通押次数及韵脚字按照韵部分批输入Excel，统计出韵脚字的出现次数。这在一定程度上减轻了人工制作卡片的烦琐过程，同时也节省了大量的时间，便于后期的检索与使用。

如：山东籍作家散曲作品鱼模韵独用与通押情况。

	A	B	C	D	E
1	鱼模韵	次数		统计	总个数
2	独韵	6		独韵	148
3	独韵	9		支微叶入	6
4	独韵	4		尤侯叶入	2
5	支微叶入	2			
6	尤侯叶入	1			
7	独韵	47			
8	独韵	3			
9	尤侯叶入	1			
10	独韵	17			
11	独韵	8			
12	独韵	7			
13	支微叶入	3			
14	独韵	15			
15	支微叶入	1			
16	独韵	17			
17	独韵	10			
18	独韵	5			

如：薛论道散曲中车遮韵韵脚字统计次数。（包括与车遮韵通押的韵脚字次数）

	A	B	C	D	E	F	G	H	I	J	K	L	M	N	O	P	Q	R	S	T	U	V	W	X	Y	Z
1																										
2																										
3	计数项:薛伦道(车遮)		韵字别																							
4				车	挈	撤	碟	呆	蝶	隔	嗟	街	节	杰	结	睫	截	竭	解	借	诀	绝	倔	客	劣	冽	烈
5	汇总			6	3	1	1	1	6	1	1	4	1	1	7	2	2	1	3	2	4	1	3	1	1	2	3

	AA	AB	AC	AD	AE	AF	AG	AH	AI	AJ	AK	AL	AM	AN	AO	AP	AQ	AR	AS	AT	AU	AV	AW	AX	AY	AZ
1																										
2																										
3																										
4	裂	灭	捏	捻	蹑	阙	惹	热	奢	赊	舌	蛇	舍	社	射	涉	赦	铁	些	歇	邪	斜	写	泻	谢	穴
5	2	5	1	1	2	3	8	2	3	7	3	2	6	4	5	5	2	2	10	4	4	9	4	5	13	4

	BA	BB	BC	BD	BE	BF	BG	BH	BI	BJ	BK	BL	BM	BN	BO	BP	BQ	BR
1																		
2																		
3																		
4	雪	血	咽	爷	也	野	业	叶	夜	月	悦	越	遮	折	辙	拙	(空白)	总计
5	4	2	1	1	5	1	8	3	6	7	1	4	1	8	2	2		204

五　韵部的分合

在韵脚字归类的这一过程中，会出现韵部的独用及合用情况。到目前为止，学术界没有一个明确的标准来判断两个韵部之间通押应该合韵还是分韵，不同的学者有不同的标准和看法。我们赞同王力先生的观点："一方面，要注意偶然的通押不能串联，否则势必牵连不断，成为大韵。另一方面，要注意偶然的不碰头不能就认为不同韵部，因为那样做是不合逻辑的。"[①]

本书采用的韵部统计方法是算数统计法。罗常培先生确定分合的界线是94.2%—94.5%[②]，周祖谟先生主张"三七开"[③]，张世禄先生主张两韵（或韵组）合用比例占总次数的10%以上即确定为同用，合为一部。可见，各位学者"判断韵部合并的比例各不相同，无论怎样定都难免带有

[①] 王力：《古韵脂微质物月五部的分野》，《王力语言学论文集》，商务印书馆2000年版，第202页。

[②] 罗常培：《切韵鱼虞之音值及其所据方音考》，《历史语言研究所集刊》第二本1931年版，第104页。

[③] 周祖谟：《汉魏晋南北朝韵部之演变》，东大图书出版公司1996年版，第721页。

一定的主观性和随意性"①，因此，受人为及一些偶然因素的影响，要做到完全的客观，是不可能的。

我们所研究的《全明散曲》中的小令和套数数量之和过万，通押韵段更是比以往研究的内容庞杂，如果按照前辈们的合韵标准来判断《全明散曲》韵部的分合，并不符合语料的实际情况。因此，我们在做韵部分合时，在实际语料的基础上，尽可能地降低主观性和随意性，将70%作为韵部分合的标准，即：一韵部与另一韵部通押比例达到或者超过70%，我们就认定这两韵部可以合并为一韵部。我们在尊重数字的同时，会注意韵部通押的用例是否真实地反映了两韵部合并趋势，是否反映了语音的发展方向；还会注意通押字的范围，如果发生在两韵通押的字仅限个别字时，即使通押次数多，我们也不能认定两韵部合为一韵部。

第四节　韵脚字的排列及多音字、异体字的处理

一　韵脚字的排列

在各韵部的讨论中，我们先对各部韵字的来源做一个概括说明，介绍各部韵字主要来自《中原音韵》的什么韵部。同时在韵脚字后面写上数字代表作为韵脚字出现的次数。对于《中原音韵》中的未收字，根据该字的声、韵、调将其归入不同韵部。最后，对一些入韵字进行分析讨论。

二　多音韵脚字

汉语中一字多音的现象很普遍，也很复杂。通过收集韵脚字我们发现：《全明散曲》中有一些同义异音或异义异音韵脚字。我们在判定这样的韵脚字时，要在考虑语义和上下文的同时，还要参照《广韵》《中原音韵》，仔细分析反复推敲，最后再确定其所属韵部。

如：轴，《广韵》屋韵直六切，《中原音韵》分别收入尤侯韵和鱼模韵，说明该字已经有两个读音。沈自征（江苏吴江）套数《寿某相国》【前腔】"轴"与"猕骤头山受也瓯筹"通押，相当于《中原音韵》的尤侯韵。其又见于汤式（浙江）套数《咏荆南佳丽》【醉太平】"轴"与

---

① 刘晓楠：《宋代文士用韵与宋代通用语及方言》，《古汉语研究》2001年第1期。

"娱徒畲兔鹿驴福"通押，相当于《中原音韵》的鱼模韵。我们根据押韵的实际情况，将"轴"分别归为尤侯韵和鱼模韵。

煞，《广韵》黠韵所八切，《中原音韵》只收皆来韵，但《全明散曲》韵脚字中"煞"既与皆来韵通押又与家麻韵通押。何瑭（河南）套数《归兴次渼陂先生韵》【沉醉东风】"煞"与"涯峡袜华家"通押，相当于《中原音韵》家麻韵。杨慎（四川）小令【北中吕朝天子】"煞"与"钗鞋态才害来开歹怀腮"通押，相当于《中原音韵》皆来韵。我们根据押韵的实际情况，将"煞"分别归为皆来韵和家麻韵。

种，《广韵》有两音，"肿韵之陇切，种类也；种韵之用切，种植也。"汤式（浙江）套数《题崇明顾彦昇洲上居》【梁州】"种"同"濛咏丛容恭凤龙丰充送红中"通押。根据散曲内容，"种"应是"种植"之意，属东钟韵去声字；又如：汤式（浙江）套数《赠美人》【尾声】"种"同"咏工奉钟容种"通押。根据散曲内容，"种"应是"种类"之意，属东钟韵上声字。因此，南北方散曲中出现的"种"字，虽都属于东钟韵，但分别归入上声和去声。

三 异体字

异体字是一个字的不同写法，字音和字义相同而字形不同。《全明散曲》收录的散曲作家人数多、作品数量多，因此一字异体现象也是很常见的。笔者在归纳韵脚字时，根据韵脚字在曲例中的意义及相关字书、韵书确定异体字，并将其归并为现代的通用字形[①]，举例如下[②]：

齐微韵：回——囘、携——攜、迴——廻

鱼模韵：妒——妬、铺——舖、珠——硃

皆来韵：睬——倸、塞——搴

萧豪韵：笑——咲、谣——谣、吊——弔

歌戈韵：幕——幙、歌——謌、剁——剁

家麻韵：袜——韈、鸦——鵶、哶——𦏲

车遮韵：彻——徹、蓺——蓺

[①] 在后文用例中使用简体字或规范字形。个别无通用简体字者不另造字，使用计算机字库中的繁体字形。

[②] "——"前为现代通用字形，后为异体字。

尤侯韵：钩——鉤、咒——呪、牖——牗

东钟韵：峰——峯、聪——聦、踪——蹤

江阳韵：窗——窻、娘——孃、床——牀

真侵韵：筋——觔、仑——崙

先欢韵：绵——緜、檐——簷

庚青韵：映——暎、迥——迴

监咸韵：耽——躭、咸——鹹、鐕——鐯

有些韵脚字在《全明散曲》中是两个字，但现在简化为一个字。这种情况，我们仍以原文为准，不作改动。如："堦""階"都简化为"阶"，而它们在《中原音韵》中是两个韵脚字，所以本书保留"堦""階"。类似的情况还有"游"和"遊""漫"和"熳""台"和"臺""回"和"迴""升"和"昇""绕"和"遶"，等等。其他韵脚字在不影响韵部分类的情况下，我们采用简体字，如"麼"化简为"么"，"粧"化简为"妆""疎"化简为"疏"，等等。

第五节 《全明散曲》作家籍贯分区统计

《全明散曲》共 474 位作家，本书所考察的散曲作家共 321 位，他们遍布全国，北至辽宁南到广东。我们将根据散曲作家的居住地或籍贯的方言情况划分为北方区和南方区两大类，并对南北方作家作品做对比分析。其中，江淮地区一直介于南北之间，它的方音特点既不完全同于南方也不完全同于北方，在南北划分问题上，不能一刀切，既要注意地理位置，又要兼顾方言特点。我们对《全明散曲》中 45 位江淮地区的作家作品进行分析，根据籍贯地（或长期居住地）或方言区，分为江淮 A 区和江淮 B 区，分别属于南北方。

北方地区主要包括：东北官话区、冀鲁官话区、胶辽官话区、中原官话区、江淮 A 区、兰银官话区、西南官话区、晋语区。

北方区散曲作家共 113 人，分别是：

东北官话区的作家 3 人：张全一（辽宁阜新）、万勋、王文昌（辽宁辽阳）。

冀鲁官话区的作家 17 人：贾仲明、毕木（山东淄博）；王田、刘天民、殷士儋（山东济南）；马惠、弭来夫、张诚庵、高应玘、李开先、袁崇冕、张舜臣（山东章丘）；刘效祖（山东惠民）；于慎思（山东东阿）；薛论道（河北易县）；宋登春（河北新河）、赵南星（河北高邑）。

胶辽官话区的作家6人：杨应奎、薛岗（山东益都）；丁彩、丁惟恕（山东诸城）；孙峡峰（山东安丘）；冯惟敏（山东临朐）。

中原官话区的作家16人：秦时雍（安徽亳县）；朱载堉、朱权、朱瞻基、徐维敬、朱有燉、一斋、朱厚照、沐崧（安徽凤阳）；叶华（山东曲阜）；刘守（山东济宁）；王克笃（山东东平）；王廷相（河南兰考）；王越（河南浚县）；方汝浩（河南洛阳）、常伦（山西沁水）。

江淮区（A）的作家17人：李唐宾、杨德芳（江苏扬州）；唐复（江苏镇江）；王磐、张守中（江苏高邮）；朱应辰、朱应登、朱曰藩（江苏宝应）；施子安、宗臣、陆洙（江苏兴化）；吴承恩（江苏淮安）；杨贲（安徽合肥）；梅鼎祚（安徽宣城）；吴廷翰、吴国宝、刘汝佳（安徽无为）。

兰银官话区的作家19人：王九思（陕西鄠县）；吕柟（陕西高陵）；韩邦奇、韩邦靖（陕西朝邑）；康河、张炼、康海（陕西武功）；王征、张炳濬（陕西泾阳）；王昇、范垣（陕西郃阳）；王麒（陕西凤翔）；马理（陕西三原）；李樸（陕西大荔）；李应策（陕西蒲城）；朱经、金銮（甘肃陇西）；彭泽（甘肃兰州）；兰楚芳（甘肃、青海一带）。

西南官话区的作家25人：张南溟（湖北均县）；李维桢（湖北京山）；袁宗道（湖北公安）；张瘦郎、席浪仙（湖北黄陂）；呼文如（湖北武汉）；晏铎（四川富顺）；杨廷和、杨慎、杨惇、杨愷（四川新都）；刘泰之（四川成都）；朱让栩（四川）；黄峨（四川遂宁）；张佳胤（四川铜梁）；王化隆（四川广汉）；杨文岳（四川南充）；姜恩（四川广安）；徐敷诏（四川阆中）；张含（云南永昌）；李元阳、吴懋（云南太和）；禄洪（云南）；杨一清（云南安宁）；龙应（湖南常德）。

晋语区的作家9人：杨杰（山西平定）；刘良臣（山西芮城）；宁斋（山西太原）；胡用和（河南武修）；何瑭（河南武陟）；毛良、王教（河南祥符）；吕坤（河南宁陵）；李翠微（陕西米脂）。

具体籍贯（或长期居住地）不详的作家1人：刘龙田（山东）。

南方地区主要包括：吴语区、江淮B区、徽语区、赣语区、湘语区、闽语区、客家方言区、粤语区。

南方区散曲作家共208人，分别是：

吴语区的作家最多，有148人：沈贞、祝允明、文征明、文彭、张凤翼、徐媛、冯梦龙、宛瑜子、陆广明、熊秉鉴、王宠、顾璘、俞宛纶、陆世明、汪应、燕仲义、申时行（江苏苏州）；王鏊、杨循吉、唐寅、陆治、李日华、马佶人、汤传楹、范壶贞（江苏吴县）；虞臣、顾鼎臣、张寰、周瑞、张恒纯、郑若庸、顾梦圭、梁辰鱼、朱世征、陶唐、方凤、杜文焕（江苏昆山）；杜子华、顾宪成、邵宝、辛升、王问（江苏无锡）；赵宽、张禄、顾大典、沈璟、俞安期、沈瓒、沈珂、沈静专、沈君谟、沈自征、叶小鸾（江苏吴江）；马一龙、张景严（江苏溧阳）；陆之裘、王世贞、周天球、王锡爵（江苏太仓）；杨仪、孙楼（江苏常州）；唐顺之、王稚登（江苏武进）；姜宝（江苏丹阳）；吴崟、郑鄤（江苏常州）；李清（江苏兴华）；曹大章（江苏金坛）；汤三江（江苏江阴）；孙艾、陈儒、孙胤伽、王思轩（江苏常熟）、刘兑、陈鹤、徐渭、史槃、王骥德、王端淑（浙江绍兴）；汤式（浙江象山）；杨讷、瞿佑、胡文焕、高濂、冯廷槐、冯延年、沈埩、梁孟昭、张琦、张旭初、沈仕、曲痴子、张栩、许次纾、徐士俊、陆人龙、杨尔曾、周楫、许应亨（浙江杭州）；谢迁、王守仁、史立模（浙江余姚）；顾应祥、李丙（浙江长兴）；王藻（浙江金华）；谢谠、沈袾宏（浙江上虞）；黄洪宪、周履靖、冯梦祯、卜世臣（浙江嘉兴）；屠隆、黄润玉、沈一贯（浙江宁波）；陈与郊（浙江海宁）；关思、凌濛初、董斯张（浙江吴兴）；王屋（浙江嘉善）；郑心材（浙江海盐）；张文介（浙江衢县）；王谟（浙江萧山）；黄淮（浙江永嘉）；王交（浙江慈溪）；冯敏效（浙江平湖）；沈演（浙江坞程）；殷都（上海嘉定）；陆应旸（上海青浦）；钱福、徐霖、徐阶、莫是龙、顾正谊、董其昌、陈继儒、张以诚、施绍莘、张积润、陈子龙、夏完淳、顾乃大、王一鹏、陆深、孙承恩、许乐善、范允临、宋楙澄（上海松江）；佘翘（安徽铜陵）。

江淮区（B）的作家28人：谷子敬、陈全、马守真、史忠、陈沂、陈所闻、盛敏耕、黄祖儒、李登、黄戍儒、杜大成、邢一凤、胡汝嘉、张四维、顾起元、皮光淳、高志学、倪民悦、孙起都、茅溱、王春泉、俞彦、黄方胤、陈铎（江苏南京）；顾养谦（江苏南通）；吴拱宸、李文烛（江苏丹徒）；胡松（安徽滁州）。

徽语区的作家8人：江一桂、潘士藻（江西婺源）；左赞（江西南城）汪道昆、王寅（安徽歙县）；程可中、汪廷讷（安徽休宁）；孙湛（安徽徽州）。

赣语区的作家13人：解缙（江西吉水）；李昌祺、欧阳阴淮（江西吉安）；夏旸、夏言（江西贵溪）；徐文昭（江西广昌）；罗钦顺（江西泰和）；夏文范（江西南昌）；汤显祖（江西临川）；景翩翩（江西南城）；简绍芳（江西新余）；蔡国珍（江西奉新）；廖道南（湖广蒲圻）。

湘语区的作家3人：李东阳、张治（湖南茶陵）；孙斯亿（湖南华容）。

闽语区的作家6人：薛廷宠（福建福清）；陈完（福建长乐）；林廷玉、郑琰（福建福州）；李贽（福建晋江）；翁吉爥（福建永春）。

粤语区的作家2人：陈子升（广东广州）；湛若水（广东增城）。

此外，《全明散曲》中还有生平（或籍贯）不详的作家[①]及其他作家[②]。

分别是：王子一、陈克明、盛从周、胡宾竹、吕景儒、史沐、康梧、张伯纯、王宗正、李一元、李钧、范甫、胡以正、曹氏、兰陵笑笑生、王子安、王元和、史直夫、丘汝成、丘汝晦、包应龙、侯正夫、徐知府、曹孟修、崔子一、张氏、张善夫、臧允中、玄虚子、仲龙子老更狂、重阳真人、马丹阳真人、郭汝平、张解元、陈朝佐、萧古潭、顾鉴中、李春芳、章懋、张弼、罗洪先、吴国伦、景时真、余壬公、吴载伯、沈则平、中分榭主人、牟清溪、李子昌、李文蔚、李爱山、收春主人、段显之、张叔元、乔卧东、徐遵海、齐小碧、赵近山、郑墟泉、苏子文、詹时雨、李集虚、张春阳、张峒初、陈五岳、赵毅阳、储紫虚、两峰主人、恒轩老人、范晶山、顾长芬、张茅亭、汤东野、乔卧泉、费廷臣、赵晋峰、朱廷玉、李复初、张芳洲、方洗马、陈翰林、太平野史、毛莲石、伍灌夫、扶摇、姚小涞、张苇如、二酋山人、乌无咎、何西来、马绶、清河渔夫、张伯瑜、张君平、张孺彝、董如瑛、董贞贞、谢双、薛素素、薛常吉、付玄泉、洗尘、南峰、湖西主人、虞味蔗、蒋琼琼、顾木斋、朱镜如、沈清

[①] 这些作家作品因无法归类，所以本书暂不做研究。
[②] 其他作家是指无名氏和只有复出小令（或套数）的作家。复出小令（或套数）往往只有一句，因此不在本书研究范围。

狂、方氏、王厚之、贺五良、张廷臣、李文澜、林石岗、秦冰澳、许彦辅、刘氏、陈石坡、虞交俞、骆永叔、沈凌云、郝湘娥、楚妓、沈沧雨、邵涵远、秬一庵、秬行若、秬高也、程恺一、郭丸封、钱古民、杨景辉、杨文奎、臧用和、朱宪㸅、吴复菴、张曼倩、朱庆槭、胡仁广、刘然、李元实、丘田叔、白石山主人、米仲诏、冯喜生、七乐生、王文举、醉西湖心月主人、渔隐主人、金木散人、无名氏（若干）。

  本章主要从《全明散曲》的体制、作家籍贯分区统计、曲律曲谱的使用等方面，介绍了研究材料的内容及主要研究思路。着重指出通过使用系联法、算数统计法以及电脑软件的辅助，能更科学、更准确地解决确立韵段，归纳韵脚字及韵部的分合，多音字、异体字处理等问题，为下面南北方散曲的曲韵研究打下坚实的基础。

第三章

《全明散曲》北方散曲作家用韵分析

本书之所以分为南北两大地区分别进行研究，主要有以下几点原因：

（1）散曲本身有南北之分，再加上南北方方言的影响，南北方散曲也会有着各自的用韵特点。

（2）《全明散曲》收录的作家较多，作家籍贯分布较广，至少分布于目前中国 19 个省（有相当一部分籍贯不详者无法确定其省份）。作者的不同方言背景可能会在用韵时有所体现。因此，在研究散曲作品的用韵时，应该有所区别。

（3）散曲作品主要集中在官话区和吴语区，通过对南北方散曲的研究，可以寻找明代南北方言的区别与联系，并与现代方言进行比较。

本章先讨论《全明散曲》北方散曲作家作品的韵部分类。根据我们对韵脚字的系联，北方散曲作品的韵部可归纳为 16 部。其中，阴声韵 9 部：支思韵、齐微韵、鱼模韵、皆来韵、萧豪韵、歌戈韵、家麻韵、车遮韵、尤侯韵；阳声韵 7 部：东钟韵、江阳韵、真侵韵、寒山韵、先欢韵、庚青韵、监咸韵。我们先讨论阴声韵，后讨论阳声韵。

第一节 阴声韵部

一 支思韵

该韵字包括《中原音韵》的支思韵字及部分《中原音韵》未收字。

支思韵小令和套数共独用 107 次。

支思韵与齐微韵通押的韵字有"止、事、时、字、枝、丝、诗、纸、食、紫、至、子、斯、是、卮、赐、词、姿、翅、师、儿、咨、史、私、死、脂、之、肢、耳、二、侍、寺、差、齿、刺、支、茨、施、嗣、狮、已"，通押比例 62.7%①。

（一）支思韵韵字使用情况②

【平声·阴】

支 6 枝 60 肢 12 卮 33 之 35 芝 9 脂 12 氏 1 ○髭 5 赀 3 滋 1 兹 5 孜 4 资 6 咨 9 姿 25 ○眵 1 差 5 ○施 9 诗 57 师 14 狮 4 尸 2 ○斯 11 厮 1 思 109 司 1 私 10 丝 46 偲 1 ○雌 3

【平声·阳】

儿 134 ○慈 1 茨 5 磁 1 ○时 182 匙 2 ○词 53 辞 20

【上声】

纸 22 指 5 止 11 芷 1 趾 2 ○尔 3 耳 5 饵 2 ○此 21 ○史 15 驶 1 使 6 始 1 ○子 46 紫 10 ○死 19 ○齿 7

【入作上】

瑟 3

【去声】

是 11 市 18 侍 3 士 12 使 6 示 8 事 71 试 2 视 8 ○似 5 赐 4 巳 1 嗣 1 寺 5 食 11 肆 2 粗 2 ○次 7 刺 5 莿 1 ○字 41 渍 2 自 6 ○志 35 至 22 ○二 4 饵 2 ○翅 8

《中原音韵》未收字：漦 1

（二）《中原音韵》未收字③

漦，《广韵》止韵阻史切"淀也"，中古庄母止摄止韵，按规律应入《中原音韵》支思韵。张瘦郎（湖北）套数《咏绣鞋》【南仙吕二犯桂枝香】，"漦"与"此事丝差至时儿儿卮"通押。原句为："踏青见此。潜藏心事。苔砌仍拖泥漦。丝丝。鸦头小样两参差。西厢立月无人至。绣花帮还合时。齐宫步儿。马嵬袜儿。央来当就卮。"④

二 齐微韵

该韵字包括《中原音韵》的齐微韵字及部分《中原音韵》未收字。

---

① 各韵部都会有通押的现象，因篇幅有限，全书只列举通押比列较高（接近或超过 70%）的情况，或通押韵字出现频率较多的情况。

② 每个韵中韵字的归类是根据散曲实际读音划分，排列是根据《中原音韵》韵内次序，下同。

③ 每个韵部的未收字字数不同，这里只举例且南北方不重复，下同。

④ 为节省篇幅，全书的"原句"只截取带有韵脚字的句子。

齐微韵小令和套数共独用572次。

齐微韵与支思韵通押的韵字有"气、味、里、力、机、世、的、髻、吹、地、池、迟、期、奇、迷、意、离、痴、绮、矣、齐、礼、缁、蕊、知、归、泪、悲、寐、嘻、眉、为、随、移、衣、宜、藜、鲤、致、灰、迤、蕤、坠、漆、膝、击、拾、起";与皆来韵通押的韵字有"碎、醅、杯、归、回、迴、雷、实、推、眉、奇、徊、隗、息、理、水、坠、摧、飞"。

（一）齐微韵入韵字使用情况

【平声·阴】

机66 几12 矶13 玑5 肌19 饥18 讥3 基15 鸡22 姬12 奇17 羁7 ○归106 龟4 闱11 规7 ○蘁3 挤2 跻2 ○菱1 ○低55 堤23 ○妻27 凄18 萋15 悽8 栖22 ○西62 嘶10 ○灰20 挥1 晖15 辉36 徽5 ○杯64 悲64 卑4 碑6 ○追10 锥3 ○威21 偎4 隈1 煨1 ○非61 扉21 霏6 騑1 菲16 妃4 飞130 ○溪30 欹23 歔5 ○希5 稀81 熹1 嘻9 熙18 ○衣96 依26 伊13 医12 漪8 臆1 ○吹30 炊4 推11 ○醅5 披6 丕2 ○魁12 亏24 窥5 奎1 ○痴48 鸱2 媸2 ○催39 ○批2 ○堆24 ○鎚1 ○知114 ○梯12

【平声·阳】

微40 薇5 维2 惟2 ○黎3 犁13 梨5 藜8 离46 璃5 篱33 鹂2 狸2 漓9 ○泥37 尼4 ○梅13 媒9 眉72 湄6 楣3 枚2 縻2 ○雷13 累5 罍3 ○随59 ○齐80 ○回53 徊26 迴18 ○围29 闱10 帏27 违20 嵬2 巍4 危28 为34 ○肥32 ○奇66 骑1 期87 旗10 棋25 祇5 其6 畿4 岐8 歧5 ○兮21 畦6 蹊10 携9 ○移57 霓11 猊3 輗1 姨6 夷20 疑31 巍2 沂1 宜77 仪10 彝1 怡6 饴1 颐6 遗3 蛇3 ○啼51 蹄8 提28 题85 ○锤4 垂40 ○陪8 培5 皮30 ○葵1 馗1 夔2 ○池45 驰17 迟78 墀6 持27 ○颓6 ○脾4 疲1 比11 罴1 ○迷106 弥5 ○谁45 ○摧6 ○蕤6

【入作平】

实22 十9 石7 食15 拾16 ○直8 侄1 掷6 ○疾30 嫉3 集9 寂5 ○夕11 习3 席48 袭1 ○狄4 敌11 笛8 ○及11 极11 ○逼8 ○贼2 ○藉6

【去作平】

鼻3

【上声】

迤5 ○尾8 ○倚19 椅1 蚁6 矣27 已8 ○美59 ○几25 己13 纪12

○耻1 侈2 ○鬼13 ○悔15 卉2 毁3 虺1 ○礼10 里145 理31 鲤4 李12 蠡4 履4 ○济11 ○底37 ○洗12 徙1 屣1 ○起88 启5 绮10 ○米9 ○你63 旎3 ○彼1 ○喜50 ○委2 苇2 ○垒9 儡3 蕾2 ○体15 ○腿2 ○蕊8 ○嘴8 ○髓7 ○水78

【入作上】

质2 炙2 织3 汁3 只1 ○七5 戚3 漆7 刺5 ○匹1 辟1 ○吉2 击30 激2 棘2 戟2 急9 汲1 ○笔11 北17 ○失4 室6 识25 適1 饰7 湿7 ○积4 稷3 迹14 唧1 ○毕1 碧5 壁13 ○昔5 惜6 息40 ○尺7 喫5 ○的54 滴11 ○德7 得10 ○踢1 ○隙4 禽1 ○国12 ○黑3 ○一8

【去声】

胃5 未2 味71 谓1 伪1 ○位8 ○贵27 愧6 桂8 桧1 脍1 跪4 鲙1 ○沸20 费3 肺5 废13 ○会80 晦2 海2 蕙1 慧1 ○翠30 脆3 悴22 萃2 领2 ○异9 裔2 义22 议2 谊2 毅2 艺4 易18 翳2 枻1 曳5 意73 ○气111 器10 弃10 憩3 契9 ○霁9 济9 祭1 际21 ○涕1 替3 ○帝1 谛2 弟6 第9 睇1 地103 递5 蒂4 ○背9 狈1 倍7 备5 避22 辈13 被10 臂1 陂1 ○利33 俐6 例7 戾1 厉1 吏3 丽11 詈1 唳1 ○砌17 ○细55 婿1 ○罪6 醉107 ○对32 队17 ○计69 记19 寄26 系7 继5 妓9 髻10 偈2 忌14 既1 骥2 骑2 技1 ○闭11 蔽7 比5 秘2 陛3 ○谜6 ○睡37 瑞11 ○退21 蜕1 ○岁18 碎34 邃2 遂8 穗5 ○坠36 赘1 ○置2 滞1 致22 治14 智11 帜1 ○世39 势19 逝3 誓13 ○泪42 累7 擂1 类3 ○配10 佩1 珮6 辔1 沛1 ○昧9 媚33 袂4 寐14 魅2 ○戏59 腻3 係1 ○内22

【入作去】

日59 ○觅6 蜜11 ○密4 ○墨1 ○立30 粒2 笠2 力27 ○逸7 驿3 益8 役1 挹1 翼8 逆1 忆5 液1 ○勒1 ○剧3

《中原音韵》未收字（按照押韵次数排列，下同）：

帷14 嬉10 堤8 籍7 恢7 膝6 吃6 职4 椎3 谥2 鞬2 斾2 魑2 踶2 屐2 虇2 呖2 缁2 隐2 秸1 奕1 敕1 菌1 弼1 旖1 潩1 罱1 植1 癖1 蛴1 茅1 崎1 茴1 禧1 啐1 惕1 觯1 弋1 醴1

(二)《中原音韵》未收字举例

(1) 籍，《广韵》昔韵秦昔切"簿籍"。如：赵南星（河北）套数《寿家君六十五》【油葫芦】"籍"与"围里为致气綮归"通押。原句为："近年来懒竞毛锥入棘围。曾去试牛刀在花县里。刚刚数月略施为。

撞着他督邮少年乔张致。怎知俺彭泽吏隐多豪气。逼着人动文移。点着烛卷书籍。冒着雨揽定了青丝辔。慌的些百姓们无计阻西归。"

(2) 嬉，《广韵》之韵许其切"美也一曰游也"。如：杨贲（安徽合肥）套数《春游》【脱布衫】"嬉"与"礨美沸"通押。原句为："一处处仕女遊嬉。一攒攒客醉尊礨。一簇簇笙歌韵美。一步步管絃声沸腾。"杨慎（四川）小令《和王舜卿舟行四咏》【南中吕驻马听】"嬉"与"炊时丝肥技味"通押。原句为："繁缆晨炊。正是舟横野渡时。溪菜分丝。直钩难钓锦鳞肥。空囊羞试青蚨技。鼓腹而嬉。山肴野蔌皆佳味。"

(3) 恢，《广韵》灰韵苦回切"大也"。如：康海（陕西）小令《四月八日雷雨》【北双调折桂令】"恢"与"雷回违德威颓酷"通押。原句为："小庭闲何处风雷。划地翻回。想天公愿与人违。麦已抽何劳水德。夏才初顾逞彪威。意绪推颓。物理虚恢。甚支吾万盏新酷。"常伦（山西）小令【南商调山坡羊】"恢"与"碎睡迴迴醉椎谁飞谁"通押。原句为："闷葫芦一摔个粉碎。鸦儿守定兔儿窝中睡。曲江边混一迴。鹊桥边撞一迴。来来往往无酒儿三分醉。单买那明珠大似椎。恢恢。试问青天我是谁。飞飞。上的青霄咱让谁。"

(4) 膝，《广韵》质韵息七切"胫节也"。《释名》"膝，伸也，可屈伸也"。如：薛论道（河北）小令《世味》【南仙吕入双调朝元歌】"膝"与"起皮底漆气嫉疑漓欺起立"通押。原句为："奴膝婢膝。软软扶不起。羊皮虎皮。默默深无底。明托胶漆。外貌儿一团和气。就里生嫉。清风高节反见疑。世道近浇水漓。人情怀自欺。小人一起。有君子其何能立。"

(5) 吃，《广韵》迄韵居乙切"语难"。但该字在散曲中的意思同"喫"，意思为"吞咽食物、饮料"并非"语难"。可见，这里的"吃"是后起字，并非《广韵》收录的"吃"字。为保证语料的真实性，本书将该字归为《中原音韵》未收字中。在《全明散曲》北方散曲，"吃"共入韵6次，全部押入齐微韵。如：刘效祖（山东）套数《良辰乐事》【上小楼】"吃"与"寂密势为气计"通押。原句为："解释上经营静寂。来往的人稠人密。挑脚的作势。赶脚的施为。讨嘴吃。长吁短气。口儿里要馋饧他说一年之计。"

(6) 蘼，《广韵》未收。《直音篇》收此字，音"糜"（《汉语大字典》引）。仅用于"荼蘼"一词。如：金銮（甘肃）套数《征怨》【前腔】"蘼"与"衣枝蒂迷痴翠啼西"通押。原句为:"朝露浥罗衣。傍荼蘼。折小枝。香丛忽见花同蒂。情儿顿迷。意儿似痴。绣鞋立遍苍苔翠。恼莺啼。不得到辽西。"

三 鱼模韵

该韵字包括《中原音韵》的鱼模韵字及部分《中原音韵》未收字。鱼模韵小令和套数共独用603次,独立成韵。

鱼模韵与支思、齐微韵通押的韵字有"趣、雨、珠、妇、侣、住、曲、句、度、树、语、佛、拘、处、许、去、余、宇、舆、鱼、玉、阻、愚、序、遇、聚、居、蛆、雏、禄、矩、虞、羽、屋、儒、庐、暑";与歌戈韵通押的韵字有"骨、沽、窟、珠、路、奴、做";与尤侯韵通押的韵字有"伏、度、措、目、处、雨、无、去、俗、误、露"。

(一) 鱼模韵入韵字使用情况

【平声·阴】

居53 裾17 车26 驹26 拘14 俱3 琚1 ○诸6 朱7 姝7 株5 珠43 诛2 ○苏13 酥8 晡9 枢1 ○粗21 刍8 ○梳2 疏26 蔬6 疏38 ○虚32 墟7 嘘1 吁5 ○蛆3 趋18 ○沮1 苴1 雎1 ○孤27 姑5 酤1 沽18 ○枯21 ○迂3 纡4 于6 ○乌8 ○书88 舒7 输9 ○区9 躯15 驱16 岖1 ○须10 鬚9 胥13 醑3 ○肤2 夫56 敷4 莩2 郛1 趺2 孚1 ○呼49 ○初35 ○都20 ○租1

【平声·阳】

庐50 闾9 驴21 胪1 ○如50 茹1 儒22 濡3 襦3 ○无53 芜19 诬3 ○模8 谟1 谋17 ○徒42 图61 荼1 途44 涂8 塗11 ○奴9 ○卢1 芦12 鲈4 颅2 炉24 ○鱼57 渔4 虞19 余62 竽3 予10 欤4 舆4 愚32 盂2 隅6 萸4 臾5 榆7 觎1 瓯6 雩1 揄7 愉1 谀1 俞1 ○吾25 吴6 梧10 娱29 ○雏9 锄11 ○殊3 ○渠13 蕖3 衢11 劬1 癯1 ○除32 蜍1 厨18 幮1 躕4 储1 蹰20 ○扶30 夫23 符15 凫5 浮6 蚨3 趺1 ○蒲13 ○胡4 糊26 湖35 醐1 瑚4 壸76 狐3 弧1 乎12 ○徂3 ○徐9

【入作平】

独3 毒7 读13 突2 犊1 ○复1 佛8 服8 伏5 袱2 ○鹄1 斛10 ○属1 术2 ○俗28 续6 ○逐11 轴4 ○族2 ○仆3 ○局9 ○熟21

第三章 《全明散曲》北方散曲作家用韵分析

【上声】

语56 雨49 与13 羽7 宇17 ○吕4 侣37 缕17 ○主45 煮2 麈1 墅3 渚2 ○乳3 汝1 ○鼠2 黍14 暑11 ○阻17 俎3 ○杵2 处65 ○数18 ○祖3 组2 ○武8 舞39 鹉1 庑2 ○土19 吐4 ○鲁4 橹2 虏2 ○睹6 堵4 ○古44 罟1 蛊2 估1 鼓14 羖5 股3 ○五3 伍1 午4 坞12 ○虎24 浒1 ○补9 浦7 圃7 逋1 ○谱7 ○甫13 脯2 斧3 抚4 府32 腑13 父7 ○母5 亩19 ○楚10 ○举1 ○矩4 ○许10 ○取7 ○苦47 ○女10 ○屿2 ○去26

【入作上】

谷10 穀2 骨8 ○缩3 速13 ○福16 腹7 覆8 ○卜3 不2 ○菊3 ○笃2 忽1 ○筑2 烛5 竹15 粥4 ○粟4 ○曲8 屈8 ○出8 ○叔3 ○笃1 ○哭5 窟2 ○束6 触1 ○簇5 ○足33 促5 ○秃1 ○卒1 ○蹙5 ○屋32

【去声】

御1 驭2 遇19 芋1 誉7 妪1 ○虑39 ○惧1 句18 据4 拒1 惧3 具1 ○树40 竖1 曙2 署2 庶1 ○觑12 趣50 ○住56 柱4 注7 澍3 铸11 驻5 贮2 亿2 ○数30 ○絮14 序6 绪19 ○杜4 妒15 肚6 渡20 度27 ○赴1 釜2 付4 赋26 富34 妇5 附1 阜2 负18 ○户34 护10 ○务11 雾19 ○素12 塑1 诉7 ○暮38 墓3 慕3 ○路129 鹭22 辂1 露18 ○故11 顾48 固2 ○误30 悮2 悟16 污21 汙3 恶5 ○布10 部3 簿18 步12 ○醋1 措1 ○做13 ○祚1 ○兔7 吐4 ○怒4 ○铺28 ○处50 ○去76 ○聚31 ○助12

【入作去】

禄16 鹿13 漉1 麓3 ○木7 沐3 牧3 目21 没4 鹜5 ○录1 箓6 绿20 醁5 陆2 律1 ○物38 ○辱8 入2 ○玉34 狱1 浴2 欲3

《中原音韵》未收字：

垆13 祜2 脧2 肃2 謩2 楼2 啄2 祝1 砵1 籔1 馥1 伫1 俅1 忼1 柮1 揄1 喻1 蒭1 腐1

（二）《中原音韵》未收字及特殊字[①]举例

（1）垆，《广韵》模韵落胡切"土黑而疏"。如：张炳潬（陕西）套数【小梁州】"垆"与"躇枯数愚"通押。原句为："司马提壶女当垆。

---

① 在韵字归类过程中，我们发现有些字的实际通押情况与《中原音韵》有些出入。对这些字我们统称为"特殊字"并对它们进行分析。因篇幅有限，只列举一二。

偃蹇踌躇。题桥转眼变荣枯。前生数。不管智和愚。"

（2）祜，《广韵》姥韵侯古切"福也"。如：薛论道（河北）小令《儒将》【北仙吕桂枝春】"祜"与"度素布逐夫"通押。原句为："书生襟度。儒服雅素。下马能做露布。看临戎鲁肃。军中羊祜。不在驰逐。缓带轻裘雄万夫。"

（3）幮，《广韵》收"㡡"字，虞韵直诛切"帐也，似厨形也"。张炼（陕西）小令《有怀》【北商调梧叶儿】"幮"与"炉疏孤雨"通押。原句为："月明敞玉幮。香尽冷金炉。天寒鸿雁疏。人远梦魂孤。何处也朝云暮雨。"

（4）籁，《广韵》未收。《集韵》苏谷切。杨慎（四川）套数《题月》【前腔】"籁"与"目局屋"通押。原句为："沉沉籁声簌。水浸瑶臺冻凝目。似战酣棋局。荒径外鸡声茅屋。"

（5）做，《广韵》未收。《中原音韵》收入鱼模韵。《正字通》释为"俗'作'字"。《字汇》释为"'租'去声"。

"做"在《全明散曲》中共入韵24次①：13次叶鱼模韵，11次叶歌戈韵。如：王征（陕西）套数《山居自咏》【满庭芳】"做"与"苦壶雾娱毅间侣庐"通押。原句为："再不问谁甘谁苦。赛过蓬壶。升沈变态同烟雾。那能够事事欢娱。任从你食牛饭毅。任从你大纛高闲。这些事凭君做。我只有同心道侣。日日伴吾庐。"冯惟敏（山东）小令《八不用》【北双调清江引】"做"与"苏物数"通押。原句为："紫罗襕披的破庐苏。也非是值钱物。拆洗难重做。送与他故衣行不上数。"又如：孙楼（江苏常州）小令《嘲妓》【南商调黄莺儿】"做"与"多何座他他么和"通押。原句为："只要嫖儿多。便村郎没奈何。少年兀自寻窠座。是石崇也接他。是范丹也接他。生辰一月三迥做。你知么。不怕郑元和。"王屋（浙江）小令《漫歌》【南商调黄莺儿】"做"与"呵么锣歌柯何"通押，原句为："终日笑呵呵。问先生笑甚么。偷闲落取神仙做。卖糖大锣。沿村唱歌。盼庭柯。不乐待如何。"施绍莘（上海）小令《暂别书情》【南仙吕桂枝春】"做"与"坐个破何"通押。原句为："和衣而坐。梦儿不做。我与影儿两个。只见月来云破。醒时可奈何。"

在现代北方方言中，"做"在北方地区某些方言中读[uə]的现象，

---

① 有些韵字出现两读时，特别是在南北方散曲中用韵不同时，我们会对其用韵情况进行统一说明，下同。

如：山东方言中的东平话、费县话。在南方方言中，"做"有的地方读[u]，有的地方读[ou]。如：上海话"做、坐、个、破、何"全部读为[u]；温州话"多、何、座、和、做"全部读为[ou]。我们认为"做"应归入鱼模韵，通押现象应该是受到当时方言的影响。

(6) 谋，《广韵》尤韵莫浮切"谋计也"，《中原音韵》收入鱼模韵。明代散曲作品中，"谋"即与鱼模韵通押又与尤侯韵通押。如：吴国宝（安徽无为）小令《自咏》【北商调黄莺儿】"谋"与"头侯受求休首头"通押。原句为："做个囫囵头。不封官不拜侯。凫长鸭短从天受。强求的莫求。好休时便休。才思量进步忙回首。囫囵头。快乐是良谋。"王问（江苏无锡）小令《慨世》【南越调浪淘沙】"谋"与"沟侯狗由"通押。原句为："刘项割鸿沟。用尽机谋。将台高筑拜韩侯。云梦伪遊烹走狗。着甚么来由。"又如：刘良臣（山西）套数《闻惊》【滚绣球】"谋"与"图胡糊都鲁呼夫湖"通押。原句为："那里有经国谋。那里有安国图。乘机的甚似强胡。这壁厢眼模糊。这壁厢嘴骨都。都恁般胡涂兀鲁。平白地惊怪传呼。紧闭城门是丈夫。羞惭杀廊庙江湖。"

现代汉语普通话中的"谋"属于尤侯韵读作[məu]。《全明散曲》中共入韵65次：39次与尤侯韵通押，26次与鱼模韵通押。"谋"属于流摄字唇音字，在语音演变过程中，流摄唇音字大都归并到遇摄鱼模韵。但实际上，ou是保留了流摄韵母的读音是语音稳定性的表现，而在唇音声母后读u是不合规律的变化。在现代方言中，"谋"依然存在两读现象。如：南京话、上海话读[məu]；济南话、太原话读[mu]。我们有理由相信，明代时"谋"作为韵脚字也是两音并存的。

四 皆来韵

该韵字包括《中原音韵》的皆来韵字及部分《中原音韵》未收字。

皆来韵小令和套数共独用561次，独立成韵。与齐微韵通押的韵字"白、客、色、陌、百，才，街"。与家麻韵通押的韵字有"彩、在、孩、客、色"。

(一) 皆来韵入韵字使用情况

【平声·阴】

堦30 阶51 喈1 街18 偕2 稭1 楷1 ○该17 垓10 菱2 ○哉47 栽22 灾33 ○钗41 差26 ○台31 胎21 哈5 ○哀19 埃23 ○猜62 ○挨15

○衰16 ○腮43 ○歪23 ○开176 ○揩7 ○斋45 ○乖51 ○筛12 ○揣11

【平声·阳】
来268 莱32 ○鞋27 谐30 骸22 ○排56 牌20 ○怀153 淮5 槐17 ○埋37 霾3 ○骏1 皑1 孩3 ○柴18 豺1 侪8 ○崖6 厓3 捱19 ○缞19 才63 材17 财18 裁27 ○抬14 臺114 苔26

【入作平】
白46 帛3 ○宅20 泽9 择1 ○划7

【上声】
海55 醢1 ○骇2 ○给1 ○蟹4 ○宰6 载11 ○采23 彩11 採5 綵7 ○霭7 蔼4 乃2 ○拐3 ○摆20 ○矮4 ○解17 ○买42 ○改32

【入作上】
拍3 珀1 魄7 ○策23 册1 ○百2 伯3 柏2 ○格6 革1 隔5 ○客37 ○责2 帻2 摘1 侧12 窄24 ○色54 稿1 ○摔2 ○掴1

【去声】
懈1 獬1 薤1 ○寨11 债65 虿3 ○态32 泰18 太3 ○盖15 ○爱50 ○捱5 隘3 ○奈13 耐23 鼐3 ○害46 ○带39 戴13 ○待31 代5 大53 黛12 袋1 ○戒5 诫1 ○解13 界21 介1 芥1 疥1 届3 ○外110 ○快25 块10 ○在104 再9 载15 ○卖26 迈14 ○赖16 籁5 濑1 眚1 ○拜11 败21 ○菜21 ○晒3 煞3 ○赛10 塞6 ○怪46 ○坏13 ○慨3 ○派13 ○帅3 率1 ○漈1

【入作去】
麦3 陌5 脉5 ○额4

《中原音韵》未收字：
碍20 醋16 歹12 概4 咳4 拆2 逮2 踹1 畚1 睐1

(二)《中原音韵》未收字举例
(1) 碍，《广韵》代韵五溉切"止也距也"。如：王九思（陕西）套数《贺三原秦子京新居》【尾声】"碍"与"客霭"通押。原句为："陈元龙楼上客。寄乾坤万里无遮碍。遥望着凤阙天边笼瑞霭。"
(2) 概，《广韵》收"槩"字，代韵古代切"平斗斛木"。《汉语大字典》中"概"有"景象、状况"的义项。散曲中的"概"正是此意。如：冯惟敏（山东）小令《冶源大十景》【南仙吕桂枝香】"概"与"霭碳开开界莱臺"通押。原句为："浮山胜概。冶源烟霭。又不是轻云暧碳。不移时闪开。不移时闪开。神仙世界。阆苑蓬莱。壶中白玉臺。"

（3）咳，《广韵》哈韵户来切"小儿笑貌"。如：王越（河南）小令《归隐》【南商调黄莺儿】"咳"与"来快衰白在开怀"通押。原句为："唱一会哈哈咳。叹青春不再来。光阴迅速如梭快。朱颜早见衰。云鬓又渐白。知明朝谁在谁不在。哈哈咳。眉头皱展开。得开怀且开怀。"

（4）逮，《广韵》代韵徒耐切"及也"。如：李应策（陕西）小令《会省垣旧僚》【北双调水仙子】"逮"与"改在怀臺泽海"通押。原句为："燕山尊酒人俱改。蟠溪纶饵时难逮。掖垣笔札风犹在。想伏蒲旧襟怀。借短筇扶蹑五臺。觅小舟漫遊七泽。倚长剑纵横四海。"

（5）呆，《广韵》铎韵匹各切"面大貌"。冯惟敏（山东）套数《酬金白屿》【四门子】"呆"与"外客乖怀呆"通押。原句为："他敢是早年间出落在红尘外。做了个散诞仙风月客。卖一会乖。觑高官大爵怎介怀。卖一会呆。见不上学蛮撒呆。"

五 萧豪韵

该韵字包括《中原音韵》的萧豪韵字及部分《中原音韵》未收字。

萧豪韵小令和套数共独用985次，独立成韵。与歌戈韵通押的韵字有"阔、烧、老"；与尤侯韵通押的韵字有"棹、鸟、牢、酌"；与鱼模韵通押的韵字有"老、绡、教"。

（一）萧豪韵入韵字使用情况

【平声·阴】

萧11 箫68 潇18 绡35 消107 销23 宵58 霄57 〇刁2 貂20 雕2 凋13 〇枭2 鸮1 嚣12 枵3 〇梢44 捎4 筲1 鞘2 〇娇75 骄12 〇蕉8 憔1 焦36 椒2 〇标35 杓7 镖2 膘1 飚6 〇交90 蛟3 咬6 郊24 胶11 教15 〇包8 胞1 苞1 〇嘲26 高206 篙1 膏10 羔7 糕1 皋11 〇刀32 叨14 朌2 饕2 韬8 〇骚31 搔2 臊2 〇遭45 糟5 〇昭3 招30 朝57 〇邀18 幺3 腰62 妖7 要3 夭5 〇飘73 漂2 〇抛28 绦5 掏1 叨1 滔9 〇橇1 哮3 〇敲55 硗2 〇抄3 〇坳2 〇蒿1 〇浇5 褒3 〇超2 〇操15 〇姚1

【平声·阳】

豪75 毫25 嚎4 聊15 僚4 〇饶45 桡4 〇苗33 描34 〇毛34 旄3 茅11 髦9 猫2 〇猱1 挠5 〇牢31 劳35 醪28 捞5 〇迢22 调65 蜩2 条

53 跳 10 ○潮 16 朝 65 韶 6 ○遥 107 摇 53 谣 11 瑶 16 飘 3 尧 6 陶 22 窑 2 峣 3 ○樵 27 瞧 23 ○鳌 12 骜 1 熬 21 嗷 4 敖 1 璈 18 遨 5 聱 4 謷 1 廒 1 ○乔 18 桥 78 翘 27 ○爻 2 肴 6 殽 10 洨 1 ○袍 45 炮 3 跑 6 庖 4 ○桃 50 逃 28 萄 3 醄 16 淘 4 涛 23 ○曹 41 槽 6 嘈 3 ○瓢 21 ○巢 51

【入作平】

浊 3 ○度 26 ○薄 36 箔 10 博 3 ○学 37 ○鹤 11 ○著 14 ○着 34 ○凿 1 ○镢 5

【上声】

小 62 ○皎 14 缴 2 矫 2 ○袅 13 鸟 26 ○了 107 蓼 1 燎 3 瞭 1 ○杳 25 ○邈 15 绕 24 娆 25 扰 16 ○渺 9 秒 3 ○悄 15 ○宝 14 保 17 堡 1 葆 1 ○卯 1 ○狡 7 搅 5 铰 1 ○老 124 潦 1 撩 1 ○脑 10 恼 52 ○扫 32 嫂 1 ○漂 1 ○早 56 枣 4 藻 8 蚤 1 ○倒 37 岛 31 捣 3 祷 7 ○缟 4 ○槁 4 ○袄 2 ○袄 3 ○考 7 挑 28 窕 12 ○沼 11 ○少 55 ○表 22 ○巧 41 ○晓 69 ○饱 24 ○爪 3 ○炒 9 ○讨 5 ○草 73 ○好 125 ○稍 17

【入作上】

角 15 觉 29 脚 11 ○捉 1 ○铄 2 ○酌 7 灼 2 ○郭 3 ○驳 6 ○削 3 ○柞 1 ○错 13 ○阁 7 ○噩 4 ○谑 1 ○作 4 ○索 5 ○鹊 1 雀 2

【去声】

笑 113 啸 19 肖 2 鞘 1 ○耀 1 眺 12 ○钓 18 吊 5 掉 4 ○豹 4 爆 1 瀑 1 ○抱 52 报 32 暴 3 鲍 1 ○灶 8 皂 6 造 11 躁 8 ○料 18 疗 2 ○傲 22 ○赵 1 兆 10 照 47 诏 14 召 4 肇 1 ○少 12 绍 2 烧 39 ○号 13 皓 2 好 10 昊 2 皞 1 耗 12 浩 2 灏 2 ○道 167 纛 1 导 1 悼 1 蹈 4 到 96 稻 1 倒 26 ○曜 1 耀 16 要 5 ○叫 35 轿 6 峤 10 ○醮 2 ○糙 2 操 1 ○俏 34 峭 10 诮 4 ○俵 1 鳔 1 ○孝 13 效 4 校 2 ○窖 7 教 5 觉 8 较 8 ○罩 21 棹 13 ○拗 1 靿 1 乐 18 ○貌 38 帽 21 冒 2 眊 1 ○砲 1 泡 3 ○告 12 诰 7 ○劳 28 ○噪 10 燥 8 ○妙 48 庙 15 ○奥 4 ○闹 46 ○钞 16 ○窍 18 ○哨 3

【入作去】

乐 41 药 17 约 12 跃 3 ○铎 1 ○落 40 络 4 ○寞 4 ○略 6 掠 1 ○弱 4

《中原音韵》未收字：

套 36 寥 27 跷 10 纱 10 靠 9 稿 7 吵 6 苕 3 谣 3 却 2 壕 2 嫖 2 唠 2 眇 1 嘌 1 窈 1 茑 1

(二)《中原音韵》未收字举例

(1) 套,《广韵》皓韵他皓切"长也"。《集韵》号韵叨号切。根据

《汉语大词典》，上声一读表示的是《广韵》《集韵》所释的"长""长大"，而后代用的"套"的意义并非如此（如量词套，圈套、外套的"套"等），均读去声。散曲中的"套"应读去声。如：刘良臣（山西）小令《对景色》【南中吕驻云飞】"套"与"陶牢傲笑陶劳高"通押。原句为："对景陶陶。林下山间睡得牢。便把侯王傲。不怕流俗笑。陶。莫自苦劳劳。走不出漫天套。三杰谁知四皓高。"

（2）蹊，《广韵》宵韵去遥切"揭足"。如：王九思（陕西）小令《席上对雪次韵》【北双调水仙子】"蹊"与"敲飘落着桥梢"通押。原句为："冷冷象板粉儿敲。小小金杯绿蚁飘。重重画阁红尘落。喜丰年恰遇着。几般儿景致蹊蹊。驴背稳诗吟野桥。莺巢湿春隐花梢。"

（3）靠，《广韵》号韵苦到切"相违也"。如：吴国宝（安徽无为）套数《情词》【醉扶归】"靠"与"巧高笑"通押。原句为："曲纤纤漫写娥眉巧。皎团团清转月云高。喜孜孜暗送千金笑。暖融融不觉香肩靠。"

（4）唣，《广韵》未收。《中华字海》音造。《汉语大字典》有"吵闹"的意思。如：赵南星（河北）套数《得魏中丞书》【江儿水】"唣"与"标耀道傲倒"通押。原句为："声名万古标。似丹山彩凤光辉耀。是个人都把他称道。只有你偏把他骄傲。平空的百般啰唣。气的个先生病倒。"

（5）睄，《广韵》未收。《集韵》效韵所教切"小视也"。王九思（陕西）小令《闺情四首》【南仙吕醉罗歌】"睄"与"报高到宵宵照学抛"通押。原句为："有情有情灯花报。频听频听鹊声高。试挽乌云隔簾睄。恰正是他来到。都在此宵。都在此宵。碧天明月团圆照。慢慢学。千金一刻莫虚抛。"

六　歌戈韵

该韵字包括《中原音韵》的歌戈韵字及部分《中原音韵》未收字。

歌戈韵小令和套数共独用313次，独立成韵。与车遮韵通押的韵字有"歌、约、括、抹、破、合、末、我、乐、过"；与鱼模韵的通押韵字有"薄、火、课、歌、我、河、波、锁、跎"。

（一）歌戈韵入韵字使用情况

【平声·阴】

歌141 哥45 柯27 〇科24 窠11 〇轲2 珂13 〇戈19 过144 锅7

○莎3 蓑18 唆3 簑3 睃4 梭31 娑18 挲3 ○磋5 搓4 ○他46 拖10 ○阿10 疴5 ○窝43 ○坡18 颇2 ○波96 玻1 ○呵34 ○多122 ○么28

【平声·阳】

罗49 萝14 啰11 偻1 螺5 锣2 ○摩2 磨62 魔34 ○那12 挪9 ○禾5 和37 ○何95 河39 荷8 苛1 ○驼4 陀13 跎28 酡9 沱2 迱1 驮4 ○矬1 ○哦9 蛾8 娥27 峨6 鹅7 ○婆12 皤9 ○讹2

【入作平】

合35 盒3 ○跋7 ○佛13 ○活67 ○薄20 箔2 ○勃4 渤1 ○度22 ○浊3 ○学9 ○夺8 ○着4

【上声】

锁29 琐7 ○果16 裹3 ○伙11 裸1 ○舸3 ○朵13 趓2 亸26 跥1 鬌1 ○可30 坷3 ○叵2 ○跛1 簸2 ○我106 ○左6 ○妥7 ○火28 ○钵1 ○颗9

【入作上】

葛2 割7 阁15 ○耷8 括1 ○拨3 ○渴4 ○阔8 ○掇2 ○脱12 ○抹11

【去声】

贺5 ○佐5 坐56 座15 ○舵5 堕8 惰5 垛3 剁3 大57 ○锉1 挫11 剉2 ○祸33 货10 和16 ○播6 ○么13 ○卧44 ○糯1 懦2 ○个30 ○饿7 ○课11 ○唾6 ○破62 ○嗑1

【入作去】

乐21 药7 约2 ○幕6 末6 寞4 莫1 漠1 ○弱1 ○落21 洛2 ○略1 ○萼4 ○朔1 ○错21

《中原音韵》未收字：

阖5 豁5 磕4 搏3 砣2 婐2 猓2 弹2 托2 袤1 搁1

(二)《中原音韵》未收字及特殊字举例

(1) 阖，《广韵》胡腊切"阊阖"。《说文》"云门扇也，一曰闭也"。如：赵南星（河北）小令《永平赏军作》【北双调折桂令】"阖"与"拖多陀伙歌他何"通押。原句为："但开罇不索推拖。好景无多。不念弥陀。寻些酒精头成群打伙。做一个酒疯子信口开阖。任意狂歌。撇嘴由他。笑人的到底如何。"

(2) 豁，《广韵》末韵呼括切"豁达"。如：姜恩（四川）小令《前提》【北双调驻马听】"豁"与"我说薄歌何阁"通押。原句为:"老天留我。旅馆凄凉休自说。宦情原薄。闲时勒马对人歌。吃紧堕脚求天豁。天家事怎奈何。尚有心忙的住在草梁阁。"

(3)𨍏,《广韵》未收。《集韵》果韵古火切。《汉语大字典》指"𨍏同輠,车上盛润滑油的器具"。如:薛论道(河北)小令《钱虏》【南商调山坡羊】"𨍏"与"货饿坐哥婆锅波活罗拖"通押。原句为:"见几个贪财行货。每日家耽饥挨饿。逢人说俭遇客常空坐。男儿悭吝哥。佳人叫化婆婆。牙积口攒广有松纹𨍏。数米调汤曾无腥味锅。奔波。一文钱要死活。张罗。往死呵任狗拖。"

(4)佛,《广韵》物韵符弗切。《中原音韵》分别收入鱼模韵和歌戈韵,说明字有两读。《全明散曲》北方散曲共入韵26次:11次与鱼模韵通押,如:冯惟敏(山东)小令《留僧》【北双调仙子步蟾宫】"佛"与"夫主簿福芦福铺脯脯谋袱母颅姑驴"通押。原句为:"俏姨夫换了个秃姨夫。旧施主做了个新施主。化缘簿改了个姻缘簿。倒赔钱当积福。花藤儿缠住了葫芦。手问心道了个万福。百衲衣打了个窝铺。斋馒头券了个胸脯。斋馒头券了个胸脯。行者铺谋。夜晚包袱。巧藏拽金面皮观音老母。偷夹拿铜法身弥勒尊佛。总不如剃了头颅。做个尼姑。那世里变两个毛驴。"15次与歌戈韵通押,如:冯惟敏(山东)小令《纪笑》【北双调玉江引】"佛"与"挪哥何果磨活合他蛾祸末火"通押。原句为:"难参尖嘴佛。百计腾挪。难逃毒害哥。成败是萧何。英雄无结果。一折一磨。谁知死共活。一仰一合。休嗔我笑他。我笑他恰便似扑灯蛾。自取焚身祸。两翅烧成末。眼睁睁飞将来不见火。"

意义唯一的"佛"字在冯惟敏的散曲作品中,即押入鱼模韵又押入歌戈韵,说明"佛"在当时有两读现象。根据实际押韵情况,我们也将"佛"分别归入鱼模韵和歌戈韵。

(5)错,《广韵》收两音:暮韵仓故切;铎韵仓各切。《中原音韵》分别收入鱼模韵和萧豪韵。《全元曲》中"错"共入韵21次:15次叶萧豪韵、6次叶歌戈韵。《全明散曲》中"错"共入韵43次:16次叶萧豪、27次叶歌戈。如:丁彩(山东)小令【南商调山坡羊】"错"与"药歇过唆落了破着娥娥活"通押,文"可意人有甚么仙丹妙药。锁住我心猿不得东移西错。守着你亲了又亲无休无歇。离了你想了又想一时也难过。眼皮儿跳的我低修多唆。身躯儿瘦的我提流拖落。我的心早你身上定了。

可怜见你松松手把方法破破。也禁不的赤绳儿把我心系儿扯着。娇娥。娇娥。悬挂在心头当一件正经生活。"王田（山东）套数《仕女围棋》【四门子】"错"与"妙刀倒稍饶了"通押，文"原来是一时间得胜夸神妙。不堤防笑里刀。霎时间变化多颠倒。一着错。将一个好局面没下稍。一匣饶。满盘儿都误了"。又如：吴国宝（安徽无为）【南商调黄莺儿】"错"与"磨着么么个磨我多"通押，文"只见病儿磨。肠儿疼勾不着。传来的话儿多差错。上焦儿怎么。下步儿怎么。胸膛儿可曾宽些个。病儿磨。药儿是我。品味儿不须多"。

我们可以看出元明时期，韵脚字"错"与歌戈韵、萧豪韵都有通押现象，这应该都是铎韵仓各切的读音，与仓故切以及《中原音韵》的鱼模韵读音无关。北方话中有些铎韵字还保留着文读和白读的现象，如：薄、作、摸。看来，《中原音韵》中"错"字鱼模韵的读法在北方散曲作品中没有得到保留。据《汉语大词典》，读 cù（《广韵》仓故切）的时候都是通"措"或"醋"，其他意义上都读 cuò，所以，"错"的鱼模韵读音在散曲中不会出现。我们将"错"分别归入歌戈韵和萧豪韵。

七　家麻韵

该韵字包括《中原音韵》的家麻韵字及部分《中原音韵》未收字。家麻韵小令和套数共独用 394 次，独立成韵。

（一）家麻韵入韵字使用情况

【平声·阴】

家 285 加 34 枷 3 迦 2 笳 4 瘕 1 葭 6 佳 23 嘉 8 ○巴 6 笆 3 ○他 133 ○蛙 13 窪 2 娲 2 哇 1 ○沙 47 砂 9 纱 47 裟 2 ○查 22 吒 3 蹅 3 ○挝 10 ○鸦 38 丫 1 呀 19 ○叉 9 杈 1 差 50 ○夸 42 ○虾 8 葩 11 ○花 249 ○瓜 50

【平声·阳】

麻 72 ○哗 19 划 2 华 72 ○牙 48 芽 31 涯 85 衙 28 ○霞 91 遐 1 瑕 15 斜 27 ○琶 39 爬 4 ○茶 59 槎 21 搽 2 ○拿 22 ○咱 71

【入作平】

达 27 踏 11 ○滑 31 猾 4 ○狎 9 辖 1 峡 13 洽 24 恰 1 掐 3 匣 3 ○乏 17 伐 2 筏 1 罚 5 ○拔 4 ○杂 18 ○闸 1

【上声】

马 100 ○雅 29 洒 25 傻 8 ○贾 3 假 31 斝 26 ○寡 13 ○把 14 ○瓦

19 ○打 20 ○鲊 3 ○耍 49 塔 6 榻 23 塌 3 ○杀 44 霎 11 ○劄 1 扎 5 ○匣 1 呷 1 ○察 8 插 14 锸 1 ○法 27 发 20 髪 11 ○甲 10 ○答 15 搭 9 嗒 1 ○飒 2 撒 11 萨 11 ○刮 9 ○瞎 1 ○八 8

【去声】
驾 22 嫁 13 稼 15 价 73 假 14 架 54 ○凹 2 ○跨 8 胯 1 ○亚 8 迓 2 讶 7 呀 5 ○汉 1 咤 1 诧 2 ○帕 17 怕 60 ○诈 9 乍 8 榨 3 ○下 178 夏 17 暇 14 厦 10 ○化 18 画 91 华 17 话 92 ○罢 85 把 1 霸 6 靶 1 ○卦 21 挂 55 ○大 45 ○骂 34 ○煞 17

【入作去】
腊 5 蜡 14 拉 6 辣 2 ○纳 3 ○压 3 押 1 鸭 8 ○抹 9 ○袜 13
《中原音韵》未收字：
娃 25 哑 19 擦 6 刺 4 枒 3 狭 3 叭 3 札 3 嘎 2 哈 2 闷 1 骓 1 阀 1 蹋 1 袄 1 渣 1 咋 1 扒 1

(二)《中原音韵》未收字及特殊字举例

(1) 娃,《广韵》佳韵于佳切"美女貌"。"娃"在《全明散曲》中共入韵 45 次。其中，44 次与家麻韵通押，1 次叶入皆来韵[①]。根据通押比例，我们将"娃"归入家麻韵。如：何瑭（河南）套数《归兴次渼陂先生韵》【折桂令】"娃"与"涯花马芽麻虾涯"通押。原句为："叹浮生思虑无涯。两眼昏花。二八娇娃。兴来时请朋友为棋打马。倦了时设杯盘蕨笋蒲芽。两碗胡麻。一筯鲜虾。又何须奔走天涯。"

(2) 哑,《广韵》陌韵乌下切"不言也"。如：王征（陕西）套数《同春园即事》【沽美酒】"哑"与"衙葩杀怕"通押。原句为："我则见割蜂脾闹晓衙。唼鱼藻闲春葩。满眼莺花乾趣杀。莫推聋做哑。不作鱼不怕。"

(3) 擦,《广韵》未收。《字汇》初戛切。《正字通》"擦,摩之急也。"如：秦时雍（安徽亳县）套数《暮春初会少华于谯词以纪之》【掉角儿犯】"擦"与"他杀法八差插化"通押。原句为："贪一回又待贪他。亲不足那怕亲杀。是前生欠了缘法。尽今世还个七八。桃源路走不差。身心一片有处安插。凤枕擦。软兀剌人瘫化。"

(4) 叭,《广韵》未收。《集韵》辖韵普八切。王磐（江苏高邮）小

---

① 该韵例在南方散曲中，后文有提及。

令《咏喇叭》【北中吕朝天子】"叭"与"大麻价怕假家家罢"通押。原句为:"喇叭。曲儿小腔儿大。官船来往乱如麻。全仗你抬声价。民听了民怕。那里去辨甚么真共假。眼见的吹翻了这家。吹伤了那家。只吹的水尽鹅飞罢。"

(5) 煞,《广韵》辖韵所八切"俗'杀'"。《中原音韵》收入皆来韵。《汉语大字典》中"煞"有平声和去声两个读音。在散曲作品中,"煞"都在句尾出现,有副词"很,极"的意思,正符合《汉语大字典》去声中的义项。根据"煞"实际入韵情况,我们归之为家麻韵去声部。

"煞"在《全明散曲》中共入韵49次。其中35次押入家麻韵。如:丁彩(山东)小令《无牌名》【南商调黄莺儿】"煞"与"他纱纱擦榻茶家家他他杀"通押。原句为:"月儿花梢约定他。半掩窗纱。半开窗纱。乱挽起鬓云把粉淡擦。剪银蜡铺下绣榻。煮下新茶。等我的冤家。候我的冤家。再不想他。再不念他。生生的为他把我就气煞。险些儿为他把我就害杀。"刘龙田(山东)小令【南仙吕入双调朝元歌】"煞"与"架话假下挝夸家哑下"通押。原句为:"坑煞。闪煞。好叫我难禁架。气煞。悔煞。听信他当初的话。才知是假。俺也曾在花阴柳下。惯把乖拽。教他反过来将口夸。薄倖俏冤家。俺且妆聋作哑。不知你几时作下。"汤式(浙江)小令《闻嘲》【北中旅谒金门】"煞"与"娃家亚达下画耍话"通押。原句为:"你鸣珂巷艳娃。我梁园内社家。两下里名相亚。你知音律我撑达。不在双渐苏卿下。我琴棋书画。你放会顽我煞撒会耍。你怎般俊煞。我那般俏煞。也索向妳妳行陪些话。"

14次押入皆来韵。如:杨慎(四川)小令【北中吕朝天子】"煞"与"钗鞋态才害来开歹怀腮"通押,原句为:"鸾钗。凤鞋。牡丹姿芙蓉态。多情多趣可憎才。怎不教人害。燕子刚来。梨花正开。想思病分外歹。闷怀。泪腮。更比年轻时煞。"汤式(浙江)小令《闺怨》【北双调对玉环带清江引】"煞"与"腮钗阶苔来捱色在埋"通押。原句为:"泪珠凝粉腮。鬓云松玉钗。飞絮点香阶。落红铺翠苔。青春不再来。黄昏怎地捱。推开绿窗邀月色。问月人何在。烦恼今番煞。将一片惜花心愁窨里埋。"

元代的散曲中"煞"也分别与家麻韵和皆来韵通押,如:《全元曲》中张国宾的《汗衫记》①,这些都证明了"煞"在元代和明代都有

---

① 李蕊:《全元曲用韵研究》,博士学位论文,华中科技大学,2009年。

[ʃa] 音。

八 车遮韵

该韵字包括《中原音韵》的车遮韵字及部分《中原音韵》未收字。

车遮韵小令和套数共独用 323 次，独立成韵。与歌戈韵通押的韵字有"热、切、也、月、夜"；与家麻韵通押的韵字有"柘、嗟、颊、蛇、赊、折、泻、谢、车、血、遮、麝"。

（一）车遮韵入韵字使用情况

【平声·阴】

嗟 39 ○奢 18 赊 43 ○车 34 ○遮 39 ○靴 3 ○些 81

【平声·阳】

爷 4 耶 3 枒 44 ○斜 53 邪 15 ○蛇 23 ○倷 1

【入作平】

协 8 穴 20 缬 3 侠 2 挟 1 ○杰 30 竭 19 碣 1 ○叠 32 迭 10 喋 3 牒 2 揲 1 谍 1 蝶 35 跌 6 撷 1 ○折 58 舌 30 涉 8 ○捷 1 截 12 睫 6 ○别 61 ○绝 36 ○麆 3

【上声】

野 16 也 91 冶 1 ○者 31 ○写 21 泻 10 ○捨 6 舍 33 ○惹 19 喏 1 ○扯 4 哆 1 姐 5 ○且 1

【入作上】

屑 1 泄 7 屟 1 薛 1 ○切 18 窃 2 ○结 32 洁 11 劫 3 颊 8 ○怯 17 挈 2 客 14 ○节 49 接 18 楫 1 ○血 21 歇 40 ○阙 24 缺 16 阕 3 ○觖 2 决 4 诀 6 缺 5 ○铁 19 帖 5 贴 17 ○瞥 1 撇 14 ○鳖 1 ○拙 16 辍 3 ○辙 5 撤 1 澈 2 掣 4 ○哲 3 摺 7 褶 2 ○设 10 摄 1 ○啜 3 ○雪 49 ○说 37

【去声】

社 19 射 3 麝 13 赦 2 ○谢 52 卸 8 榭 16 ○夜 61 ○柘 1 ○借 7 藉 3 ○趄 5

【入作去】

捏 4 镊 1 蹑 2 ○灭 39 ○拽 5 叶 30 液 2 ○业 30 额 1 ○裂 5 冽 6 猎 1 列 12 ○月 101 悦 16 越 10 ○热 42 ○爇 5 ○劣 17 ○咽 9

《中原音韵》未收字

彻 31 蛰 10 揭 8 烈 7 嚒 4 橵 3 铘 3 惬 2 堞 2 捻 2 楔 1 楪 1

(二)《中原音韵》未收字举例

(1) 彻,《广韵》薛韵直列切"通也明也道也达也"。如:杨应奎(山东)套数《六月苦热》【离亭晏带歇指煞】"彻"与"贴歇血社些叶节者也"通押。原文为"大火西溽暑方才贴。秋热后几时能勾歇。门户开彻。勤将息以养血。驱蝗乃结社。真乐有些。学书染桐叶。催时四节。告往来识务者。懒骞翁怕热也。"

明代其他韵书都记录了该字。如:《中州全韵》车蛇韵上声收录此字:"通也,明也,达也。"《词林韵释》车邪韵上声收录此字。根据作品的实际情况及反切原理,"彻"应归入车遮韵。

(2) 趃,《广韵》未收。《集韵》薛韵似绝切"旋倒也"。如:吴国宝(安徽无为)套数《情词》【前腔】"趃"与"切怯叠褶呆也夜节"通押。原句为:"痛切。肌肤瘦怯。盼望杀山重水叠。眉峰眼睫愁盘趃。衣宽褶。这此时端的害得痴呆。叹玉人去也。春宵一刻千金夜。翻做了凄凉三月节。"

(3) 嚇,《广韵》禡韵之夜切"多语之貌"。如:王九思(陕西)小令《闺情二首》【南商调山坡羊】"嚇"与"月夜折业些也灭说跌斜结"通押。原句为:"掩重门独看明月。恨多才难捱今夜。似这等鸾孤凤折。都做了风流业。俏身体憔悴些。俊庞儿黄瘦也。教我枉受了些闲磨灭。思量杀无处说。愁的来吽嚇。半折金莲十数跌。害的来乜斜。一寸柔肠千万结。"

(4) 铘,《广韵》未收。《集韵》麻韵余遮切。如:王九思(陕西)套数《康长洲公寿词》【尾】"铘"与"劣写"通押。原句为:"紫阁山人性愚劣。拂星斗笑倚镆铘。把南山画图随意写。"

九 尤侯韵

该韵字包括《中原音韵》的尤侯韵字及部分《中原音韵》未收字。

尤侯韵小令和套数共独用1063次,独立成韵。与鱼模韵通押的韵字有"薮、驺、否、遊、瘦、溜、斗、愁"。

(一) 尤侯韵入韵字使用情况

【平声·阴】

啾8 揫2 ○鸠8 阄4 ○搜8 飕21 ○邹1 陬6 驺6 诹1 ○休155 貅1 庥3 ○讴32 鸥23 沤22 瓯73 ○钩89 勾38 篝4 沟6 韛2 緱3 ○兜5

第三章 《全明散曲》北方散曲作家用韵分析　　55

○秋 191 鳅 2 鞦 2 楸 3 ○忧 80 幽 51 优 11 穮 1 ○修 45 羞 72 ○抽 3 瘳 3 ○周 27 週 6 洲 55 州 59 舟 85 輈 2 ○丘 52 坵 4 ○偷 1 搊 7 篼 2 ○溲 1 ○收 99 ○軸 5 ○抠 1

【平声·阳】

尤 14 疣 1 遊 126 游 71 由 69 油 17 蝣 1 邮 5 牛 40 犹 7 犹 3 悠 76 ○侯 84 喉 14 篌 11 猴 2 ○浮 31 ○刘 11 留 89 榴 1 骝 11 流 253 疏 1 ○柔 50 揉 1 ○缪 35 矛 2 眸 57 谋 30 ○楼 247 搂 3 娄 1 髅 2 ○囚 7 畴 14 绸 1 稠 21 踌 3 酬 58 筹 37 俦 41 雠 18 ○求 91 毬 2 裘 28 虬 2 仇 2 球 3 ○酋 4 遒 4 ○头 354 投 50 ○愁 233

【入作平】

轴 7 逐 6 ○熟 19

【上声】

有 58 酉 5 牖 7 友 55 诱 2 莠 1 ○柳 91 ○纽 2 ○丑 22 ○九 28 韭 4 久 61 纠 1 疚 1 ○首 62 手 137 守 45 ○叟 21 薮 6 ○斗 41 陡 14 抖 4 ○狗 5 垢 7 苟 2 ○藕 7 偶 26 ○肘 7 帚 2 酎 1 ○朽 11 ○酒 150 ○剖 13 ○吼 5 ○走 40 ○否 32 ○口 105

【入作上】

竹 7 烛 2 粥 3 ○宿 9

【去声】

又 24 右 10 佑 2 祐 4 宥 1 幼 1 囿 3 侑 1 ○昼 63 咒 15 胄 10 宙 10 簉 2 ○舅 3 臼 1 旧 87 救 10 究 16 咎 4 ○受 81 授 5 绶 6 寿 58 兽 10 售 2 ○秀 48 岫 23 袖 62 绣 22 ○嗽 7 漱 1 ○皱 51 骤 30 ○溜 28 ○扣 25 寇 5 ○后 113 逅 7 候 85 堠 1 厚 34 ○就 85 鹫 3 ○豆 6 窦 5 斗 25 逗 39 ○构 3 彀 7 够 6 诟 2 勾 2 购 2 遘 6 媾 1 ○凑 7 辏 10 ○漏 26 陋 7 瘘 1 ○谬 19 ○臭 12 ○嗅 7 ○瘦 114 ○懊 20 ○耨 3 ○奏 33 ○透 92 ○茂 2

【入作去】

肉 17 ○六 5

《中原音韵》未收字：

丢 13 褃 6 揪 6 㤘 6 叩 4 邱 2 搂 2 瞅 2 鞴 2 觏 1 叱 1 绉 1 蝤 1 镂 1

（二）《中原音韵》未收字举例

（1）丢，《广韵》未收。后代用为丢弃义。如：王克笃（山东）小令《感事》【北正宫醉太平】"丢"与"手丢斗瘘彀愁口"通押。原句为:"护身符到手。蜣螂皮一丢。千家私铜斗。做阎王不嫌小鬼瘦。掌天秤只要星儿毂。赶脚的尽着懒驴愁。爱馒头可口。"

(2)裯,《广韵》尤韵直由切"禅被"。如:刘良辰(山西)小令《田园杂兴》【北正宫醉太平】"裯"与"酒粥韭勾周有"通押。原句为:"黍熟来酿酒。都摘来熬粥。绵花纤纺补衾裯。瓜茄与葱韭。柴儿水儿挑担勾。鸡豚鱼虾不必周。田园中所有。"

(3)㕶,《广韵》尤韵楚鸠切"隐私小言"。如:丁彩(山东)小令《自嘲》【南商调金衣公子】"㕶"与"羞透愁讴后眸头"通押。原句为:"休笑俺胡㕶。俺胡㕶不害羞。个中滋味谁参透。该愁处不愁。得讴处且讴。天来大事丢开后。笑凝眸。尽在我心头。"

(4)揪,《广韵》作"擎",尤韵即由切"束也,聚也"。后代用为手抓义。如:杨慎(四川)小令【南南吕七犯玲珑】"揪"与"楼秋又飕幽岫头流咒谋愁瓯眸裯"通押。原句为:"登高倦倚楼。砧声韵晚秋。满城风雨重阳又。凉思冷飕飕。碧溪幽。波涵远岫。相像到溪头。怪丹枫不向可人流。对乔才咒。谁来俺谋。谁来俺揪。花残蝶易愁。怕举瓯。昏昏情思压双眸。何日共衾裯。"

(5)绺,《广韵》尤韵力久切"十丝为绺"。《全明散曲》共入韵5次,其中北方散曲入韵1次。杨慎(四川)小令《与简西凿法华寺晚归》【北双调折桂令带过清江引】"绺"与"遊讴丘油留休愁酒后手走"通押。原句为:"赏春晴联辔春遊。歌有韩讴。淡霭高丘。击青骢垂杨绺绺。感王孙芳草油油。野兴相留,痛饮难休。归醉无愁。笙歌醉归春宴酒。灯火黄昏后。笑执金童手。唤香车你与我一步步儿俄延着走。"

第二节 阳声韵部

通过我们的系联排比,得出《全明散曲》北方散曲的阳声韵部可分为7部,分别为:东钟韵、江阳韵、真侵韵、庚青韵、寒山韵、先欢韵、监咸韵。同时,我们还发现很多韵脚字未收入在《中原音韵》,可以在《广韵》及其他韵书中为这些未收字找到它们的音韵坐标,确立它们的音韵地位,从而为明散曲用韵研究做一些合理的补充。

一 东钟韵

该韵字包括《中原音韵》的东钟韵字及部分《中原音韵》未收字。

东钟韵小令和套数共独用 427 次，独立成韵。与庚青韵通押的韵字有"送、融、宗、钟、凤、梦、中、讼、拥、共、雄、容、逢、动、勇、供、哄、龙、封、栋、公、用、丰、奉、弄、翁、枫、峰、空、鞚、通、凤、从、宠、充、浓、穷、冬"。

（一）东钟韵入韵字使用情况

【平声·阴】

东 59 冬 11 ○钟 67 中 93 忠 9 衷 1 终 7 ○通 49 ○松 38 嵩 2 ○冲 12 充 3 衝 1 ○雍 3 ○空 71 ○宗 17 ○风 186 丰 21 封 29 峰 40 锋 6 蜂 4 枫 3 ○鬆 5 ○匆 22 葱 10 聪 3 驄 5 ○踪 35 ○穹 5 芎 3 倾 5 ○工 18 攻 2 功 14 公 23 弓 6 躬 2 恭 7 宫 38 供 5 觥 3 ○烘 8 吽 1 轰 4 ○凶 3 胸 9 兄 7 ○翁 39 ○烹 5

【平声·阳】

同 59 筒 9 铜 5 桐 11 峒 4 童 17 僮 1 瞳 1 曈 3 鼕 5 ○戎 2 茸 1 绒 3 ○龙 52 隆 7 窿 1 ○穷 43 蛩 4 邛 1 筇 6 ○笼 40 胧 1 胧 23 栊 9 珑 18 聋 10 ○农 15 侬 3 ○浓 54 醲 2 秾 1 ○重 55 虫 10 慵 19 崇 3 ○逢 43 缝 7 ○丛 37 琮 1 ○熊 5 雄 46 ○容 73 溶 10 蓉 22 鎔 1 庸 1 埔 2 融 18 荣 10 ○蒙 9 濛 14 曚 1 矇 2 朦 3 ○红 105 虹 7 洪 4 鸿 30 横 21 宏 1 嵘 8 弘 1 ○蓬 22 篷 1 彭 1 棚 3 鹏 4 ○从 26

【上声】

董 4 懂 18 ○踵 6 种 10 冢 9 ○孔 6 恐 4 统 4 ○哢 2 ○陇 5 垄 8 ○耸 9 ○拱 4 ○勇 8 拥 42 涌 12 永 20 ○猛 4 ○总 2 ○捧 8 ○宠 21 冗 11

【去声】

洞 40 动 79 栋 14 冻 13 ○凤 59 奉 25 讽 1 ○贡 6 共 33 供 2 ○宋 6 送 70 ○弄 71 哢 1 礱 1 ○控 16 鞚 2 空 34 ○讼 6 诵 5 颂 16 ○瓮 27 ○痛 13 恸 3 ○众 7 中 16 仲 6 重 76 种 15 ○纵 12 ○梦 141 孟 2 ○用 61 咏 9 莹 3 ○哄 17 閧 6 ○进 6

《中原音韵》未收字：

惊 2 嵷 2 俸 2 悚 1 终 1

（二）《中原音韵》未收字及特殊字举例

（1）惊，《广韵》冬韵藏宗切"虑也"。施子安（江苏兴化）套数《秋江送别》【太平令】"惊"与"峰功用穷侬共"通押。原句为："便此后隔钱塘南北高峰。隔不断别意离惊。长房缩地恐无功。精卫填波何有用。你到那山穷水穷。应翘着首儿望侬。有月明相共。"

（2）衖，《广韵》绛韵胡绛切"同巷"。除此之外，"衖"还有一音：《汉语大字典》引《〈元经世大典〉注》"音弄"，"南方呼小巷为弄，字也作'衖'。"清代翟灝《通俗编》卷二十四："衖实古字，非俗书，特其音义皆与巷通，为与今别耳。〈元经世大典〉有所谓'大衖'者，注云：'衖，音弄。'盖今音乃自元起。"①

《全明散曲》共出现三次，全部押入东钟韵，如：冯惟敏（山东）套数《李争冬有犯》【三煞】"衖"与"蓬用容洞"相押。原句为："闹枝儿似草蓬。蘖嗓儿苦李如何用。歪根子全无艳冶容。生生的辱没杀桃源洞。元来是希烂的衖衖。"秦时雍（安徽亳县）套数《忆情》【江儿水】"衖"与"虹动送拥弄"相押。原句为："争看气吐虹。奇才撼得天关动。也难跳出腤臜衖。急流会把人摧送。簇拥。赤紧处谣他剔弄。"

根据实际押韵情况，我们将"衖"归入东钟韵。

（3）悚，《广韵》肿韵息拱切"怖也"。康海（陕西）小令《酒酣作》【北双调清江引】"悚"与"懂用功咏"通押。原句为："浒西主人非懵懂。富贵知无用。淮阴汗马功。盘古泉石咏。问你个那蜗儿没惊悚。"

（4）珄，《广韵》未收，《中华字海》音"东"，金属、玉石碰击发出的声音。唐复（江苏镇江）套数《美丽》【鹊踏枝】"珄"与"珑风种融"通押。原句为："你是看翠玲珑。玉玎珄。一笑一春风。梳洗罢风流有万种。孅人娇玉软香融。"

（5）咏，《广韵》映韵为命切"歌也"。《中原音韵》收入东钟韵和庚青韵。北方散曲中共入韵26次：9次与东钟韵通押，如：万勋（辽宁）小令《书》【北正宫脱布衫带小梁州】"咏"与"笼风耸重峰踪鸿用东动容凤重"通押。原句为："映斜阳小小房笼。簇春山矮矮屏风。微雨过西岩翠耸。滴银床露华初重。梦断高唐十二峰。云影无踪。空将泪眼送归鸿。成何用。独立粉墙东。颤巍巍红叶风摇动。偶飞来似妒衰容。亲题咏。只鸾孤凤。写不尽恨重重。"17次与庚青韵通押，如：刘龙田（山东）小令《送段古松行》【南中吕山花子】"咏"与"逢盈名"通押。原句为："甘棠蔽芾诗堪咏。我省何幸躬逢。见如今讴歌满盈。去思碑上题

---

① 汉语大字典编辑委员会：《汉语大字典》第八卷，四川辞书出版社、湖北辞书出版社1990年版，第832页。

名。"符合《中原音韵》韵字归类。

二 江阳韵

该韵字包括《中原音韵》的江阳韵字及部分《中原音韵》未收字。江阳韵小令和套数共独用901次，独立成韵。

（一）江阳韵入韵字使用情况

【平声·阴】

姜1 江22 疆12 缰14 繦1 僵1 ○邦13 帮2 ○桑9 丧12 ○双39 霜64 孀1 ○章46 彰2 璋1 张54 獐3 ○商14 伤52 觞59 汤24 ○螀2 浆9 将17 ○庄36 装4 妆49 ○冈3 钢1 纲9 刚6 缸17 ○康16 糠4 ○光167 胱1 ○当47 珰6 裆1 铛1 ○荒21 肓1 ○香199 乡93 ○芒2 滂2 ○腔29 ○鸯28 央18 殃8 泱2 ○方51 芳49 妨32 坊7 ○昌11 娼3 ○湘11 厢21 相31 箱6 ○蹡2 锵3 枪10 ○眶1 筐2 匡1 ○汪6 尪3 ○仓7 苍46 ○窗45 疮8 ○赃3

【平声·阳】

阳80 扬43 杨17 飏2 羊22 徉17 洋11 佯2 ○忙109 茫42 邙3 铓2 芒2 ○粮10 良22 凉101 梁38 樑8 量59 ○穰7 瀼5 瓤1 ○忘5 亡17 ○郎78 廊22 螂2 浪11 琅6 狼11 ○杭1 行72 颃2 航7 ○昂12 ○床41 幢3 淙1 ○傍8 房35 庞1 ○防12 ○长153 肠82 场81 常42 裳45 尝15 偿1 ○唐18 塘28 糖11 堂104 棠12 ○详20 祥17 翔15 ○墙44 樯4 ○黄54 潢2 簧9 皇17 篁4 凰31 惶14 徨6 ○藏53 ○强37 ○娘39 ○降19 ○王28 ○狂112 ○囊43

【上声】

讲38 镪1 ○养18 痒16 鞅2 ○奖12 桨3 ○两12 ○想60 莽2 ○爽29 ○响29 享8 饟1 ○敞10 氅2 ○壤5 舫7 仿2 ○罔1 网13 ○枉4 往26 ○颡3 ○榜17 党11 谠2 ○掌20 长47 ○朗16 谎22 恍4 ○仰10 ○广16 ○脏6 ○强11 ○抢2 ○赏82 晌14

【去声】

降23 ○象27 像17 相11 ○亮23 谅2 量38 ○样101 怏10 漾26 恙12 ○状26 壮28 撞6 ○上236 尚13 饷1 ○让13 ○帐86 胀4 涨9 仗13 丈28 障48 瘴4 杖10 嶂5 ○巷35 项3 向22 ○匠2 将9 酱1 ○唱55 畅12 怅31 ○创1 ○望79 忘29 妄6 ○旺10 王10 ○放104 访11 ○荡60

宕2 当16 挡5 ○浪42 阆1 ○葬1 藏8 ○谤5 傍34 旁6 蚌3 棒3 ○抗3
○旷9 晃7 幌11 ○况56 贶3 ○酿29 ○胖4 ○怆10 ○逛6 ○盎○
汤4

《中原音韵》未收字：

攘33 唴10 慌10 俩5 傥4 嚷4 岗3 沧2 伧2 鸡2 幛2 逛1 煌1 滉1 玱1
1 啷1 骧1 襄1

(二)《中原音韵》未收字举例

(1) 唴，《广韵》未收。《集韵》"与'哴'同"。"哴"，《广韵》漾韵力让切"唴哴啼也"。如：薛论道（河北）小令《冬景》【南商调山坡羊】"唴"与"放望荒乡上傍沧忙茫藏"通押。原句为："铁马疏檐嘹唴。腊梅碧窗开放。萧萧天际极目无人望。朔风起大荒。寒云锁帝乡。渔夫樵夫带雪烟波上。公子王孙偎红软玉傍。沧沧。征人远塞忙。茫茫。高僧野寺藏。"

(2) 慌，《广韵》荡韵呼晃切"傥慌也"。如：薛论道（河北）小令《愤世》【北双调水仙子】"慌"与"忙让狼良殃糖"通押。原句为："趋朝履市乱慌慌。不见人闲只见忙。沽名钓誉多谦让。貌宣尼行虎狼。在人前恭俭温良。转回头兴诡谤。翻了脸起祸殃。尽都是腹剑舌糖。"

(3) 鸡，《广韵》未收。《集韵》寒刚切。如：杨慎（四川）小令《五阙为张愈光题》【南商调金衣公子】"鸡"与"光长放香傍狂浪乡"通押。原句为："杨柳暗波光。映牵风翠带长。并头一朵白莲放。苹芳藻香。漷翔鸡鸡。吴乔晋隗相亲傍。恣疏狂。眠汀漱浪。日日醉为乡。"

(4) 幛，《广韵》未收。古代字书均未收录。现代普通话读 zhàng。如：金銮（陕西）套数《重过蒋南泠休园有怀》【石榴花】"幛"与"莺郎江浆香上光庄"通押。原句为："自被那卖花声惊起了睡鸳鸯。武陵源何处觅渔郎。见放着五湖春水三带江。趁东风画桨。载细雨红香。我这里敞南楼明月看看上。捲簾时无限风光。虽无甚锦层层金谷藏春幛。自他那浣花溪不弱似午桥庄。"

三　真侵韵

该韵字包括《中原音韵》的真文韵字、侵寻韵字及部分《中原音韵》未收字。

真文韵①小令和套数共独用 503 次，侵寻韵小令和套数共独用 51 次，与真文韵通押 136 次，通押比例为 72.7%。可见，侵寻不能独立成韵，应归入真文韵，合为真侵韵。

真文韵与侵寻韵通押韵字有"俊、尽、君、魂"；与庚青韵通押的韵字有"紧、痕、闷、焚、真、阵、尽、分、尊、人、粉、奔、稳、樽、枕、昏、滚、认、坤、村、频、醺、纷、宾、银、进、贫、近、纯、奋"。

侵寻韵部与真文韵通押的韵字有"今、禁、阴、饮、浸、恁、稔、深、您、锦、金、心、唔、甚、寻、凛、噤、音、沉、衾、荫、湮、寝、吟、林、临、森"。

(一) 真侵韵入韵字使用情况

【平声·阴】

真文：分 86 纷 37 芬 8 氛 5 〇昏 66 婚 1 阍 1 〇因 16 姻 3 茵 5 殷 2 湮 4 闉 1 〇申 6 绅 3 伸 8 身 113 〇嗔 16 〇春 146 椿 2 〇笋 2 询 1 〇吞 6 〇暾 1 谆 3 皴 2 〇根 27 跟 2 〇欣 2 忻 3 氲 11 〇真 75 珍 8 振 5 〇新 65 薪 4 辛 5 〇宾 18 滨 10 〇坤 29 〇君 59 军 11 均 5 钧 5 〇臻 4 〇薰 10 醺 19 勋 2 曛 6 熏 3 爃 1 〇昆 2 〇温 15 〇孙 28 荪 3 〇尊 29 樽 17 〇墩 2 〇奔 12 〇巾 27 斤 1 筋 4 〇村 40 〇亲 86 〇遵 1 〇恩 27 〇喷 9 哏 1 〇津 23

侵寻：针 11 斟 23 砧 6 〇金 49 今 21 衿 1 襟 23 禁 11 〇骎 1 浸 1 〇深 70 〇簪 7 〇森 8 参 9 〇音 69 阴 32 〇心 128 〇钦 3 衾 14 〇侵 13

【平声·阳】

真文：邻 11 鳞 8 麟 10 粼 3 磷 1 〇贫 46 频 16 蘋 2 颦 9 〇民 20 缗 1 旻 5 〇人 209 仁 16 〇伦 13 纶 18 轮 17 沦 8 〇裙 29 群 26 〇勤 22 懃 5 〇门 97 扪 2 〇论 22 仑 2 〇文 45 纹 10 闻 34 〇银 13 寅 3 〇盆 8 〇陈 5 臣 22 尘 70 辰 28 娠 1 晨 3 宸 7 〇秦 13 〇唇 25 纯 8 醇 1 鹑 2 〇巡 14 旬 7 循 4 〇雲 53 云 84 耘 2 纭 6 匀 11 筠 2 〇坟 2 焚 8 〇魂 61 〇豚 5 屯 2 〇神 72 〇存 38 〇痕 29

侵寻：林 40 淋 3 临 14 霖 2 〇任 6 〇寻 40 〇吟 49 〇琴 41 禽 2 噙 1 〇岑 5 〇沉 37 霓 1

【上声】

真文：轸 2 〇肯 8 〇紧 19 谨 4 槿 1 瑾 1 〇隐 27 引 17 尹 2 〇泯 2 悯

---
① 这里的真文韵和侵寻韵指的是《中原音韵》的真文韵和侵寻韵，下同。

1○准19○準6○笋9○殒1○陨1○本29○悃2○阃2○窘4○哂6○牝1○品9○狠14○忍12○损26○蠢7○忖14○粉23○稳55○衮4○瞬5○尽23

侵寻：廪2凛5○稔2渗1衽2荏1○沈8○锦34噤5○碜4○枕26○饮29○您11○怎1○寝18

【去声】

真文：震6阵54镇4○信73讯3烬2迅3○仞2认13刃1○吝6○鬓19○慎3○酝8愠2运42晕10韵53○尽59晋2进8○忿3分34愤1粪2奋10○近64○衬5○印28○峻3○逊3○俊34骏3○舜4顺24○闰5润35○问66紊6○顿13囤5钝5遁7○闷48○奔2○训11○郡11○困27○喷1○论32○混18○寸20○恨42○嫩19○褪12○揾1诨1○趁9疢1

侵寻：审3○沈1枕2鸩2○甚31○任3纴1衽2○禁39噤2○荫9廕1窨4饮2恁15○沁6○浸12○临1○渗3○谶3○瀁2○唞5○赁1

《中原音韵》未收字：

滚25们11旽9棍6峋3蓁3笨2饪2韫2帧2挀1菌1綑1湮1埋1裩1

（二）《中原音韵》未收字举例

（1）棍，《广韵》混韵胡本切"木名"。如：冯惟敏（山东）套数《财神诉冤》【八煞】"棍"与"贫真阵门"通押。原句为："身安不怕贫。怎当的湿肉熬干棍。纸上栽桑假作真。一日一个迷魂阵。一个个人地无门。"

（2）挀，古代字书均未收录。《汉语大词典》音kèn，义为"压制；刁难"。赵南星（河北）套数【江儿水】"挀"与"尊韵趁尽文饮"通押。原句为："常开北海尊。有知心几个人儿韵。遇芳林就把盒儿趁。送香醪不把情儿挀。四美二难夺尽。甚娘斯文。俺只要狂歌痛饮。"

（3）笨，《广韵》魂韵蒲本切。《晋书》记载："豫章太守史畴以人肥大时人目为笨伯。"如：赵南星（河北）套数《东园偶成》【雁儿落带得胜令】"笨"与"人棍亲神们运们门"通押。原句为："一个家洒长须假妇人。一个家束大带真光棍。一个家剩戳些奴才笨。一个家冯子都结义亲。一个家赛梁山黑煞神。他也么们。偏撞着财乡运官乡运。咱也么们。

怕提着顺城门德胜门。"

（4）緷，《广韵》未收。《集韵》苦本切。后代用为捆束义，同"捆"。为了保证语料的真实性，本书保留"緷"字。冯惟敏（山东）小令《下第嘲友人乘独轮车》【北双调折桂令】"緷"与"峋伸陈人"通押。原句为："不上丢不下残书乱緷。这壁厢死不死活不活瘦骨嶙峋。才待舒伸。又怕偏陈。快不的冷眼家人。"

（5）湮，《广韵》未收。《集韵》伊真切"寒貌"。金銮（陕西）小令《闺情》【北双调河西六娘子】"湮"与"裙昏信嗔恩人"通押。原句为："柳丝柔轻飐石榴裙。静屌屌门掩黄昏。倩霜毫写一纸平安信。嗔也么嗔。负了我的恩。瞒了那个人。泪点儿和书暗暗的湮。"

四　寒山韵[①]

该韵字包括《中原音韵》的寒山韵字及部分《中原音韵》未收字。

寒山韵小令和套数共独用 99 次。与先天韵通押 219 次，通押比例为 68.8%。可见，寒山韵向先天韵靠拢。但根据通押比率，寒山韵仍然独立成韵。

寒山韵与先天韵通押的韵字有"间、山、关、谏、雁、绽、寰、坛、晚、晏、饭、办、汗、案、散、炭、坂、岸、眼、肝、看、番、颜、限、翻、叹、蕃、祖、残、寒、梵、安、干、弯、瓣、泛、渲、单、鬟、板、阑、按、懒、简、铜、帆、玕、盼、汉、趱、产、奸、珊、攀、闲、艰、斑、郸、诞、讪、盏"；与桓欢韵通押的韵字有"安、寒、懒、汉、寰、产、阑、湾"；与监咸韵通押的韵字有"眈、栏、山、寒、泛"；与廉纤韵通押的韵字有"拣、散"。

（一）寒山韵入韵字使用情况

【平声·阴】

山 187 删 3 潸 3 ○丹 19 单 18 殚 1 郸 5 ○干 43 竿 63 肝 8 玕 2 ○安 68 鞍 16 ○奸 10 间 38 艰 3 ○刊 1 看 27 ○关 72 ○拴 2 ○斑 11 班 18 般 19 扳 3 ○弯 10 湾 9 ○滩 10 摊 1 ○番 25 蕃 2 翻 24 旛 3 轓 1 ○珊 9 删 3 ○攀 16 ○悭 5 赸 1 ○餐 28

[①]　寒山、先天、桓欢、监咸、廉纤五韵通押情况较为复杂。本书只讨论三个及以下韵部在同一韵段同时通押的情况，对于三个以上韵部在同一韵段通押的情况，暂不讨论。

【平声·阳】

寒116 韩1 汗3 翰3 ○阑44 斓2 兰10 栏12 拦2 ○还40 环15 鬟17 寰7 ○残64 ○闲84 鹇2 ○坛12 檀2 弹14 ○烦17 繁2 帆4 樊1 凡7 ○难54 ○蛮5 ○颜44 潺4 ○顽9

【上声】

反5 返3 坂3 ○散44 伞2 ○晚39 挽7 ○板5 简4 拣5 ○产3 铲1 ○赶1 鼾1 ○坦5 袒2 ○罕13 ○侃3 ○懒96 ○趱5 ○绾3 ○赧2 ○盏11 ○眼64

【去声】

旱3 汉57 翰2 瀚1 汗3 悍2 ○旦4 诞4 弹13 惮2 ○万7 ○叹32 炭4 ○案17 按6 岸28 ○幹21 ○粲4 灿7 栈8 绽22 ○盼20 襻1 馔3 ○渲1 ○慢4 ○惯19 ○赞3 讚2 ○患48 幻14 宦6 ○间20 涧5 谏4 ○汕5 ○办10 瓣13 扮1 ○饭112 贩3 范9 泛16 犯5 ○限39 ○雁22 赝1 晏3 ○看51 ○烂11 ○散38 ○难68 ○腕1

《中原音韵》未收字：

澜8 梵1 撰1 柬1 鰔1 铜1

(二)《中原音韵》未收字举例

(1) 鰔,《广韵》未收。《集韵》仕限切"鱼名"。杨慎（四川）小令【北双调拨不断】"鰔"与"檐簾帘担断"通押。原句为："倚重檐。捲疏簾。江桥新水淹鱼鰔。山郭微风弄酒帘。林坰落日回樵担。高楼望断。"

(2) 铜,《广韵》未收。《汉语大字典》有"古兵器"之意。冯惟敏（山东）套数《辞署县印》【斗鹌鹑】"铜"与"软边言免"通押。原句为："俺觑着是挝锤鞭铜。撞着的身酥骨软。唬的我蹉足潜踪闪在一边。悄没声不敢言。可怜见俺小家儿权时告免。"

五 先欢韵

该韵字包括《中原音韵》的先天韵字、桓欢韵字、廉纤韵字及部分《中原音韵》未收字。

先天韵[①]小令和套数共独用350次，独立成韵。与寒山韵通押的韵字

---

① 这里指的是《中原音韵》的先天韵，下同。

有"仙、衍、天、殿、兔、甸、垣、偃、笺、眷、软、转、见、远、浅、遍、跹、咽、边、捲、烟、怜、显、湲、年、变、辨、权";与桓欢韵①通押的韵字有"软、年";与廉纤韵②通押的韵字有"远、前、宴、蹇、牵、颠";与监咸韵③通押的韵字有"典、辨、怨、变"。

桓欢韵小令和套数共独用 26 次。与寒山韵通押 72 次，与先天韵通押 81 次。通押比例分别为 73.4%④、75.7%。

桓欢韵与寒山韵通押的韵字有"宽、端、官、桓、管、换、观、畔、欢、满、乱、团、弯、贯、盘、酸、断";与先天韵通押的韵字有"端、桓、伴、宽、乱、缦、欢、满、管、断、漫、短、玩、畔、绊、算、鸾、唤、攒、婉、汻、换、暖、钻、棺";与监咸韵通押的韵字有"伴、暖、半、漫";与廉纤韵通押的韵字有"伴、乱"。

廉纤韵小令和套数共独用 27 次。与先天韵通押 71 次，与监咸韵通押 21 次，通押比例分别为 72.4%、43.7%。

廉纤韵与先天韵通押的韵字有"掩、染、检、艳、垫、潜、髯、甜、纤、占、贴、店、剑、添、奁、尖、险、嫌、厌、欠、点、廉、砧、堑、恬、闪、拈、慊、蟾、钳、霑、念";与寒山韵通押的韵字有"堑、闪、簾";与监咸韵通押的韵字有"严、檐、艳、念、敛、慊、淹、渐、添、尖、欠、剑"。

（一）先欢韵入韵字使用情况

【平声·阴】

先天：先 21 仙 144 跹 12 鲜 15 ○煎 18 鞯 1 笺 35 ○坚 23 肩 24 ○颠 18 巅 9 瘨 1 ○鹃 13 涓 10 娟 43 ○边 125 编 13 鞭 13 编 1 ○喧 32 萱 1 諠 1 喧 1 ○甄 7 鹣 2 遭 1 旃 1 栴 1 ○扇 21 煽 1 ○专 2 砖 3 ○千 27 阡 1 芊 8 迁 9 韉 3 ○轩 26 掀 2 ○烟 70 燕 4 胭 1 咽 6 嫣 4 ○牵 33 愆 7 骞 4 ○篇 40 扁 1 偏 21 翩 16 ○渊 6 冤 17 鸳 6 蜿 1 ○痊 4 铨 17 诠 1 ○宣 8 ○川 32 穿 27 ○圈 4 ○天 226

桓欢：官 51 冠 10 棺 2 观 8 ○搬 4 般 12 ○欢 52 懽 1 讙 1 驩 1 ○潘 1

---

① 这里指的是《中原音韵》的桓欢韵，下同。
② 这里指的是《中原音韵》的廉纤韵，下同。
③ 这里指的是《中原音韵》的监咸韵，下同。
④ 桓欢与寒山、先天的通押比例都超过了 70%，但寒山与先天并未合韵，桓欢与先天的通押比率略高，这里将桓欢韵和先天韵合为一韵。

○端25 耑2 ○剜3 婉3 ○酸22 ○宽61 ○钻1 ○湍3

廉纤：瞻4 占7 粘3 沾7 霑2 ○兼4 鹣4 ○淹13 悁19 ○纤9 钤1 ○签6 忺2 ○尖28 渐8 ○苫2 ○谦3 ○添24 ○掂1

【平声·阳】

先天：连53 莲34 怜56 ○眠88 绵30 ○然151 燃1 ○缠57 禅12 蝉8 ○前119 钱106 ○田73 畹3 钿20 ○贤62 絃38 悬36 弦17 ○玄16 ○延8 筵40 缘73 言99 妍23 研4 焉4 沿2 ○乾14 虔3 ○元14 圆71 员6 园71 捐3 猿10 辕2 原13 源17 垣5 铅6 鸢1 援6 湲8 ○全39 泉54 ○旋16 还9 ○船39 舡3 传34 椽8 ○拳18 权15 鬈1 ○耕2 便18 ○联10 ○年201 ○涎17

桓欢：弯30 剜6 岜6 圜2 ○瞒9 缦1 ○桓24 ○丸7 纨2 完4 ○团20 抟1 ○盘32 蟠6 胖2 ○攒26

廉纤：廉8 簾27 帘6 奁7 ○黏3 拈9 ○钳4 ○蟾7 ○盐6 炎2 严10 檐18 襜1 ○甜31 恬8 ○髯8 ○潜10 ○嫌22

【上声】

先天：远123 阮5 苑21 畹1 ○偃10 演2 堰2 衍5 ○卷31 捲23 ○鲜12 洗7 藓3 ○腆3 殄1 ○蹇11 茧3 ○剪11 翦8 ○撚5 碾3 ○辇3 ○啭6 转27 ○贬5 匾1 ○免4 勉3 ○喘6 ○典8 ○显24 ○犬4 ○浅63 ○展25 ○遣39 ○软26 ○选7

桓欢：馆10 管84 琯1 ○款3 盌1 ○满37 ○暖11 ○疃2 卵2 ○短63

廉纤：掩21 魇1 魇2 琰1 奄1 ○捡1 脸16 ○敛5 睑1 ○染14 苒2 冉1 ○闪16 ○险9 颭2 ○点31 谄1

【去声】

先天：院74 愿52 怨62 ○劝25 券1 ○见105 建1 健18 绢2 件6 ○献11 现20 宪4 县16 ○绚4 眩1 ○电15 殿34 甸4 钿6 填3 阗2 奠2 ○砚7 燕28 嚥9 谚3 宴65 彦6 堰1 ○眷16 倦27 圈2 缱8 绢1 ○面102 ○片32 骗3 ○变51 便12 遍51 偏9 辨16 ○线26 羡26 霰1 ○钏11 串7 ○扇22 善11 禅5 擅3 ○箭18 荐5 煎8 鞯1 贱23 溅6 践1 ○镟3 漩1 ○传29 啭5 转35 篆3 ○战15 颤7 缠13 谴1 牵6 ○练9 炼7 ○恋48

桓欢：唤13 换23 焕2 缓3 ○盥5 玩24 幔4 漫21 惋1 ○窜1 ○断61 锻1 段9 ○算17 ○判3 拚2 ○贯5 冠4 观2 灌1 ○半14 伴47 畔19

绊 16 泘 1 ○钻 6 ○乱 32

廉纤：艳 22 焰 4 厌 11 验 7 滟 1 酽 2 ○赡 1 ○欠 8 歉 2 ○玷 9 店 5 垫 1 ○念 13 ○剑 22 俭 4 ○僭 1 渐 1 ○堑 10 茜 5 ○占 10

《中原音韵》未收字：

涟 12 辩 9 检 6 碗 2 熳 2 嚏 2 褊 2 炫 1 簟 1

（二）《中原音韵》未收字举例

（1）辩，《广韵》獮韵符蹇切"别也理也慧也"。如：薛论道（河北）小令《宦归》【北双调沉醉东风】"辩"与"显贤年眠犬"通押，原句为："再休提官高位显。且只图子孝妻贤。掉甚么苏张辩。叹一身半百余年。梦寐无惊一觉眠。抵多少东门黄犬。"冯惟敏（山东）套数《辞署县印》【幺】"辩"与"衔缠县冤员"通押。原句为："不甫能赴天曹改职衔。掌问衡谢纠缠。没来由带管丹徒县。唧唧哝哝垛了业冤。有几起屈枉事行咱辩。尽都是本县的生员。"

（2）检，《广韵》琰韵居奄切"校也"。《汉语大字典》有"考查、察验"之意。如：薛岗（山东）小令《旅感呈贞斋韩年丈》【南商调集贤宾】"检"与"点簾恹闪奁脸鹣"通押。原句为："铜壶转来方四点。更叮当铁马敲簾。闷把幽怀常自检。近新来病体恹恹。为谁抛闪。待何时同拥香奁。相对脸。看天空比翼双鹣。"

（3）熳，《广韵》未收。实际上是用于"烂漫"的专用字，相当于"漫"，由"烂"字形旁类推而成。如：丁惟恕（山东）小令【北双调仙桂引】"熳"与"檐岚线间烟溅宽宽奸然短山言观山"通押。原句为："晓窗开曙色映茅檐。晓云收旭日照晴岚。晓风轻柳垂金线。且藏头云水间。植松竹吐雾生烟。曲栏外奇花烂熳。小桥头流水潺溅。行坐处地阔天宽。行坐处地阔天宽。远离权奸。自自然然。也不管有势的争长竞短。也不管有力的撼海推山。俺闭口无言。袖手旁观。处处青山。"

六 庚青韵

该韵字包括《中原音韵》的庚青韵字及部分《中原音韵》未收字。

庚青韵小令和套数共独用 801 次，独立成韵。与真侵韵通押的韵字有"汀、暝、平、情、灯、竟、影、行、程、病、令、明、伶、镜、灵、证、定、凭、横、生、瀛、陵、并、命、径"；与东钟韵通押的韵字有"甑、琼、鸣、景、姓、正、登、朋、平、径、艇、鼎、静、影、净、声、冷、迥、茗、冰、僧、能、疼、名、盟、惊、清、萍、性、京、廷"。

（一）庚青韵入韵字使用情况

【平声·阴】

京 25 庚 1 赓 4 更 15 羹 6 耕 13 粳 1 荆 2 惊 63 经 28 兢 2 矜 6 泾 1 ○精 20 睛 10 晶 1 旌 1 ○生 196 甥 2 笙 20 猩 2 ○筝 27 争 22 ○丁 16 仃 13 钉 2 ○肩 7 垌 1 征 7 正 6 贞 9 祯 2 蒸 7 丞 2 冰 30 兵 10 并 6 登 21 灯 28 ○憎 6 曾 3 增 14 ○铮 1 挣 1 撑 5 ○称 15 ○英 39 鹰 3 应 23 樱 1 嘤 1 缨 13 紫 7 ○轻 79 坑 10 卿 40 倾 30 ○馨 6 兴 55 ○青 57 清 127 ○声 181 升 9 昇 2 ○汀 8 厅 3 听 78 鞓 4 ○星 55 醒 13 惺 16 腥 8 ○崩 2 绷 1 ○僧 3 ○亨 3 ○兄 4 ○疼 24 ○烹 1

【平声·阳】

平 84 评 11 萍 11 枰 7 凭 34 屏 53 瓶 22 ○明 207 铭 1 盟 43 名 115 鸣 57 冥 14 溟 4 瞑 3 ○灵 32 醽 1 伶 11 令 10 零 35 苓 1 铃 8 龄 4 泠 1 翎 3 陵 18 凌 2 菱 2 凌 6 ○朋 20 鹏 2 ○棱 1 楞 1 ○层 12 曾 2 ○能 21 滕 3 藤 4 腾 15 縢 1 ○茎 7 ○盈 31 嬴 6 瀛 15 萤 10 营 27 迎 22 蝇 5 赢 2 凝 10 ○擎 5 檠 8 鲸 1 ○行 96 刑 3 形 36 衡 5 ○情 268 晴 44 ○亭 80 停 28 婷 15 廷 5 庭 46 霆 1 ○琼 8 ○澄 9 呈 1 程 37 酲 7 成 115 城 43 诚 20 盛 15 承 11 乘 5 塍 1 ○荥 4 ○萌 4 ○横 35 嵘 2 ○荣 7 ○宁 16 ○仍 3 ○绳 8

【上声】

景 97 鲠 2 梗 7 警 4 境 32 颈 12 耿 18 哽 4 绠 1 ○顷 12 ○秉 3 饼 11 ○醒 69 省 53 ○影 119 颖 2 ○省 7 眚 3 ○猛 3 ○整 38 ○茗 7 ○骋 10 逞 13 ○领 19 岭 9 ○鼎 17 酊 15 顶 5 ○艇 7 挺 2 ○冷 89 ○井 25 ○请 2 ○等 21 ○永 14

【去声】

敬 16 径 63 镜 44 獍 2 竟 2 竞 21 劲 9 更 31 ○映 55 应 54 硬 11 ○庆 33 磬 2 馨 3 ○命 72 瞑 10 ○邓 1 镫 5 磴 2 ○迥 9 倩 4 ○挣 18 ○正 27 证 10 政 8 ○咏 30 莹 14 ○病 71 并 21 柄 9 ○令 23 ○圣 13 腾 1 胜 38 乘 4 剩 15 盛 10 ○性 56 姓 9 ○聘 4 佞 6 ○净 57 静 80 穽 2 靖 10 甑 3 ○杏 5 幸 16 兴 62 倖 27 ○称 17 秤 4 ○定 90 锭 1 订 3 钉 1 ○赠 4 ○迸 3 ○横 5

《中原音韵》未收字：

另 33 莺 31 坪 16 睁 10 楹 10 峥 6 咛 4 渑 3 籯 2 嶒 2 捅 1 蘅 1 峥 1 症 1 泞 1 炯 1

(二)《中原音韵》未收字举例

(1) 坪,《广韵》庚韵符兵切"地平"。如：刘良臣（山西）小令《中秋对月自酌》【南商调黄莺儿】"坪"与"名勇径楹庆并景程"通押，原句为："才弱冠叨成名。早辞官退更勇。梦魂不到东华径。薄田几坪。茅屋数楹。高堂菽水承欢庆。乐三并。佳辰丽景。到处是前程。"套数《春日宴游》【沽美酒】"坪"与"亭钉倾令"通押。原句为："作东坡择胜亭。对西山采薇坪。野蔌山肴杂饾钉。新醅酒漫倾。唱一曲太平令。"

(2) 楹,《广韵》清韵以成切"柱也"。《正韵》余轻切，音"盈"。如：刘良臣（山西）小令《中秋对月自酌》【南商调黄莺儿】"楹"与"清茎应登承听声横"通押。原句为："鸡儿嫩酒儿清。笋儿新恰数茎。瓜桃梨枣杂供应。禾黍已登。诗书有承。放怀歌唱妻儿听。笑声声。夜深斗横。明月上檐楹。"

(3) 帧,《广韵》未收。《中华字海》同帧"画幅"。如：吕柟（陕西）套数《寿康对山太史》【尾声】"帧"与"景明醒"通押。原句为："聚闲堂疑在蟠桃帧。好对付良宵美景。忘记了夜和明。倒班儿罪还醒。"

(4) 渑,《广韵》蒸韵食陵切"水名"。如：王九思（陕西）套数《贺对山先生六十一寿》【梅花酒代喜江南】"渑"与"境平咏屏青英京成晴明声情生星"通押。原句为："乐晚境。喜昇平。万事堪歌咏。酒如渑。把南山作画屏。看松柏万年青。蓝桥不见云英。住瑶京。青鸾送董双成。正是瑶池春宴雨处晴。蟠桃色映海霞明。阳春白雪起歌声。金昆玉季足怡情。歌一曲长生。状元郎堪比老人星。"张炼（陕西）套数《寿对山舅六十四》【圣药王】"渑"与"兄甥渑清明萤屏"通押，原句为："你看着弟与兄。舅与甥。人如美玉酒如渑。露气清。月色明。香阶砌草度流萤。槐影上银屏。"

七 监咸韵

该韵字包括《中原音韵》的监咸韵字及部分《中原音韵》未收字。

监咸韵小令和套数共独用 26 次。与先天韵通押 44 次，通押比例为 62.9%。可见，监咸韵向先天韵靠拢。但根据通押比率，监咸韵仍然独立成韵。

与先天韵通押的韵字有"胆、俺、岩、淡、憨、担、湛、三、菴、聃、嵌、减、鉴、谗、惨"；与寒山韵通押的韵字有"淡、堪"；与廉纤韵通押的韵字有"淡、参、坎、谈、鉴"。

(一) 监咸韵入韵字使用情况

【平声·阴】

菴7庵11醃2谙13 ○担3聃4耽7 ○监4缄3 ○堪8龛1 ○三24毵3鬖2 ○甘12柑3 ○杉2衫25 ○贪21探5 ○参6骖6 ○憨21酣16 ○篸14簪1 ○嵌6 ○搀3

【平声·阳】

南18喃7楠1男6 ○咸7函11衔9 ○婪2蓝5篮4岚11 ○覃1潭17谈24谭1昙3 ○蚕2惭9 ○含4涵5 ○馋4馋8劖2巉3镵1 ○岩10 ○咱4

【上声】

感8敢5 ○览6揽4榄1 ○胆12 ○惨15 ○喊1 ○毯3窨1 ○减17 ○坎2 ○俺27 ○糁2 ○瀺1 ○黵5

【去声】

勘11 ○绀2 ○憾4撼4领1 ○苫1 ○淡32 ○啖1担16 ○槛4陷4舰2 ○滥3缆3 ○瞰3嵌1 ○蘸4站4赚10湛6 ○鉴11监4 ○暂4 ○暗15 ○探4 ○忏1

《中原音韵》未收字：

捻3澹2壈1鸽1韸1蚶1嗿1氉1

(二)《中原音韵》未收字及特殊字举例

(1) 捻,《广韵》帖韵奴协切"指捻"。"捻"作为韵脚字在北方散曲中出现5次，2次与车遮韵通押，3次与监咸韵通押。因为改字韵段数量较少，我们根据"捻"的中古音韵地位及现代读音，暂且将它分别归入车遮韵和监咸韵。如：冯惟敏（山东）小令《赠田桂芳》【北中吕朝天子】"捻"与"田年面仙见啭前言便"通押。原句为："小田。妙年。月里嫦娥面。瑶池宴会大罗仙。不许凡人见。檀槽轻捻。似莺声花外啭。向前。悄言。甚日寻方便。"

(2) 壈,《广韵》感韵庐感切"坎壈"。朱有燉（安徽凤阳）套数《题情》【梁州】"壈"与"赚莘骖宴酣三喃攒感馋敢探惨断惭"通押。原句为："热厮火情缘坎壈。俏冤家陡恁将人赚。想着那花前共莘。柳外同骖。楼中夜宴。帐第春酣。好恩情阻隔的两两三三。略相别早笃笃喃喃。房儿静影儿孤两叶眉攒。被儿单枕儿冷三更梦感。酒儿烘情儿热一缕涎馋。便敢。向花丛悄把才郎探。早心惨。当不得闲人冷话儿断。自索羞惭。"

（3）蚶，《广韵》谈韵呼谈切"蚶"。朱有燉（安徽凤阳）套数《席上喜雪偶成》【刮地风】"蚶"与"咱簪暂柑探蘸酣函淡坛"通押。原句为："有一派仙音供奉着咱。列两行珠履琼簪。紫金杯到手休辞暂。果擘黄柑。乘醉想梅花将探。遣兴把霜毫频蘸。酒半酣。词一函。唤红儿雅歌清淡。酒装在白玉坛。列珍馐紫蟹红蚶。"

（4）㖠，《广韵》未收。《篇海》同衔。"衔"，《广韵》衔韵户监切。《说文解字》"衔，马勒口中。"《汉语大字典》有"含，口含物"之意。王九思（陕西）套数《贺对山得子》【采茶歌】"㖠"与"拈厌远覃"通押。原句为："桑落酒玉杯㖠。汧东曲锦筝拈。直喫的画堂歌舞夜厌厌。地久天长家业远。碧梧翠竹世泽覃。"

（5）咱，《广韵》未收。《中原音韵》收入家麻韵。《字汇》"庄加切"又"祖含切"。《篇海》"子葛切，音喳，俗称自己为咱。"在北方散曲中共入韵73次：71次与家麻韵通押，如：薛岗（山东）小令《花中四友》【南南吕懒画眉】"咱"与"花芽杂"通押。原句为："御沟新柳洛园花。花尚含英柳放芽。蝶穿花茝柳莺杂。花柳争春似恋咱。" 2次与监咸韵通押，如：孙侠峰（山东）小令《荆人劝和》【南商调黄莺儿】"咱"与"憨年咽田圈现年"通押。原句为："劝您爷你休憨。过今冬有明年。为甚去把唾沫咽。到下年多种些粘田。踏几块罗圈。酿的酒儿黄花现。几残年。那时节还是咱。"

根据吕叔湘先生《近代汉语指代词》的研究表明："咱"最早见于宋代，由"自家"切合而成。① 根据反切原理"自家"切成［tsa］，可见"咱"本音是［tsa］，最早同于"偺"，"咱"［tsan］是后起音。

"咱"是个俗字，在宋代一些口语体作品中常见。《国音常用字汇》（1932）就收录了"咱" ［tsa］［tsan］两个读音，都表示第一人称"我"。② 根据音理，"咱"［tsa］应入家麻韵，"咱"［tsan］应入监咸韵。

---

① 吕叔湘：《近代汉语指代词》，《吕叔湘文集》（第3卷），商务印书馆1992年版，第98页。
② 孙红艳：《北方方言中的人称代词"咱"》，《辽宁医学院学报》（社会科学版）2008年第2期。

第四章

《全明散曲》南方散曲作家用韵分析

本章主要讨论《全明散曲》南方曲作家作品的韵部分类。

第一节 阴声韵部

通过我们的系联排比，得出《全明散曲》南方散曲的阴声韵部可分为9部，分别为：支思韵、齐微韵、鱼模韵、皆来韵、萧豪韵、歌戈韵、家麻韵、车遮韵、尤侯韵。同时，我们还发现很多韵脚字未收入在《中原音韵》。我们可以在《广韵》及其他韵书中为这些未收字找到它们的音韵坐标，确立它们的音韵地位，从而为明散曲用韵研究做一些合理的补充。

一 支思韵

该韵字包括《中原音韵》的支思韵字及部分《中原音韵》未收字。

支思韵小令和套数共独用79次，与齐微韵通押172次，通押比例为68%；可见，支思韵向齐微韵靠拢。但根据通押比率，支思韵仍然独立成韵。

支思韵与齐微韵通押的韵字有"耳、时、至、侍、是、思、食、丝、诗、翅、姿、支、词、之、指、芷、字、志、辞、史、尔、试、似、使、施、枝、子、止、兹、纸、刺、厮、齿、死、芝、事、脂、侈、志、差、祠、紫、寺、此、视、私、四、尸、雌、饵、辞"。

（一）支思韵入韵字使用情况

【平声·阴】

支8 枝75 肢11 栀1 卮26 氏2 之25 芝3 脂14 ○髭3 赀1 兹7 孜7 滋

6资2咨10姿30茨1 ○眵1差6 ○施17诗48师12尸2狮1 ○斯5厮1思98司4私9丝68偲1罳2 ○雌7

【平声·阳】

儿98而1 ○慈2疵2磁1 ○时165匙2 ○词46祠7辞22

【上声】

纸27砥1旨4指16止13芷3趾2址1 ○尔7耳5饵2 ○此27玼1 ○史16使15矢1始5弛1豕1 ○子44紫10姊1梓1 ○死24 ○齿14

【入作上】

瑟2

【去声】

是27市13柿1侍2士6示9恃1事75试9视7 ○似13兕1赐6姒1笥2寺11思5四4肆3驷1俟1 ○次10刺7 ○字41渍6自4 ○志16至38二8贰1 ○翅13

《中原音韵》未收字：

嗤7迆4绨1

(二)《中原音韵》未收字

(1) 嗤,《广韵》之韵赤之切"笑也"。如：夏旸（江西）小令【北双调雁儿落兼得胜令】"嗤"与"离弃利棋诗非计知时"通押。原句为："功名路久离。富贵心抛弃。懒竞蝇头利。静里一称棋。兴到数联诗。红尘息是非。堪嗤。谋略徒多计。须知。光阴能几时。"

(2) 迆,《广韵》纸韵力纸切"迆迤"。如：周履靖（浙江）套数《青林束翠》【前腔】"迆"与"微醴计低丽砌矶衣堤济"通押。原句为："层峦耸翠微。石窦泉为醴。柯斧为生计。采薪度岭白云低。荷笠登岩红日丽。近看细草茸阶砌。遥望垂杨扫石矶。行迤迆。空翠湿人衣。真堪笑区区走马长堤。毕竟成何济。"张积润（上海）小令【南仙吕入双调姐姐带六幺】"迆"与"狠迷杯意眉避避"通押。原句为："忸怩偷归迤迆。赶得那檀郎狠狠。难将去路迷。明朝依旧共衔杯。将密意。换疏眉。这番怎许还迴避。这番怎许还迴避。"

(3) 绨,《广韵》支韵吕支切。《玉篇》"衣带也"。冯廷槐（浙江）小令《赠妓沈春儿·初会》【南仙吕入双调玉抱肚】"绨"与"腻溪持时"通押。原句为："粉莹香腻。弱芙蓉花临浅溪。展青团笑绾朱绨。瞥然一见喜难持。绝似巫阳梦觉时。"

二 齐微韵

该韵字包括《中原音韵》的齐微韵字及部分《中原音韵》未收字。

齐微韵小令和套数共独用 588 次。

齐微韵与支思韵通押的韵字有"题、眉、味、息、期、里、迟、媚、对、归、回、衣、泪、知、痴、世、岐、水、计、会、飞、狸、鬼、内、美、细、沸、粒、杯、离、溪、十、倚、一、致、纪、仪、你";与鱼模韵通押的韵字有"泥、里、催、痴、寄、理、知、气、绮、鲤、妻、起、髻、衣、西、地、迟、谁";与皆来韵通押的韵字有"贵、灰、徊、碎、辉、催、痴、曡、息、屉、题、识、违、退、随、会、陪、被、睡、偎、回、限、畏、檄"。

（一）齐微韵入韵字使用情况

【平声·阴】

机 56 肌 29 几 27 矶 18 讥 1 玑 8 饥 13 箕 1 笄 4 基 19 鸡 13 稽 2 姬 21 奇 25 歧 2 鶄 4 ○归 133 龟 3 闺 6 规 9 圭 3 ○虀 1 挤 2 ○荽 1 绥 1 ○低 65 堤 28 ○妻 171 凄 2 悽 8 棲 31 凄 18 萋 2 栖 6 ○西 97 犀 7 嘶 8 ○灰 29 挥 7 晖 13 辉 45 翚 1 徽 7 杯 48 卑 1 悲 37 碑 7 ○追 8 ○威 10 偎 13 隈 4 煨 2 ○非 46 扉 25 绯 5 霏 9 菲 15 妃 9 騑 1 飞 170 ○溪 41 欹 16 歇 10 ○希 1 稀 59 曦 5 嘻 4 熙 11 ○衣 129 依 29 伊 74 医 13 漪 6 臆 1 ○吹 35 炊 4 推 14 ○醅 6 呸 1 椎 10 披 12 胚 1 ○魁 10 亏 10 窥 8 痴 61 盃 1 姵 2 ○螭 1 崔 2 催 27 ○堆 15 ○鎚 2 ○知 137 蜘 1 梯 6

【平声·阳】

微 41 薇 6 维 8 ○黎 4 犁 4 梨 3 藜 7 璃 7 离 77 篱 27 鹂 8 丽 34 狸 4 漓 12 厘 3 ○泥 51 尼 5 ○梅 15 媒 10 枚 3 煤 4 眉 66 湄 8 嵋 1 楣 1 糜 1 縻 2 縻 4 醾 2 ○雷 2 累 4 曡 6 累 2 ○随 41 隋 1 ○齐 45 脐 4 ○回 74 徊 15 迴 13 ○围 40 闱 4 帏 14 违 14 韦 1 嵬 5 巍 6 危 4 为 16 ○奇 43 肥 24 骑 14 其 1 期 97 旗 16 棋 22 祇 3 其 10 畿 6 岐 9 兮 13 畦 8 携 8 蹊 6 ○移 66 庿 2 猊 7 倪 1 姨 3 夷 13 荑 1 疑 43 鹭 3 宜 62 仪 17 彝 5 怡 5 饴 2 颐 9 遗 6 贻 2 蛇 4 霓 6 ○啼 63 蹄 15 提 32 题 62 ○锤 1 垂 40 陲 1 ○裴 2 陪 11 培 4 皮 21 ○葵 2 夔 1 ○池 34 驰 23 迟 86 墀 13 持 38 ○颓 7 ○脾 3 疲 1 比 3 秘 2 ○迷 86 弥 1 ○谁 35 ○摧 3 菱 8

【入作平】
实8 十3 石24 食21 拾5 ○直6 值2 ○疾15 嫉1 集9 寂6 ○夕7 习5 席9 袭2 ○狄2 敌5 笛6 籴1 ○及9 极3 ○逼11 ○贼3 ○藉7
【去作平】
鼻2
【上声】
迤2 ○尾10 ○倚42 椅2 蚁11 矣45 已14 苡1 拟12 舣3 ○浼1 美38 ○虮1 几15 己10 纪10 ○耻1 侈1 捶5 ○痞1 ○鬼8 晷2 ○悔16 毁3 卉5 虺2 ○比29 礼7 醴1 里198 理28 鲤6 李16 蠡3 履5 ○济9 ○邸5 底47 ○洗20 玺1 屣1 ○起121 绮28 杞2 启12 ○米7 ○你66 旎8 祢2 ○彼2 ○喜43 ○委2 隗3 苇1 伟1 ○垒7 蕾3 儡1 ○体18 ○腿3 蕊16 ○嘴9 ○髓9 ○水98
【入作上】
质3 织4 只4 汁2 陟2 炙1 ○七1 漆5 戚2 ○匹4 劈3 僻1 ○吉5 击50 棘1 戟7 急7 给1 汲2 ○笔11 北3 ○失5 室2 识16 适6 饰4 湿22 奭1 ○唧5 积12 迹30 绩2 ○必2 毕3 碧12 壁13 璧2 ○昔2 惜10 息40 浙1 锡2 ○尺6 喫5 ○的55 滴8 ○德6 得11 ○隙4 吸2 翕1 檄1 ○泣5 ○国6 ○黑8 ○一8
【去声】
未20 味49 ○胃2 谓2 慰3 位9 伪3 畏2 ○贵27 愧6 桂7 脍1 鲙2 绘1 跪3 会72 蕙5 ○吠7 沸19 费9 肺1 废20 芾1 ○晦1 讳2 慧4 ○翠40 脆9 悴45 萃2 颣2 ○异13 裔3 义7 议14 谊1 艺4 易32 翳10 曳4 意97 役3 枻1 ○气78 器8 弃21 憩2 契10 ○霁16 济10 际47 剂1 祭2 ○替6 涕5 嚏3 剃2 ○帝8 蒂6 缔1 谛2 第7 睇4 地93 递7 弟2 ○背6 狈2 倍1 婢1 备6 避20 辈6 被7 臂1 利24 俐4 例3 荔2 吏4 唳3 莉1 蒞1 ○砌14 ○细60 婿3 ○罪9 醉58 最3 ○对35 队15 ○计56 记31 寄34 系3 继2 妓10 技5 髻14 偈2 忌5 冀1 季1 ○闭29 庇1 蔽5 嬖1 陛4 篦1 秘2 ○谜7 ○睡47 瑞18 ○退7 蜕1 ○岁12 碎37 遂2 祟1 ○坠18 缀10 赘1 ○制5 帜2 置1 滞4 致20 治17 雉1 炽2 稚1 ○世33 势11 逝3 誓15 ○泪51 累7 类3 ○配9 佩4 珮8 辔1 擂5 ○妹7 昧6 媚28 袂7 寐9 ○戏46 ○腻17 殢10 ○内25
【入作去】
日54 ○觅9 蜜4 ○密8 ○墨3 ○立17 粒1 沥3 力21 历2 ○驿2

益1溢1镒1液3乙1憶15邑1揖1翼6 ○匿1 ○勒2 ○剧5

《中原音韵》未收字：

帷19嬉7籍5鬴5堤4蘪3袿3虆3呖3职2抵2俟2植2昵2螯2鶒2绥2茅2诙1炜1奕1级1析1毯1透1筐1貔1斐1怩1俪1迪1唏1姞1妮1膝1芨1悉1踬1箷1屣1

（二）《中原音韵》未收字及特殊字举例

（1）帷，《广韵》脂韵洧悲切。《说文》"在旁曰帷"。《释名》"帷围也，以自障围也。"如：夏言（江西）小令《秋日过水东山庄》【南中吕驻云飞】"帷"与"扉围倚避里起时"通押。原句为："竹户柴扉。篱巷阴阴绿树围。背郭青山倚。隔水红尘避。草色映书帷。白云堆里。红日三竿起。正是先生睡稳时。"

（2）袿，《广韵》未收。《康熙字典》"引《字汇补》'支义切'，音至。"后来指罗衫上前襟褶，即折痕。如：张梩（浙江）套数《寄顿青娥》【五更转】"袿"与"底低气殢指迟济丝"通押。原句为："烟雾底。早疏林月影低。临觞独自长吁气。奈愁肠不殢。慢屈指。更筹迟。高唐梦杳赋就成何济。弃得个两鬓潘丝。宽褪了休问带袿。"

（3）呖，《广韵》未收。《集韵》郎狄切。《汉语大字典》中"呖"是象声词。形容鸟类清脆的叫声。如：沈仕（浙江）套数《托燕传情》【孤飞雁】"呖"与"忆碎积"通押。原句为："南来雁儿省嘹呖。似传怨忆。听得心儿碎。教我闷坏堆积。"

（4）妮，《广韵》未收。《集韵》女夷切。《汉语大字典》中"妮"是婢女之意。王屋（浙江）小令《戏友人买妾》【南商调黄莺儿】"妮"与"儿嘶回迟闭移时"通押。原句为："催醒玉猧儿。扰簾衣不住嘶。不知锦帐人方妮。盈盈唤回。欲兴且迟。朦胧媚眼开还闭。日西移。恰早午炊时。"

（5）藉，《广韵》共收2个读音：禡韵慈夜切"以兰茅藉地"；昔韵秦昔切"狼藉"。《中原音韵》收入车遮韵。

《全明散曲》中共入韵19次：13次叶齐微韵，6次叶车遮韵。如：谷子敬（江苏南京）套数《闺情》【金菊香】"藉"与"猊绮杯藉悲"通押。原句为："这些时龙涎香爇冷了金猊。雁足慵安生了绿绮。羊羔懒斟闲了玉杯。觑了这一弄狼藉。不由人辗转越伤悲。"沈仕（浙江）套数《咏絮》【黄莺学画眉】"藉"与"堤西啼起内闭"通押。原句为："几树傍隋堤。缕丝斜挂水西。故园零落春狼藉。流莺乱啼。薰风乍起。只见乱纷纷飞入宫墙内。深院昼长门闭。"兰楚芳（西域）《春思》套数【尾声】"藉"与"些结"通押。原句为："三四褶裙才且休藉。九廻肠解放些些。量这数截断弦须要接。"

叶入车遮韵的"藉"相当于"借"，叶入齐微韵的"藉"意思是"凌乱、散乱"之意，二者意思有别，因属不同韵部。根据用韵的实际情况，我们将"藉"归入齐微韵、车遮韵。

三　鱼模韵

该韵字包括《中原音韵》的鱼模韵字及部分《中原音韵》未收字。

鱼模韵小令和套数共独用452次，独立成韵。

与支思、齐微韵通押的韵字有"珠、絮、雨、署、处、树、去、序、剧、女、遇、余、书、路、据、补、苴、殊、恕、觑、住、侣、主、吁、鱼、盂、隅、卢、舒、居、句、趣、炷、矩、逋、糊、初、炉、庐、福、襦、宇、坞、蕖、许、玉、吴、缕、鬓、突、仁、摹"；与歌戈韵通押的韵字有"步、铺、舞、谱、鼓、五、路、奴、图、苦、初、数、糊、梳、夫、无、补、枯、付、驴、都、女"；与尤侯韵通押的韵字有"目、缕、处、祜、蜉、婆、枯、句、负、躇"。

（一）鱼模韵入韵字使用情况

【平声·阴】

居51 裾17 琚6 车17 驹4 拘10 俱1 ○诸5 朱12 姝8 株3 蛛1 珠29 ○苏23 酥1 酥9 甦3 ○逋7 晡5 ○枢3 ○粗4 刍2 ○梳10 疏17 蔬6 疏45 ○虚35 墟9 歔2 嘘1 吁23 ○趋5 ○沮1 苴2 趄5 ○孤57 姑6 辜3 鸪3 沽12 蛄1 酤5 觚2 ○枯27 ○迂4 纡6 于2 ○污5 乌12 ○书90 舒22 输3 ○区4 躯13 驱2 岖1 ○须5 鬓7 胥7 醑5 ○肤8 夫38 趺2 跌7 敷8 孚1 桴1 ○呼41 ○初44 ○都28 ○租3 ○铺30

【平声·阳】

庐35 闾9 驴5 胪1 ○如53 茹2 儒12 襦14 濡3 ○无82 芜17 巫5 ○模11 谋9 ○徒23 图54 屠3 途28 涂5 塗3 ○奴14 ○卢6 芦9 颅2 鲈6 轳2 舻1 栌1 炉24 ○鱼40 渔4 虞6 余36 竿2 予3 畲1 雩1 欤3 舆 愚7 盂1 隅12 臾5 愉2 榆2 毹5 腴3 谀1 萸3 逾1 俞1 ○吾20 铻1 吴12 梧9 娱16 渝1 ○雏13 锄9 ○殊6 ○渠12 蕖3 劬1 衢9 癯5 ○除31 蜍3 躇

20 厨3 幮2 蹰5 储3 ○扶13 夫4 芙1 蚨2 符21 凫11 浮27 ○蒲10 ○胡5 糊32 湖30 醐2 瑚7 壶49 狐1 弧3 乎5 ○殂1 徂10 徐4

【入作平】

独3 读1 渎1 毒5 突4 ○复3 佛3 伏4 袱1 服2 ○鹄2 斛3 槲1 ○赎1 秫1 术1 属1 ○俗9 续7 ○逐4 轴4 ○族1 ○仆3 ○局6 熟6

【上声】

语51 雨101 与13 禦1 羽7 宇15 禹1 ○吕3 侣34 旅3 缕21 ○主41 煮5 渚5 墅3 鬻2 ○汝4 乳2 ○黍1 暑9 阻17 俎1 ○杵3 处67 ○数21 ○祖5 组1 ○武6 舞31 鹉7 侮2 ○土17 吐11 ○鲁2 橹2 房2 ○睹10 堵4 赌2 ○古22 盅1 鼓11 股4 羖1 贾1 五5 伍5 午8 忤1 坞9 ○虎6 浒2 ○补15 浦13 圃13 ○谱13 ○甫3 斧3 抚7 府16 腑5 父7 ○母6 亩3 ○楚24 ○举10 矩1 ○许26 ○取14 ○苦32 ○女21 ○屿3 ○去23

【入作上】

谷6 縠9 瑴1 骨3 ○蕨1 速6 ○福15 腹6 覆4 拂1 ○卜3 不1 ○菊2 ○笏2 忽2 ○筑2 烛5 粥2 竹8 ○粟4 宿5 ○曲15 屈1 ○哭3 窟6 出4 ○叔3 菽1 ○扑1 ○触1 束4 ○簇6 ○足20 ○促8 ○秃4 ○蹙1 ○屋6 兀1

【去声】

御1 驭4 遇16 妪2 芋1 誉3 豫2 喻2 ○虑10 ○惧2 句35 据9 拒2 踞1 具6 苣1 ○恕3 庶1 树45 戍2 曙1 署1 ○觑4 趣32 ○注6 住58 著2 柱2 铸2 炷6 驻3 苎5 伫4 ○数18 疏5 ○絮35 序12 叙1 绪23 ○杜2 妒17 肚1 渡19 度24 ○赴3 釜2 付11 赋23 富15 妇11 阜1 负26 ○户36 护18 頀1 瓠1 ○务3 雾14 ○素21 诉20 塑2 暮37 慕5 墓2 募3 ○路91 鹭3 露23 ○故10 固1 顾18 ○误33 悞2 悟8 痦1 恶5 汙2 ○布15 怖1 部2 簿12 哺1 步20 捕1 ○醋2 ○做11 ○兔8 ○怒2 ○铺2 ○处50 ○去92 ○聚12 ○助4

【入作去】

禄6 鹿9 漉2 麓2 ○木8 没2 穆1 目8 鹜2 ○录4 箓5 绿7 醁6 陆1 律2 ○物17 ○辱4 褥3 ○玉18 狱1 欲1 浴3 郁5 育1

《中原音韵》未收字：

垆8 揄4 籔4 摹4 腐3 咐3 俘3 祝3 楼3 窭2 肃2 柮1 惚1 禇1 馥1 辘1 祛1 碌1 晤1 踽1 寓1 縠1 埠1 库1 褕1 蜀1 妩1 副1 域1 祜1 孚1

(二)《中原音韵》未收字举例

(1) 摹,《广韵》未收。《集韵》蒙脯切"《说文》云规也"。如：王稚登（江苏武进）套数《冬日闺情》【金钱花】"摹"与"疏图睹模"通押。原句为："拈来彩笔生疏。写就雪蕉画图。把病容愁脸细临摹。寄与君怕君难睹。崔家女不是旧规模。"

(2) 咐,《广韵》未收。《字汇补》蒲奉切。刘兑（浙江）套数《别情》【园林好】"咐"与"竹玉糊苏"通押。原句为："不记得弹丝品竹。不记得偎香倚玉。不记得临行时嘱咐。不记得醉模糊。不记得卧流苏。"

(3) 祝,《广韵》宥韵职救切"祭祖赞词"；屋韵之六切"巫祝"。

在《全明散曲》南北方散曲作品中，"祝"作为韵脚字出现的次数不多，但它既与鱼模韵通押又与尤侯韵通押，意思也有所不同。因此，我们将"祝"分别归入鱼模韵和尤侯韵。

如：吴国宝（安徽无为）套数《自寿》【浆水令】"祝"与"吐舞奴母瑚趋府路糊"通押。原句为："香拂座樱唇半吐。步迥波柳腰低舞。金钗队队蹙花奴。屏开云母。座列珊瑚。环珮趋。人间宰相神仙府。华封祝。华封祝。笙歌盈路。锦绣模糊。"又如：杨循吉（江苏吴县）小令《文武医卜》【北中吕谒金门】"祝"与"流有咎求授后投剖旧"通押。原句为："卜流。昔有。用雨霁占休咎。非熊曾兆副车求。疑事决神灵授。知前达后。拆单单勤祷祝。问天禾茭投。断婚姻笺剖。通上古遗旧。"

(4) 祛,《广韵》未收。《集韵》丘於切。《正字通》"祛，遣也，逐也。"杨循吉（江苏吴县）套数《夏景》【梅花酒】"祛"与"竿柱布趣瓠度"通押。原句为："龙笛凤竿。锦筝瑶柱。浮瓜沉李华筵布。好凉天多景趣。琼浆满金瓠。风洒暑祛。太平时怎虚度。"

(5) 埠,《广韵》《集韵》未收。《篇海》薄故切。《正字通》"埠，舶船埠头"。王屋（浙江）小令《晓发鸳鸯湖歌似篙工》【南商调黄莺儿】"埠"与"湖芦呼枯鹭蒲雨徒"通押。原句为："五鼓发南湖。满篷霜夹岸芦。回头已失鸳鸯埠。风高鸟呼。冬交水枯。萧闲媿杀沙洲鹭。倚寒蒲。一身蓑雨。冷眼属氽徒。"

四　皆来韵

该韵字包括《中原音韵》的皆来韵字及部分《中原音韵》未收字。

皆来韵小令和套数共独用377次，独立成韵。与齐微韵通押的韵字有"色、才、来、乖"；与家麻韵通押的韵字有"钗、鞋、白、在、客、彩、债、来、孩"。

（一）皆来韵入韵字使用情况

【平声·阴】

皆1 堦12 阶16 喈1 街13 偕3 稭1 楷1 ○该25 垓11 荄5 陔1 ○哉39 栽21 灾14 ○钗33 差10 ○台14 胎20 骀3 咍2 ○哀28 埃26 唉1 ○猜56 挨13 衰20 腮36 歪20 ○开147 揩5 斋28 ○乖39 ○筛15 揣13

【平声·阳】

来200 莱21 鞋38 谐40 骸13 ○排43 牌8 ○怀81 淮11 槐4 ○埋42 霾7 ○骒3 皑1 ○孩8 颏10 颔2 ○柴15 侪6 ○崖8 厓3 捱20 ○才63 材10 财11 裁35 纔1 ○臺127 抬20 苔30

【入作平】

白33 帛2 ○宅9 泽3 择2

【上声】

海39 醢1 醯1 ○骇6 蟹1 ○宰3 载27 ○采19 彩16 採1 ○霭8 蔼1 ○奶2 乃1 ○拐2 凯2 铠1 ○摆24 矮1 ○解22 楷2 ○买24 ○改30

【入作上】

拍3 珀1 魄2 ○策10 册2 ○百1 柏2 擘1 ○格3 隔2 ○客21 刻6 ○责4 帻2 摘1 滴1 侧11 窄11 ○色45 ○捆1 摔1

【去声】

懈2 械2 ○塞9 债60 虿1 ○态30 泰6 ○盖6 丐1 ○艾1 爱40 ○隘3 ○奈14 耐23 鼐2 ○害32 ○带43 戴10 待36 代11 袋2 岱1 大21 黛19 戒11 解10 界26 届3 ○外66 ○快29 哙1 块6 ○在66 再7 ○卖17 迈6 ○赖25 籁6 濑4 赉1 ○拜17 湃1 败12 ○菜5 蔡1 ○晒7 煞11 ○赛17 塞7 ○怪30 ○坏8 慨3 ○派10 ○帅1 率1 瀣1

【入作去】

麦1 貊1 陌3 脉1 ○额1

《中原音韵》未收字：

歹16 硙13 酾6 拆3 概3 踹2 毦2 睬2 溉1 咳2 奋1

(二)《中原音韵》未收字举例

(1) 歹,《广韵》五割切。《说文解字》"骨之残也"。徐时仪(1993)指出:"表示'恶劣、不好'义的歹源出于北方少数民族语,唐末五代时在北方汉语口语中使用,宋代传入南方,渐由口语进入书面语,至元代则被普遍使用,成为汉语中沿用至今的常用词。"

在《汉语大字典》中,"歹"有"dǎi"音"恶"义。该字在明代江浙徽散曲作品中出现十多次,都为此意。如:陈铎(江苏南京)套数《嘲香茶桂饼》【梁州第七】"歹"与"来块揣排埋抬猜才乖带卖财"通押。原句为:"诈称呼辽府传来。两三般才合成一块。手搦拳揣。百种安排。把蟾宫标格沉埋。唤香茶声价高抬。苦辣似吴茱萸又狠又歹。坚硬似铁石猫难认难猜。那一等蠢才。弄乖。手帕里拴里荷包里带。把风情女娘行卖。当不得买笑钱财。"

(2) 釃,《广韵》支韵所宜切"下酒"。《汉语大字典》音 shī 又音 shāi。两音的意思相同,都为"下酒"之意,南北方散曲共入韵 22 次,全部与皆来韵通押。因此,我们暂且把"釃"归入皆来韵。如:陈铎(江苏南京)小令《闲情用转应体》【北双调沉醉东风】"釃"与"来栽债排买"通押。原句为:"美酒儿时闲送来。新诗儿眼底须栽。诗还了当年债。酒和诗次第安排。酒唤苍头恁慢釃。诗不用闲钱去买。"杨循吉(江苏吴县)套数《秋景》【一江南】"釃"与"哉爱快开外怀濑"通押。原句为:"奇景哉。秋到真堪爱。庭院添奇快。玉簪开。竟吐雕栏外。金樽对景釃。风来偏畅怀。更玲珑翠竹摇碧濑。"

(3) 拆,《广韵》未收。《集韵》耻格切。《说文解字》"裂也"。如:施绍莘(上海)小令《暂别书情》【南仙吕桂枝香】"拆"与"带快在排来"通押。原句为:"几曾分拆。今宵分拆。也瘦沉腰带。天明将快。犁星还在。没安排。他应梦里来。"

(4) 睬,《广韵》未收。《字汇补》此宰切"俗言瞅睬"。如:林廷玉(福州)小令《慨世》【北双调清江引】"睬"与"歹卖外"通押。原句为:"世上人心真个歹。牵鬼街头卖。瞒过陈员外。汉钟离看见通不睬。"

五 萧豪韵

该韵字包括《中原音韵》的萧豪韵字及部分《中原音韵》未收字。

萧豪韵小令和套数共独用858次，独立成韵。与尤侯韵通押韵字有"鸟、宵、嘲、酌、嫋、摇、悄、娇、棹、牢"。

（一）萧豪韵入韵字使用情况

【平声·阴】

萧18箫52潇15绡37销39消115宵71霄34翛1〇刁4貂4雕7凋16〇枭3嚣16〇梢69捎1筲3鞘2〇娇105骄6〇蕉17憔3焦25椒3〇标29膘1髟1杓4飑3〇交79咬3郊16胶11教11〇包4胞1苞5〇嘲23高155篙1膏11羔4糕2皋30〇刀18叨7韬2舠2〇骚19搔4缲1臊2飚1〇遭41糟4〇镖1〇招46昭3朝49〇邀21夭4幺1腰65妖6要4葽1〇飘76漂4〇抛55〇绦2韬7〇撬1〇哮2〇敲69〇抄1坳1〇蒿9浇11〇褒2〇姚2〇超5〇锹1〇操17

【平声·阳】

豪53毫22号20濠1〇寮2辽2僚6鹩3憀2聊27〇饶50桡7尧1〇苗35描39〇毛23旄2茅4髦7〇猱1挠2譊1〇牢27劳54涝1醪26捞3〇迢26髫2蜩2调36条70跳5〇潮25朝57韶6〇遥95摇44谣11瑶14飖1窑3尧5陶12峣1〇樵14瞧21谯3〇鳌8嗷3璈1骜1熬35遨4〇乔17桥79翘19〇爻4肴5殽2〇袍39炮2跑3〇桃39逃12萄2醄5淘3绚1涛23〇曹24漕1槽6嘈2〇漦1瓢12〇巢34

【入作平】

浊2濯1〇度27〇薄13箔5博2〇学17〇鹤3〇著3〇着43〇杓2

【上声】

小80〇皎10缴3矫4〇袅17鸟29嫋1〇了152瞭1蓼5〇杳36〇邈25绕24娆20扰12〇渺10秒2〇悄50〇宝10保16堡1葆1〇卯4〇狡1搅11绞1〇老109潦1撩2〇脑9恼60〇扫34嫂2〇漂2〇早71枣4藻5蚤3〇倒72岛24捣8祷5〇藁1缟2槁4〇袄4〇考1挑42窈10〇沼8〇少67〇表10〇巧59〇晓92〇饱10〇炒9〇讨8〇草82〇好94〇稍13〇剖18

【入作上】

角6觉35脚3〇鹊2雀1〇托2〇魄2〇索5〇朔1〇削1〇作7〇错3〇阁7〇壑1〇酌2

【去声】

　　笑117 啸14 肖2 ○耀1 眺7 ○钓12 吊7 弯1 调51 掉5 ○豹1 爆2 瀑1 ○抱53 报32 暴2 鲍2 ○灶7 皂3 造14 懆2 躁4 ○料33 疗4 ○傲13 ○赵3 兆4 照65 诏9 召6 肇1 ○少29 绍2 烧41 ○好29 耗28 浩1 ○道120 纛3 导3 悼3 蹈2 蹋1 到128 ○曜1 耀13 鹞1 要15 ○叫24 轿5 峤8 噍2 ○俏27 峭17 消2 ○俵2 ○孝4 效8 校3 ○窖1 较6 ○罩12 棹16 抝4 靭1 乐8 ○貌32 冒1 帽18 眊1 ○砲2 泡2 ○告23 诰4 ○噪17 燥4 ○妙35 庙14 ○闹36 ○奥10 ○钞6 ○窍5 ○哨6

【入作去】

　　乐7 珞1 药10 约9 跃3 ○漠1 寞3 末1 莫1 ○落11 络1 烙1 珞1 ○略3 萼1 ○弱3

《中原音韵》未收字：

　　寥35 缈17 辈16 稿12 套11 鳌4 却4 嚎3 侥3 桃3 眇2 跷3 哢2 缲1 徭1 吵1 铫1 邈1 莟1 蜔1 票1 嘹1 壳1

　　（二）《中原音韵》未收字举例

　　（1）寥，《广韵》箫韵落萧切"空也，又寂寥也，寥廓也"。如：宛瑜子（江苏苏州）套数《秋日为冯喜生赋》【尾声】"寥"与"觉乔"通押。原句为："黄粱一梦君今觉。铜雀春深锁二乔。莫向东风怅寂寥。"

　　（2）缈，《广韵》未收。《古今韵会举要》弭沼切。《汉语大字典》"缥缈、微小"。如：陈与郊（浙江）套数【南商调集贤宾】"缈"与"箫窕少晓抱老了"通押。原句为："丹霞彩凤声缥缈。玉人何处吹箫。硖上青山空窈窕。费想象精神多少。灯残月晓。更辗转梦紫怀抱。春易老。怕一夜海棠吹了。"

　　（3）却，《广韵》药韵去约切"退也"。如：徐霖（上海）套数《富文堂陈大声徐子仁聊》【刮地风】"却"与"鲍导烧落觉报袍醪抱嘲"通押。原句为："不肯放西园人散却。又何妨酪酊酕醄。降纱笼十二教前导。一齐的画烛高烧。那里管海棠零落。也不问杜鹃惊觉。玉漏沉更筹换美人休报。暖翻寒赠锦袍。醉而醒侑着香醪。似陈遵投辖开怀抱。岂浪嘲。"

　　（4）嚎，《广韵》未收。《字汇补》壶高切。《汉语大字典》有两个意思：①鸣叫，②大声哭喊。它在散曲里为"鸣叫"之意。如：沈仕（浙江）套数《思情》【雁过声】"嚎"与"巧飘噪敲早哨晓"通押。原句为:"复凑巧。风和雨纵横正飘。时间玉马偏咭噪。树声嚎。谯鼓频敲。鸡声又早。寒蛩抵死在窗前哨。不由俺愁闷攒更直到晓。"

(5)徭,《广韵》未收。《玉篇》余招切"劳役"。其异体字为"傜"。"傜"《广韵》宵韵余招切"使也役也"。汤式(浙江)小令《小景》【北越调天净沙】"徭"与"椒毛腰笑"通押。原句为:"翠苔峣天近山椒。绿蒙茸雨涨溪毛。白皑皑云埋树腰。山翁一笑。胜桃园堪避征徭。"

六 歌戈韵

该韵字包括《中原音韵》的歌戈韵字及部分《中原音韵》未收字。

歌戈韵小令和套数共独用217次,独立成韵。与鱼模韵通押的韵字有"魔、摩、螺、何、娥、泽、箔、破、多、锁、罗、坐、柯、我、和、歌、河、窝";与车遮韵通押的韵字有"抹、破、脱、聒、葛、合、活、割、阔、禾、过、渴、戈、末、波、和、着"。

(一)歌戈韵入韵字使用情况

【平声·阴】

○歌48 哥16 柯19 ○科8 窠5 ○轲1 珂5 ○戈7 过74 锅2 ○莎3 蓑4 簑3 唆2 睃1 梭17 娑8 挲2 ○搓4 蹉2 瑳1 ○他57 拖4 ○阿2 疴8 ○窝25 踒1 ○坡5 颇1 ○波56 ○呵19 诃1 ○多119 ○么24

【平声·阳】

罗41 萝14 箩2 啰3 螺8 锣2 ○摩5 磨29 魔15 ○挪4 那4 ○禾2 和27 ○何64 河35 荷5 苛2 ○驼3 陀2 跎15 酡5 沱1 驮1 ○矬1 ○哦6 蛾12 娥23 峨2 鹅2 ○婆4 皤7 ○讹8

【入作平】

合17 盒2 鹤2 褐2 ○佛2 ○活9 ○薄12 箔2 泊4 ○浊1 ○度2 ○夺2 ○着36

【上声】

锁25 琐4 ○果12 裹4 ○攞1 舸1 ○朵12 趓1 躲9 ○可21 坷8 ○叵2 跛1 簸2 ○我54 ○左9 妥12 ○火25 颗12 钵1

【入作上】

葛3 割6 阁9 跋2 拨2 ○渴6 ○阔8 掇1 ○脱11 ○聒2 ○抹5

【去声】

贺6 佐4 坐28 座5 ○舵7 堕8 惰3 垛3 大43 ○锉1 挫11 ○祸11 货7 ○播3 和5 ○逻1 ○卧20 涴1 ○糯2 懦2 ○个15 ○饿4 ○课3 ○唾9 破33 ○嗑3

【入作去】

岳3 乐11 药5 约5 ○寞3 幕8 末1 ○落17 洛2 ○略2 ○萼1 ○错6

(二)《中原音韵》特殊字举例

阁,《广韵》铎韵古落切"楼阁也"。《中原音韵》收入萧豪韵和歌戈韵。《全明散曲》中共入韵38次：14次与萧豪韵通押,如：朱应辰(江苏宝应)套数《忆吹箫》【前腔】"阁"与"消绕巧药绡腰觉"通押。原句为："难消。兰房书阁。珠围翠绕。高髻云鬟宫样巧。是才开红药。香痕湿透鲛绡。掌上轻盈见楚腰。谁买扬州一觉。"常伦(山西)套数【北黄钟醉花阴】"阁"与"小皎消宵笑著"通押；原句为："翡翠屏深玉荷小。纱窗映凉蟾皎皎。茱萸冷篆烟消。可惜良宵。尊酒谁欢笑。排愁闷强斟著。恨无赖西风穿画阁。"

24次与歌戈韵通押,如：张旭初(浙江)套数《拟闺怨》【普天带芙蓉】"阁"与"火饿波破唆"通押。原句为："心头火。到惹得枯肠饿。到如今恩爱随波。成耽阁。砂锅打破。端的是妒花蜂蝶暗搬唆。"薛论道(河北)小令《守拙》【北中吕朝天子】"阁"与"磋磨磕波舌祸躲波卧"通押。原句为："知自切自磋。常自琢自磨。切莫把闲牙嗑。从来尺水丈余波。闭口藏舌。全身远祸。运不通穷处躲。举棹沧波。挥鞭剑阁。总不如东山卧。"

中古铎韵一些字《中原音韵》分别归入萧豪韵和歌戈韵,说明是有异读,而不是通押。明散曲在创作时也保留了这一语音特点。

七 家麻韵

该韵字包括《中原音韵》的家麻韵字及部分《中原音韵》未收字。

家麻韵小令和套数共独用368次,独立成韵。与皆来韵通押的韵字有"杀、娃、架、涯"。

(一) 家麻韵入韵字使用情况

【平声·阴】

家214 加48 珈2 枷1 笳10 迦1 痂1 葭13 麚1 佳31 嘉12 ○巴10 疤2 笆2 ○他91 ○蛙15 娲1 蜗2 ○沙42 砂12 纱77 裟2 ○查16 楂1 蹅4 吒3 ○挝10 抓4 髽2 ○鸦52 丫5 呀14 ○叉7 靫3 差40 ○夸52 ○虾4 ○葩18 ○花230 ○瓜20

【平声·阳】

麻43 蟆2 哗13 华69 划4 ○牙33 芽25 衙1 涯103 睚29 ○霞84 遐7 瑕13 斜64 ○琶23 爬2 ○茶37 槎13 搽8 ○拿24 ○咱31

【入作平】

达13 挞1 踏11 沓1 ○滑13 猾2 ○狎3 辖1 侠2 峡15 洽11 匣5 ○乏10 伐1 筏1 罚4 ○拔3 ○杂11

【上声】

马63 妈1 ○雅35 ○洒40 傻5 ○假41 罢18 ○寡15 剐1 ○姹5 诧7 ○把14 ○瓦19 ○打15 ○鲊2 ○耍46

【入作上】

塔1 榻21 塌2 ○杀12 霎10 ○劄2 扎6 ○匝1 ○察6 插5 ○法11 发29 ○甲3 ○答5 搭3 嗒1 ○飒2 撒6 萨4 靸1 ○刮5 ○瞎2 ○八1 ○恰4 掐3

【去声】

驾25 嫁13 稼9 价60 架34 ○凹3 ○跨13 胯1 ○亚19 迓2 讶16 娅1 砑2 ○汉1 ○帕19 怕25 ○诈6 乍5 ○下140 夏21 罅5 暇16 厦2 ○化19 画60 华21 话96 ○娜1 那5 ○罢54 霸5 靶4 坝1 ○卦9 挂64 ○大57 ○骂21 ○煞18

【入作去】

腊5 蜡14 拉1 辣1 瓦2 ○纳3 ○压8 押3 鸭12 ○抹2 ○袜9 ○刷2

《中原音韵》未收字：

娃20 哑18 狭5 喳5 尬3 俩3 呷2 剌2 擦2 耙2 嘎2 扒2 刹2 挂2 囡2 秅1 捺1 坨1 阀1 炸1 揸1 帢1 褡1 枒1 嗏1 札1

(二) 《中原音韵》未收字及特殊字举例

(1) 俩，《广韵》未收。《集韵》里养切"伎俩，巧也"。后代有了

第四章 《全明散曲》南方散曲作家用韵分析 87

liǎ的读音，是"两个"的合音。

在《全明散曲》作品中共入韵9次：6次江阳韵，3次家麻韵。如：李唐宾（江苏扬州）套数【搅筝琶】"俩"与"忘谎量详肠"通押。原句为："恰撇下心儿忘。才说着意儿谎。搜索遍风流伎俩。蓦忖量。猛参详。怎诉衷肠。"

读liǎ表示两个的"俩"出现比较晚，《汉语大字典》和《汉语大词典》引的都是《老残游记》的用例。蒲松龄《聊斋俚曲集》中一般使用"㑩"的字形。明散曲中押家麻韵的是赵南星（河北）小令【南商调山坡羊】"俩"与"话下嘎差骂话他他家"通押。原句为："凄惶泪洒着说话。妈儿气受他不下。骂的我是咧着张口儿说嘎。数落的事儿件件不差。那怕他终朝打骂。姊妹行中不把俺笑话。由他。风月中着迷不只是咱俩。由他。好合歹熬成了人家。"

此处"俩"字表示的意义即是"两个"，且与家麻韵通押，如果此例可靠的话，那就把"俩"读liǎ表示"两个"的时代提前到了明代后期（1550—1628）。

（2）耙，《广韵》未收。《篇海》必驾切。如：汤式（浙江）小令《闲居杂兴》【北越调天净沙】"耙"与"家麻衙涯"通押。原句为："近山近水人家。带烟带雨桑麻。当役当差县衙。一犁两耙。自耕自种生涯。"

（3）刹，《广韵》黠韵初辖切"刹柱也"。陈铎（江苏南京）小令《亭子铺》【北双调折桂令】"刹"与"纱杂花衙扎涯家家"通押。原句为："会腾那绢帛绫纱。罗绮交杂。簇柳攒花。还心愿神堂佛刹。贺恩荣帅府公衙。顷刻缠扎。转变生涯。妆点东家。断送西家。"

（4）垞，《广韵》未收。《集韵》直加切"丘名"。如：陈与郊（浙江）套数【尾】"垞"与"马靶家洽嗒花夏雅"通押。原句为："那一个夸裘马。大都来一般话靶。敢则为流水桃花惹到家。一个道茅茨下点谦洽。一个道锻炉边这些絮嗒。俺自是闲看儿童捉柳花。游心虞夏。耽情风雅。明朝有意过南垞。"

（5）他，《广韵》歌韵托何切。《中原音韵》收歌戈韵。《正字通》指出，"方言呼人曰他，读若塔平声"，即今天所读的tā，应归曲韵的"家麻韵"。明代《中州全韵》家麻韵平声和歌罗韵平声两收，《词林韵释》嘉华韵平声和何韵平声两收，均可见"他"字有两读，一入歌戈韵，一入家麻韵。

"他"在《全明散曲》入韵次数比较多，共327次：103次与歌戈韵通押，如：孙楼（江苏常州）小令《嘲妓》【南商调黄莺儿】"他"与"多何座做么和"通押。原句为："只要匾儿多。便村郎没奈何。少年兀自寻窠座。是石崇也接他。是范丹也接他。生辰一月三迴做。你知么。不怕郑元和。"冯惟敏（山东）小令《纪笑》【北双调玉江引】"他"与"佛挪哥何果磨活合蛾祸末火"通押。原句为："难参尖嘴佛。百计腾挪。难逃毒害哥。成败是萧何。英雄无结果。一折一磨。谁知死共活。一仰一合。休嗔我笑他。我笑他恰便似扑灯蛾。自取焚身祸。两翅烧成末。眼睁睁飞将来不见火。"224次与家麻韵通押，如：胡文焕（浙江）小令《道情十二首》【南越调浪淘沙】"他"与"拿沙差"通押。原句为："拂子手中拿。世事由他。闲来唱个浪淘沙。完事都差。"秦时雍（安徽亳县）套数《暮春初会少华于谯词以纪之》【掉角儿犯】"他"与"杀法八差插擦化"通押。原句为："贪一回又待贪他。亲不足那怕亲杀。是前生欠了缘法。尽今世还个七八。桃源路走不差。身心一片有处安插。凤枕擦。软兀剌人瘫化。"该字与家麻韵通押次数远远超过与歌戈韵通押次数。

而早在宋词和元曲中，也早出现大量"他"与家麻韵通押的作品。"宋词中他入韵凡50次，44次与麻邪部字相押"[①]；"元曲中共入韵22次，9次与歌戈韵通押，13次与家麻韵通押。"[②] 邓兴锋也认为"'他'在元代另有家麻一读无可怀疑"。[③]

可见，无论在南方散曲还是北方散曲，"他"都有两音，我们将之分别归属家麻韵和歌戈韵。

（6）大，《广韵》收录两音：泰韵徒盖切；个韵唐佐切。《集韵》他达切"籀文象人形也"。

《全明散曲》共入韵276次。南方散曲中，"大"与皆来韵、歌戈韵、家麻韵通押次数分别为21次、43次、57次。如：冯梦龙（江苏苏州）套数《为董遐周赠薛彦升》【醉宜春】"大"与"怀窄臺开哀骇赛"通押。原句为："舒怀。浑忘量窄。取醇醪痛饮弃醉阳臺。春生绣帐似梅

[①] 魏慧斌：《宋词用韵研究》，博士学位论文，华中科技大学，2005年。
[②] 李蕊：《元曲里几个单字的读音》，《南阳师范学院学报》（社会科学版）2009年第4期。
[③] 邓兴锋：《大都剧韵所反映的元代一些单字的读音》，《语言研究》1997年第1期。

花雪里香开。心哀。他冲寒来到恁痴騃。这恩有如天大。纵有分甘割袖此情无赛。"施绍莘（上海）套数《元宵》【节节高】"大"与"多颗坐歌朵"通押。原句为："风流逸事多。传柑共剥黄金颗。弹筝坐。拍板歌。欢呼惊落灯花朵。月倾杯劝银盘大。"顾宪成（江苏无锡）套数《怀远题情》【步步娇】"大"与"架家雅话"通押。原句为："冤孽担重愁城大。瘦伶仃难擎架。想起俏冤家。风流典雅。忘不了着人话。"

北方散曲中，"大"与皆来韵、歌戈韵、家麻韵通押次数分别为53次、57次、45次。如：朱有燉（安徽凤阳）小令《庆寿乐府五章》【北正宫醉太平】"大"与"臺阶开来在谐哉"通押。原句为："列华筵玉臺。赏佳会金阶。寿星光线彩云开。众神仙到来。三千年福禄增高大。五百年恩宠春常在。一万年欢会永和谐。饮芳樽乐哉。"万勋（辽宁）套数《谈蚊虫》【北南吕一枝花】"大"与"切多过磨郭"通押。原句为："口嘴些娘大。贤愚憎罪切。今古恨偏多。造物者何其过。假若不生他待怎磨。又怎见祥邻兆郭。"贾仲明（山东）小令《挽王晔》【北双调凌波山】"大"与"佳家答达华沙"通押。原句为："诗词华藻言语佳。独有西湖处士家。滑稽性格身肥大。金斗遗事厮问答。与朱凯士来往登达。日精月华。免不得掩黄沙。"

可见，"大"押入皆来韵和歌戈韵是对《广韵》音理的反映，押入家麻韵是对《集韵》音理的反映。根据作品用韵情况，"大"应当有歌戈韵、皆来韵及家麻韵三种读音。

（7）斜，《广韵》麻韵似嗟切。《玉篇》"斜，不正也"。《中原音韵》收车遮韵。在南方散曲中共入韵80次：与车遮韵通押16次，如：汤式（浙江）小令《闻赠》【北双调湘妃引】"斜"与"叠冶列别绝趄"通押。原句为："四时裀褥锦重叠。罢免帏屏花艳冶。一床衾枕春罗列。铺排得门面儿别。据风流更有三绝。手汤着郎君趔趄。眼梢着子弟乜斜。"与家麻韵通押64次，如：夏言（江西）套数《癸卯元夕宴丹桂堂》【金钱花】"斜"与"夸夸加加娃涯"通押。原句为："元宵景物堪夸。堪夸。华堂灯火交加。交加。歌静缕舞仙娃。弃沉醉乐无涯。宾客散斗杓斜。"

在北方散曲中，"斜"共入韵80次：与车遮韵通押53次，如：朱应辰（江苏宝应）套数《春游歌宴》【圣药王】"斜"与"阕阕接折折歇"通押。原句为："歌一阕。又一阕。花奴唱了玉奴接。舞一折。又一折。刚轮樊素小蛮歇。直吃到绿窗红日影儿斜。"赵南星（河北）套数【醉公子】"斜"与"悦帖捏跌"通押。原句为:"欢悦。闲讲会花书酒帖。把矮李长张那篇儿摆也编捏。赏趣的频将猎鼓儿跌。月转参斜。"康海(陕西)小令《赏牡丹》【南仙吕醉罗歌】"斜"与"卸赊别节些些歇"相押。原句为:"牡丹牡丹开仍卸。好酒好酒少还赊。春光无奈又将别。休锉了千金节。烦君和些。烦君听些。花钱此日休轻歇。任他归去月儿斜。"与家麻韵通押27次,如:吴国宝(安徽无为)套数《题情》【黄莺儿】"斜"与"瑕法大滑怕家花"通押。原句为:"自比玉无暇。恁从来知礼法。缘何色胆天来大。立苍苔露滑。扣金钗月斜。猥赔笑脸耽惊怕。恨冤家。错认武陵花。"

在元代散曲中"斜"与家麻韵通押的曲例只有1例:马致远(元大都)套数《题西湖》【胡十八】"斜"与"塔霞鸦槎"通押。原句为:"云外塔,日边霞,树头鸦,水亭山阁日西斜,宜阆苑泛浮槎。"

在今南方方言中,"斜"韵母仍然存在读[ia]韵母的情况。如:闽南话、客家话、上海话、苏州话都读为[ia]。而现代北方方言中则读[ie]更为普遍,个别方言也读[ia](如:晋语区吕梁片)。

由明散曲押韵的情况看,南方散曲作品中,"斜"押车遮韵和家麻韵的比例接近(车遮韵,16/80＝20%;家麻韵,64/80＝80%)而前者稍多;北方散曲作品中则两者比例悬殊(车遮韵,53/80＝66%;家麻韵27/80＝34%)。可以肯定的是,无论是南方散曲还是北方散曲,"斜"字都有两种读音;相比之下,南方散曲中家麻韵的读法更为普遍,而北方散曲中"斜"读家麻韵的现象相比略少些。

八 车遮韵

该韵字包括《中原音韵》的车遮韵字及部分《中原音韵》未收字。

车遮韵小令和套数共独用147次,独立成韵。与家麻韵通押的韵字有"泻、车、谢、赊、嗟、雪、者、遮、邪、柘、赭、榭、藉、野、血";与歌戈韵通押的韵字有"夜、捨、车、些、写"。

(一)车遮韵入韵字使用情况

【平声·阴】

嗟50 ○奢15 赊40 ○车22 ○遮41 ○爹1 ○靴8 ○些72

【平声·阳】

爷4 耶18 倷18 ○斜16 邪15 ○蛇16 ○倷1

【入作平】

协 9 穴 10 缬 1 ○杰 12 竭 13 碣 1 ○叠 45 迭 5 牒 11 揲 1 喋 1 谍 1 蝶 26 跌 12 ○镢 1 撅 6 ○折 27 舌 18 涉 8 ○捷 2 截 11 睫 2 ○别 70 ○绝 60 ○孽 2

【上声】

野 15 也 75 冶 6 ○者 61 赭 1 ○写 29 泻 8 ○捨 14 舍 30 ○惹 14 嗻 1 ○扯 8 ○姐 8 ○且 7

【入作上】

屑 5 薛 1 泄 8 屟 1 ○切 31 窃 1 妾 7 ○结 46 洁 5 劫 11 颊 2 ○怯 31 挈 5 箧 2 客 13 ○节 41 接 15 楫 1 ○血 34 歇 29 蝎 2 ○阙 11 缺 19 阕 2 ○抉 1 决 5 诀 12 缺 4 ○铁 20 帖 18 贴 24 ○瞥 1 撒 26 ○拙 9 辄 3 ○辙 5 掣 7 ○哲 2 摺 8 褶 3 折 25 ○设 13 啜 4 ○雪 33 ○说 43

【去声】

社 12 射 5 麝 7 赦 7 ○谢 35 卸 13 榭 11 ○夜 59 ○柘 2 ○鹧 1 ○蔗 1 借 11 藉 3 ○趄 2

【入作去】

捏 3 躐 3 啮 2 ○灭 33 ○拽 4 噎 2 叶 34 烨 1 液 2 ○业 15 额 2 ○裂 9 冽 4 猎 3 列 11 ○月 74 悦 15 阅 1 軏 1 樾 3 越 12 ○热 41 ○爇 7 ○劣 18 ○咽 17

《中原音韵》未收字：

彻 26 揭 12 橛 5 牒 4 慊 4 洩 4 烈 3 孽 3 趈 3 蛰 2 捻 2 嚛 2 涅 2 楔 2 馣 2 蹉 2 乜 1 嵲 1 孑 1

(二)《中原音韵》未收字及特殊字举例

(1) 橛,《广韵》作"橜",月韵居月切,又其月切。如：龙应(湖南)套数《归滪词》【那吒令】"橛"与"绝社别野舍奢"通押。原句为："悟迷人谜橛。溪村占得胜绝。赛香山白社。园亭构得更别。比蓝田绿野。傍著桃花舍。好快活不羡骄奢。"

(2) 烈,《广韵》薛韵良薛切"光也又忠烈又猛也"。在散曲作品里的意思为"猛烈,激烈"。如：夏旸(江西)小令【北正宫醉太平】"烈"与"者赊奢谢遮斜也"通押,原句为："秦女登仙者。太真宠幸赊。晋朝功业富豪奢。千载称王谢。凤凰台臺上暮云遮。马嵬坡下秋风烈。乌衣巷口夕阳斜。古人何处也。"

（3）咽，《广韵》收录3个读音：①先韵乌前切"咽喉"。②霰韵于甸切"同'嚥'"。③屑韵乌结切"哽咽"。《中原音韵》收入先天韵。"咽"在南方散曲中共入韵23次：与先天韵通押6次，如：胡文焕（浙江）套数《携妓长桥玩月》【寄生草】"咽"与"坚箭线犬倦"通押。原句为："舞袖冷歌声咽。行踪疏兴转坚。任楼头玉漏催银箭。倚阑干玉露沾衣线。据梧桐玉尘惊邻犬。恁那里相偎休谴精神倦。"与歌戈韵通押17次，如：高濂（浙江）套数《题情》【下小楼】"咽"与"接帖跌者蛇"通押。原句为："空接。鱼书雁帖。反教人添哽咽。看时只把鞋跟跌。料想无縁见者。又何劳拨草寻蛇。"因此根据散曲实际情况，该字应分属先天和车遮两韵。

（4）液，《广韵》昔韵羊易切"律液"。《中原音韵》收入齐微韵。"液"在《全明散曲》中共入韵8次：4次与车遮韵通押，4次与齐微韵通押。如：赵南星（河北）套数《夏日感恩楼酒集》【香柳娘】"液"与"洁洁雪泻者者迭撇撇嗻"通押，原句为："爱流泉皎洁。爱流泉皎洁。浪花喷雪。曲律律细向石渠泻。栲栳圈坐者。栲栳圈坐者。花开飞玉液。素手捞不迭。一口儿一撇。一口儿一撇。胜咱咋嗻。"又如：夏言（江西）小令《小阁纳凉》【南仙吕入双调玉交枝】"液"与"移里辉迷翠"通押。原句为："波澄太液。侍宸疏舟晚移。水晶簾动荷香里。御前凤蜡辉辉。金鳌桥下烟柳迷。堆云洞口山光翠。"通过上述两例，可以看出，"液"的意义没有区别，都是指"气液""液汁"，但却押入不同的韵部。今按：同属《广韵》昔韵羊易切的从夜声的"液腋掖"等字在今普通话中读ie韵母，可与车遮韵相押；而该小韵中其他字如"亦弈译峄驿"等读i韵母，可与齐微韵相押。

可见，"液"字在《中原音韵》时期仍保留规律的演变结果，读齐微韵；但在明代时期该字已有了不合规律的ie韵母的读音，从而与车遮韵相押。由于齐微韵的读法在明散曲中仍有保留（韵书《韵略易通》中"液腋掖"等字仍与"亦易益抑译"等同音），所以，"液"字实际上成了新兴的异读字。在南方散曲中，应该是齐微韵和车遮韵两收，而并非齐微与车遮的通押。

九　尤侯韵

该韵字包括《中原音韵》的尤侯韵字及部分《中原音韵》未收字。

尤侯韵小令和套数共独用862次，独立成韵。与鱼模韵通押的韵字有"昼、酒、有、溜、柔、后、遊"。

（一）尤侯韵入韵字使用情况

【平声·阴】

啾5 湫2 ○鸠9 阄4 ○搜4 飕21 ○陬2 诹2 驺4 ○休148 咻1 貅3 ○讴24 鸥33 沤13 瓯26 ○钩99 勾41 篝16 沟15 购1 韝4 缑4 ○兜19 ○秋180 鞦2 鹙1 楸1 ○忧65 幽54 优2 ○修27 羞79 馐2 ○抽8 瘳1 ○周22 啁1 週8 洲72 州52 舟98 辀1 ○丘35 坵1 ○偷8 ○答10 挡6 ○收112 ○觩1

【平声·阳】

尤12 疣2 遊105 游49 蝣3 由77 油5 邮1 牛40 猷5 犹8 繇2 莸1 悠66 攸1 ○侯36 喉18 篌10 ○刘6 留109 遛15 榴5 骝14 流265 琉3 ○柔53 揉2 蹂1 ○缪14 矛1 眸57 鍪2 谋9 ○浮34 ○楼206 媵4 髅1 ○囚10 泅1 畴10 稠18 绸2 酬66 筹50 俦43 踌1 惆1 雠16 ○求56 毬3 球1 逑7 裘34 仇2 虬3 ○遒5 ○头361 投57 ○愁252

【入作平】

轴3 逐4 ○熟5

【上声】

有79 酉3 牗13 友51 诱5 莠1 ○柳93 ○杻4 纽5 ○丑20 ○九20 韭3 久74 玖2 疚4 ○首78 手115 守69 ○叟17 薮2 ○斗17 陡8 抖1 ○狗8 垢7 苟1 ○藕8 耦1 偶44 ○肘12 帚2 ○朽4 ○酒121 ○剖2 ○吼5 ○走34 ○否75 ○口92

【入作上】

烛2 粥3 ○宿8

【去声】

又25 右13 佑6 祐1 宥4 柚2 幼8 囿6 侑2 ○昼44 咒25 胄1 纣1 宙4 ○臼2 旧84 咎2 救8 厩1 究23 ○受82 授12 绶7 寿18 兽12 售5 ○秀32 岫24 袖75 绣31 宿1 ○嗽1 潄5 ○皱47 骤32 ○溜28 浏2 ○扣37 寇2 蔻1 ○后112 逅1 候100 堠1 厚21 ○就65 鹫3 ○豆4 胨2 窦7 斗21 逗54 ○构7 遘2 媾9 觳2 够14 勾2 ○凑6 辏11 甃7 ○漏29 陋3 ○谬33 缪31 ○臭4 ○嗅3 ○瘦119 傲37 ○耨1 ○奏31 ○透68 ○懋1 茂1

【入作去】

肉6 〇六1

《中原音韵》未收字：

丢33 裯20 邱7 韝6 搣5 叩5 诌4 绺4 扭3 纠3 柏2 糢2 偢1 锼1 颼1
麵1 㤷1 赵1 揪1 瞅1 雏1

(二)《中原音韵》未收字及特殊字举例

(1) 邱，《广韵》尤韵去鸠切"地名"。如：龙应（湖南）小令【南商调黄莺儿】"邱"与"鸥侯柳楼舟受求"通押。原句为："散发狎汀鸥。锡溪山拜隐侯。蒋家竹径陶家柳。绕青松画楼。采芳蘅画舟。山中清福堪消受。更何求。丹决授浮邱。"夏旸（江西）小令【北双调雁儿落兼得胜令】"邱"与"忧寿皱州瓯谋否求留"通押。原句为："常怀千岁忧。岂有百年寿。枉把双眉皱。有志爱林邱。无梦到皇州。娱宾赖酒瓯。多谋。天意知然否。何求。无心任去留。"

(2) 韝，《广韵》未收。《玉篇》恪侯切"射韝臂捍也"。如：卜世臣（浙江）套数《青楼贻恨》【南正宫玉芙蓉】"韝"与"柳稠扣钩瘦羞"通押。原句为："翠展眉间柳。鬓弹云稠。纤长带绾金双扣。窄小鞋弓半钩。腰围瘦。约珍珠臂韝。据丰标止应兰馆贮娇羞。"

(3) 柏，《广韵》未收。《正字通》巨九切。《汉语大字典》解释为一种树的名字。如：陈子升（广东）套数《忆昔》【不是路】"柏"与"流邱旧悠楼首愁岫狗"通押。原句为："汉水东流。晋代衣冠成古邱。山依旧。闲云潭影日悠悠。莫登楼。舟人渔子歌回首。独上高层万里愁。云连岫。斯须改变如苍狗。只见白杨乌柏。白杨乌柏。"

(4) 偢，《广韵》未收。《集韵》菑尤切。《汉语大字典》有"顾氏、理睬"之意。沈璟（江苏吴江）套数《代武陵友人悼吴姬》【节节高】"偢"与"悠㡒昼俦就耨后"通押。原句为："奈天高不采偢。转悠悠。黄昏冷落凭虚㡒。如清昼。逢旧俦。来相就。把指尖轻捻低低耨。重逢约在来生后。"

(5) 浮，《广韵》尤韵缚谋切"泛也"。《玉篇》"浮，水上曰浮"。《中原音韵》收鱼模韵。《全明散曲》共入韵98次：与鱼模韵通押33次，如：唐复（江苏镇江）小令《雪路寻梅》【北中吕朱履曲】"浮"与"布铺遍侣"通押。原句为："一夜溪桥粉布。孤山樵径琼铺。塞驴乘兴访林逋。水影暗香浮。琴童为伴侣。"与尤侯韵通押65次，如：沈仕（浙江）套数《秋怨》【折桂令】"浮"与"愁头头有求由休投"通押。原句为："枉耽着闲闷闲愁。不在心头。定在眉头。语话全浮。寄离情书何得有。待相逢梦叶难求。着甚来由。晓夜无休。胶漆相投。"

在《古今字音对照手册》中"浮"有［fu］［fəu］两读，分别作为鱼模、尤侯两韵的韵脚字，是多音韵脚字的现象。"浮"的押韵情况和"谋"相同，这里不再赘述。根据押韵实际情况，"浮"也应分别归入鱼模韵和尤侯韵。

第二节 阳声韵部

通过我们的系联排比，得出《全明散曲》南方散曲的阳声韵部可分为 7 部，分别为：东钟韵、江阳韵、真侵韵、寒山韵、先欢韵、庚青韵、监咸韵。

一 东钟韵

该韵字包括《中原音韵》的东钟韵字及部分《中原音韵》未收字。

东钟韵小令和套数共独用 316 次，独立成韵。与庚青韵通押的韵字有"种、红、耸、空、梦、穷、缝、冬、凤、栊、风、中、工、众、峰、弄、宫、隆、浓、珑、丛、重、胸、松、仲"。

（一）东钟韵入韵字使用情况

【平声·阴】

东 56 冬 10 〇钟 53 中 91 忠 2 衷 1 终 12 〇通 44 〇松 44 嵩 1 〇冲 4 翀 1 充 2 忡 3 〇雍 5 〇空 73 〇宗 6 椶 2 〇风 141 枫 4 丰 3 封 20 葑 1 峰 31 锋 1 蜂 6 〇鬆 1 憁 1 〇匆 18 葱 3 聪 1 骢 12 〇踪 27 纵 13 〇穹 3 〇工 23 功 10 攻 3 公 9 弓 9 躬 2 恭 1 宫 37 龚 1 供 2 觥 2 〇烘 4 轰 1 〇凶 3 胸 5 兄 3 〇翁 21 〇崩 1 〇烹 3

【平声·阳】

同 33 筒 4 铜 5 桐 21 峒 2 童 12 瞳 4 鞚 1 〇绒 3 茸 5 〇龙 30 隆 6 窿 1 〇穷 23 蛩 3 筇 6 〇笼 37 胧 1 朧 29 栊 33 珑 11 聋 2 〇农 3 侬 6 〇浓 84 穠 3 醲 1 〇重 71 虫 5 憧 12 崇 5 〇逢 53 缝 10 〇丛 39 琮 1 〇雄 14 〇容 52 溶 11 蓉 24 融 14 荣 13 〇蒙 6 濛 4 曚 1 瞢 1 朦 4 薨 1 〇红 92 虹 3 洪 2 鸿 24 横 30 嵘 3 〇蓬 16 篷 4 芃 1 髼 1 棚 1 〇从 14

【上声】

董3 懂17 ○踵1 种24 冢7 ○孔6 恐5 桶1 统6 ○汞1 ○陇3 垄1 ○淘2 ○耸8 竦1 ○拱5 珙1 ○勇2 拥32 涌15 永19 俑1 ○蠓1 懵1 猛1 ○总2 ○捧5 ○宠18 冗15 ○哝1

【去声】

洞20 动55 栋3 冻12 ○凤51 奉18 讽4 ○贡8 共37 供3 ○宋4 送57 ○弄54 哢2 ○控5 空25 鞚4 ○讼1 诵6 颂10 ○瓮12 ○痛11 恸3 ○众3 中19 仲4 重53 种20 ○梦108 孟2 ○用29 咏22 莹16 ○哄27 閧2 横4 ○迸9

《中原音韵》未收字：

惊3 偬3 憧2 侗1 颙1 咚1 裕1 徶1

(二)《中原音韵》未收字及特殊字举例

(1) 偬，《广韵》董韵作孔切"倥偬"。如：黄祖儒（江苏南京）小令《咏蚊蝇》【北双调折桂令】"偬"与"虫蜂蜂朋拥穷鬆横澎风"通押。原句为："两般儿插翅膀的蛆虫。不是蜈蜂。胜似蜈蜂。引类呼朋。没香臭没高低喧阗乱拥。会攒疾会躲闪丁害无穷。尽着恁尘尾蓬鬆。蛛网纵横。羽扇倥偬。巴掌洴澎。欺负恁沉醉东风。"

(2) 憧，《广韵》钟韵尺容切"憧憧往来貌"。如：汤式（浙江）小令《和陆进之韵》【北双调湘妃引】"憧"与"嵘重中童功风"通押。原句为："得峥嵘我怎不峥嵘。佯懵憧咱非振懵憧。要知重人越不知重。嘻嘻冷笑中。叹纷纷眼底儿童。莫听伤时话。休谈盖世功。愁对东风。"

(3) 筒，《广韵》收录2音：东韵徒红切"竹筒"；送韵徒弄切"箫达"。根据散曲实际内容及曲牌格律，"筒"应全部归入东钟韵平声部。

如："沽美酒"曲牌格律第一句的韵脚字为"平声"。施子安（江苏兴化）《秋江送别》套数【沽美酒】"筒"与"锋仲缝浓"通押。原句为："到今日短檠前倒碧筒。长铗里掣青锋。更如意敲残王处仲。唾壶痕掣成缝。蜡烛泪滴来浓。""筒"是第一句的句末韵脚字，此处声调为"平声"。

"南商调黄莺儿"曲牌格律第二句的韵脚字为"平声"陈与郊（浙江）小令【南商调黄莺儿】"筒"与"中缝丛笼送胧风"通押。原句为："妮子绿窗中。罢瑶琴卧碧筒。戏临小草题笺缝。瓶花手丛。炉烟手笼。太湖峰畔眉频送。乍朦胧。无语怨东风。""筒"是第二句的句末韵脚字，此处声调为"平声"。

"北越调天净沙"最后一句韵脚字为平声。杨廷和（四川）小令《三月十三日竹亭雨过》【北越调天净沙】"筒"与"风容供用"通押。原句为："一番细雨和风。一番柳色花容。此是竹亭清供。别无受用。两椿儿茶灶诗筒。""筒"是最后一句的句末韵脚字，此处声调为"平声"。

二 江阳韵

该韵字包括《中原音韵》的江阳韵字及部分《中原音韵》未收字。

江阳韵小令和套数共独用695次。江阳韵未出现出韵现象，可以独立成一韵部。

（一）江阳韵入韵字使用情况

【平声·阴】

姜5 江14 杠1 疆9 缰4 僵1 ○邦10 ○桑14 丧7 ○双36 霜43 ○章28 彰2 张38 ○商16 伤36 觞48 汤9 ○螀2 浆15 将6 ○庄18 妆58 装6 ○冈2 刚3 钢1 纲6 缸7 扛1 ○康10 ○光100 ○当31 珰5 裆2 铛1 ○荒12 肓4 ○香142 乡67 ○腔14 蜣1 ○鸯39 央16 殃6 秧2 ○方28 芳42 妨17 坊3 ○昌10 娼3 猖1 ○湘13 厢21 相20 箱2 襄5 ○枪2 锵5 ○筐1 ○汪2 ○仓2 苍18 ○窗52 疮2 ○赃1

【平声·阳】

阳65 扬27 杨17 飏18 羊6 徉13 洋6 佯2 ○忙58 茫38 芒5 铓1 ○粮9 良10 凉99 梁26 粱3 量30 ○穰3 瀼3 ○亡9 ○郎76 榔1 廊15 螂1 浪48 琅5 狼2 ○杭2 行41 颃1 航10 ○葬1 ○昂3 ○床49 幢4 撞4 ○傍58 旁5 房31 庞3 ○防8 ○长84 肠60 场48 常26 裳34 尝10 偿14 ○唐24 塘27 糖1 堂44 棠10 ○详27 祥11 翔16 ○墙33 樯5 嫱1 戕1 ○黄42 潢6 簧12 皇12 篁1 凰23 惶9 徨10 ○藏21 ○强9 ○娘26 ○降21 ○王25 ○狂60 ○囊18

【上声】

讲25 港1 ○养9 痒7 鞅2 ○奖7 桨8 ○两16 魉1 ○想52 ○莽6 ○爽21 ○响33 享3 ○敞11 氅2 ○壤8 ○舫7 做1 仿6 放20 访10 ○网9 ○柱6 往33 ○颡1 嗓1 ○榜2 ○倘1 ○党5 ○掌24 长70 ○朗11 ○谎22 恍5 ○仰3 ○广10 ○强2 ○赏51 晌15

【去声】

绛4 ○象8 像14 相4 ○亮18 谅4 量38 緉1 ○样78 怏14 漾28 恙16 ○状17 壮13 ○上171 尚5 ○让7 ○帐69 涨7 仗4 杖7 丈14 障36 瘴1 嶂5 ○巷17 向24 项4 ○匠2 将6 酱2 ○唱40 畅13 怅31 鬯1 ○创7 ○望44 忘31 妄3 ○旺5 尩8 ○放42 访5 ○荡49 宕3 当12 挡5 ○阆2 ○藏16 蚌1 棒1 ○抗1 ○旷13 晃6 幌24 ○况40 贶2 ○酿20 ○胖1 ○怆8 诳7 ○盎2 盝1

《中原音韵》未收字：

攘21 慌11 嚷11 唴5 煌2 厂2 淌2 惘2 俩1 岗1 沧1 纺1 礓1 洸1 晾1

(二)《中原音韵》未收字举例

(1) 攘，《广韵》养韵如两切"扰攘"。《中原音韵》未收。"攘"《全明散曲》中共出现54次：南方散曲21次，北方散曲33次。如：夏旸（江西）小令【北双调雁儿落兼得胜令】"攘"与"忙上庞张场佯亮详房"通押。原句为："红尘竞急忙。华发还劳攘。心在云霄上。智计等孙庞。辩口似苏张。顿顿成梦一场。倘佯。解组陶元亮。周详。辞官张子房。"薛论道（河北）小令《三韩道中》【北仙吕桂枝香】"攘"与"荡壤帐茫长"通押。原句为："风沙荡荡。兵戈攘攘。汉塞湖尘接壤。胡营虏帐。碧海茫茫。穷途一剑长。"

(2) 嚷，古代字书未收。《中华大字典》丑集口部"读如壤，大声也。北人称喧闹为嚷"。如：陆治（江苏吴县）套数《闺思》【南正宫四块玉】"嚷"与"放上郎敞荡想长香"通押。原句为："春难放。寿阳梅妆不上。冷落泪了传粉何郎。再休题画眉张敞。一任风飘荡。那折柳人儿空妄想。寄相思纸短情长。梦相思莺喧蝶嚷。诉相思拜月烧香。"

(3) 淌，《广韵》未收。《集韵》尺亮切。《玉篇》"淌，大波。"后代用于"流淌"，今音 tǎng。散曲中是"流淌"之意。如：马佶人（江苏吴县）套数《经年感悼》【得胜令】"淌"与"床响访厢上伤况"通押。原句为："未到晚刚将双脚儿缩缩伴空床。不争半枕儿涟涟哀泪淌。脑杀是谁鼓儿鼕鼕彻夜响。频掩着两耳儿虻虻将梦访。混渺渺知伊厢。惨离离没路跟寻上。痛咽咽暗伤。愁脉脉历三冬总一般儿酸情况。"

(4) 惘，《广韵》养韵文两切"惘然失志貌"。如：王宠（江苏苏州）套数《初夏题情》【山坡羊】"惘"与"放长浪黄向量凉伤郎"通押。原句为："绿阴阴竹梢初放。碧沉沉荷钱较长。白茫茫麦胧翻银浪。园林梅子黄。时移物换人何向。种种思量。椿椿怅惘。凄凉。悲伤。半思郎半恨郎。"

三 真侵韵

该韵字包括《中原音韵》的真文韵字、侵寻韵字及部分《中原音韵》未收字。

真文韵部小令和套数共独用236次，侵寻韵部小令和套数共独用42次。侵寻韵与真文韵通押106次，通押比例为71.6%。可见，侵寻韵靠拢真文韵，本书将两韵部合为一韵部。

真文韵与侵寻韵通押的韵字有"新、尽、亲、春、印、人、君、魂、云、们、问、阵、邻、笋、粉、群、尘、近、韵"。

侵寻韵与真文韵通押的韵字有"甚、恁、浸、吟、寻、禁、心、林、阴、锦、琴、沁、饮、枕、今、金、沉、衾、噙、音、侵、斟、任、窨、荫、针、凛、深、沈、霖、临、襟、禽、寝"。

真侵韵与庚青韵通押比例为43.6%，但韵字很多。通押韵字有"吟、稳、引、真、人、亲、心、阵、尽、恨、昏、饮、琴、临、枕、禁、神、云、深、近、晋、辛、问、陈、信、仁、锦、林、辰、吻、论、润、韵、鬓、今、衾、春、痕、襟、闷、沉、新、晕、温、门、存、君、樽、匀、轮、恩、趁、茵、音、印、喷、淋、准、俊、仑、伸、殒、认、纹、侵、寻、氲、任、寝、巾、身、尘、紧、尹、烬、曛、进、闻、孕、甚、顿、根、金、困、峻、哂、唇、纷、嫩、巡、粉、忖、村、浑、恁、婚、稔、薪、秦、们、群、损、贫、隐、分"。

（一）真侵韵入韵字使用情况

【平声·阴】

真文：分82 纷21 芬4 氛2 ○昏56 婚3 荤4 ○因13 姻9 茵10 湮5 殷2 ○申2 绅4 伸7 身72 ○嗔13 ○春97 椿2 ○笋1 询2 ○吞8 ○暾1 ○根11 跟1 ○欣1 忻2 ○氲6 ○真48 珍2 振6 ○新43 薪2 辛10 ○宾7 滨5 彬2 ○坤6 ○君56 军5 均1 ○榛1 臻1 ○薰13 醺2 勋4 曛8 熏13 ○鲲1 昆1 ○温24 瘟1 ○孙14 荪1 ○尊24 樽12 ○墩1 燉1 ○奔4 偾2 ○巾19 斤1 筋2 ○村19 ○亲62 ○遵2 ○恩28 ○喷3 ○哏1 ○津14

侵寻：针3 斟10 砧6 椹1 ○金20 今17 衿1 襟11 禁7 矜5 ○浸3 侵

1 ○深33 ○簪4 ○森1 参1 ○音33 阴30 暗1 ○心85 ○钦2 衾8 ○侵13

【平声·阳】

真文：邻17 鳞11 磷1 麟2 郯2 ○贫12 频24 蘋5 颦18 ○民13 缗2 ○人220 仁7 ○伦5 纶7 轮13 沦8 ○裙23 群22 ○勤18 懃2 ○门75 扪3 ○论38 仑2 ○文25 纹6 闻26 ○银2 ○盆6 ○陈10 臣6 尘52 辰23 晨5 宸5 ○秦7 ○唇11 纯3 醇4 ○巡11 旬5 循3 ○云98 纭2 耘1 匀17 筠2 ○坟3 焚3 ○魂74 浑6 ○豚3 屯2 ○神75 ○存33 ○痕41

侵寻：林24 淋3 霖1 临9 ○任5 纴2 ○寻26 ○吟23 ○琴18 禽4 噙1 ○岑4 ○沉15

【上声】

真文：轸3 ○肯14 恳1 ○紧34 瑾1 槿1 谨1 ○隐25 引20 蚓1 尹4 ○悯4 泯2 愍1 ○吻3 ○准38 ○笋3 ○允4 殒2 陨3 ○本17 ○捆2 阃1 ○哂4 ○品7 ○狠6 ○忍14 ○损20 ○蠢3 ○忖22 ○粉31 ○稳42 ○衮2 ○瞬4 ○尽23

侵寻：凛3 ○稔2 ○审6 沈8 ○锦25 噤1 ○枕24 ○饮13 ○您5 ○寝10

【去声】

真文：震1 阵43 镇4 ○信71 讯3 迅8 赆1 烬7 ○刃1 认17 ○吝3 ○鬓27 ○醖7 愠1 缊1 运21 晕15 韵47 ○尽46 晋5 进10 ○愈4 粪1 奋1 ○近47 ○衬5 ○印29 孕4 ○峻5 ○逊2 ○俊20 骏1 ○舜2 顺11 ○闰1 润19 ○问61 ○顿11 囤1 钝2 遁5 沌1 ○闷33 ○奔10 偾1 ○训1 ○郡6 ○困8 ○混7 ○寸15 ○恨46 ○嫩17 ○褪9 ○揾6 ○趁6

侵寻：沈1 枕7 ○甚32 ○任2 衽1 ○禁20 噤1 ○荫1 因4 窨3 饮2 恁15 ○沁6 ○浸3 ○渗1 ○谶1 ○啉1 ○唔1

《中原音韵》未收字：

滚10 裩10 盹5 愤3 们3 棍3 邨2 帧2 渍1 斌1 嚊1 岣1 垡1 蓁1 踆1 裈1 吟1 沄1 衡1 洵1 嶙1 囷1 恁1 菌1

(二)《中原音韵》未收字举例

(1) 滚，《广韵》未收。《集韵》古本切"大水流貌"。《汉语大字典》"滚"字有9个义项，作品中出现的义项主要有：①"滚"字重叠，表示移动、翻转。如：汤式（浙江）小令《约游春友不至效张鸣善句里用韵》【北正宫醉太平】"滚"与"氲神人嫩喷新蠢"通押。原句为："芳尘滚滚。香雾氲氲。东风何地不精神。流莺也唤人。柳屯云护城两岸黄金嫩。杏酣春映山村万树胭脂喷。草铺茵绕湖滨一片绿绒新。不闲遊是蠢。"②"滚"字单用，表示向前。如：汤式（浙江）套数《送友人入全真道院》【赚煞】"滚"与"分人门薰坤茵近仑"通押。原句为："便得清平分。真乃是义皇上人。散诞似携家傍鹿门。老生涯经卷炉薰。指乾坤。作幔为裀。等待着黄粱饭滚。碧桃春近。笑吹箫管上昆仑。"虽义项不同，但都属于真侵韵。

(2) 裀，《广韵》真韵于真切"玉篇云衣身"。如：张栩（浙江）套数《忆美》【簇林莺】"裀"与"薰闷门频信殷人"通押。原句为："冷绣裀。料自薰。金杯不洗心头闷。梨花开门。谯楼漏频。青莺望断云边信。思殷殷。曾得见意中人。"

(3) 盹，《广韵》稕韵之闰切。《字汇》"盹，目藏也"。如：林廷玉（福州）小令《慨世》【北双调清江引】"盹"与"滚问棚囤"通押。原句为："满嘴葫芦就地滚。好歹休相问。花妆扮戏棚。纸做盛钱囤。陈搏华山间打盹。"汤式（浙江）《除夕》【北中吕满庭芳】"盹"与"人文信春门樽近神"通押。原句为："休怀故人。谁念斯文。南枝昨夜传芳信。大地回春。雪儿飘风儿刮深深闭门。酒儿笃鱼儿脍旋旋开樽。投至得黄昏近。黑喽喽便盹。则敢是睡魔神。"

(4) 们，《广韵》未收。《字汇》莫奔切。后代多用在人称代词后表复数。如：张凤翼（江苏苏州）小令《题情》【南仙吕傍妆台犯】"们"与"沈琴云心深倖侵"通押。原句为："夜沈沈。阳春一曲断瑶琴。撇不开梦里楚台云。未必他心似我心。旧愁海深。薄情薄倖。咱们你们。朝来看镜二毛侵。"

四　寒山韵

该韵字包括《中原音韵》的寒山韵字及部分《中原音韵》未收字。

寒山韵小令和套数共独用 100 次，独立成韵。它与先天韵通押 163 次，通押比例为 61.9%，通押的韵字有"坛、雁、汉、山、瓣、晚、悭、惯、残、盏、罕、坦、寒、安、睆、绽、饭、叹、湾、颜、幻、弹、看、眼、限、关、简、闲、间、灿、栏、赶、难、岸、环、翻、单、泛、宦、斑、懒、盼、万、晏、患、干、案、汗、渲、兰、散、餐、班"；与桓欢韵通押的韵字有"干、山、腕、鬟、睆、残";与监咸韵通押的韵字有"栏、懒、惮、看、坛";与廉纤韵通押的韵字有"干、雁、绽"。

(一) 寒山韵入韵字使用情况

【平声·阴】

山64 删1 潸4 ○丹9 单17 郸3 ○干30 竿9 肝2 玕2 ○安24 鞍10 ○奸1 间43 艰1 ○刊1 看15 ○关37 ○拴1 ○斑15 班12 般6 扳2 ○弯5 湾9 ○滩5 摊1 ○番9 翻8 幡4 ○珊6 ○攀5 悭12 ○赸1 ○餐16

【平声·阳】

寒62 韩1 汗1 翰6 ○阑21 兰12 栏10 拦1 澜1 ○还35 环9 鬟13 寰4 镮1 ○残43 ○闲46 ○坛8 檀1 弹5 ○烦11 繁5 帆2 凡2 ○难26 ○蛮5 ○颜34 潺1 ○顽4

【上声】

返4 ○散18 ○晚31 挽3 ○板7 ○简7 拣1 ○产1 铲1 ○赶3 秆1 ○坦2 ○罕4 ○侃2 ○懒19 嬾4 ○趱2 ○绾2 ○盏10 ○眼33

【去声】

旱1 汉16 汗4 骭1 ○旦6 弹6 惮2 ○万8 蔓2 曼2 ○叹20 炭4 ○案12 按4 岸13 ○幹3 ○粲4 灿4 璨1 栈4 绽15 ○盼9 襻2 ○渲2 ○慢2 谩1 ○惯17 ○赞2 ○患7 幻9 宦2 ○间10 涧2 ○讪1 汕1 ○办1 瓣6 扮1 绊10 ○饭12 范4 泛3 犯6 ○限27 ○雁24 晏4 ○看27 ○烂7 ○散11 ○难27 ○腕1

《中原音韵》未收字：

澜8 睆2 僝2 柬2 皖1 撰1 梵1 姗1 版1 鬘1

(二) 《中原音韵》未收字举例

(1) 澜,《广韵》寒韵落干切"大波"。如：汤式(浙江)套数《送车文卿归隐》【梁州】"澜"与"间懒烦颜翻斑版丹闲闲范患看"通押。原句为："喜的是依山屋有三间。一回头万事都疏懒。紫鸾箫吹散愁烦。青精饭驻定容颜。岸天风乌帽翻翻。拂埃尘布袖斑斑。比山中相不登仕版。比壶内翁不炼金丹。得闲。且闲。多管是鹿明年庞老为师范。摆脱了是非患。恰便似高枕着昆仑顶上看。人海波澜。"又如：张凤翼(江苏苏州)套数《志恨》【南仙吕入双调步步娇】"澜"与"满远寒眠遣焰"通押。原句为："玉壶一夜冰澌满。斗帐巫山远。乌啼金井寒。抱影无眠。怎生消遣。白茫茫祸水涨波澜。救不住袄火然心焰。"

(2) 睆，《广韵》潸韵户板切"大目也"。如：夏旸（江西）小令【北双调沉醉东风】"睆"与"山烟燕妍箭"通押。原句为："锦屏开花满春山。翠丝垂柳锁朝烟。来往衔泥燕。掷金梭黄莺睆。万紫千红斗美妍。欢韶光速如传箭。"汤式（浙江）套数《春日归思》【乔牌儿】"睆"与"唤断管"通押。原句为："娇莺时睆。杜宇自呼唤。故人一去音尘断。这芳菲谁顾管。"

(3) 柬，《广韵》产韵古限切"分别也"。后多指"柬贴"。如：汤式（浙江）小令《代人寄书》【北中吕满庭芳】"柬"与"山间难懒闲盼晚安"通押。原句为："端肃奉柬。似隔关山。少成欢会多离间。直恁艰难。又不是平地里情懒。止不过暂时间书废琴闲。休凝盼。归期早晚。先此报平安。"汪道昆（安徽歙县）套数《赠徐姬飞卿》【玉交枝】"柬"与"眠还担燔山蔓斑"通押。原句为："转眠。朝来暮还。忙中撇却千金担。何劳汤佛柴燔。禅心一点江山。风情几捆春前蔓。是红襟泪斑。是情词恨柬。"

五 先欢韵

该韵字包括《中原音韵》的先天韵字、桓欢韵字、廉纤韵字及部分《中原音韵》未收字。

先天韵小令和套数共独用558次，与寒山韵通押的韵字有"远、翩、连、言、前、见、片、眠、显、转、千、圆、恋、缠、偏、烟、蝉"；与桓欢韵通押的韵字有"园、显、睆"；与监咸韵通押的韵字有"辇、宴、钏"；与廉纤韵通押的韵字有"言、见"。

桓欢韵小令和套数共独用16次，它与寒山韵通押21次，通押比例为56.7%；与先天韵通押42次，通押比例为72.4%，桓欢韵不能独立成一韵部，应归入先天韵。

桓欢韵与寒山韵通押的韵字有"断、馆、酸、短、漫、幔、宽、冠、暖、满、管、欢、半、唤、段、缓"；与先天韵通押的韵字有"乱、断、攒、畔、暖、鸾、桓、冠、短、伴、湍、换、完、漫、碗、馆、半、观、酸、盥、管、丸、算、唤、团、纨、暖、踠、般、壖"；与监咸韵通押的韵字有"馆、断、攒"。

廉纤韵小令和套数共独用18次，它与先天韵通押55次，通押比例为75.3%，廉纤韵不能独立成一韵部，应归入先天韵。

廉纤韵与先天韵通押的韵字有"尖、念、点、奁、拈、嫌、脸、艳、茜、剑、添、帘、染、闪、甜、蟾、掩、验、捡、瞻、恬、飐、簾、厣、檐、酽、淹、纤、欠";与寒山韵通押的韵字有"尖、掩、潜";与监咸韵通押的韵字有"掩、点、淹"。

因此,先天韵、桓欢韵以及廉纤韵合并为"先欢韵"。

（一）先欢韵入韵字使用情况

【平声·阴】

先天:先16仙87跹6鲜26 〇煎17鞯6笺26溅7践2 〇坚20肩20 〇颠22癫1巅4 〇鹃25涓7娟43蠲1 〇边128编8鞭24 〇喧26暄4 諠2 〇甄8毡2餰1旃1 〇氊3扇11 〇专9砖4 〇千44阡1芊8迁7 辿8 〇轩18掀2 〇烟102燕55咽6嫣3 〇牵47愆2骞3骞4 〇篇36 蹁2偏31翩19 〇渊4冤13鸳16宛2 〇痊4诠2筌2铨2 〇宣9揎1 〇川25穿23 〇圈2 〇天207

桓欢:官3冠8棺1观8 〇搬1般8 〇欢19懽1 〇潘1㧐1 〇端6 〇剜2 〇酸6 〇宽13 〇湍2

廉纤:瞻6占13粘3沾1 〇兼7缣1鹣1 〇淹11恹16腌1 阉2 〇纤12銛1 〇签3 〇忺3 〇尖18 〇苫2 〇谦4 〇添27

【平声·阳】

先天:连40莲38怜80 〇眠106绵36 〇然83燃11 〇缠41禅7蝉22躔2 〇前148钱59 〇田26畋1阗7填2钿33 〇贤24絃5悬42弦44舷3 〇玄16 〇延8㖄1筵44缘74言66妍29研7 〇乾12虔2 〇元10圆70员2园45捐4袁1猨8辕1原7源24垣4铅2援1湲7 〇全17泉31 〇旋25还11 〇船53舡1传64椽2 〇拳3权11鬈1 〇骿3便36 〇联9 〇年165 〇涎9

桓欢:弯22銮2峦3 〇瞒3漫11鞔1 〇桓11 〇丸5纨2完2刓2 〇团11 〇盘11 〇攒15

廉纤:廉3簾30帘2奁5 〇黏1拈17 〇钤2钳2 〇蟾9 〇盐3炎1严6檐15 〇甜8恬4 〇髯5 〇潜8 〇嫌10

【上声】

先天:远110阮5苑16畹3 〇偃6演6堰1衍10 〇卷18捲23 〇鲜10藓6 〇腆3殄1 〇蹇15茧4 〇剪25翦10 〇撚3辇1碾2 〇辇9 〇㬎3 〇啭14转39 〇贬2匾1 〇沔1免9勉2眄1冕1 〇喘6 〇阐

1○典8○显15○犬5○浅70○展31○遣38○软40○选20○谝1

桓欢：馆12管18○篡1○款3○盥1○满17○暖20○椀1○短18

廉纤：掩24魇1餍5○捡1脸10○敛5○染8苒2冉2○闪9○忝1○险6○眨2○点17○诌2

【去声】

先天：院66愿56怨71○劝25券2○见125健19绢5件1○献10现12县8○眩2绚7○电11殿41甸5靛3莫1○砚4谦1嚇6宴42彦2嬿1○眷16倦25缱12罥2狷1○面102麵1○片39骗5○变54遍68徧1辨6○线39羡26霰3○钏18串8○扇30善3禅5擅4○箭23饯2荐6贱18○漩2○传47啭9转51篆11○战14颤17○谴1○练12炼8○恋50

桓欢：唤9换22焕1缓1○盥1玩7幔4惋2○馒1○断40段2○算6蒜1○判1拚1○贯1冠2观2○半12伴23畔16绊2○钻1○乱22

廉纤：艳14焰6厌6验4滟1酽1○赡1○欠6○玷4店4垫2○念11○剑10俭2○渐5○堑6茜7嬮2

《中原音韵》未收字：

涟10忭10篡5碗4辩3佺2惼2缅2检2晰1媛1娩1扦1煸1轩1唁1巘1壖1罐1跧1琬1慊1镰1燔1

（二）《中原音韵》未收字举例

（1）涟，《广韵》仙韵力延切"涟漪，风动水貌"。如：唐顺之（江苏武进）套数《题情》【集贤宾】"涟"与"天缘千年偏赶见"通押。原句为："从来好事皆在天。谁知两下无缘。我比宋玉忧愁赠千万。向书斋度日如年。你娘见偏。听谗言将人逐赶。难相见。对孤灯闷怀泪涟。"又如：钱福（上海）套数《闺怨》【川拨棹】"涟"与"絃然鸾肩"通押。原句为："敢在春楼恋着管絃。恶姻缘非偶然。何日里重跨青鸾。俏脸儿和谁并肩。不由人不泪涟。不由人不泪涟。"

（2）忭，《广韵》线韵皮变切"喜貌"。如：龙应（湖南）套数《荣邸雅娱阁春词》【前腔】"忭"与"边仙殿篆宴鸾浅"通押。原句为："懽忭。嘉乐无边。分明陆地神仙。恍入广寒宫殿。瑞霭喷狻猊香篆。开春宴。只见驾鹤骖鸾。瀛壶清浅。"

（3）簟，《广韵》忝韵徒玷切"竹席"。如：马一龙（江苏溧阳）套数【南仙吕醉扶归】"簟"与"远前干烟叹"通押。原句为："望家山渺渺迷人远。看晴晖亭亭向客前。砌花阴晴色上阑干。新簧影画卧侵湘簟。闭空斋尽日冷含烟。乡愁旅思增悲叹。"

（4）碗，《广韵》收其异体字"椀"。"椀"，《广韵》缓韵乌管切"器物"。如：汤式（浙江）小令《燕山怀古》【北双调沉醉东风】"碗"与"盘残断乱宽馆"通押。原句为："阿监泣清冰玉碗。老臣思丹荔金盘。穹庐蝶梦残。辇路銮音断。望中天五云凌乱。白草茫茫紫塞宽。再不见秦楼谢馆。"

（5）扦，《广韵》未收。《集韵》收其异体"攑"字，攑，亲然切"插也"。施绍莘（上海）套数《山园自述》【解醒歌】"扦"与"汉难罕鬟山偏间烟燔"通押。原句为："怕天公不饶闲汉。敢辞他种花烦难。况凡花易活非稀罕。任搬掘与扳扦。应门自有花侍鬟。待客去花仍送出山。位置偏。偏教放在百花间。映柳烟。护花斜矗小红燔。"

（6）壖，《广韵》未收。《正字通》"壖，同堧"。"堧"，《广韵》仙韵而缘切"江河边地"。陈与郊（浙江）套数【前腔】"壖"与"弦边钱天田烟前"通押。原句为："松风野弦。鸳鸯睡暖沙边。午桥桥外足榆钱。买断琼楼翠幕天。涉杏田。山堂缥缈枕溪烟。短谢壖。嵩峰六六供庄前。"

六　庚青韵

该韵字包括《中原音韵》的庚青韵字及部分《中原音韵》未收字。

庚青韵小令和套数共独用436次，独立成韵。其与真侵韵通押比例未达到合韵标准，但韵字多。通押韵字有"轻、经、声、倾、令、命、盛、明、等、行、停、卿、情、哽、鸣、听、铃、惊、醒、伶、亭、径、病、层、生、景、顷、映、婷、筝、并、订、应、逞、横、定、另、省、灯、零、冷、名、睁、整、笙、平、绠、陵、成、静、登、青、凭、影、萦、幸、疼、屏、英、凝、京、城、庭、营、更、倩、丁、龄、庚、兴、增、程、扃、诚、惺、评、瓶、腥、咛、承、称、证、冥、领、贞、倖"；与东钟韵通押的韵字有"生、整、灵、冷、灯、情、琼、朋、亭、萤、声、省、枰、影、莺、成、名、静、明、径、增、盟、瓶"。

第四章 《全明散曲》南方散曲作家用韵分析

(一) 庚青韵入韵字使用情况

【平声·阴】

京23 庚6 赓1 更23 羹1 耕5 惊42 荆3 经34 兢2 泾1 矜1 ○精14 睛4 晶2 旌7 菁1 ○生176 牲1 笙23 猩1 ○筝26 争16 ○丁9 玎10 钉1 ○肩16 垌2 ○征10 正5 贞2 祯1 蒸7 烝1 ○冰27 兵10 ○登15 灯60 ○憎6 曾4 罾3 增17 ○铮1 琤2 撑12 ○称13 秤1 ○英36 鹰1 应27 嘤1 缨7 萦13 樱1 ○轻50 坑5 卿20 倾33 ○馨9 兴27 ○青39 清93 ○声153 升2 昇2 ○汀13 听72 鞓1 ○星47 醒77 惺11 腥8 ○僧11 ○亨7 ○兄2 ○泓2 ○烹1

【平声·阳】

平50 评18 萍17 枰3 凭57 屏53 瓶12 俜1 ○明169 盟43 名75 铭5 鸣45 冥19 溟4 瞑2 ○灵35 棂3 醽1 零34 苓1 伶2 铃10 龄8 瓴1 翎1 陵20 菱1 绫1 凌3 ○朋5 棚2 ○楞3 ○层8 曾5 ○能9 藤2 滕2 腾8 眷1 疼15 ○茎5 恒2 狞1 ○盈27 赢2 瀛14 萤10 营11 迎22 蝇1 凝25 荥1 嬴2 ○擎8 檠3 鲸3 ○行98 形24 刑2 衡4 ○情212 晴28 ○亭61 停30 婷14 廷2 庭37 ○琼6 ○澄9 呈5 程40 酲3 成100 城58 诚29 盛7 承12 乘8 丞1 ○横2 嵘3 ○橙1 ○荣3 ○宁26 ○绳12

【上声】

景64 绠2 梗19 警6 境34 颈12 耿18 哽8 髈1 ○顷12 ○饼13 ○省23 ○影128 颖4 ○省17 舣1 ○整31 ○茗8 骋6 逞14 ○领28 岭12 ○鼎19 酊9 顶7 ○艇10 挺1 ○冷101 ○井27 ○请3 ○等29 ○永17

【去声】

敬12 径68 镜49 竞2 竟14 劲7 更40 ○映42 应34 硬15 ○庆26 磬4 罄7 ○命64 暝12 ○凳3 镫3 磴3 ○迥4 复1 ○倩13 净1 挣3 ○正9 政3 证18 ○咏13 莹2 ○病65 并34 柄6 ○令32 ○圣11 賸2 胜36 乘2 剩12 盛5 ○性48 姓18 ○聘3 ○佞2 泞1 ○净27 静84 穽5 甑2 靖1 ○杏7 幸6 兴31 倖23 ○称7 ○定77 锭2 订17 钉1 ○赠7 ○迸1 ○横2 ○亘1

《中原音韵》未收字:

另35 莺25 咛9 榠7 睁5 蹭4 舲3 簦2 蘅2 症2 悻1 型1 瞪1 憕1 坪1 甏1 璎1 枰1 罂1 澎1 炯1

(二)《中原音韵》未收字及特殊字举例

(1) 另,《广韵》《集韵》都未收录。《字汇》力正切。《正字通》"另,别异也……俗谓他日、异日曰另日。"如:刘兑(浙江)套数《闺情》【南黄钟画眉序犯】"另"与"晴醒行影胜"通押。原句为:"鹦鹉报春情。汗湿酥胸睡初醒。散步闲行。踏不折一枝梅影。形孤另。懒裁双胜。"

(2) 莺,《广韵》耕韵乌茎切"鸟羽也"。在南方散曲中,"莺"共出现25次,如:王屋(浙江)小令《赠妓》【南商调黄莺儿】"莺"与"声静经罾听名倾"通押。原句为:"何处学新声。似锦蛮出谷莺。一江月好风初静。林僧掩经。溪渔罢罾。扶携索把精神听。问谁名。一顾满城倾。"

(3) 咛,《广韵》青韵奴丁切"叮咛"。如:刘兑(浙江)套数《闺情》【集贤宾犯】"咛"与"勤诚情定停庆井城"通押。原句为:"殷勤。把酒多至诚。劝东君须索长情。明岁重来期已定。倒不如就此留停。同欢同庆。免秋到碧梧金井。再叮咛。相送过洛阳城。"

(4) 睁,《广韵》静韵疾郢切"睬睁不悦视也"。后代用为"睁眼"的"睁",今音zhēng。如:孙楼(江苏常州)小令《嘲姬》【南商调黄莺儿】"睁"与"腾惺姓能能筝声"通押。原句为:"蠢物太懵腾。做衙家全不惺。情人个个忘名姓。抹牌儿也不能。赌色儿也不能。猜谜只把秋波睁。教弹筝。半句未成声。"又如:俞宛纶(江苏苏州)套数《孟珠十二调》【斗宝蟾】"睁"与"冷省忍频今名侵稳"通押。原句为:"凄冷。漫自寻追省。悔轻别不道恁般难忍。未临行相期鸟频频。如今。怕重提旧姓名。怕传闻病害侵。枉睁睁。到不如断绝鸿音安稳。"

(5) 罃,《广韵》未收。《篇海》蒲孟切。《字汇》"罃,瓶瓮"。施绍莘(上海)套数《渔父》【不是路】"罃"与"青横平罾烹朋酊酊"通押。原句为:"四面山青。一双船儿柳内横。趁潮平。呼儿抱女自扳罾。活鱼烹。也是邻船熟面朋。倾磁罃。再来酩酊。再来酩酊。"

(6) 倩,《广韵》收录2个读音:霰韵仓甸切"倩利又巧笑貌";劲韵,七政切"假倩也"。《中原音韵》收入庚青韵。"倩"在南方散曲作品中共入韵13次,在北方散曲中共入韵4次,17次全部与庚青韵通押,未见与先天韵通押。如:沈仕(浙江)套数《幽会》【不是路】"倩"与"冥亭映声迎冷冰性定定"通押。原句为:"悄悄冥冥。只见他转过沉香六角亭。簾栊映。依稀环佩夜无声。乍逢迎。对笼双袖梨花冷。宝钏金寒玉腕冰。娇痴性。恰才相迓还相倩。战惊不定。战惊不定。"徐维敬（安徽凤阳）套数《秋怀》【集贤宾】"倩"与"省婷成行增影冷"通押。原句为："凭阑无语心自省。果然是玉貌娉婷。典雅风流画不成。想当初同坐同行。恩情倍赠。恨阻隔巫山云影。芙蓉帐冷。天涯远有书谁倩。"可见，作为韵脚字的"倩"仅是中古清韵字，应收入庚青韵，这一点同《中原音韵》相同。

七 监咸韵

该韵字包括《中原音韵》的监咸韵字及部分《中原音韵》未收字。

监咸韵小令和套数共独用 29 次，独立成韵。与廉纤韵通押的韵字有"掺、葽"；与寒山韵通押的韵字有"蘸、潭、谈、衫、淡"；与先天韵通押的韵字有"感、敢、赚、酣、站、衫、俺、潭、黯、探、淡、惨、暗、堪"。

（一）监咸韵入韵字使用情况

【平声·阴】

菴 1 庵 2 谙 5 ○担 7 儋 1 耽 3 ○监 2 缄 8 械 1 ○堪 9 龛 3 ○三 9 髟 4 ○甘 9 柑 2 ○杉 1 衫 12 ○贪 1 ○参 1 骖 2 ○憨 7 酣 9 ○簪 10 鐕 2 ○嵌 1 ○搀 1

【平声·阳】

南 13 喃 2 男 2 ○醎 1 咸 1 函 2 衔 2 ○蓝 5 篮 1 岚 3 ○潭 4 谈 10 谭 1 ○蚕 5 惭 10 ○含 4 ○馋 4 剡 1 ○岩 2 ○咱 1

【上声】

感 4 敢 1 ○览 2 揽 3 ○胆 8 ○惨 11 ○毯 2 窨 1 ○减 13 ○坎 6 ○俺 10 ○糁 2 ○黯 2

【去声】

勘 3 ○憾 1 撼 4 ○淡 16 担 5 ○槛 1 陷 1 ○滥 2 缆 4 ○蘸 6 站 3 赚 12 ○鉴 9 ○暂 4 錾 1 ○暗 13 ○探 7 ○渰 1 ○忏 2

《中原音韵》未收字：捻 2 掺 1

（二）《中原音韵》未收字举例

掺，《广韵》减韵所斩切"揽也"。陈子升（广东）套数《客居闰十一月和方密之》【尾犯序】"掺"与"拈蟾焰颭艳髯"通押。原句为：

"重拈。八字写丹蟾。刻刻灯焰。念缝裳掺掺。招飑。桑树老嗟无妇艳。看看一日搓断几根髯。"

第三节 《全明散曲》南北方散曲用韵的异同

一 南北方散曲用韵相同之处

通过分析《全明散曲》南北方散曲的用韵情况，我们发现南北方散曲的用韵情况基本相同，都分为 16 个韵部。阴声韵部没有变化，韵部分类同《中原音韵》；阳声韵部出现合韵现象：①《中原音韵》的真文韵、侵寻韵合为真侵韵，②《中原音韵》的先天韵、桓欢韵、廉纤韵合为先欢韵。

从历史背景来看，明代经济繁荣，南北两地的散曲创作文化从刚开始的交流到后来的不断融合渗透，南北方散曲作家的作品也皆有南曲和北曲，甚至出现了南北合套的形式。《中原音韵》也或多或少地影响着南北方散曲作品的用韵特点和韵部分类。

从作品用韵来看，"曲韵"即曲的用韵。虽然曲韵用语常加入口语词，可以反映出当时的实际语音面貌，但曲作家在创作时，依然要做到"有理有据"，遵循曲调格式。明散曲作家也是如此，即使作品有着个人语音特色，但在大的创作框架下，仍然以曲谱为创作基础，以《中原音韵》为押韵准则。

与此同时，本书以 70% 为韵部之间合韵的标准，即使有些韵部合韵比例接近 70%（如支思韵和齐微韵），我们也尊重语言事实将之分开。较高的合韵比例也使南北散曲的韵部分类趋同。

因此从宏观上看，南北方散曲在韵部归类方面是基本相同的，但是依然存在差异。

二 南北方散曲用韵不同之处

不同之处主要体现在因受方言的影响，南北方散曲在韵部间的通押及一些韵字的使用上有些差异。

从方言特点来看韵部间的通押情况，如：支思、齐微、鱼模三韵通押的现象在南方吴语、赣语等方言中较为广泛存在，在北方主要存在于山东、陕西等方言之中。它们在南方散曲通押的原因大多是受方言的影响，而在北方散曲通押，除了方言这一因素外可能还有其他原因。又如：真侵和庚青的通押现象在南方散曲中较为普遍，韵例、韵字也远多于北方散曲。我们认为，它们的通押性质应该有所不同，可能是受方音影响［ən］［əŋ］、［in］［iŋ］不分，也可能是散曲作家个人的用韵习惯。

从某些韵字使用情况来看，如："斜"在北方散曲中读家麻韵的韵例比较少见，在南方散曲中家麻韵的读法更为普遍。"做"在北方散曲中读鱼模韵的韵例较多，在南方散曲中读歌戈韵的韵例较多。

从入声字来看，在南北方散曲中的入声韵字已经不再独立成韵，分别派入不同的阴声韵中，同阴声韵字通押，但作品中仍有入声字单押的情况。在南北方散曲67个入声字单押的用例中，北方散曲45例，南方散曲22例。可见，北方散曲作家在创作时更易受仿古、方言的影响。

第五章

《全明散曲》的异部通押

散曲曲韵无论小令还是套数都要一韵到底，中间不得换韵。但是在实际的创作过程中，散曲家为了追求词语的优美，意境的表达，难免会出现借韵、出韵现象。另外，明代散曲出现了南北之分，方音现象异彩纷呈，方音特征也会造成韵部之间的通押。当然，还有一些极少数的通押现象可能是一个特例或是字形的讹误。异部通押现象既说明了实际创作与曲律要求的不一致性，又反映了韵部之间的亲疏关系，特别是通押比例较高的韵部之间多多少少有着变化发展的语音关系。

通过对明代一北一南两地散曲作家群作品的分析，我们可以看出明代散曲南北两地韵部间通押现象有些差异，地域、方音对韵部的亲疏关系也有着一些影响。本书以《中原音韵》作为参照系数，对关系较亲近、通押用例较多的韵部通押现象进行分析讨论，找出韵部通押的具体原因。

第一节 阴声韵部的通押

一 支思韵与齐微韵

根据通押比例，我们发现：不论南方散曲还是北方散曲，"支思韵"和"齐微韵"的通押比例很高。

（一）两韵通押的部分散曲韵例

1. 支思韵押入齐微韵

冯惟敏（山东）套数《咏所见》【不是路】：肌齐气翠移衣时纪际。
赵南星（河北）小令【南仙吕入双调玉抱肚】：时眉迷思垂。
秦时雍（安徽亳县）套数《闺情》【香柳娘】：伊伊会地施施持戏实

实底。

程可中（安徽休宁）套数《寄武昌张卯》【针线箱犯】：底碎随美止厮理悲纸漓。

夏旸（江西）小令【北双调沉醉东风】：击支歧利是危贵。

杜子华（江苏无锡）小令《咏重阳》【南商调黄莺儿】：篱衣会卮畦醉西矣归。

杜子华（江苏无锡）小令《咏长至》【南商调黄莺儿】：回催矣吹芷移至杯。

胡文焕（浙江）套数《春江》【南中吕石榴花】：气宜诗衣差驰翠眉。

2. 齐微韵押入支思韵

秦时雍（安徽亳县）小令《寄物与爱妓》【南南吕懒画眉】：题儿诗视眉。

汤式（浙江）小令《闺怨》【北双调对玉环带清江引】：杯词诗丝纸思死离此子志事枝。

施绍莘（上海）套数《与妓话旧感赠》【南仙吕入双调步步娇】：死事时次期此。

施绍莘（上海）套数《七夕》【琥珀猫儿坠】：丝私诗致衣。

沈璟（江苏吴江）套数《寄情罗帕》【南商调金梧桐】：私事字时试袿赐。

冯梦龙（江苏苏州）套数《柬贴儿》【前腔】：泪丝兹始之似。

据研究，《中原音韵》时期的支思韵韵母接近于舌尖元音，齐微韵是[i] [ei] [uei] 或 [ui]①，发音有所不同。明代的沈宠绥描写支思韵"露齿儿、穿牙音"，齐微韵"嘻嘴皮"②。但是，"早期曲子的押韵，支思与齐微通押是很普遍现象"③。其实不仅如此，即使是在清代产生的北方曲艺十三辙中，舌尖元音（[ɿ] [ʅ]）和舌面前音（[i]）的字也是一个辙"一七辙"，可以押韵。可见，支思韵和齐微韵通押是从元代至今一直延续的传统。所以，在《全明散曲》中两韵的通押是一种正常的现

---

① 杨耐思：《中原音韵音系》，中国社会科学出版社1981年版，第44页；宁继福：《中原音韵表稿》，吉林文史出版社1985年版，第30—42页。

② （明）沈宠绥：《度曲须知》，《中国古典戏曲论著集成》第五册，中国戏剧出版社1982年版，第205页。

③ 杨耐思：《中原音韵音系》，中国社会科学出版社1981年版，第38页。

象。但《中原音韵》把支思韵和齐微韵分列，说明了周德清也已经注意到了两韵音值的差异。

无论是北方散曲还是南方散曲，"支思韵"押入"齐微韵"的韵段较多，通押次数也较高，合韵比例也接近70%。这其实与支思韵字数较少有关。

(二) 两韵通押的韵字

两韵通押的全部韵字及其中古韵母（韵目以平赅上去，下同）罗列如下：

1. 北方散曲押入齐微韵的支思韵字（均来自中古止摄）

止摄支韵：支是翅纸刺施枝紫斯厄赐儿肢

脂韵：脂至姿死二私矢茨狮师咨

之韵：耳之侍食丝词事史止差寺嗣子已时字齿

2. 北方散曲押入支思韵的齐微韵字

止摄支韵：知离池奇蕊随为移迤宜

脂韵：眉迟泪地悲寐致坠蕤

之韵：期里痴吹意矣缁嘻起鲤

微韵：味机归衣气

蟹摄齐韵：迷齐礼藜髻

灰韵：灰

祭韵：世

曾摄职韵：力

梗摄锡韵：的击

臻摄质韵：漆膝

深摄缉韵：拾

3. 南方散曲押入齐微韵的支思韵字（均来自中古止摄）

止摄支韵：支是翅纸刺施枝紫尔雌厮侈此

脂韵：脂至姿死私指视四尸

之韵：之耳侍食丝词事史止差寺子时字齿思诗芷志辞试似使兹饵芝祠

4. 南方散曲押入支思韵的齐微韵字

止摄支韵：知离岐倚仪

脂韵：眉迟泪致媚水美

之韵：期里痴纪狸你

微韵：味归衣飞鬼沸

蟹摄齐韵：溪题计细

灰韵：杯内回对

祭韵：世

泰韵：会

曾摄职韵：息

臻摄质韵：一

深摄缉韵：粒十

我们知道，支思韵的字都来自中古止摄开口的精组字和知系字；在《中原音韵》之后，齐微韵中的知系字在演变中也变成了舌尖元音（如"知""湿"等），其他声母后面的字并未发生这种变化。但明散曲中与支思韵通押的齐微韵字并不限于知系声母，甚至还有合口呼韵母的字，可见这种通押并不说明这些字的韵母已经变成了舌尖元音，它们只是沿袭了支思韵与齐微韵通押的习惯而已。

二　支思韵、齐微韵与鱼模韵

支思、齐微与鱼模互押的情况也一直就有，明散曲南北方作家作品用韵都有所体现。

（一）三韵通押的部分散曲韵例

1. 支思韵、齐微韵押入鱼模韵

殷士儋（山东）套数《寿鲁峰六十》【十二月】：渚蔬墅庐水壶。

冯惟敏（山东）套数《邑斋初度自述》【耍孩儿】：聚主厨扶赋字书。

张炼（陕西）套数《寿溪田先生》【醉春风】：侣美美途主世。

常论（山西）小令【北双调清江引】：日去疾住主。

王廷相（河南）套数【清江引】：击处舞。

吴国宝（安徽无为）套数《自寿》【前腔】：机车绮珠书符都炉图穀湖。

杜子华（江苏无锡）小令《咏蛱蝶花》【南商调黄莺儿】：西地迟襦去躇处鬚。

朱应辰（江苏宝应）小令《失题》【南仙吕二犯月儿高】：去树住去缕绪击痴迷味。

顾正谊（上海）小令《夏景闺情》【南仙吕桂枝香】：倚语髻雨暑躇衣；小令《秋景闺情》【南仙吕桂枝香】：绮杵雨鲤侣舒去妻。

2. 鱼模韵押入支思韵、齐微韵

赵南星（河北）套数《慰张巩昌罢官》【混江龙】：职碑曲为夷低飞兮气泥。

康海（陕西）小令《田居》【北仙吕寄生草】：细微憩蔽戏鱼珮。

金銮（甘肃）套数《征怨》【前腔】：时你尔绮离枝宇处堤。

张炼（陕西）小令《漫成》【北正宫塞鸿秋】：力计气泪余辈。

殷士儋（山东）套数《雪后同刘宪副伯东周封君子敏……》【北大石调念奴娇】：水辈得题雨喜味已。

施绍莘（上海）套数《七夕后二日祝如姬初度》【越恁好】：句句齐福你崔裴帏儿随丝会你。

汤式（浙江）套数《新建构栏教坊求赞》【三煞】：围迹府国丽宇池。

杨德芳（江苏扬州）套数《宴赏》【前腔】：帏语回宇丝飞思垂细迟。

姜宝（江苏丹阳）套数【梅花酒】：伊堤闺扉主题西衣悲离期犀。

夏旸（江西）套数【北双调雁儿落兼得胜令】：霓世志奇时曲居渠里知枝。

俞宛纶（江苏苏州）套数【前腔】：芷持击卢雨记记易回与戏姿里鹂梅睡闭闭。

（二）三韵通押的韵字

通押的全部韵字及其中古韵母罗列如下：

1. 北方散曲押入鱼模韵的支思韵字、齐微韵字

止摄支韵：绮徙为

脂韵：美水饥

之韵：耳字志诗期里基喜痴意

微韵：辉味

蟹摄齐韵：迷齐鞸

灰韵：回

祭韵：世际

梗摄锡韵：击

臻摄质韵：日疾笔

深摄缉韵：立

2. 北方散曲押入支思韵、齐微韵的鱼模韵字

遇摄虞韵：虞趣雨珠住矩句树雏愚宇羽儒

鱼韵：鱼居侣语拘处许聚遇序蛆阻舆余去庐暑

模韵：度

通摄烛韵：曲玉

屋韵：屋禄

蟹摄齐韵：婿

流摄尤韵：妇

臻摄物韵：佛

由上可见，明散曲中与支思、齐微通押的鱼模韵字大都为合口三等字。鱼模韵三等字由于受到 [i] 介音的影响，在后代读成了 [y] 韵母，[i] 与 [y] 都属于舌面前高元音，音色比较接近，所以能够通押。

在周氏的《中原音韵》问世一百多年后，出现了兰茂的《韵略易通》。它将鱼模韵将开口韵字和合口韵字分为两个韵，即：呼模韵和居鱼韵。而到了明代毕拱宸的《韵略汇通》，它在继承《中原音韵》和《韵略易通》的基础上，将韵部进行了整合。把《韵略易通》"西微"韵部中的"西韵字 [i]"归入"居鱼韵"，"微韵字 [ei]"成为"灰微部"。也就是将《中原音韵》中齐微韵 [i] 韵字同鱼模韵 [y] 韵字合为一韵。在近代北方曲艺的十三辙中，[y] 韵母与 [i] 韵母的字都属于一七辙；而 [y] 韵母的字由于与 [u] 韵母都属于圆唇的舌面高元音，所以有时 [y] 韵母的字又与姑苏辙 [u] 韵母的字通押。有些方言（如南京、昆明）存在着普通话读 [y] 韵母的字读为 [i] 的现象。此外，有些方言中还存在着"支微入虞"的现象，该现象在南方方言中表现比较突出，下面讨论南方散曲时再加说明。

总之，方言中存在着打破了支思韵、齐微韵和鱼模韵三韵界限的现象，这也在一定程度上为三韵的通押提供了助力。不可否认的是，支思韵、齐微韵和鱼模韵的有些通押还不能完全用音色相近来解释。例如，鱼模韵押入齐微韵的有少数字是一等字。又如支思韵、齐微韵押入鱼模韵时候，很多鱼模韵是一等字。而鱼模韵的一等字与齐微韵、支思韵的韵母音色很难说相近。因此，支思韵、齐微韵和鱼模韵在北方散曲中的通押现

象,很可能是新的读音和方言读音、历史押韵传统相糅杂的结果。

3. 南方散曲押入鱼模韵的支思韵字、齐微韵字

止摄支韵：知寄绮

脂韵：迟谁地

之韵：里字痴理鲤起

微韵：衣

蟹摄齐韵：妻迷泥髻西

灰韵：催

梗摄锡韵：击

4. 南方散曲押入支思韵、齐微韵的鱼模韵字

遇摄虞韵：遇珠雨树殊住主吁盂隅句趣鬓缕炷宇襦矩

鱼韵：鱼絮署处去序女余书据苣恕侣舒居伫许蕖庐初觑

模韵：路补卢摹吴坞逋糊妒

通摄烛韵：玉

屋韵：福

梗摄陌韵：剧

臻摄没韵：突

南方散曲中支思韵、齐微韵和鱼模韵的通押是否有实际的方言背景呢？下面，我们看上述通押韵字①在南方方言区②中的读音（表5-1）：

表 5-1　　　　　南方方言中齐微、鱼模韵字读音例字

	齐微韵						鱼模韵				
	时	痴	催	知	迟	睡	去	趣	侣	珠	如	处
苏州	zɿ	tsɿ	tsʰE	tsɿ	zɿ	zE	tɕʰi（白）	tsʰi	li	tsɿ	zɿ	tsʰɿ
温州	zɿ	tsɿ	tsʰai	tsɿ	dzɿ	zai	kʰei（白）	tsʰɿ	løy	tsɿ	zɿ	tsʰɿ
上海	zɿ	tsɿ	tsʰeu	tsɿ	zɿ	zø	tɕʰi（白）	tsʰi	liu	tsɿ	zɿ	tsʰɿ
南昌	sɿ	tsɿ	tsʰui	tsɿ	tsʰɿ	sui	tɕʰiɛ	tsʰy	li	tɕy	ɔ	tɕʰy

上文提到，现代汉语方言中还存在着"支微入虞"，蟹止摄合口字与虞韵同韵母的现象。这一现象比较多地存在于南方的吴语、徽语、赣语、

---

① 由于篇幅受限只举例说明，下同。

② 以通押用例主要出现的方言区为讨论对象，下同。

客家话、老湘语等方言中。① 在南方方言中，特别是在江浙一带吴语区方言中，止摄知组个别开口字和见、精、知、章组及喻三合口字存在读成鱼模韵现象②。如：金华话"水""鬼""围"分别读为 [sy] [tɕy] [jy]，苏州话"嘴""吹"分别读为 [tsɥ] [tsʰɥ]，宁波话"知""睡"分别读为 [tsɥ] [zE]。清代钱大昕曾提到："吴中方言鬼如举，归如居，跪如巨，维如喻，亏如去平声，逵如瞿，椅读于据切，小儿毁齿之毁如许。"③ 清代刘禧延也提到："韵中齿音合口字，吴音作开口呼，入支思，'锥'作'支'、'吹'作'差'（从正齿音）、'菱'作'诗'、'椎'作直时切；其腭音喉音合口字，又作撮口呼，入居鱼，归作居，'亏'作'区'、'馗'作'渠'、'餧'作'饫'、'讳'作'酗'、'围'作'于'。"④

除了吴语区外，其他南方方言也有这种现象，如：双峰话"穗""吹"分别读为 [dy] [tʰy]，梅县话"旅""据"分别读为 [li] [ki]，潮州话"鼠"读为 [tsʰɿ]，梅县话"乳"读为 [i]。

可见，支微入虞在南方方言中有比较广泛的存在，这是支思韵、齐微韵和鱼模韵通押的方言基础。也正因如此，《全明散曲》中才会出现支思韵、齐微韵和鱼模韵曲例通押的现象。

三 齐微韵与皆来韵

明代沈宠绥曾说："皆来齐微，非于是噫。"⑤ 也就是说，南北方散曲中，齐微韵与皆来韵之所以出现通押的语音现象，也是因为二者收音相似，都以 [i] 收尾。

（一）两韵通押的部分散曲韵例

1. 齐微韵押入皆来韵

康海（陕西）小令《即事》【北双调折桂令】：来归开该改哉怀

---

① 郑伟：《现代方言"支微入虞"的相对年代》，《中国语言学报》，商务印书馆2018年版，第159—167页。
② 钱毅：《宋代江浙诗韵研究》，博士学位论文，扬州大学，2008年。
③ （清）钱大昕：《十驾斋养新录》卷五"声相近而讹"，上海书店出版社2011年版，第105页。
④ （清）刘禧延：《中州切音谱赘论》，《新曲苑》第30种，中华书局1931年版，第8页。
⑤ （明）沈宠绥：《度曲须知·收音总诀》，《中国古典戏曲论著集成》第五册，中国戏曲出版社1959年版，第206页。

才醉。

薛论道（河北）小令《归乐》【北双调水仙子】：崖回外槐臺来塏。

薛论道（河北）小令《勇退》【南仙吕傍妆台】：来迥骸宅买栽排。

王克笃（山东）小令《正旦立春》【北双调折桂令】：来开杯采雷挨排垓。

王克笃（山东）小令《春日》【北中吕满庭芳】：裁隗外徊改推债解开。

丁惟恕（山东）小令【南仙吕傍妆台】：臺腮钗外来怀眉。

陆之裘（江苏太仓）小令《自述》【南仙吕桂枝春】：再改概贵贵爱尬哉才。

张凤翼（江苏苏州）小令【南仙吕解三酲】：在回外才栽赖辉。

夏旸（江西）小令【北双调雁儿落兼得胜令】：被睡来排偎怀外徊隈。

俞安期（江苏吴江）套数【风入松】：在待叠才。

王屋（浙江）小令《田园杂曲》【南双调黄莺儿】：开回怪来限畏才猜。

杜大成（江苏南京）套数《九日同陈荩卿南郊眺远》【北南吕一枝花】：畿塞砌崖哉大开辉色。

2. 皆来韵押入齐微韵

丁惟恕（山东）小令【北中吕满庭芳】：飞归对回美白醉杯。

丁惟恕（山东）小令《游春》【南仙吕入双调步步娇】：色陌飞队归醉。

丁惟恕（山东）小令《其二》【南仙吕入双调朝元歌】：飞媚飞客翠会杯归飞回贵味。

丁彩（山东）小令《闺怨》【南商调山坡羊】：你泪睡你醉迷碎谁悲百悲推。

叶华（山东）套数《参禅》【骂玉郎】：蜜眉对色气。

周履靖（浙江）套数《山林慨古》【那吒令】：奇齐违乖水棲。

董其昌（上海）套数【南南吕绣带儿】：起悽思西呖积悲色。

汤式（浙江）小令《四季题情·冬》【北商调望远行】：帷知微内醉会锤迷才治。

汤式（浙江）套数《新建构栏教坊求赞》【四煞】：来吹地墀备石。

齐微韵和皆来韵的通押应该既有古韵影响的原因，也有方言语音的背景。我们先看看两韵通押的全部韵字及其中古韵母情况。

（二）两韵通押的韵字

1. 北方散曲押入皆来韵的齐微韵字

止摄支韵：奇

脂韵：推眉水坠

之韵：理

微韵：归飞

蟹摄灰韵：醅杯徊隗碎回迴雷摧

臻摄质韵：实

曾摄职韵：息

2. 北方散曲押入齐微韵的皆来韵字

梗摄陌韵：陌白百客

曾摄职韵：色

3. 南方散曲押入皆来韵的齐微韵字

止摄支韵：随䍿睡被

之韵：识痴

微韵：违贵辉畏

蟹摄灰韵：灰催徊碎罍会退隈回偎陪

齐韵：题

梗摄锡韵：檄

曾摄职韵：息

4. 南方散曲押入齐微韵的皆来韵字

蟹摄皆韵：乖

哈韵：才来

曾摄职韵：色

从古韵影响来说，南宋时期的平水韵是创作近体诗必须遵循的韵书。平水韵中的灰韵字包括《广韵》的灰韵字和哈韵字，也就是说《广韵》灰韵字同哈韵字同属平水韵一韵部。到了《中原音韵》时期，平水韵的有些韵字归入齐微韵，有些归入皆来韵，散曲作家在创作时也会受到平水韵的影响，作品出现两韵通押的现象。

《全明散曲》中齐微韵与皆来韵混押的用例主要集中在江浙一带和山

东地区，下面我们对这两个地区的现代方言进行举例分析，并作为两韵混押的语音例证（表5-2）：

表5-2　　　　　　　南北方言中齐微、皆来韵阴声字读音例字

	齐微韵						皆来韵				
	陪	催	违	退	回	随	才	乖	来	衰	开
苏州	bE	tsʰE	fiuE	tʰE	fiuE	zE	zE	kuE	lE	sE	kʰE
温州	bai	tsʰai	vu	tʰai	vai	zei	ze	ka	le	sai	kʰe
上海	bE	tsʰø	fiuE	tʰø	fiuE	zø	zE	kuE	lE	sE	kʰE
扬州	pʰəi	tsʰuəi	uəi	tʰuəi	xuəi	suəi	tsʰɛ	kuɛ	lɛ	suɛ	kʰɛ
宁波	bEI	tsʰEI	fiuEI	tʰEI	fiuEI	tsEI	ze	ke	lEI	se	kʰe
无锡	bE	tsʰe	fiuE	tʰe	fiuE	ze	zE	kuE	lE	sʰe	kʰE
济南	pʰei	tsʰuei	uei	tʰuei	huei	sui	tsʰɛ	kuɛ	lɛ	ʂuɛ	kʰɛ

通过表5-2可以看出：在现代吴方言中，"陪""催""衰"，苏州都读为[E]，温州都读为[ai]；"陪""回""来"，宁波都读为[EI]，无锡分别读为[E]，这都是吴语区齐微韵和皆来韵相混的现象。清代刘禧延也指出此类现象："皆来，此韵母每有混入归回韵者，如'乖'作'归'、'歪'作'威'、'衰'作色威切、'台'作'颓'、'杯'作'回'之类。"① 而现代的济南话中，中古蟹止两摄来的齐微韵和皆来韵的字音并不相同，它们的通押应该另有原因。

再看入声来源的齐微韵和皆来韵韵字。在南方方言中，至今入声字不与阴声韵字相混，因此，这两韵中的入声字不与阴声韵字同音。而北方方言则不然。尤其是中古曾梗摄开口一二等入声字在北京等一些地方有[ai]和[ei]两种读法，如下列字在北京、西安和济南的读音（表5-3）：

表5-3　　　　普通话及北方方言中齐微、皆来韵入声字读音例字

	北	百	柏	麦	黑	摘	宅	窄	拆
北京	pei	pai	pai	mai	xei	tʂai	tʂai	tʂai	tʂʰai
西安	pei	pei	pei	mei	xei	zei	tsei	tsei	tsʰei
济南	pei	pei	pei	mei	xei	tʂei	tʂei	tʂei	tʂʰei

---

① （清）刘禧延：《中州切音谱赘论》，《新曲苑》第30种，中华书局1931年版，第8页。

可见，西安话和济南话中这些字读音比较整齐，都读［ei］韵母，但北京音中则有［ai］［ei］两种读音，《中原音韵》分别归入皆来韵和齐微韵，正与现代北京一带（包括北京、天津、河北多半地区）以及东北官话的特点一致。济南等地的作者若依方音去读，则会造成与《中原音韵》的不一致，即齐微韵与皆来韵通押。也就是说，齐微韵和皆来韵中由于入声字造成的通押，主要与方音有关。如上举丁惟恕（山东诸城人，今属青岛市黄岛区）小令《游春》【南仙吕入双调步步娇】"色陌飞队归醉"通押，其中"色陌"二字《中原音韵》归皆来韵，但山东话中均读［ei］韵母，与读［ei］［uei］的"飞队归醉"同韵。从《中原音韵》看是通押，而从方言看则是同韵相押。

四　鱼模韵与歌戈韵

关于鱼模韵和歌戈韵通押的情况，南北方散曲略有不同：南散曲的通押比例较高，北散曲的通押比例较低，这里我们主要分析南方散曲中鱼模与歌戈的通押情况。

（一）两韵通押的部分散曲韵例

1. 鱼模韵押入歌戈韵

施绍莘（上海）套数《元宵》【前腔】：歌月步个也波何。

施绍莘（上海）套数《元宵》【南南吕梁州序】：雾幕树河鼓坐夜吐五何。

史忠（江苏南京）小令《述怀自適》【北中吕普天乐】：谢蝶更谢夜奢钵舞杰。

史槃（浙江）套数《怀晋陵王姬秀真》【南南吕石竹花】：苦魔多祸么梭何我疴。

2. 歌戈韵押入鱼模韵

杜子华（江苏无锡）套数《闲居自咏》【玉交枝】：坐炉步苏图误柯我。

祝允明（江苏苏州）套数《闺情》【前腔】：和炉鹉我孤户破。

周履靖（浙江）套数《神遊蓬莱》【南仙吕入双调二犯江儿水】：府府锁斧图榖粗炉土符浦湖湖榖榖驴。

俞宛纶（江苏苏州）小令《小二四调》【南仙吕入双调二犯江儿水】：步步罗魔顾歌娥铺敷露河河数数窝。

冯梦龙（江苏苏州）套数《青楼怨》【玉抱肚】：露局枯符摩。

明代沈宠绥写道："模及歌戈，载重收呜。""鱼模半收于音，半收呜音""歌戈俱收呜音。"① 清朝学者也有类似言论，清代刘禧延说："歌戈，此韵与沽模收音相似，而出音则不同，今人呼此韵，竟有与沽模混者。"② 两位学者都指出，鱼模韵和歌戈韵收音相似，都收"呜音"，有些地方甚至出现相混的情况，故而可以通押。

（二）两韵通押的韵字

两韵通押的全部韵字及其中古韵母情况罗列如下：

1. 南方散曲押入鱼模韵的歌戈韵字

果摄歌韵：歌河窝何娥多罗柯我

戈韵：锁破坐魔摩和螺

梗摄陌韵：泽

宕摄铎韵：箔

2. 南方散曲押入歌戈韵的鱼模韵字

遇摄鱼韵：初驴女

虞韵：梳夫无舞数付

模韵：枯都铺糊奴图谱鼓五苦补步路

明代其他作品也有鱼模与歌戈混押的情况，如：冯梦龙在他编的《山歌》中就多次出现歌戈韵和鱼模韵通押的用例，如"罗、梭"与"陆"通押，"夫"与"矬、何"通押。

下面，我们看一下这些通押韵字在现代吴方言中的读音（表5-4）：

表 5-4　　　　　现代吴方言中歌戈、鱼模韵字读音例字

	歌戈韵						鱼模韵		
	菠	过	躲	我	歌	河	铺	奴	苦
温州	pu	ku	təu	ŋ	ku	vu	pʰu	nəu	kʰu
上海	pu	ku	tu	ŋu	ku	vu	pʰu	nu	kʰu
丽水	pu	—	tu	ŋuo	—	fiu	—	nu	kʰu
龙游	pu	—	tu	ŋɑ	ku	u	—	nu	kʰu

---

① （明）沈宠绥：《度曲须知·收音总诀》，《中国古典戏曲论著集成》第五册，中国戏曲出版社1959年版，第206页、第212页、第215页。

② （清）刘禧延：《中州切音谱赘论》，《新曲苑》第30种，中华书局1931年版，第11页。

在现代吴方言中，歌戈韵字"菠""歌""河"，温州、上海、丽水、龙游都读为 [u]，"铺""奴""苦"，也都读为 [u]。

《现代吴语的研究》中指出吴韵 [u] 包括《广韵》鱼模韵字和歌戈韵字。如："虎""火"，今上海话皆读为 [xu]；"都""多"，今松江话皆读为 [tu]；"姑""过"，今绍兴话皆读为 [ku]。① "破"今金华话读为 [pʰu]；"坐"今龙游话读为 [tsu]；"多、锁、货"今泰州话分别读为 [tu] [su] [xu]。②

陈立中（2004）指出："吴语的 77 个方言点中有 46 个点程度不等地存在中古果摄字主要元音念 -u 韵的现象，与很大部分鱼模部字韵母相同。"③

其他方言区也有这种情况。如：江淮官话区的合肥话"河""罗""初"分别读为：[xʊ] [lʊ] [tsʰʊ]；湘语区的双峰话"贺""破""仆"分别读为：[xʊ] [pʰʊ] [pʰʊ]。

由此可见，明代南散曲中鱼模韵与歌戈韵混押也是当时方音的一种表现。

五　鱼模韵与尤侯韵

鱼模韵部的一些字来自中古尤侯韵的唇音字，这一转变从唐代开始，到宋代基本完成。不过，流摄唇音字并未全部归并到遇摄鱼模韵，有的没有转入，仍读尤侯韵读音；有的同时保留鱼模韵读音和尤侯韵读音，形成文白异读现象。如"母某牡亩"都是中古的流摄厚韵（莫厚切），《中原音韵》将其都归鱼模韵，现在北京话中，"母牡亩"读 u 韵母，而"某"读 ou 韵母；而"浮"，中古流摄尤韵（缚谋切），《中原音韵》将其归鱼模韵，现代北京话中有 u 和 ou 两种读音④，其中 ou 韵读法是文读。

（一）两韵通押的部分散曲韵例

1. 鱼模韵押入尤侯韵

叶华（山东）套数《对弈》【金瓯线解酲】：忧救縠休筹伏留透收。
丁彩（山东）小令《哀怨》【南仙吕傍妆台】：收头忧瘦愁度休流。

---

① 赵元任：《现代吴语的研究（附调查表格）》，科学出版社 1956 年版，第 45 页。
② 陈浩：《吴语与江淮官话语音比较研究》，硕士学位论文，安徽大学，2014 年。
③ 陈立中：《湘语与吴语音韵比较研究》，中国社会科学出版社 2004 年版，第 142 页。
④ 丁声树、李荣：《古今字音对照手册》，中华书局 1981 年版，第 64、116 页。

薛论道（河北）小令《秋闺》【南仙吕入双调步步娇】：瘦措愁受候。

黄峨（四川）套数《秋夜有怀》【前腔】：瘦羞投由侯处州愁。

夏旸（江西）小令【北双调折桂令】：州邱幽口头舟游拘忧。

瞿佑（浙江）小令《离情》【北中吕普天乐】：兽缪绣扣瓯去流。

史槃（浙江）套数《为陈姬雪筝赋》【大迓鼓】：囚处裘祐州诌。

王骥德（浙江）套数《寄顾姬》【古轮台】：悠愁后首裘受旧篝瘦瓯句手洲否侯。

2. 尤侯韵押入鱼模韵

康海（陕西）套数《夏赏》【北越调斗鹌鹑】：初呼语数圃叔古

金銮（甘肃）套数《寿徐太傅》【醉花阴】：宇土驺书古舆甫。

叶华（山东）套数《志感》【天下乐】：虚图纡遊呼否。

叶华（山东）套数《志感》【寄生草】：拘侣住去遊趣。

王克笃（山东）小令《再遊公冶长书院荒落不复前日苍然赋比》【北中吕朝天子】：兀路糊瘦伫足处。

朱有燉（安徽凤阳）套数《咏梅寄情》【梁州】：服路模溜驱都衢语肤女遇暮吐脯。

汤式（浙江）小令《书怀示友人》【北中吕山坡羊】：注去吁揄处侣酒沽抚。

王磐（江苏高邮）小令《清明杂兴》【北双调沉醉东风】：舞铺富有呼无古。

史忠（江苏南京）小令《闺怨》【北南吕骂玉郎过感皇恩采茶歌】：去鬓住柔拒除隅玉朱襦鱼躇吁娱初。

（二）两韵通押的韵字

两韵通押的全部韵字及其中古韵母情况罗列如下：

1. 北方散曲押入鱼模韵的尤侯韵字

流摄尤韵：瘦驺否遊

侯韵：薮

2. 北方散曲押入尤侯韵的鱼模韵字

遇摄模韵：度措

通摄屋韵：伏

3. 南方散曲押入鱼模韵的尤侯韵字
流摄尤韵：柔酒有溜
4. 南方散曲押入尤侯韵的鱼模韵字
遇摄鱼韵：处踷
虞韵：缕婆句
模韵：祜露枯
流摄尤韵：殍负
通摄屋韵：目

"殍、负"二字中古音属于流摄，《中原音韵》归属于鱼模韵，这说明它们作为流摄的唇音字已经完全转变为遇摄鱼模韵字。而其他非唇音字则出现相混的情况有方音的因素在其中。鱼模与尤侯相混在很早就有记载，唐颜师古《匡谬正俗》卷三："丘之与区，今读则异，然寻案古语，其声亦同。今江淮田野之人，犹谓丘为区。"① 这说明，江浙一带方音中有鱼模与尤侯混用的情况。现代南方方言中也存在这一情况，见下表5-5。

表 5-5　　　　　南方方言中尤侯、鱼模韵字读音例字

	尤侯韵					鱼模韵		
	柔	酒	有	溜	否	度	缕	枯
苏州	zɤ	tsɤ	jiɤ	lɤ	fɤ	dəu	li	kʰəu
温州	jiəu	tɕiəu	jiau	ləu	fu（白）	døy	løy	kʰu
长沙	iəu	tɕiəu	iəu	liəu	xəu	təu	ləu	kʰu
双峰	iʊ	tɕiʊ	iʊ	liʊ	xue	dəu	dy	kʰəu
南昌	lɛu	tɕiu	iu	liu	fɛu	tʰu	lɛu	kʰu
广州	jɐu	tʃɐu	jɐu	lɐu	ɐu	tou	løy	fu
福州	ieu	tsieu	ieu	lieu	pʰɛu	tou	lɛu	ku

表 5-5 中，尤侯韵和鱼模韵韵母读音关系最近的是长沙方言，"度""缕""柔""酒""有""溜""否"的韵母是［əu］［iəu］，它们之间可以通押。其他方言中，尽管尤侯韵和鱼模韵韵母基本不同（只有"否"

---

① 转引自钱毅《宋代江浙诗韵研究》，博士学位论文，扬州大学，2008年。

字在南昌和福州与"缕"字韵母相同），但是鱼模韵字多数读复合元音，韵尾是 u（或 y），因而与尤侯韵字韵母相同（苏州除外，不过苏州的 [ɣ][iɣ] 韵母也应该是从 -u 演变而来的）。换言之，鱼模韵的读音较之北方话更接近于尤侯韵。而北方话中尤侯韵少数字押入鱼模韵，应该是因为尤侯韵字读 -u 韵尾，因而与鱼模韵的 [u][y] 接近。可见，在方言中既有像长沙话这样鱼模韵读音与尤侯韵读音相混的现象，也有各自独立、互有区别的现象。根据散曲作家的籍贯，我们认为这里的通押应该是一种"宽韵"，不一定反映作者的方言中两类相混。

六　车遮韵与家麻韵

（一）两韵通押的部分散曲韵例

1. 车遮韵押入家麻韵

孙峡峰（山东）小令【南商调黄莺儿】：涯哈话打拉咱折。

薛论道（河北）小令《狐假虎威》【北双调水仙子】：家牙怕蛇沙猾他。

薛论道（河北）小令《四时行乐》【南仙吕入双调朝元歌】：花假家贾瓦画虾赊涯家马价。

王九思（陕西）小令《送前人》【南黄钟画眉序】：发狭压颊夸价蜡。

杨德芳（江苏扬州）套数《怀旧》【前腔】：遮麝涯谢花洒家。

梁辰鱼（江苏昆山）小令《春郊邂逅》【南仙吕入双调玉抱肚】：耍华花车家。

胡文焕（浙江）套数《男相思》【香柳娘】：把洒槎槎峡嗟嗟谢。

史立模（浙江）套数【前腔】：赊闷芽家下他姹寡话话。

施绍莘（上海）套数《送春》【感皇恩】：花搨霞雪甲牙他血。

李昌祺（江西）小令【北仙吕一半儿】：沙野哗马。

夏旸（江西）小令【北双调折桂令】：家笆涯柘麻衙蛙霞。

2. 家麻韵押入车遮韵

宛瑜子（江苏苏州）套数《冯金》【川拨棹】：决发节叠些。

周瑞（江苏昆山）套数《题情》【锦衣香】：热劣迭洁撒雅切别彻。

冯梦龙（江苏苏州）《怨离词》【三学士】：且侠赊姐些。

通过两韵的通押韵字，我们发现车遮押入家麻的韵字远远多于家麻押入车遮的韵字，考虑到韵字代表性及统计意义，我们暂且分析车遮韵押入家麻韵全部韵字及其中古韵母情况。

（二）两韵通押的韵字

1. 北方散曲押入家麻韵的车遮韵字

假摄麻韵：嗟蛇赊柘

咸摄帖韵：颊

山摄薛韵：折

2. 南方散曲押入家麻韵的车遮韵字

假摄麻韵：车谢赊嗟者遮麝邪也写赭榭藉野泻柘

梗摄麦韵：策

咸摄业韵：业

山摄薛韵：雪

屑韵：血

我们发现，押入家麻的车遮韵字，大都是中古麻韵字，另有少数的入声字。蒋冀骋（1997）说道："元代'车遮'从'家麻'中分出。'车遮'来自《广韵》'麻韵'三等字，'家麻'则来自《广韵》'麻韵'二等字。二等字本无 i 介音，三等字有 i 介音。由于语言的发展，二等字与见系相拼，产生 i 介音，韵母变成 ia，与三等麻韵相同了。而中古以后语音的变化是一、二等韵在发展上有趋同性，三、四等韵在发展上有趋同性。麻韵这种变化（见系二等产生介音变成三等）不合汉语语音演变的总趋势，由于系统性原则的作用，三等韵也同时发生变化，由 ia 变成 iə，以与由二等变来的 ia 相区别。"① 蒋先生说的是车遮和家麻两韵中来自中古阴声韵字的情况，实际上两韵之中都有一部分来自中古入声韵的字，如车遮韵中的"协杰舌绝切血雪节辙说灭月热"等，家麻韵中的"达乏闸塔察瞎八蜡纳鸭"等。

具体到上面举的例字来看，北方作家有 4 例是车遮韵押入家麻韵，而没有家麻韵押入车遮韵的。而南方作家则既有车遮韵押入家麻韵的，也有家麻韵押入车遮韵的。这可能与方音有关。

北方作家车遮韵押入家麻韵的 4 例用字是：折、蛇、赊、颊。其中，"蛇""颊"二字在今北方方言中仍多读 a、ia 韵母。"折"字中古山摄三

---

① 蒋冀骋：《近代汉语音韵研究》，湖南师范大学出版社 1997 年版，第 217 页。

等月韵入声，"赊"字为中古假摄三等麻韵平声，现代北方方言中这两个字未发现有读 a（ia）韵母的现象，但当时是否有北方方言读 a（ia）不能肯定。

南方作家车遮韵押入家麻韵的字有（括号内为中古韵母地位）：遮（假摄三等马韵）、麝（假摄三等祃韵）、车（假设三等麻韵）、嗟（假摄三等麻韵）、谢（假摄三等祃韵）、赊（假摄三等麻韵）、雪（山摄三等薛韵）、血（山摄四等屑韵）、野（假摄三等马韵）、柘（假摄三等祃韵）。除去入声字"雪""血"之外，其余都来自假摄三等。而假摄三等字在南方不少方言中仍读 a（ia）韵母。请看表 5-6：

表 5-6　　　　　南方方言中车遮韵字读音例字

	遮	麝	车	谢	赊	野
苏州	tso	zo	tsʰo	ziɒ	so	jiɒ
南昌	tsa	sa	tsʰa	tɕʰia	sa	ia
福州	tsia	sia	tsʰia	sia	sia	ia
梅州	tsa	sa	tsʰa	tsʰia	tsʰa	ia

因此，这些字与家麻韵通押在南方方言中也是有方言基础的。

不过，"雪""血"二字都是中古入声字，在现代的南方方言中一般也是读入声韵，与假摄字不同。对于方言中还有入声之别的南方作家来说，它们与家麻韵的通押，应该不是方音使然，我们推测可能是南方作家基于车遮韵与家麻韵有所关联的错误类推。家麻韵押入车遮韵的例子都是出自南方作家，其原因应该也是如此。

七　尤侯韵与萧豪韵

尤侯与萧豪的通押韵例以南方散曲居多。

（一）两韵通押的部分散曲韵例

1. 尤侯韵押入萧豪韵

薛岗（山东）小令《适志》【北双调玉江引】：宵了娇了饶老豪否劳否少道笑小。

丁惟恕（山东）小令【南商调集贤宾】：鸟娇早宵杳腰小否。

徐媛（江苏苏州）小令《春日闺思》【南越调绵搭絮】：绣桥梢销描

遥刀。

夏文范（江西）套数《和陈秋碧离思怀人商调琐窗寒井梧秋到早》【北商调集贤宾】：晓遥梢调了寥酒箫。

王宠（江苏苏州）套数《郊游》【前腔】：描宵毂手毛豪幺饶陶。

2. 萧豪韵押入尤侯韵

汪道昆（安徽歙县）套数《归隐》【新水令】：侯逗笑游丘受。

沈仕（浙江）套数《丽情》【掉角儿】：酬受肉拗嘲讪斗候休侯。

周履靖（浙江）套数《杏村沽酒》【前腔】：愁瓯鸟酒流头幽留由。

祝允明（江苏苏州）套数《春闺愁绪》【折桂令】：楼留抖周久愁悠休娇柔。

（二）两韵通押的韵字

两韵通押的全部韵字及其中古韵母情况罗列如下：

1. 押入尤侯韵的萧豪韵字

效摄萧韵：鸟嫋

宵韵：宵笑悄娇摇

肴韵：棹嘲

豪韵：牢

宕摄药韵：酌

2. 押入萧豪韵的尤侯韵字

流摄尤韵：否酒手溜绣柳袖

侯韵：头

尤侯韵和萧豪韵通押现象可以用现代方言来印证。今南方方言中有尤侯韵同萧豪韵主要元音相同或相近的现象，如表5-7所示：

表5-7　　　　　　南方方言中尤侯、萧豪韵字读音例字

	尤侯韵				萧豪韵			
	谋	钩	投	由	好	老	条	高
温州	mɜ	kau	dau	iau	hɜ	lɜ	diɛ	kɜ
双峰	me	ke	diɣ	iu	xɣ	lɣ	diɣ	kɣ
南昌	mɛu	kiɛu	tʰeu	iu	hau	lau	tʰiɛu	kau
广州	mau	ŋɐu	tʰɐu	jau	hou	lou	tʰiu	kou

温州话"谋""高"都读为［ɜ］，南昌话"谋""钩""投"与"条"也都读为［ɛu］。可见，尤侯韵和萧豪韵之间存在着相混现象。

山东方言中，有不少流摄字唇音字读同古效摄。如山东作家与萧豪韵通押的两例"否"字，在现代山东方言中都读为 ao 类韵母。如济南、青岛、聊城都读为［ɔ］韵母，与古效摄字"宝"的韵母相同。

因此，尤侯韵和萧豪韵通押的现象，与方音有关。

八 歌戈韵与车遮韵

（一）两韵通押的部分散曲韵例

1. 歌戈韵押入车遮韵

康海（陕西）套数《行乐》【逍遥乐】：彻歇蛇瞥协歌洁；【幺】：歌说些歇俠。

康海（陕西）套数《离思》【香柳娘】：彻彻叶雪诀诀约越贴竭裂窃月。

金銮（甘肃）套数《王西庄宴集》【紫花儿序】：斜截绝赊榭括。

王化隆（四川）套数《义》【前腔】：别撇雪别接末。

俞宛纶（江苏苏州）套数《小翻十九调》【减字忆多娇】：劣割切铁。

冯梦龙（江苏苏州）套数《怨离词》【前腔】：舍劣卸合写借别。

高濂（浙江）套数《题情》【南黄钟降都春序】：结叠也血月阔。

俞宛纶（江苏苏州）套数《陈家映桃十三曲》【前腔】：别贴撇诀活。

杨循吉（江苏吴县）小令《渔樵耕收》【北中吕普天乐】：舍赊夜柝嗟禾叠。

施绍莘（上海）套数《夏景闺词》【江儿水】：夜着月说缺劣别。

2. 车遮韵押入歌戈韵

王克笃（山东）小令《西园草亭初成醉题》【北双调折桂令】：窝蓑月歌颗螺哦酌过。

薛论道（河北）小令《养天和》【南商调黄莺儿】：和磨乐也也卧跎薄。

万勋（辽宁）套数《谈蚊虫》【北南吕一枝花】：大切多过磨郭。

康海（陕西）小令《开尊》【北中吕普天乐】：热破歌那过蹯珂

阁何。

吴国宝（安徽无为）小令《咏月》【北商调黄莺儿】：娑多坐罗歌卧娥夜么。

史槃（浙江）套数《怀晋陵王姬秀真》【尾声】：写蛾坷河。

史槃（浙江）套数《怀晋陵王姬秀真》【前腔】：和蛾歌哥捨挫么过讹多我。

茅溱（江苏南京）套数《金臺怀古》【一煞】：车珂萝唾皤。

茅溱（江苏南京）套数《金臺怀古》【北中吕粉蝶儿】：歌和磨过沱些。

（二）两韵通押的韵字

两韵通押的全部韵字及其中古韵母情况罗列如下：

1. 押入歌戈韵的车遮韵字

假摄麻韵：夜捨车也些写

山摄薛韵：热

屑韵：切

月韵：月

2. 押入车遮韵的歌戈韵字

果摄歌韵：歌

戈韵：戈破和波过禾

山摄曷韵：葛割渴

末韵：末聒阔抹活括脱

宕摄药韵：约着

咸摄合韵：合

《中原音韵》中，歌戈韵的主要元音是[ɔ]，车遮韵的主要元音是[ɛ]，元音有舌位前后和圆唇与否的区别。在后代的北方方言演变中，歌戈韵的主要元音一般变为[ə]或[ɣ]，唇音声母后变为[o]；车遮韵的主要元音一般仍记为[ɛ]，但实际音值是[E]，山东方言中则一般是[ə]。在歌戈韵与车遮韵的韵母变得相近或相同的情况下，两者的通押也就很自然了。

张树铮先生（2005）曾指出："今北京话中，'歌戈'韵的字读ɣ、o、uo（入声字除外）；'车遮'韵的字读ie、ye、ɣ。今山东方言中，北京读ɣ、o、uo的字一般音ə、uə，北京读ie、ye的字除去蟹摄字读iɛ外，读 iə、yə，因此'歌戈'与'车遮'合并成比较整齐的 ə、iə、uə、yə 四呼相应的局面。"① 两韵通押正是歌戈韵同车遮韵的音值相同或相近的印证。

第二节 阳声韵部之间的通押

一 东钟韵与庚青韵

东钟韵与庚青韵互押的现象元代一直存在。杨耐思（1981）认为："《切韵》庚耕清青登（举平以赅上去）韵的一二等唇音字和喉牙音合口字，三四等喉牙音合口字，《中原音韵》有的归入东钟，有的归入庚青，又有'崩烹荣'等 29 字在两韵重出，这是周氏从归纳曲韵中得出的结果。"② 李蕊（2009）统计："全元曲中，东钟押入庚青 15 个韵段共 4 首小令、14 支曲子……庚青押入东钟 15 个韵段，2 首小令、27 支曲子。"③ 本书归纳得出：《全明散曲》中的东钟押庚青共 106 次，通押比例为 42.1%；庚青押东钟 38 次，通押比例为 7.7%，可见，东钟与庚青关系密切，两韵的通押其来有自。

（一）两韵通押的部分散曲韵例

1. 庚青韵押入东钟韵

冯惟敏（山东）套数《又仰高亭自寿》【十二煞】：功栋空瓮疼。

王克笃（山东）小令《闺梦》【北双调沉醉东风】：鼎龙梦胧空程。

金銮（甘肃）套数《元夕武静轩友于堂宴集》【甜水令】：平颂封梦风。

刘良臣（山西）小令《夏日喜雨》【南黄钟画眉序】：封影丛种颂謦。

朱有燉（安徽凤阳）小令《省悟》【北中吕山坡里羊】：奉重用丰梦懂功空名空。

秦时雍（安徽亳县）小令《四景闺情》【南仙吕二犯桂枝香】：重拥冻踪同东盟空风浓钟。

---

① 张树铮：《清代山东方言语音研究》，山东大学出版社 2005 年版，第 50 页。
② 杨耐思：《中原音韵音系》，中国社会科学出版社 1981 年版，第 77 页。
③ 李蕊：《全元曲用韵研究》，博士学位论文，华中科技大学，2009 年。

沈仕（浙江）套数《闺情》【黄莺儿】：枨浓涌红容重穷冷逢。

陈铎（江苏南京）小令《江上别意》【北中吕朝天子】：峰红送篷共明重东风钟梦。

王世贞（江苏太仓）小令《春怨》【南黄钟画眉序】：风梦同莺凤松。

王宠（江苏苏州）套数《秋思》【前腔】：胧钟松整涌逢浓空容。

2. 东钟韵押入庚青韵

贾仲明（山东）小令《挽陆显之》【北双调凌波仙】：城名空敬凌性情灵。

刘良辰（山西）小令《中秋对月自酌》【南商调黄莺儿】：名勇径坪楹庆并景程。

赵南星（河北）小令【南双调锁南枝半插罗江怨】：惊情幸情容另明证亭名。

薛论道（河北）小令《四时新》【北仙吕桂枝香】：径映杏盛景浓行。

朱有燉（安徽凤阳）套数《赠歌者》【北双调新水令】：声静凤莺婷映。

朱载堉（安徽凤阳）小令《夹榆头》【北正宫醉太平】：穷生朋更缝秤清定冬腥。

张禄（江苏吴江）套数《翻集菖蒲歌》【北双调新水令】：成劲种灵明兴。

施绍莘（上海）套数《贺暗生新居》【前腔】：景映并逞风惊。

陈鹤（浙江）套数《冬闺寄远》【前腔】：平兴耸形生明情征陵。

（二）两韵通押的韵字

两韵通押的全部韵字及其中古韵母情况罗列如下：

1. 北方散曲押入东钟韵的庚青韵字

梗摄庚韵：鸣景平盟影惊京

青韵：径迥茗鼎冷艇瓶廷

清韵：清静正净名姓琼声性

曾摄登韵：登能僧朋

蒸韵：冰甑

通摄冬韵：疼

2. 北方散曲押入庚青韵的东钟韵字（均来自中古通摄）

通摄东韵：送动融公雄充通鞚哄枫翁栋凤穷风梦中弄空

冬韵：冬宗

钟韵：钟用丰奉容讼拥共逢宠从勇龙封供峰浓

3. 南方散曲押入东钟韵的庚青韵字

梗摄庚韵：生省影盟明

青韵：径萤瓶亭冷灵

清韵：静枅琼名成声整情

耕韵：莺

曾摄登韵：灯增朋

4. 南方散曲押入庚青韵的东钟韵字（均来自中古通摄）

通摄东韵：红空梦穷凤栊风中工众仲松丛珑隆宫弄

冬韵：冬

钟韵：种舂缝胸重浓峰

相对北散曲，南散曲在东钟与庚青的通押问题上，无论是用例数量还是所占比例都相对少些。在现代南方方言中只有少数的字或地区表现出东钟与庚青的相混，如，厦门话、福州话"永""兄""英"都读为[iŋ]。由于方言例证较少，我们无法从这一角度来证明南散曲中东钟韵与庚青韵的通押问题，现存疑待解。

中古曾梗摄后来与通摄发生混并的字主要是其合口字，我们来看这些字在南北散曲中的入韵情况（表5-8）：

表 5-8　　　　　　　　押入东钟、庚青两部的次数

	烹	兄	莹	咏	迸	横	永	倾	觥	荣	嵘
押东钟（次数）	8	10	19	31	15	55	39	5	6	23	11
押庚青（次数）	2	6	16	28	4	44	31	63	0	10	5
	鹏	宏	萌	甍	棚	轰	绷	泓	孟	崩	
押东钟（次数）	4	1	0	1	4	5	0	0	4	1	
押庚青（次数）	2	0	4	0	2	0	1	2	0	2	

表5-8中的21个字在《中原音韵》中重出，分别收入东钟韵和庚青韵，全部为《广韵》曾梗两摄的开口一二等唇音字和二三等合口喉牙音字，既说明了在《中原音韵》时代它们存在着东钟韵和庚青韵的异读，

也说明了东钟韵和庚青韵的混并正处在发展过程之中。

正如王力先生（1980）所说，梗摄合口字在 14 世纪在向通摄字演变。鉴于散曲押韵存在着一定的通押现象，我们暂不把两部合并，而是对上述的 21 个字按照其在散曲中的基本押韵情况分归各自的韵部。

二　真侵韵与庚青韵

清代潘耒曾说："南人……庚、青、蒸混于真、文、凡五韵之字……"① 他所说的"南人"应该指吴语区、江淮官话区及以南的人。清代李渔也指出："杭有才人沈乎中者……甚至以真文、庚青、侵寻三韵不论开口、闭合，同作一音韵用者。"② 这些记录都说明了在南方作家（南人）中真侵韵和庚青韵的混押是常见的现象。

这种现象反映到散曲的押韵中，就会形成两韵通押的现象。

（一）两韵通押的部分散曲韵例

1. 真侵韵押入庚青韵

贾仲明（山东）小令《挽李郎》【北双调凌波仙】：亭平钉卿纯性情贞。

康海（陕西）套数《潇湘八景》【桂枝香】：冥紧应英英寝冷痕。

康海（陕西）套数《潇湘八景》【皂罗袍】：尽村迎闷明升境。

张炼（陕西）小令《自况》【北正宫醉太平】：宁伶名贫性兴情等。

康海（陕西）套数《潇湘八景》【南仙吕二犯月儿高】：胜景咏影镜近。

张炼（陕西）套数《寿对山舅六十四》【秃厮儿】：茗声庭琴笙横。

徐媛（江苏苏州）小令《感悟遊仙》【南黄钟啄木儿】：情更性整静闻；影身因蒸景净生。

杜子华（江苏无锡）小令《咏杨花》【南商调黄莺儿】：零晴性庭萍影声尽人。

施绍莘（上海）套数《风情和彦容作》【南中吕驻云飞】：巡诚凭印亲迎性心等冷冷。

汤显祖（江西）套数《青阳忆旧》【节节高】：伸殒惊冷认剩程颈；

---

① （清）潘耒：《类音》卷一"南北音论"，古籍文献电子版本。
② （清）李渔：《闲情偶记》"恪守词韵"，《中国古典戏曲论著集成》第七册，中国戏剧出版社 1959 年版，第 37 页。

【扑灯蛾】：纹映人庆剩英恨倩生。

徐阶（上海）套数【滴溜子犯】：情停颈襟景神景神。

沈瓒（江苏吴江）套数《咏白莲》【南商调二犯梧桐树】：茎影澄净恁生粉冷。

2. 庚青韵押入真侵韵

薛论道（河北）小令《书斋》【北中吕朝天子】：身魂运昏问紧竟神损恨。

薛论道（河北）小令《相思》【南仙吕傍妆台】：嗔分唇君影身人。

王九思（陕西）套数《闺情》【前腔】：汀人稳稳灯。

康海（陕西）套数《潇湘八景》【大圣乐】：平稳尽情频瞑醺。

吴国宝（安徽无为）小令【南商调黄莺儿】：深门尽明灵证深定存。

杨德芳（江苏扬州）套数《闺怨》【前腔】：凭横生循粉准准。

施绍莘（上海）套数《渔夫》【长拍】：生生静韵伸心稳枕轻婚。

陈完（福建）套数《闺怨》【斗双鸡】心倾尽滚真。

徐文昭（江西）小令《药名》【南商调黄莺儿】：星神症梗陈信吟仁苓。

俞宛纶（江苏苏州）套数《孟珠十二调》【醉扶归】：定勤问神径。

杜子华（江苏无锡）小令《咏杏花》【南商调黄莺儿】：邻巾鬓薰匀影屏陵。

《全明散曲》南方散曲用韵字中，真侵押入庚青共107个韵字，庚青押入真侵共87个韵字；北方散曲用韵字中，真侵押入庚青共32个韵字，庚青押入真侵共8个韵字。与其他韵部互押现象相比，在真侵与庚青的互押字数和所占比例方面，南散曲远远多于北散曲，也反映出南方方音前后鼻音不分的语音现象多于北方。由于篇幅有限、韵字太多，下面我们只列出部分通押韵字，看看它们在中古音的语音地位。

（二）两韵通押的韵字

两韵通押的全部韵字及其中古韵母情况罗列如下：

1. 押入庚青韵的真侵韵字

臻摄真韵：真人亲尽烬鬓伸嗔殒趁认

谆韵：准巡春仑俊唇匀

文韵：纷曛韵君晕纹

魂韵：稳嫩昏存门温困樽

痕韵：痕恨恩
深摄侵韵：寝音琴任甚寻心今沉临
2. 押入真侵韵的庚青韵字
梗摄庚韵：庚命行卿哽鸣惊生英影病更评
清韵：声倾情营城倩睁逞贞瀛井径
青韵：经令庭停听醒零龄丁扃咛腥
耕韵：筝幸
曾摄蒸韵：凝凭兴证称应陵
登韵：增等层

真侵与庚青所收韵尾不同：真文收前鼻音 [n]、庚青收后鼻音 [ŋ]。不过在方言语音的发展中，不少地方的真侵韵和庚青韵合并，如：北方方言中的晋方言、兰银官话、江淮官话、西南官话、中原官话的关中片和秦陇片等，南方方言中的吴方言、湘方言、赣方言等。如表5-9：

表5-9　　　　　　　南北方方言中真侵、庚青韵字读音例字

	陈	程	跟	拱	金	庚	京	鼎	林
济南	tʂʰən	tʂʰəŋ	kẽ	kuŋ	tɕiẽ	kəŋ	tɕiŋ	tiŋ	liẽ
西安	tʂʰən	tʂʰəŋ	kẽ	kuŋ	tɕiẽ	kəŋ	tɕiŋ	tiŋ	liẽ
太原	tʂʰən	tʂʰəŋ	kəŋ	kuəŋ	tɕiŋ	kəŋ	tɕiəŋ	tiəŋ	liŋ
苏州	zən	zən	kən	koŋ	tɕin	kən（文）kaŋ（白）	tɕin	tin	lin
南昌	tsʰən	tsʰən（文）tsʰaŋ（白）	kiɛn	kuŋ	tɕin	kiɛn	tɕin	tin	lin
长沙	tsən	tsən	kən	kən	tɕin	kən	tɕin	tin	lin

北方散曲作品中庚青、真侵互押的原因，目前学术界持有三种说法：

一是南方音说。王力先生（1979）认为："北方散曲不该有真庚相混的现象。凡真庚相混的元曲作者，我们都怀疑他是南方人，至少是生长于南方。"[①]

二是自然叶韵说。廖珣英先生（1963）认为："据现代方言，in、ən 和 iŋ、əŋ 语音上尽管有别，可是民歌、俗曲押韵现象，比比皆是，不分

[①] 王力：《汉语诗律学》，上海教育出版社1979年版，第756页。

南北。这是很自然的叶韵。关曲庚青、真文有时通押，不足为奇。"①

三是用韵习尚说。鲁国尧先生（1981、1992）分别指出："……这种分歧可能是用韵习惯的不同……"② "……这种叶韵法是作家的个人特点……时代不同，用韵习尚也不同。"③

我们认为，不同方言区作家作品中真侵韵和庚青韵通押的性质应该有所不同，具体情况具体分析，并不能简单地指出某个原因造成两韵的通押。

对于母方言（包括一些北方方言）中 [ən] [əŋ]、[in] [iŋ] 不分的人来说，他们作品中的两韵通押主要是受方音影响。而对于母方言中两类韵母不混的人来说，他们作品中的两韵通押主要是出于用韵习惯：既然散曲中允许两韵通押，何不乘其便利呢？像上举两韵通押的例中有山东淄川的贾仲明，他的母方言至今两韵不混，因此，这种两韵的通押只能是出于用韵习惯。

第三节　其他韵部之间的通押情况

上述韵部间的通押在《全明散曲》南北方散曲中出现较多，书中还有南北方散曲韵部归类不同或通押出现次数较少的情况。

一　皆来韵与家麻韵

南散曲中还有一些皆来和家麻的通押的韵例。

（一）两韵通押的部分散曲韵例

1. 皆来韵押入家麻韵

刘兑（浙江）小令《咏女郎》【南南吕一江风】：家下帕钗萨家他话。

周履靖（浙江）套数《解缠嘲弄》【黄龙衮犯】：誇厦花马家阀鞋榻。

---

① 廖珣英：《关汉卿戏曲的用韵》，《中国语文》1963 年第 4 期。
② 鲁国尧：《宋代苏轼等四川词人用韵考》，《语言学论丛》（第 8 辑），商务印书馆 1981 年版，第 99 页。
③ 鲁国尧：《宋元江西词人用韵研究》，《近代汉语研究》，商务印书馆 1992 年版，第 193 页。

施绍莘（上海）套数《相思》【玉交枝】：债来话花蛙他他。

张凤翼（江苏苏州）小令《题情》【南仙吕九迴肠】：挂下峡鸦靶花衙在麻；下话麻花怕债查花纱。

沈仕（浙江）小令《闺怨》【南仙吕桂枝香】：下罢挂帕大家债他。

2. 家麻韵押入皆来韵

施绍莘（上海）小令《邂逅》【南中吕驻云飞】：来谐架外猜臺爱卖采。

宛瑜子（江苏苏州）小令《李玉》【南仙吕入双调玉交枝】：爱开娃待苔外哉哉。

王骥德（浙江）套数《赠陈姬》【南南吕绣带儿】：赖在杀台臺海采开爱。

张凤翼（江苏苏州）套数《代春恨》【赏宫花】：改捱谐涯。

（二）两韵通押的韵字

两韵通押的全部韵字及其中古韵母情况罗列如下：

1. 押入家麻韵的皆来韵字

蟹摄佳韵：钗鞋债

哈韵：来在孩彩

皆韵：谐

曾摄职韵：色

2. 押入皆来韵的家麻韵字

蟹摄佳韵：娃涯

皆韵：杀

薺韵：洒

皆来与家麻的通押，主要体现在南方吴语区。我们知道，汉语普通话中的复合元音在吴语中往往会变成单元音，大部分皆来韵字都会出现韵尾 [i] 的脱落，脱落后韵母的主要元音同家麻韵字韵母的主要元音一样，如：上海话、无锡话、苏州话中的"华""坏""淮"都读 [a] 或 [ɑ]。这是现代吴语的特点，反推明代南散曲也可能如此，故两韵会出现通押现象。

二 萧豪韵与歌戈韵

清代刘禧延在《中州切音谱赘论》指出"歌戈开口出音与萧豪近"①，正因为两音的相近才会出现通押现象。

（一）两韵通押的部分散曲韵例

1. 萧豪韵押入歌戈韵

金銮（甘肃）小令《题洁泉为淮南胡君》【北双调水仙子带过折桂令】：波河唾我多火痾多壑罗舸簑何何歌。

万勋（辽宁）套数《谈蚊虫》【北南吕一枝花】：大切多过磨郭。

张炼（陕西）套数《闺情》【那吒令】：我呵他著我么过磨。

张旭初（浙江）套数《拟闺怨》【锦芙蓉】：活魔河宵挲泊过颗佐窝。

史槃（浙江）套数《咏红叶》【南正宫白练序】：罗琐柯何过烧堕。

汤式（浙江）套数《赠王善才》【梁州】：坷波大摩陀波罗可合呵么珞过度何。

沈璟（江苏吴江）套数《题情》【醉宜春】：么老何颗河讹鹅个果。

2. 歌戈韵押入萧豪韵

王九思（陕西）套数《寿盛梅塘》【前腔】：豪笑霄阔杓髦摇箫璈。

赵南星（河北）套数《得魏中臣书》【雁儿落带得胜令】：包皂小髦么浇糙薄脚。

王宠（江苏苏州）套数《郊游》【南仙吕甘州歌】：晓巧梢抱了个挑小郊桥遥。

汤式（浙江）套数《秋夜梦回有感》【梅花酒】：约敲交劳着着焦皋窦跋。

（二）两韵通押的韵字

两韵通押的全部韵字及其中古韵母情况罗列如下：

1. 押入萧豪韵的歌戈韵字

果摄果韵：么

歌韵：多娥

---

① （清）刘禧延：《中州切音谱赘论》"歌戈自有开合"，《新曲苑》第 30 种，中华书局 1931 年版，第 11 页。

箇韵：个
过韵：过破
山摄末韵：阔跋
2. 押入歌戈韵的萧豪韵字
效摄宵韵：宵烧
宕摄铎韵：郭珞壑
药韵：著

在吴方言中，有些萧豪韵字同歌戈韵字发音相近，如："稍"临海话、蒲门话、云和话中"稍"和"波"分别读为[ɔ]和[o]。金华兰溪话①部分果摄字也读成效摄字，如："玻""包"都读为[pɔ]，"左""早"都读为[tsɔ]，"魔""毛"都读为[mɔ]。但是，在今上海话、苏州话中，果摄和效摄字在发音及听感上仍有差异，不能提供方音来支持萧豪韵和歌戈韵的通押，待以后进一步研究。

本章节在前一章韵部分类的基础上，对《全明散曲》南北方散曲中不同韵部之间的通押情况进行举例，并对通押用例较多的语音现象做了分析和讨论。可以发现，在阴声韵中，支思韵与齐微韵，支思韵、齐微韵和鱼模韵的通押是南北方散曲普遍存在的一种现象。在阳声韵中，南散曲的真侵和庚青通押比例数和韵字次数都多于北散曲，北散曲的东钟与庚青通押比例数和韵字次数都多于南散曲，这也从另一方面反映出南北方音的各自特点。

---

① 赵则玲：《浙江兰溪方言音系》，《宁波大学学报》（人文科学版）2003年第4期。

第六章

《全明散曲》用韵中的-m尾与-n尾

众所周知，在中古音系中，深咸二摄中的阳声韵部都带有-m尾，而在现代汉语通用语——普通话音系中已没有了-m尾。方言中，除粤、闽和浙东、江西的一些地区的方言中还保留-m尾外，其他方言已不见古-m尾踪影[①]。-m尾的消变是语音史中一个重要的语言现象，很多学者大家都对它的变化进行了深入研究并得出一些结论。王力先生（1980）指出："在北方话里，-m尾的韵全部消失，不能晚于16世纪，因为17世纪初叶的《西儒耳目资》（1626）里已经不再有-m尾的韵了。"[②]

通过第三、四章南北散曲的分析，我们可以看出《全明散曲》中-m尾与-n尾的关系非常密切，它们之间也没有明确的界限，-m尾已经向-n尾转化。下文将对《全明散曲》中-m、-n尾独用及叶入的韵例进行分析归纳，进而深入探讨明代通语中-m尾的转化情况。

第一节 《全明散曲》-m尾与-n尾韵字的使用情况

一 -m尾独用情况

在北方散曲中：侵寻独用51次，监咸独用26次，廉纤独用27次；南方散曲中：侵寻独用42次，监咸独用29次，廉纤独用18次。散曲韵例举例如下：

[①] 山东鲁南平邑、滕州、巨野等地今有-m尾，但只出现在um韵母中，相当于普通话的ung韵母，-m尾是-ng尾在u元音后的后起音变，并非古-m尾的遗留。古-m尾韵母在这些方言中读同山臻摄韵母，读鼻化韵。

[②] 王力：《汉语史稿》，中华书局1980年版，第135页。

1. 侵寻独用

薛论道（河北）小令《思归》【北双调水仙子】：林心甚深森针襟。

冯惟敏（山东）小令《环山别业》【北双调折桂令】：寻心心阴林林饮吟琴襟音音。

薛岗（山东）小令《禹城别王司训窗丈》【北双调折桂令】：沉心音今寝斟临侵岑。

王屋（浙江）小令《樵》【南商调黄莺儿】：音心任林岑禁禽深。

陈铎（江苏南京）小令《秋千》【北正宫小梁州】：深寻沈枕金沁阴禁甚心。

陈所闻（江苏南京）小令《弘济寺观音阁二首》【南南吕懒画眉】：深寻音枕沈。

2. 监咸独用

薛论道（河北）小令《思归》【北双调水仙子】：衫衔惨簪潭涵岩。

薛岗（山东）小令《春归》【南南吕一江风】：簪鉴览淡南南骖赚。

彭泽（甘肃）小令《乐闲》【北中吕上小楼】：南菴昙贪贪淡赚。

朱有燉（安徽凤阳）小令《咏风月担儿》【北越调柳营曲】：贪馋衫簪缄湴甘谙担。

张瘦郎（湖北）套数《结思》【南中吕粉蝶儿】：衫衫感南函赚菴鉴。

梁辰鱼（江苏昆山）小令《邀请》【南中吕驻云飞】：缄三惨嵌耽骖堪赚减。

汤式（浙江）套数《秋怀》【北双调新水令】：衫暗簪南赚。

3. 廉纤独用

薛岗（山东）小令《秋闺》【南仙吕傍妆台】：恹甜尖奁严添。

贾仲明（山东）小令《挽李行甫》【北双调凌波仙】：潜掩占点签点盐。

朱有燉（安徽凤阳）小令《风情》【北中吕满庭芳】：沾淹苦尖甜忺占捡拈。

张瘦郎（湖北）套数《春怀》【浣沙娘】：掩粘魇簾念苒。

梁辰鱼（江苏昆山）小令《夜宿穆陵关客舍》【南仙吕入双调销金帐】：掩店焰檐剑点髯。

王骥德（浙江）小令《谱韩夫人春情》【南商调黄莺逐山羊】：檐掩

拈念尖添恹簾。

二　-n 尾独用情况

在北方散曲中：真文独用 503 次，寒山独用 99 次，先天独用 350 次，桓欢独用 26 次；在南方散曲中：真文独用 236 次，寒山独用 100 次，先天独用 558 次，桓欢独用 16 次。散曲作品举例如下：

1. 真文独用

薛论道（河北）小令《春景》【南商调山坡羊】：尽阵近痕纹韵春孙津人樽。

丁彩（山东）小令《寓东莱有胶西张孝廉过访命用山坡羊意改此》【南双调锁南枝半插罗江怨】：身真阵辛润人近文棍。

冯惟敏（山东）套数《财神诉冤》【北般涉调耍孩儿】：瞬本坤神人近门。

汤式（浙江）小令【北双调湘妃游月宫】：人道文信春门樽近盹神。

唐复（江苏镇江）小令《春游》【北双调凌波仙】：村云问巾春贫尘。

王屋（浙江）小令《闺情》【南商调黄莺儿】：人春鬓真频信君新。

2. 寒山独用

刘效祖（山东）小令【北双调沉醉东风】：坂竿惯拦难懒。

薛论道（河北）小令《塞上有怀》【南仙吕入双调朝元歌】：关袩山晚返汉弹闲斑寒眼范。

杨杰（山西）小令《题情》【南仙吕一封书】：残寒难斑看还还阑。

唐复（江苏镇江）小令《霜篱对菊》【北中吕朱履曲】：绽寒山颜眼。

汤式（浙江）小令《送人迁居金陵》【北中吕普天乐】：晚寒看惮颜斑懒难。

陈所闻（江苏南京）小令《嘉善寺苍云崖》【南中吕驻马听】：斑寒餐蔓看。

杜子华（江苏无锡）小令《春思》【南中吕驻云飞】：颜番旦幻干餐叹难。

3. 先天独用

冯惟敏（山东）套数《辞署县印》【北中吕粉蝶儿】：年变连院

缠颤。

　　贾仲明（山东）小令《挽戴善夫》【北双调凌波仙】：宣贤善仙缘坚传。

　　叶华（山东）南北中吕合套《眺雪》【扑灯蛾南】：远衍健选年旋连。

　　薛论道（河北）小令《谨言》【北中吕朝天子】：全然怨言辨箭贬言劝言。

　　杨贲（安徽合肥）套数《怨别》【尾声】：先前健恋泉。

　　王骥德（浙江）小令《人至》【南双调锁南枝】：颠前然转先软。

　　王问（江苏无锡）小令《渔樵耕牧》【南越调浪淘沙】：钱然边牵。

　　顾正谊（上海）套数《江南春》【玉山供】：远笺烟衍篇。

　　周履靖（浙江）套数《曲岸维舟》【南仙吕入双调朝元歌】：天衍川绻转箭源仙川边堰恋恋。

4. 桓欢独用

　　贾仲明（山东）小令《挽汪勉之》【北双调凌波仙】：冠宽段锻般团。

　　薛岗（山东）小令《中秋赏月》【南仙吕入双调玉抱肚】：半盘团桓端。

　　薛论道（河北）小令《隐逸》【北中吕朝天子】：冠欢窜宽断半短桓满换。

　　陈铎（江苏南京）小令《闲情》【北正宫醉太平】：管盘鸾短乱断攒般。

　　汤式（浙江）套数《春日闺思》【北双调新水令】：团乱宽桓畔。

三　-m向-n尾转化情况

　　在北方散曲中：侵寻叶真文共136次，监咸叶寒山共16次，监咸叶先天共44次，廉纤叶寒山共11次，廉纤叶先天共71次；在南方散曲中：侵寻叶真文共106次，监咸叶寒山共13次，监咸叶先天共15次，廉纤叶寒山共9次，廉纤叶先天共55次。散曲作品举例如下：

1. 侵寻韵叶真文韵

　　王九思（陕西）小令《四时行乐词》【北正宫醉太平】：云薰纹滨印浸闻人。

薛论道（河北）小令《信》【北中吕朝天子】：身民吝仁近信本金忉信。

薛论道（河北）小令《待时》【南仙吕入双调朝元歌】：人困人闷分俊沦伸阴臣奋震。

赵南星（河北）小令《有感于梁别驾之事》【一口气】：门粉凛噤紧孙们。

沈仕（浙江）小令《春夜题情》【南正宫玉芙蓉】：魂粉沉缊晕温昏云。

陈所闻（江苏南京）小令《九日焦太史弱侯招饮谢公墩三阙》【南仙吕入双调玉抱肚】：问墩巾曛今。

高濂（浙江）套数《恨远人》【东瓯令】：琴春褪恨认魂。

2. 监咸韵叶寒山韵

丁惟恕（山东）小令【北中吕红绣鞋】：淡残鞍还眼。

薛论道（河北）小令《烟花》【南仙吕入双调玉抱肚】：范山奸堪寒。

王鏊（江苏吴县）套数【尾声】：蘸班懒。

陈所闻（江苏南京）小令《灵应观》【南仙吕懒画眉】：潭山滩饭看。

陈所闻（江苏南京）小令《怀李如真》【南仙吕入双调玉抱肚】：范攀关看谈。

汤式（浙江）套数《送车文卿归隐》【尾声】：烂寒旦顽侃蘸。

陈铎（江苏南京）小令《九日》【北双调水仙子带折桂令】：残还绽晚拦淡懒山山关看盏阑环难颜。

3. 监咸韵叶先天韵

张炼（陕西）套数《寿钝斋先生七十》【倘秀才】：园寋篇絃胆。

丁彩（山东）小令《苦恨》【南商调集贤宾】：年俺三转边展泉。

王克笃（山东）小令《旅中对月话别》【北双调沉醉东风】：浅面烟圆减。

冯惟敏（山东）小令《阅世》【北双调清江引】：年战宴俺。

王寅（安徽歙县）小令《城东遇怀梅》【北正宫醉太平】：年绵钱酣鲜劝天眠。

朱曰藩（江苏宝应）套数《情》【人月圆】：敢絃然鸾鸾眠涟涟。

朱载堉（安徽凤阳）《穷而乍富》小令【南商调黄莺儿】：钱烟现绵言站钱年。

周履靖（浙江）套数《炼形入妙》【前腔】：元然潭莲玄。

王屋（浙江）小令《读》【南商调黄莺儿】：传贤倦年编见探全。

梁辰鱼（江苏昆山）套数《拟汉宫春怨》【前腔】：千先面专见年暗圆。

4. 廉纤韵叶寒山韵

王克笃（山东）小令《打懒》【北中吕红绣鞋】：闪安难懒。

杨应奎（山东）套数《题小庄闲坐》【北双调新水令】：寒幻班还间堑汉。

丁惟恕（山东）小令【南南吕懒画眉】：残鞍限簾。

王磐（江苏高邮）小令《暑袜》【北双调清江引】：罕看尖瓣眼。

陈铎（江苏南京）套数《春怨》【北双调新水令】：残掩单干叹。

夏旸（江西）小令【北正宫醉太平】：蝉雁残绽翰粲潜叹。

5. 廉纤韵叶先天韵

林廷玉（福建）小令《林下作》【北中吕朱履曲】：砚船边天点。

吴承恩（江苏淮安）套数《咏雪》【前腔】：染点田殿边帘。

施绍莘（上海）套数《有怀》【南商调黄莺儿】：前边远煎缘面牵尖。

梁辰鱼（江苏昆山）套数《乙亥初秋代安茂卿寄南都褚倩作》【五韵美】：遍宴鲜掩钿笺苑。

吴国宝（安徽无为）套数《题情》【沽美酒带太平令】：千年缠涎甜偏掩添添剪。

梅鼎祚（安徽宣城）小令《闺怨》【南南吕罗江怨】：缠眠前缘厚甜怜怨圆圆天愿。

杨贲（安徽合肥）套数《四时闺怨》【南商调字字锦】：鲜软怨园烟言年年见尖远念面。

冯惟敏（山东）套数《寄情》【园林好】：艳面愿言天。

叶华（山东）套数《寻芳》【玉交枝】：遍仙远年全掩玄禅。

冯惟敏（山东）小令《山居杂咏》【南正宫玉芙蓉】：悬浅潜劝鲜田仙。

康海（陕西）小令《漫兴》【北越调寨儿令】：田园便原泉怜甜篇筵

仙年。

薛论道（河北）小令《直道难行》【南仙吕入双调朝元歌】：言贬显玷辨贤天弦边远便。

薛论道（河北）小令《赠姬》【南仙吕入双调朝元歌】：前面边片软燕仙千眩筵染艳。

我们将-m尾与-n尾的情况总结如下（表6-1）：

表6-1　　　　　　　　　　-m尾与-n尾统计情况

韵部	-m尾独用（次）			-n尾独用（次）				-m尾叶-n尾（次）				
	侵寻	监咸	廉纤	真文	寒山	先天	桓欢	侵真寻文	监寒咸山	监先咸天	廉寒纤山	廉先纤天
北方	51	26	27	503	99	350	26	136	16	44	11	71
分计	104			978				278				
南方	42	29	18	236	100	558	16	106	13	15	9	55
分计	89			910				198				
合计	193			1888				476				

我们从表6-1可以看出：在《全明散曲》的韵脚字中，-m尾、-n尾独立分割的格局已经打破，-m尾不断减少，向-n尾逐渐靠拢、渗透及转化。

"侵寻、监咸、廉纤"都是闭口韵，属于险韵，-m尾的发音特征在实际语流中是个半辅音，较容易消失。早在唐代就有些闭口韵字向开口韵字逐渐靠拢、转变，但只是特例，没有形成有规模、有系统的语音现象。明代王骥德指出："侵寻、监咸、廉纤，开之则非其字，闭之则不宜口吻，勿多用可也。"① 王力先生（1985）谈到："元代十九韵部演变为明清十五韵部，所少的四部其中有三部是-m尾的，侵寻、监咸、廉纤三部消失了，分别转入真文、寒山、先天三部。"②

双唇鼻音韵尾-m尾向-n尾转变是近代语音发展史中一个重要的语言现象，也是语言学家一直研究的课题。我们将以"相混—合并"这一发展、演变为视角来考察-m尾的演变。

---

① 王骥德：《曲律》，《古典戏曲论著集成》（第四册），中华书局1982年版，第54页。
② 王力：《汉语语音史》，中国社会科学出版社1985年版，第406页。

首先我们说说这一现象出现的原因。

历史语言学家马尔基耶尔（1984）认为："历史语言学家最值得做的一种研究是原因的研究，……在今后几年，我想历史语言学将越来越多地开展关于因果性、原因方面的研究。有意思的将不是原始事实的发现，而是什么东西引起了变化。这样，青年语法学派做出音变是盲目的假设就没有什么意义了。"①

在前修时贤多年来孜孜以求的研究下，对-m尾的转变原因主要探讨出以下两种意见：第一种意见认为它是汉语的一种语流音变。黄勇（1995、1996）认为："辅音韵尾由复杂到简单到最终走向消失是历史所趋……是受语音省力原则的影响……"②，"汉藏语系语言鼻韵尾的发展演变是其语音内部声、韵、调互相影响、自我调整的必然结果"③。第二种意见认为是语言自然音变和社会交际需要的结果。郝志伦（2000）认为，鼻音韵尾的发音部位和发音方法都有相同之处，在语言交流传承的过程中，不可避免地会出现相混现象，最终合流。而且这一变化也适应交际所需，符合人类语言"简—繁—简"的过程。④

上述两种意见分别从内外因两个角度说明-m尾转变的原因。黄勇老师更多地强调语音内部声韵调相互影响、相互制约导致-m尾向-n尾转化，郝志伦老师更多地强调外部环境及社交需要对-m尾转化的影响。无论是什么原因，我们都可得知：-m尾向-n尾的转化是语言发展的一种必然结果。

-m尾转向-n尾，这一现象最早发生在方言中。可以说-m尾的转变早先是在方言唇音字中"萌芽"，发生"首尾异化"⑤，随后整个-m尾开始转变，逐渐扩散到不同地区，直至影响到共同语。杨耐思（1997）指出："-m尾转化为-n，就汉语的方言来说，很早就发生了。远的不说，中古以后，时有反映，比如唐代胡曾'戏妻族语不正'诗吐露出已经有

---

① 北京大学中文系《语言学论丛》编委会编：《语言学论丛》（第13辑），商务印书馆1984年版，第212页。
② 黄勇：《李树侗话辅音尾的演变规律》，《民族语文》1995年第2期。
③ 石林、黄勇：《汉藏语系语言鼻音韵尾的发展演变》，《民族语文》1996年第4期。
④ 郝志伦：《论汉语鼻音韵尾的演变》，《西南民族学院学报》（哲学社会科学版）2000年第4期。
⑤ 陆志韦：《释〈中原音韵〉》，《陆志韦集》，商务印书馆2003年版，第285页。

了-m、-n相混的方言。"①

　　之后的宋、金、元时期也都有-m尾、-n尾相混押的情况。廖珣英（1964）通过对大量作品的分析，认为在金元诸宫调中也有-m尾和-n尾相混叶的情况。鲁国尧（1988）也提到："监廉部和寒先部的合韵现象在北宋和南宋，在各地区的词人中都确实存在，但因人而异。……侵寻部、真文部、庚青部3部。或两部混叶，或3部合用。"② 魏慧斌（2006）也说到："江浙词人阳声韵间的混叶非常普遍……咸摄韵字-m尾已经基本转变为-n尾。深摄也有类似情况，但从比例和具体韵字情况来看，深摄韵字的-m尾比咸摄要牢固一些。因此，咸摄和山摄合并为寒覃部，深摄独立为侵寻部比较合理。"③ 学者们大多认为唐宋元时期的-m尾和-n尾混叶现象是一种方言音变现象，就汉语共同语来说，真正的-m尾的转化开始于元代。李蕊（2009）明确指出《全元曲》中："……监咸主要与寒山互押，很少与桓欢、先天混押，而廉纤则主要与先天互押，极少与寒山、桓欢相押。……但还只是在初级阶段，总的来说，真文、监咸、廉纤三部只要还是独立用韵，与别部的混押占很小部分，-m还是作为-n尾对应的韵尾存在着。"④ 因此，在《中原音韵》中，周德清还是将二者对立，分为不同韵部。丁锋（1995）指出："16世纪初《老乞大谚解》《朴通事谚解》对音中只有'怎甚'两个字保留-m尾，其他闭口韵字全部归入-n尾韵中，处在韵尾消失的最后阶段。与此同时的《四声通解》今俗音是第一个消失闭口韵的官话音系。稍后的《正音》韵语音系-m尾亦已消失。"⑤

　　到了明时期，很多韵书、韵图都把-m尾韵部归入-n尾韵部。其中，最有影响的是《重订司马温公等韵图经》（1606）和《韵略汇通》（1642）。

　　徐孝所著的《重订司马温公等韵图经》成书于明末，其反映的是北京语音。该书将《中原音韵》的"真文韵"与"侵寻韵"合并为臻摄；《中原音韵》的"寒山""先天""桓欢""监咸""廉纤"五韵合并为山摄。这一点反映出-m尾消失，合并到-n尾。毕拱辰所著的《韵略汇通》

---

① 杨耐思：《近代汉语-m的转化》，《近代汉语音论》，商务印书馆1997年版，第51页。
② 鲁国尧：《论宋词韵及其与金元词韵的比较》，《鲁国尧自选集》，河南教育出版社1994年版，第146—147页。
③ 魏慧斌：《宋代江浙词人用韵考》，《湛江师范学院学报》2006年第4期。
④ 李蕊：《全元曲用韵研究》，博士学位论文，华中科技大学，2009年。
⑤ 丁锋：《琉汉对音与明代官话语音研究》，中国社会科学出版社1995年版，第52页。

也是明末的一部韵书，该韵书是据兰茂《韵略易通》经过分合删补而成，该书将《中原音韵》的"真文""侵寻"合并为"真寻"，"端桓"并入"山寒"，"廉纤"并入"先全"，"缄咸"一部分并入"先全"，一部分并入"山寒"，这与《全明散曲》音系中"侵寻"并入"真文"，"廉纤"并入"先天"的情况相符。

除韵书外，还有一些民间作品集也体现了这一点。如：冯梦龙的《山歌》。《山歌》是明代江南民歌（主要是吴语区）专集，由冯梦龙收集、编纂而成。它在语言上客观真实地保留了明代吴语区的语言特征。胡明扬[①]（1981）用系联的方法对《山歌》的用韵进行了归纳，得出《山歌》只有十个韵部，即：东钟、江阳、支思齐微鱼、皆来、真文庚青侵寻、寒山桓欢先天盐咸廉纤、萧豪、歌戈模、家麻车遮、尤候，并对"寒山桓欢先天盐咸廉纤"的拟音为 [-ɛ] 和 [-ø]。可见，当时吴语区方言中-m尾已不存在。现代吴语区深咸两摄的-m尾也都消失，有的转化为鼻韵尾，有的脱落或读为鼻化韵。

上述唐、宋、元、明时期的作品及韵书所反映的语音面貌，都能清楚地显示出-m尾的消变及向-n尾的转变趋势，虽然明代还有一些韵书、韵图保留着-m尾，但是也无法阻挡"-m尾日趋消亡，最终归入-n尾"这一语音现象。

在《全明散曲》中，-m尾转向-n尾的现象不仅出现在南方散曲曲作中，北方散曲曲作中也有大量的通押用例，不是个别作家的创作特点，而是整个散曲作家群的普遍特征。所以，这一语音特征不能完全归因于南方方言的特点，也不能无疑确定是作家个人用韵的特点。我们更有理由相信这是明代散曲作品的用韵特征，是整个时代的语音现象。

在现代方言中，-m尾在北方方言中已经不复存在，在南方一些方言中还有保留，如粤方言、闽语和客家话，见表6-2：

表6-2　　　　　　　　-m尾字在南北方言中读音例字

	犯	担	甘	尖	粘	咸	看	天	短	森
西安	fæ̃	tæ̃	kæ̃	tɕiæ̃	tʂæ̃	ɕiæ̃	kʰæ̃	tʰiæ̃	tuæ̃	ʂẽ
济南	fã	tã	kã	tɕiã	tʂã	ɕiã	kʰã	tʰiã	tuã	sẽ

---

① 胡明扬：《三百五十年前苏州一带吴语一斑》，《语文研究》1981年第2辑。

续表

	犯	担	甘	尖	粘	咸	看	天	短	森
太原	fæ̃	tæ̃	kæ̃	tɕiẽ	tṣæ̃	ɕiẽ	kʰæ̃	tʰ'iẽ	tuæ̃	səŋ
石家庄	fæ̃	tæ̃	kæ̃	tɕiæ̃	tṣæ̃	ɕiæ̃	kʰæ̃	tʰiæ̃	tuæ̃	sən
合肥	fæ̃	tæ̃	kæ̃	tɕiĩ	tṣæ̃(文)	ɕiĩ	kʰæ̃	tʰ'iĩ	tõ	sən
扬州	fæ̃	tiæ̃	kæ̃	tɕiẽ	tsæ̃	ɕiæ̃(文)	kʰæ̃	tʰiẽ	tuõ	sən
苏州	vE	tE	kø	tsiɪ	ȵiɪ	ɦiE	kʰø	tʰiɪ	tø	sən
上海	vE	tE	keu	tɕi	kni	ɦiE	kʰø	tʰi	tø	səŋ
南昌	fan	tan	kɔn	tɕiɛn	tsɛn	han	kʰɔn	tʰiɛn	tɔn	sɛn
梅县	fam	tam	kam	tsiam	tsam	ham	kʰɔn	tʰiɛn	tɔn	sɛm
广州	fan	tam	kɐm	tʃim	tʃim	ham	hɔn	tʰin	tyn	ʃɐm
潮州	huam	tam(文)	kam	tsiəm	niəm	kiəm	kʰaŋ	tʰieŋ(文)	tueŋ	siəm meis

　　-m 尾是上古到中古时期一直存在的语音形式，从宋元时期，-m 尾开始发生变化，直到现代方言：有的地方仍保留（如：梅县、广州、潮州），有的地方发生鼻化（如：济南、西安、太原、石家庄、扬州），有的地方则转变为-n 尾（如：北京、南昌），甚至有些地方韵尾完全脱落。不过，一般认为：-m 尾是先读为-n 尾，然后和-n 尾字一起发生或鼻化或脱落的变化的。

　　另外，根据闭口韵主要元音的发音部位和开口度，我们得知：侵寻易混入真文，监咸易混入寒山，廉纤易混入先天。但在《全明散曲》用韵统计中，我们发现除侵寻韵押入真文较有规律外，监咸、廉纤与寒山、先天之间混押的界限并不明显，往往处于混杂的状态。① 这也说明，-m 尾在向-n 尾转变的同时，主要元音的开合、洪细的对立在押韵方面逐渐弱化。

　　《全明散曲》中还有一些-m 尾独用的韵例，不但出现在南方散曲中，北方散曲也有一些。对于这一现象，学术界持有三种不同观点：（1）方言现象（何九盈 2000），-m 尾的存在是方言与通语的不同步的体现。方言的滞后，通语的领先，使得二者出现"矛盾"；（2）近代汉语共同语南支保存现象（麦耘 1991）；（3）受曲韵传统的影响（曹正义 1991），虽然在口语音

---

① 参见本章表 6-1。

中-m尾混入-n尾的现象大量存在，口语音也影响到读书音，但一些文人学者在创作过程中依然会有仿古的痕迹。无论是哪种观点，都说明-m尾已不是普遍存在的语音现象，是-m尾向-n尾转变时的一些"残留"。

第二节 《全明散曲》用韵中-n尾内的混叶

除了"-m尾转向-n尾""-m尾独用"这两种表现外，《全明散曲》中还存在"-n尾混叶"的现象，如表6-3所示：

表6-3　　　　　　　　山摄字-n尾混叶的统计情况

单位（次）	桓寒欢山	寒桓山欢	桓先欢天	先桓天欢	寒先山天	先寒天山
北方散曲	72	7	81	6	219	64
南方散曲	21	6	42	3	163	16
合计	93	13	123	9	382	80

散曲作品举例如下：

1. 桓欢韵叶寒山韵

薛论道（河北）小令《世味》【南仙吕入双调朝元歌】：肝患奸讚炭犯翻棺安寒眼汉。

丁惟恕（山东）小令【南仙吕桂枝春】：遍限断单单叹干酸。

常伦（山西）小令【南中吕驻云飞】：山看限患还闲畔难。

冯惟敏（山东）套数《忆弟时在秦州》【得胜令】：看弹宽安断山难。

刘效祖（山东）小令【北中吕朝天子】：鞍竿翰残幻贯晚翻铲散。

杨廷和（四川）小令《八月十六日有怀寄京师两儿》【北双调水仙子】：难宽盼端官丹澜。

王九思（陕西）小令《次龙渠韵杂咏》【北双调清江引】：管散饭懒。

朱有燉（安徽凤阳）小令《追和鲜于体》【北双调庆东原】：患闲欢阑还安看。

杜子华（江苏无锡）小令《咏红芍药花》【南商调黄莺儿】：栏丹晚阑残看宽冠。

张含（云南）小令《次前韵》【北双调清江引】：管散饭懒。

王屋（浙江）小令《十二月乐歌》【南商调黄莺儿】：残寒慢弹看撰端欢。

2. 寒山韵叶桓欢韵

刘效祖（山东）小令【北双调沉醉东风】：产官算宽观短。

冯惟敏（山东）小令《闲适》【南仙吕入双调玉交枝】：馆欢幔盘阑暖攒管。

常伦（山西）小令【北双调水仙子】：安寒漫懒盘欢。

刘良臣（山西）小令《田园杂兴》【北正宫醉太平】：攒干观盏畔看桓管。

赵南星（河北）套数【江儿水】：宽判乱汉伴寰管。

陈铎（江苏南京）套数《闲述》【梁州第七】：官畔欢桓鬟漫椀盘满断换宽拚。

汤式（浙江）套数《春日闺思》【乔牌儿】：睆唤断管。

汤式（浙江）小令《燕山怀古》【北双调沉醉东风】：碗盘残断乱宽馆。

3. 桓欢韵叶先天韵

孙峡峰（山东）【南商调黄莺儿】：边缘羡援宽见天。

张炼（陕西）套数《闺情》【风淘沙】：年肩眷短怜言转连。

常伦（山西）小令【北商调庆宣和】：天传莲满满。

冯惟敏（山东）套数《题长春园》【醋葫芦】：啭言浅乱园。

孙侠峰（山东）小令【南商调黄莺儿】：边缘羡援宽见天。

朱有燉（安徽凤阳）小令《咏闺情别意》【北双调水仙子】：轩眠怨然年断远圆。

顾正谊（上海）套数《咏桃花》【南正宫素带儿】：软天见燃先恋畔。

顾正谊（上海）套数《咏竹》【南正宫白练序】：捲天怨悬烟伴畔。

施绍莘（上海）套数《有怀》【前腔】：千怜贱攒酸面天缘。

周履靖（浙江）套数《石室谈玄》【折桂令】：诠坚研现旋仙禅丸。

陆之裘（江苏太仓）小令《题情》【南仙吕江头金桂】：见年眠言恋前传遍遍断天。

宛瑜子（江苏苏州）小令【南仙吕入双调步步娇】：羡恋牵断般转。

梁辰鱼（江苏昆山）小令《沉醉》【南中吕驻云飞】：嫣偏院馆颠肩战缠恋软。

邢一凤（江苏南京）套数【前腔】：弦扇怨娟筵惋袁缓穿眠眠畔。

4. 先天韵叶桓欢韵

王九思（陕西）小令【南仙吕傍妆台】：漫端銮宽盘软。

刘效祖（山东）小令《和元学士汪云林》【北双调雁儿落带得胜令】：搬漫年半冠般算端攒。

朱有燉（安徽凤阳）小令《咏风月担儿》【北越调柳营曲】：欢鞯盘宽圆钻剜般搬。

汤式（浙江）套数《春日闺思》【甜水令】：观圆伴鸾。

史忠（江苏南京）小令《述怀自适》【北中吕普天乐】：算端乱断宽显暖酸。

陈铎（江苏南京）小令《中秋》【北双调水仙子】：丸盘伴园半满宽。

5. 寒山韵叶先天韵

王九思（陕西）小令《六十九自寿》【北中吕朝天子】：年遭饭天怨箭浅轩园办。

王克笃（山东）小令《闲劝》【北正宫塞鸿秋】：殿晏县院怨雁。

王九思（陕西）小令《四时行乐词》【南中吕驻马听】：连仙轩烟扇絃散。

杨应奎（山东）套数《割麦忧旱》【仙吕点绛唇】：川泉天晚。

丁惟恕（山东）小令【南仙吕桂枝香】：恋怨限乾乾遍言山。

丁惟恕（山东）小令【南仙吕入双调玉抱肚】：院干钱年残。

冯惟敏（山东）小令《晚浴》【南中吕驻马听】：川悬天便限缠便。

丁彩（山东）小令【北双调折桂令】：间然然缘眼肝言传天。

赵南星（河北）小令《永平赏军作》【北双调折桂令】：关间笺篇牵传山。

李东阳（湖南）套数【前腔】：圆絃远愆汉天缱源。

文彭（江苏苏州）套数《途思》【黄莺儿】：间边遍传然燕关年。

顾正谊（上海）套数《咏竹》【白练序】：寒川然传间远幻。

朱曰藩（江苏宝应）套数《情》【江水儿】：钏宽换见馆限遣。

张凤翼（江苏苏州）套数《志恨》【不是路】：悁簾限前尖遣天盼转

愿愿。

冯廷槐（浙江）套数【南越调斗宝蟾】：缠前怜见添年眼。

夏言（江西）小令《春日游东圆》【南越调忆多娇】：喧鲜芊喧怜闲。

顾正谊（上海）套数《江南春》【川拨棹】：眠牵牵喧间间。

王骥德（浙江）套数《寄书》【白练序】：然钿妍懒恋坚前线晚健。

陈铎（江苏南京）套数《为姬白莲赋》【雁儿落】：筵扇看羡。

顾正谊（上海）套数《咏竹》【白练序】：寒川然传间远幻。

6. 先天韵叶寒山韵

贾仲明（山东）小令《挽顾德润》【北双调凌波仙间】：仙案刊安单坦寰。

王九思（陕西）套数【南仙吕傍妆台】：潺寒笺难阑颜。

康海（陕西）小令《同东谷小酌》【南黄钟画眉序】：残阑干跐灿限寒。

王克笃（山东）套数【江儿水】：弹看关案殿山兔。

金銮（甘肃）套数《汤沂东海上凯歌》【雁儿落】：关栈甸。

王九思（陕西）小令《金菊》【北双调水仙子】：寒绽晚见餐坛。

冯惟敏（山东）套数《忆弟时在秦州》【沽美酒】：安餐垣汗番。

王克笃（山东）套数【折桂令】：弹看关案殿免。

薛论道（河北）小令《隐意》【北仙吕桂枝香】：幻散汉见坛寒。

汤式（浙江）小令《送人迁居金陵》【北中吕普天乐】：晚远寒看惮颜斑懒难。

夏旸（江西）小令【北正宫醉太平】：蝉雁残绽翰粲潜叹。

施绍莘（上海）套数《山园自述》【皂罗歌】：饭扳寰旱安片斑闲。

张琦（浙江）小令《代吕姬霏茵赋别》【南商调金络索】：案万看弹癫单叹般颜宴。

文彭（江苏苏州）套数《途思》【琥珀猫儿坠】：斑阑闲悭鞭。

汤式（浙江）小令《送人迁居金陵》【北中吕普天乐】：晚远寒看惮颜斑懒难。

陈铎（江苏南京）套数《春怨》【折桂令】：山难悭干顽安连攀。

陈铎（江苏南京）小令《归隐》【北中吕朝天子】：弹餐犯间限千眼坛滩患。

第六章 《全明散曲》用韵中的-m尾与-n尾　　159

汤式（浙江）小令《薛琼琼弹筝图》【北越调柳营曲】：颜鬓番翾珊间关安环看。

王骥德（浙江）套数《哭吕勤之有序》【南中吕榴花泣】：弹山湲难安散间。

寒山、先天、桓欢中古时本是一家：寒山韵来自《广韵》山摄寒、删、山、先、仙、元及个别凡韵字；先天韵来自《广韵》先、仙、元韵字；桓欢韵来自《广韵》山摄桓韵。寒山与先天的对立即是山摄二等字与三四等字的对立[ian/iɛn]，寒山与桓欢的对立不仅是开口的对立[an/uɔn]，还有山摄合口一等字与二三等字的对立[uan/uɔn]。可见这种对立并非本质的不同，来源相同使作家在创作中难免出现相叶。

正如沈宠绥在《度曲须知》中对三韵所描述的那样："寒山俱收舐腭，喉没搁；先天俱收舐腭，舌在端。"① 寒山韵字发音时，舌尖掠过上腭，打开喉咙，声音洪亮；先天韵字发音时，舌尖也掠过上腭，不过喉咙被扯住没有打开。虽然二者发音部位相近，出字不同，但"先天若过开喉唱，愁他却像寒山"。② 二者入唱时，若先天韵字稍微打开喉咙，那么和寒山韵字就会发音相近，很容易混而不分；又"桓欢，口吐丸；寒山桓欢，亦抵舌端"③，寒山和桓欢收音相同，都靠近舌端，所以相互通押也是难免的。

到了明代，这些对立在各种韵书、韵图中已经消失，例如：《元韵谱》（1611）里的"般佸"、《重订司马温公等韵图经》（1606）的山摄都是由《中原音韵》的寒山、先天、桓欢、廉纤、监咸五韵合并而成。

我们来看看在现代方言中寒山、先天、桓欢是否还存在着差异（表6-4）。

表6-4　　中古寒山、先天、桓欢韵字在南北方言中读音例字

	山	寒	懒	顽	唤	关	管	限	线
西安	ʂæ̃	xæ̃	læ̃	uæ̃（文）	xuæ̃	kuæ̃	kuæ̃	ɕiæ̃	ɕiæ̃

---

① （明）沈宠绥：《度曲须知·音同收异考》，《中国古典戏曲论著集成》第五册，中国戏剧出版社1959年版，第30页。
② （明）沈宠绥：《度曲须知·音同收异考》，《中国古典戏曲论著集成》第五册，中国戏剧出版社1959年版，第30页。
③ （明）沈宠绥：《度曲须知·音同收异考》，《中国古典戏曲论著集成》第五册，中国戏剧出版社1959年版，第30页。

续表

	山	寒	懒	顽	唤	关	管	限	线
济南	sæ̃	xæ̃	læ̃	uæ̃	xuæ̃	kuæ̃	kuæ̃	ɕiæ̃	ɕiæ̃
太原	sæ̃	xæ̃	læ̃	væ̃	xuæ̃	kuæ̃	kuæ̃	ɕie	ɕie
成都	san	xan	nan	uan	xuan	kuan	kuan	ɕiɛn（文）	ɕiɛn
合肥	ʂæ̃	xæ̃	læ̃	uæ̃	xõ	kuæ̃	kõ	ɕiĩ	ɕiĩ
扬州	sæ̃	xæ̃	liæ̃	uæ̃	xuõ	kuæ̃	kuõ	ɕiæ̃（文）	ɕie
苏州	sɛ	ɦø	lɛ	ɦuø（文）	ɦuø	kuɛ	kuø	jiĩ（文）	siɪ
南昌	san	hɔn	lan	nɔn	fɔn	kuan	kuɔn	han	ɕiɛn
梅县	san	hɔn	lan	ŋan	fɔn	kuan	kuɔn	han	siɛn
广州	ʃan	hɔn	lan	wan	wun	kuan	kun	han	ʃin
潮州	suã	xaŋ	laŋ	ŋueŋ	hueŋ	kueŋ	kueŋ	haŋ	suã

　　从表6-4我们可以看出：寒山韵的开合口字和桓欢韵韵字、寒山韵的齐齿呼字和先天韵韵字在北方官话区（西安、济南、太原）和西南官话区（成都）中，发音相同，韵腹一致，说明寒山韵、桓欢韵、先天韵已无区别。在江淮官话区（合肥、扬州）和其他南方方言（苏州、南昌、梅县、广州、潮州）中，韵腹仍不同，说明寒山韵、桓欢韵、先天韵仍存在对立。通过南北方方言中寒山、桓欢、先天的不同情况，我们可以反推在《全明散曲》中南北方散曲三韵的通押现象也是其方音的真实映照。

　　我们根据《全明散曲》南北方散曲中韵脚字混叶的情况把"寒山、先天、桓欢、廉纤、监咸"进行归并：先天、桓欢、廉纤合为"先欢"韵，寒山、监咸仍独立成韵。

　　通过对《全明散曲》用例的列举及上述分析，我们总结如下：明代-m尾与-n尾的对立已经消亡，-m尾渐渐萎缩已转入到-n尾。可能是受仿古或方言的影响，曲韵中还存在少数-m尾韵独用的现象，但明代的韵书、韵图已经证明-m尾已转化为-n尾。我们再通过南北方散曲-m尾韵和-n尾韵的通押情况对"五韵部"做出归并：散曲中的先天韵、廉纤韵、桓欢韵合为一韵部，寒山韵和监咸韵各自独立为一韵部。

第七章

《全明散曲》曲韵的入声韵与入声调

第一节 《全明散曲》中的入声韵

周氏在写《中原音韵》时，将"入声"归派到"平、上、去"，入声不再存在。《全明散曲》中不论北方散曲还是南方散曲也出现了大量的"入派三声"的例子，这也证实了入声基本消亡。然而，我们在对韵脚字归纳整理时，发现《全明散曲》中共有 67 例入声独立相押的韵例，而且主要集中在齐微韵、鱼模韵、车遮韵。我们将这 67 例罗列如下：

1. [-t] 尾字单押

殷士瞻（山东）套数《病起读楞伽偶述》【尾声】：越截决。（车遮韵）

王九思（陕西）套数《四景闺怨》【滴溜子】：洁灭热切彻。（车遮韵）

李应策（陕西）小令【北双调落梅风】：铁血烈别。（车遮韵）

朱瞻基（安徽凤阳）小令《雪词》【南双调谒金门】：雪节阙彻绝悦月。（车遮韵）

秦时雍（安徽亳县）套数《怀美》【神仗儿】：设竭穴捏折。（车遮韵）

刘汝佳（安徽无为）小令《留别》【南黄钟画眉序】：歇别撇血缺。（车遮韵）

刘汝佳（安徽无为）小令《留别》【南黄钟画眉序】：咽折节切缺。（车遮韵）

刘汝佳（安徽无为）小令《留别》【南黄钟画眉序】：月爇说热缺。（车遮韵）

朱应辰（江苏宝应）套数《翠红香》【锦衣香】：热劣迭洁撇切别彻。（车遮韵）

冯梦龙（江苏苏州）套数《别思》【侥侥令】：月结绝。（车遮韵）

周瑞（江苏昆山）套数《题情》【锦衣香】：热劣迭洁撇切别彻。（车遮韵）

唐顺之（江苏武进）套数《题情》【前腔】：别结彻血月撇撇。（车遮韵）

唐顺之（江苏武进）套数《题情》【尾声】：孽节说。（车遮韵）

梁辰鱼（江苏昆山）套数《壬戌季春代朱长孺赠金陵吕小乔》【鲍老催】：阙悦缺灭裂掣。（车遮韵）

唐寅（江苏吴县）套数《闺怨》【下山虎】：结折热彻别月说泄。（车遮韵）

唐寅（江苏吴县）套数《闺怨》【前腔】：说切月血撇。（车遮韵）

高濂（浙江）套数《吊亡姬》【滴溜子】：结绝说月裂。（车遮韵）

陈子升（广东）套数《赠眉雪子》【啄木鸟】：月雪雪雪雪雪。（车遮韵）

2. [-k] 尾字单押

杨慎（四川）套数《题月》【南黄钟画眉序】：足谷醁。（鱼模韵）

杨慎（四川）套数《题月》【前腔】：簌目局屋。（鱼模韵）

杨慎（四川）套数《题月》【前腔】：独俗目曲。（鱼模韵）

杨慎（四川）套数《题月》【滴滴金】：逐覆筑足幕斛俗。（鱼模韵）

杨慎（四川）套数《题月》【鲍老催】：目啄曲屋绿粟簇。（鱼模韵）

杨慎（四川）套数《题月》【尾声】：腹轴续。（鱼模韵）

杨慎（四川）套数《题月》【双声子】：薄薄浴速速曲足促谷。（薄，歌戈韵；其余，鱼模韵）

施绍莘（上海）套数《怀旧》【南黄钟画眉序】：寂滴唧得。（齐微韵）

3. [-p][-t][-k] 尾字的混押

兰楚芳（西域）套数《春思》【幺篇】：麝蝶血。（车遮韵）

朱让栩（四川）套数《中秋》【幺篇】：节月色雪折。（色，皆来韵；其余，车遮韵）

赵南星（河北）套数《夏日感恩楼酒集》【余文】：切额热。（车

遮韵）

　　薛论道（河北）小令《嘲大脚妓》【北仙吕桂枝香】：月蹑热捏镢截。（车遮韵）

　　薛论道（河北）小令《壮怀》【南仙吕入双调玉抱肚】：烈撒穴隔皆来咽。（隔，皆来韵；其余，车遮韵）

　　王九思（陕西）小令《春兴四首》【南黄钟画眉序】：疾隰掷识夕。（齐微韵）

　　王九思（陕西）小令《春兴四首》【南黄钟画眉序】：疾织逼笛。（齐微韵）

　　王九思（陕西）小令《春兴四首》【南黄钟画眉序】：疾日拾室。（齐微韵）

　　王九思（陕西）套数《康长洲公寿词》【喜迁莺】：绝叶抉客杰。（车遮韵）

　　王九思（陕西）套数《四景闺怨》【三段子】：叶别叠绝麝切列帖。（车遮韵。其中"麝"为中古去声字）

　　王九思（陕西）套数《春兴》【南黄钟画眉序】：疾隰掷识夕。（齐微韵）。

　　王九思（陕西）套数《春兴》【前腔】：疾织逼笛。（齐微韵）

　　王九思（陕西）套数《春兴》【前腔】：疾日拾室。（齐微韵）

　　康海（陕西）套数《行乐》【金菊香】：穴堞阙歇绝。（车遮韵）

　　康海（陕西）套数《行乐》【青哥儿】：麝撒节叠折揭缺贴灭。（车遮韵。其中"麝"为中古去声字）

　　康海（陕西）套数《行乐》【醉扶归】：绝撒蝶血。（车遮韵）

　　康海（陕西）套数《行乐》【前腔】：折褶跌。（车遮韵）

　　康海（陕西）套数《行乐》【香柳娘】：彻彻叶雪诀诀约越贴竭裂。（约，歌戈韵；其余，车遮韵）

　　康海（陕西）套数《行乐》【前腔】：绝绝悦得切窃窃月。（得，齐微韵；其余，车遮韵）

　　康海（陕西）套数《行乐》【尾声】：颊月热。（车遮韵）

　　李应策（陕西）小令《以下对宾语》【北双调清江引】：叶洁月热。（车遮韵）

　　吴国宝（安徽无为）套数《情词》【倾盃序】：悦麝结协设撒劣。

（车遮韵）

　　吴国宝（安徽无为）套数《情词》【前腔】：月业热铁结列。（车遮韵）

　　刘汝佳（安徽无为）小令《留别》【南黄钟画眉序】：说裂叶缺。（车遮韵）

　　朱应辰（江苏宝应）套数《春游歌宴》【紫花儿序】：接怯热别月。（车遮韵）

　　朱应辰（江苏宝应）套数《春游歌宴》【秃厮儿】：设列客绝。（车遮韵）

　　朱曰藩（江苏宝应）套数《失题》【前腔】：色皆来歇抹折雪。（色，皆来韵；抹，歌戈韵；其余，车遮韵）

　　朱曰藩（江苏宝应）套数《失题》【前腔】：脉辍彻拽说铁。（脉，皆来韵；其余，车遮韵）

　　朱曰藩（江苏宝应）套数《失题》【尾】：说阕客。（车遮韵）

　　梁辰鱼（江苏昆山）套数《秋日登濲水驿楼感旧作》【双声子】：集湿唧泣得逼食。（齐微韵）

　　廖道南（湖北）小令【万岁乐】日吉集室。（齐微韵）

　　施绍莘（上海）套数《怀旧》【前腔】：夕立壁日。（齐微韵）

　　施绍莘（上海）套数《怀旧》【前腔】：石忆益日的。（齐微韵）

　　施绍莘（上海）套数《怀旧》【尾文】：笔息得。（齐微韵）

　　王骥德（浙江）套数《寄中都赵姬》【雁过声换头】：摺涅叶烈接贴怯泄唶。（车遮韵）

　　王骥德（浙江）套数《寄中都赵姬》【小桃红】：瞥歇节舌劫别。（车遮韵）

　　王骥德（浙江）套数《寄中都赵姬》【尾声】：越蝶帖。（车遮韵）

　　杨尔曾（浙江）小令【北双调清江引】雪说歇业。（车遮韵）

　　唐顺之（江苏武进）套数《题情》【三段子】：折月怯结月热诀。（车遮韵）

　　唐顺之（江苏武进）套数《题情》【斗双鸡】：月揭叠怯灭。（车遮韵）

　　夏言（江西）小令《皇子期月奉宴章圣皇太后乐章三阕》【九重欢】月协阙节悦。（车遮韵）

在《全明散曲》韵例中，中古入声字单独押韵韵例共 67 例。其中，车遮韵（或主要是车遮韵）48 例，占比 71.6%；齐微韵 12 例，占比 17.9%；鱼模韵仅有 7 例，占比 10.5%，仅占一成略多。

车遮韵入声字单独押韵的比例特别高，这与《中原音韵》车遮韵的中古音来源有关。我们检查了《中原音韵》车遮韵中较常见字 148 个，其中，中古入声来源的字就有 105 个，其余 43 个都来自中古假摄三等字。也就是说，车遮韵的韵字由于入声字比例高，所以相对容易形成入声字独立押韵的情况。

我们将上述的 [-p] [-t] [-k] 三尾之间的关系见表 7-1：

表 7-1　　　　　　　[-p] [-t] [-k] 三尾的相互关系

	单押	[-p]	[-t]	[-k]	[-p] [-t]	[-t] [-k]	[-p] [-k]
[-p]	0		2	0			
[-t]	18	17		8			6
[-k]	8	0	5		3		
总计	26	17	7	8	3	0	6

从上述内容可以看出：

1. 入声字单押韵段和韵字数量较少，主要集中在个别作家的作品。说明入声韵归入阴声韵是大势所趋，大部分的入声字仍是和阴声韵字相押，入声混押阴声韵才是语言中最常见、最普遍的状态，而入声字单押是语音转变的残留现象。

2. [-p] 尾没有单押的用例，也没有 [-t] 尾和 [-k] 尾押入 [-p] 尾的用例，[-p] 尾押入 [-t] 尾的用例最多，除了 [-p] 尾字字数较少之外，也可以说明 [-p] 尾的消变最早。这一点也符合前贤对入声韵尾消失轨迹的认识。

3. 南北方散曲作家作品都有入声字单押的用例，套数中的入声字单押情况占绝大部分，有的甚至是一整套套数全部单押。这说明散曲作家在创作时可能为了突出个性或受仿古、方言的影响，出现了入声字单押的情况。

第二节 入声韵字的归派

《全明散曲》中的入声除上述 67 例独押情况外，其他入声都同阴声韵字混押，呈现出整体押入阴声韵的趋势。我们对混押的入声韵字进行了梳理，并根据《广韵》韵目、入韵次数绘制表格，以期找出《全明散曲》和《中原音韵》在"入声派入阴声"问题上的异同。如表 7-2 所示[①]：

表 7-2　《全明散曲》用韵中古入声韵字押入阴声韵情况汇总

《全明散曲》韵部	《广韵》韵目	韵字个数[②]	入韵比例[③]（%）	《中原音韵》未收的入声字[④]
支思韵	栉韵	1	100	
齐微韵	质韵	28	100	姞滕悉谧弼
	缉韵	22	95.7	级芨隰
齐微韵	昔韵	24	100	奕籍擗
	职韵	19	82.6	职植弋敕
	锡韵	24	100	析迪惕
	德韵	7	87.5	
	陌韵	5	20.8	咡
	迄韵	1	100	吃
鱼模韵	屋韵	60	88.2	簌祝楄蓿蝮肃辘碌縠副
	沃韵	2	100	
	没韵	8	80	拙惚
	物韵	5	83.3	
	烛韵	22	95.7	蔔
	术韵	5	83.3	
	书韵	1	100	
	缉韵	1	4.3	
	职韵	1	4.3	域

---

①　通押特例不计入。
②　"韵字个数"是指押入《全明散曲》阴声韵部的入声字的个数。
③　"入韵比例"是指同一韵目的入声字归入不同阴声韵部的比例。
④　入韵字较多，这里只列出《中原音韵》未收的入韵字。

续表

《全明散曲》韵部	《广韵》韵目	韵字个数	入韵比例（％）	《中原音韵》未收的入声字
皆来韵	陌韵	17	70.9	拆
	麦韵	11	100	
	德韵	1	12.5	
	职韵	3	13	
	术韵	1	16.7	
萧豪韵	铎韵	1	2.6	奋
	觉韵	9	75	邈
	铎韵	22	57.9	
	药韵	17	85	嚼
歌戈韵	合韵	2	18.2	
	铎韵	15	39.5	搁搏
	曷韵	4	26.7	
	末韵	12	92.3	豁
	物韵	1	16.7	
	没韵	2	20	
	觉韵	3	25	幄
	药韵	3	15	
	盍韵	2	16.7	阖磕
车遮韵	屑韵	29	100	咽涅楔嵲
	帖韵	19	95	堞捻惬跕
	薛韵	43	100	彻揭烈蜇孓孽蛭爇
	月韵	10	58.9	掘橛
	叶韵	17	100	馌揲
	陌韵	2	8.3	
	曷韵	1	6.7	

《全明散曲》韵部	《广韵》韵目	韵字个数	入韵比例（%）	《中原音韵》未收的入声字
家麻韵	曷韵	10	66.7	剌囡捺
	合韵	9	81.8	
	狎韵	10	100	呷烨
	辖韵	6	100	刹嘶
	洽韵	10	100	狭帢
	帖韵	1	5	
	乏韵	2	100	
	月韵	7	41.1	阀
	黠韵	10	100	札扒擦叭
家麻韵	盍韵	10	83.3	褡蹋
	末韵	1	7.7	
尤侯韵	屋韵	8	11.8	
	烛韵	1	4.3	

在《全明散曲》用韵中入声韵派入阴声韵有几种情况：

1. 《全明散曲》中《广韵》某入声韵字全部派入阴声韵，和阴声韵合并为一韵部。如：昔、锡、质韵全部归入齐微韵；麦韵全部归入皆来韵；屑、薛、叶韵全部归入车遮韵。

2. 《广韵》的某一入声韵没有整齐划一地归入某一阴声韵，但是倾向性很强。某入声韵大部分韵字成系统地归入某阴声韵，即使有少量韵字归入别的阴声韵，也不影响它整体转变轨迹。如：缉韵字在《全明散曲》95.7%的韵字归入到齐微韵，这说明缉韵归入齐微韵是它归并阴声韵的主流。

3. 在语音的发展过程中，有些入声韵目由于受到各种不稳定因素的影响，出现两个读音，分别归入两个不同的阴声部，如药、铎韵。很多药、铎韵的入声字出现异读现象，有歌戈、萧豪两种读音，在归纳韵部时，我们根据《中原音韵》及《全明散曲》实际用韵情况，将药、铎韵进行分流，分别归入歌戈韵、萧豪韵。

第三节 入派三声

《中原音韵》是语言学史上最早呈现出"入派三声"现象的韵书。周德清在《正语作词起例》中提到，《中原音韵》已经没有入声，入声全部归入平声，"前辈佳作中备载明白，但未有以集之者，今撮其同声，或忧未当，与我同志，改而正诸"①。并在《中原音韵》每个韵部中列出了入声字及其具体的归派。"入派三声"的基本规律就是：全浊入声字归平声、次浊入声字归去声、清入声字归上声。

周德清自称，入声归派是根据以往作家作品归纳总结而成，有一定的现实基础。但是事实是否真是如他所说呢？入声的分派是否合理呢？学者们一直存有保留意见。早在明代沈宠绥就提出自己的疑议："入之收平者，大都无误，入之收上、收去者尚费商量。"② 廖珣英先生（1963）通过排比、归纳关汉卿杂剧用韵中出现的中古入声字后，得出："全浊入声字派入阳平，次浊入声字派入去声，是符合《中原音韵》的，清入声字有百分之七十不派入上声。"③ 至此，学术界对周德清入声字归派问题产生质疑，很多学者也投入到此问题的研究中去，有些学者的结论和廖文相近，有些学者的结论却与廖文大相径庭。其中黎新第先生（1990）的《〈中原音韵〉清入声作上声证》一文最具说服力。他根据自己的计算方法重新计算元曲中入声字的归派比例，得出："元曲中清入声作上声的比例约为73.5%。……这是一个比较可信的清入声在元曲中做上声的大致比例。……周德清在这个问题上没有失误。"④

"入派三声"一直以来都是一个十分复杂的难题，很多学者对此研究都倾入了大量的时间和人力，正如鲁国尧所说："以元曲的具体用韵来核校《中原音韵》入派三声是否正确，是有意义的，也是艰难的。"⑤ 同样，《全明散曲》入声韵字的声调归派也并非易事。下面依据现有的方法和材料，尽可能全面又细致地找出《全明散曲》入派三声的规律。

---

① （元）周德清：《中原音韵》，中华书局1978年版，第59页。
② （明）沈宠绥：《弦索辨讹》，《中国古典戏曲论著集成》第五册，中国戏剧出版社1982年版，第51页。
③ 廖珣英：《关汉卿戏曲的用韵》，《中国语文》1963年第4期。
④ 黎新第：《〈中原音韵〉清入声作上声证》，《古汉语研究》1992年第4期。
⑤ 鲁国尧：《鲁国尧自选集》，河南人民出版社1994年版，第231页。

据统计,《全明散曲》中用作韵脚字的中古入声字共有 569 个[①],《中原音韵》未收字有 80 个。在判断这些入声字声调时,我们需要注意以下两种情况。

1. 中古来源一样的入声字。在统计《全明散曲》入韵字时,由于押入的韵部不同,归并时属于不同的韵部,应算作两个或多个字。如"薄",在《中原音韵》中既列歌戈,又列萧豪。在《全明散曲》中,"薄"共入韵 63 次,分别归入萧豪韵和歌戈韵。其中押入萧豪韵 59 次,如:汤式(浙江)小令《客中戏示友人》【北中旅谒金门】扰悄爆薄傲懆晓老老笑;歌戈韵 14 次,如:张瘦郎(湖北)套数《咏蝶》【升平乐】摹堕色破薄梭觯可。但"薄"在《广韵》收有一音:铎韵傍各切"厚薄",因此在"入派三声"时算作一个入声字,统计一次。类似的字还有"萼、乐、箔、浊"等。

2. 难以确定清浊的入声字。在《全明散曲》用韵入声字里还有一类字,它们在中古时期有两个或两个以上的读音,韵母相同(或同摄),声母有清浊之分。但义项又相近相通,有时候很难在散曲中判断所对应的字的清浊,因此在统计时就排除这类字。因为这类字并不多,所以不会影响统计结果。类似的字有"著、彻、合、别、揭"等。

根据上述的原则,我们统计出《全明散曲》共 506 个入声韵字。按照韵部、声母的清浊分为四类,可得表 7-3:

表 7-3 　　　　　　　　《全明散曲》入声字

声母 韵部	全清	次清	全浊	次浊
支思	瑟(生)			
齐微	笔北必毕碧壁璧逼(帮)的滴德得(端)唧积稷迹(精)质织炙只汁职(章)吉击棘急汲给激戟国级吃芨(见)一益揖乙邑忆臆(影)昔惜息淅锡析膝悉(心)失室识饰湿螫(书)吸禽黑(晓)	匹劈僻癖(滂)踢惕(透)敕(彻)七戚漆刺(清)喫隙泣(溪)	弼(并)狄敌笛籴迪(定)直侄掷(澄)疾嫉集寂贼籍(从)实食(船)夕习席袭隰(邪)及极剧屐姞(群)十石拾植(禅)檄(匣)	觅蜜密谧(明)逆(疑)逸驿役溢镒液翼弈弋(以)匿(娘)立粒沥笠力历勒(来)日(日)

[①] 同一字分属不同韵部按多个字计算。

续表

声母韵部	全清	次清	全浊	次浊
鱼模	福腹卜不（帮）笃（端）竹啄（知）足卒蹙（精）蔌速粟宿簌蓿肃（心）缩（生）烛祝（章）叔菽束（书）穀骨菊毂（见）屋郁（影）忽惚（晓）	覆拂扑副（滂）秃透（滂）簌促（清）出触（昌）曲屈哭窟（溪）	佛伏袱服仆木沐鹜馥（并）独毒读渎突族楱（定）逐轴（澄）族（从）俗续（邪）赎秫术（船）熟蜀（禅）局（群）斛毂（匣）	牧没目物（明）兀玉狱（疑）域（云）欲浴育（以）禄鹿漉簏录绿醁陆律箓辘碌（来）辱褥入（日）
皆来	百伯柏（帮）摘（知）责帻窄侧（庄）色稿摔（生）格革隔掴（见）	策册（初）客刻（溪）拍珀魄（滂）拆（彻）	白帛（并）宅泽择（澄）	额（疑）麦陌脉（明）
萧豪	博驳（帮）作雀（精）削索（心）朔（生）酌灼（章）铄（书）角觉脚郭阁（见）约（影）壑谑（晓）	讬魄（透）鹊（清）	度铎（定）浊濯（澄）凿嚼（从）杓（禅）学鹤（匣）	漠邈（明）萼乐（疑）跃（以）珞落络烙略掠（来）弱（日）
歌戈	拨（帮）掇（端）葛割聒括搁（见）喔（影）豁（晓）	错（清）渴阔磕（溪）	跋薄箔泊勃渤（并）夺（定）盒褐活阖（匣）	幕寞末（明）乐洛（来）岳（影）
家麻	法发髪八扒（帮）答褡（端）劄䶞（知）匝呷（精）飒撒萨馺（心）扎（庄）杀霎刷煞（生）甲刮（见）闸压押鸭（影）瞎呷（晓）	叭（滂）挞踏塔榻搭闼（透）察插刹擦（初）恰掐帢（溪）	乏伐罚拔阀（并）沓踏（定）杂（从）滑猾狎辖侠峡洽匣狭（匣）	抹袜（明）纳捺（泥）腊蜡拉辣刺（来）
车遮	辄哲蜇（知）睫节接楫（精）屑薛泄雪屑跌楔（心）折拙摺（章）设说（书）结洁劫颊抉决诀缺孑（见）噎咽（影）血歇（晓）	瞥撇（滂）铁帖贴（透）切窃妾（清）掣（昌）怯挈篋阙缺惬（溪）	鳖（并）叠迭牒谍跌堞（定）辙澈（澄）捷绝截（从）蘖（邪）舌（船）涉折（禅）杰竭碣掘撅（群）协穴纈挟蝎（匣）	灭（明）捏捻涅（泥）啮业月軏孽嶭（疑）烨樾越蹶（云）叶拽悦阅楪（以）裂冽猎列劣烈（来）蹂蹑（娘）热爇（日）
尤侯				六（来）肉（日）
总计（个）	192	73	130	111

关于这些入声字在《全明散曲》中调类的判断，我们是把与曲谱格

律的对比和"排比法"结合起来。所谓"排比法",也就是对比该曲牌的其他作品,看一般是怎样平仄状况,从而确定该字的调类。例如:

"客"在《全明散曲》中共入韵85次,我们根据《太和正音谱》和《南北词简谱》判断它在作品中的平仄时,发现其在不同的曲子中会有不同派入读音。如:在谷子敬(江苏南京)套数《豪侠》【北黄钟碎花阴】"客"与"载怀称侧来改"押韵,在汤式(浙江)小令《送友回陕》【北中吕普天乐】中与"臺心怪外来陌寨才"押韵。查阅曲谱,【北黄钟碎花阴】第一句韵脚字的声调多数为上声,【北中吕普天乐】第二句韵脚字的声调多数为去声,由此,在计算入派三声时,"客"分别算入"上声、去声"。

我们将《全明散曲》中的中古入声字的归派情况及其与《中原音韵》中中古入声字的归派情况进行了分析,得出以下结论,如表7-4和表7-5所示:

表7-4　　《全明散曲》中古入声字"入派三声"情况汇总

	平声	上声	去声	平上	平去	去上	平上去	字数
全清	81	45	36	9	15	5	1	192
次清	27	7	27	6	5	1	0	73
全浊	97	1	15	5	5	6	1	130
次浊	9	4	85	3	4	6	0	111

清入声字派入平声的字共有:81+27+9+6+15+5+1=144(字)[①]
清入声字派入上声的字共有:45+7+9+6+5+1+1=74(字)
清入声字派入去声的字共有:36+27+15+5+5+1+1=90(字)
那么,中古入声字在《全明散曲》中的归派比例为:
全浊入声字派入平声的比例为:(97+5+5+1)/130=83.1%
次浊入声字派入去声的比例为:(85+4+6)/110=86.4%
清入声字派入平声的比例为:144/144+74+90=46.8%
清入声字派入上声的比例为:74/144+74+90=24.0%
清入声字派入去声的比例为:90/144+74+90=29.2%

---

① 此计算方法参见李蕊:《全元曲用韵研究》,博士学位论文,华中科技大学,2009年。

表 7-5　　　《全明散曲》和《中原音韵》① 入派三声对比

入派三声	《全明散曲》中的比例（%）	《中原音韵》中的比例（%）
全浊入派入平声	83.1	90.6
次浊入派入去声	86.4	96.9
清入派入平声	46.8	2.6
清入派入上声	24.0	92.4
清入派入去声	29.2	4.9

虽然有些入声字因为声母清浊、入韵次数少、不同曲牌不同调类等多方面的原因，我们不能确定它们在《全明散曲》中派入的声调，不能得出一个完全精确的"入派三声"百分比，但是我们可以从整体上把握，得出以下结论：

（1）除去少数字外，《全明散曲》用韵中是中古全浊入声字大部分读平声，次浊入声字大部分读去声，这与《中原音韵》对浊入声字的归派类别大致相同。

（2）在中古清入声字的归派问题上，《全明散曲》同《中原音韵》相差甚远。《中原音韵》中清入字绝大部分派入上声，平声和去声所占比例较少；《全明散曲》中的清入字大部分派入平声，剩余的中古入声字以相差不大多的比例分别派入去声和上声。

本章节对《全明散曲》中出现的入声韵及中古入声字的归派情况进行了详细地说明。指出入声韵消失的原因及归入阴声韵的几种情况。随后我们统计出《全明散曲》中的入韵中古入声字共 569 个，按照声、韵对其中的 506 个中古入声字进行了分类归纳，统计出中古入声字声调在《全明散曲》中归派比例"全浊入声字共有 83.2%派入平声，次浊入声字有 86.3%派入去声，古清入声字 46.8%派入平声、24%派入上声、29.2%派入去声"，同时与《中原音韵》的归派比例进行比较，得出研究结论：《全明散曲》中的清入字约一半派入平声，其余的一半字以相差不太多的比例分别派入去声和上声，与《中原音韵》清入字的归派有了很大的改变。

---

① 《中原音韵》入派三声的比例数据采用李蕊《全元曲用韵研究》中的数据。

第八章

元明清散曲曲韵比较

元明清是中国历史上重要的三个朝代，不仅政治得到统一，经济也全面发展。在这样一个环境下，创作文人不断增多、阶级群体不断扩大，文学作品自然也层出不穷。大量的散曲、戏剧既表达了文人志士的情感，同时也反映出当时的语音特点，为后人的研究留下宝贵的史料。

有元一代历时97年，有明一代历时276年，有清一代历时268年，三代共经历了641年。漫长的六百多年是汉语语音史的一个重要的阶段，它上承中古下接现代，很多语音的发展变化都在此时间段完成。耿振生（2004）说："语音变化有很强的规律性。从前一个时期的语音系统到后一个时期的语音系统，所发生的自然变化都会符合音变规律，期间的演变有一定的轨迹脉络可循。如果两个音系之间的差异主要是时间造成的差异，两者之间的主要差别应该是能够从音变原理进行检验的。"[①] 所以，我们对其中的语音变化也做一些语音上的阐释，试图找出元明清三代在语音方面的异同。

因笔者个人能力有限，短时间内无法亲力亲为对元、清两代的作品进行曲韵分析，所以元代和清代散曲的特点本书依据李蕊（2009）《全元曲用韵研究》、许颖颖（2008）《〈全清散曲〉用韵研究》两篇博士论文的研究结论。本章在对元明清三个朝代作品的曲韵做对比的基础上，尝试打通元明清三代之间的曲韵研究的界限，横向比较元明清实际语音情况的不同，纵向真实反映元明清语音演变的总体脉络，揭示出三代曲韵的具体面貌及纵向发展的历史变化。

---

① 耿振生：《20世纪汉语音韵学方法论》，北京大学出版社2004年版，第178页。

《全元曲用韵研究》以存世的元曲为研究材料，其中杂剧160种[①]、散曲4289首（小令3887首、套数402套），总共13275支曲子。作者利用数理统计和计算机处理技术相结合的方法，先提取了13275支曲子相关信息，然后将所摘录的韵字制成数据库，最后经过分析和讨论，得出元曲的韵部及相关研究结论。全元曲用韵共分为19韵部，韵部之间亲疏有别，中古入声字的归派同《中原音韵》有些差异，但全元曲用韵同《中原音韵》基本上反映出元代作家实际用韵情况及元代实际语音系统。

《〈全清散曲〉用韵研究》以《全清散曲》为研究材料，对3119首小令、1188篇套数进行了穷尽式的研究。作者首先对清代273位散曲作家（67位北方散曲作家、206位南方散曲作家）作品进行南北分类，通过数理统计法对南北作品韵脚字的用韵做了分类分析，从而考察出清代南北方语音的基本情况，得出南北方散曲各自的用韵系统。随后作者对南北方散曲韵的各韵部进行比较并分析异同产生的原因，从宏观的视角披露清代的语音面貌。

第一节　元明清散曲韵部的归纳

一　阴声韵

表8-1　全元曲、全明散曲、全清散曲阴声韵部的分类对比情况

作品	中原音韵	支思	齐微	鱼模	歌戈	萧豪	皆来	家麻	车遮	尤侯
全元曲		支思	齐微	鱼模	歌戈	萧豪	皆来	家麻	车遮	尤侯
全明散曲	北	支思	齐微	鱼模	歌戈	萧豪	皆来	家麻	车遮	尤侯
	南	支思	齐微	鱼模	歌戈	萧豪	皆来	家麻	车遮	尤侯
全清散曲[②]	北	支回		姑模	歌戈	萧豪	皆来	家麻	车遮	尤侯
	南	支鱼			歌模	萧豪	皆来	家遮		尤侯

从表8-1我们可以看出：

[①] 《全元曲用韵研究》包含了杂剧160种。其所占比例较小，用韵特点与散曲也相近。因此，这160种杂剧用韵特点并不会对元明清三代散曲曲韵的比较造成影响。

[②] 全清散曲的南方散曲除了阴声韵外，还有三个入声韵：质陌、曷跋、达发。

1. 元曲的阴声韵部与《中原音韵》一致

李蕊（2009）穷尽式地分析作品中的韵脚字，发现全元曲与《中原音韵》收字并非完全一致，有些元曲作品中常用入韵字却未收入《中原音韵》，有些《中原音韵》所收入的韵脚字却未在全元曲中出现。"《中原音韵》共收字 5867 个，其中 2029 个字在现存元曲中找不到用例，全元曲中入韵字共 4487 个，其中 840 个《中原音韵》未收。"[1] 如："撕、噬"收入《中原音韵》支思韵，但全元曲中未见该字用韵的例子；"寥、丢、娃、歹"在全元曲中是常用韵脚字，但却未收入《中原音韵》。虽然如此，但"不相合的地方都表现为个别韵字的差异，且这些差异大多可以得到较为合理的解释"[2]，"《中原音韵》十九部与全元曲的韵部系统是相合的。"[3]

2. 明清南北散曲阴声韵与《中原音韵》的异同

有元一代，北方散曲占领文坛。到了明清时期，南方散曲从前期的初见雏形到后来的不断壮大，最终有了自己的一席之地，文坛出现南北方散曲共同兴盛的局面。

从表 8-1 可以看出，明代散曲的韵部分类同《中原音韵》，清代北散曲的曲韵分部将《中原音韵》的"支思"和"齐微"合并为一韵部，叫做"支回韵"。清代南散曲的曲韵分布呈先分流再合并趋势，"居鱼[y]"从"姑模"中分离出来，和"支回"合并为"支鱼"。"姑模"中剩余部分和"歌戈"合并为"歌模"。同时，"家麻"和"车遮"合并为"家遮"。

我们知道：支思 $[ɿ/ʅ]$、齐微 $[i/ei]$、居鱼 $[y]$ 在《全明散曲》和《全清散曲》中有大量通押用例。钱大昕在《十驾斋养新录》中说："吴中方言鬼如举，归如居，跪如巨，纬如喻，亏如去平声，逵如瞿，椅读于据切，小儿毁齿之毁如许。"[4] 刘禧延在《中州切音谱赘论》中指出："腭音喉音合口字，又作撮口呼，……'亏'作'区'、'馗'作'渠'、'围'作'于'。"[5] 清代学者已指出吴人齐微与鱼模不分的现象，可见

---

[1] 李蕊：《全元曲用韵研究》，博士学位论文，华中科技大学，2009 年。
[2] 李蕊：《全元曲用韵研究》，博士学位论文，华中科技大学，2009 年。
[3] 李蕊：《全元曲用韵研究》，博士学位论文，华中科技大学，2009 年。
[4] （清）钱大昕：《十驾斋养新录》卷五 "声相近而讹"，上海书店出版社 2011 年版，第 105 页。
[5] （清）刘禧延：《中州切音谱赘论》，《新曲苑》第 30 种，中华书局 1931 年版，第 8 页。

"齐微"同"居鱼"在清南方散曲中通押现象较多，甚至相混不分，最终合为一韵。

现在吴方言仍有"齐微"与"鱼模"相混的语音现象。嘉善方言中，"猪""知""锄""池""去"都读为 [i]；湖州双林方言中，"女""居"都读为 [i]；"去"在宝山罗店和南汇周浦方言中分别读为 [tɕʰi] 和 [tɕʰy]，这些都为清南方散曲中"齐微"和"鱼模"合韵提供了语料支持。

明代沈宠绥说："模及歌戈，载重收呜。"① 鱼模和歌戈收音相同。清代潘耒指出吴语出现"歌戈混于敷模"② 现象。元末刘基《郁离子》也提到"东瓯之火谓火如虎，其称火与虎无别也"。可见，歌戈、鱼模通押的现象在南方散曲中较为普遍。许颖颖（2008）指出："在清代南方散曲中，出现了歌戈与姑模韵相通用的现象……声母为帮非的歌戈、姑模二韵字皆读为姑模韵。很显然，歌戈、姑模二韵是相通的。"③

现代吴语中有大量的歌戈和鱼模韵母同音现象。"破"，今靖江方言、江阴方言读为 [pʰu]；"磨"，今常熟方言、昆山方言读为 [mu]；"妥"，今宜兴方言、上海方言、松江方言读为 [tʰu]；"多"今上海方言、泰州方言读为 [tu]；"火"今上海方言、淮阴方言读为 [hu] 和 [xu]。这些语料可以反推清代南方方言歌戈鱼模有着同韵的情况。

"车遮"与"家麻"的合并，是因为二者都有麻韵字，所以会有通押的情况。刘禧延曾说："车遮，吴语呼此韵字，与家麻无别。'车'如'差'，'遮'如'渣'，'赊'如'沙'……弹唱家或因二韵通用，竟读此韵作家麻，以为通融借叶，杂吴语于中原雅音，不又儒衣僧帽道人鞋乎？"④ 许颖颖也提到："根据吴方言的语音特点，家麻部……拟测为白读音 [a] [ia] 或文读音 [o]，而车遮部……拟测为白读音 [o] [ia] 或文读音 [e]……，二者的白读音均读做 [ia]，可见两韵在南方是可以相通的。"⑤

如："爷"在上海方言和黄岩方言读为 [ɦiA]；"写"在金坛方言和

---

① （明）沈宠绥：《度曲须知》，《中国古典戏曲论著集成》第五册，中国戏剧出版社 1959 年版，第 206 页。
② （清）潘耒：《类音·卷一》古籍文献电子版本，第 27 页。
③ 许颖颖：《〈全清散曲〉用韵研究》，博士学位论文，福建师范大学，2008 年。
④ （清）刘禧延：《中州切音谱赘论》，《新曲苑》第 30 种，中华书局 1931 年版，第 12 页。
⑤ 许颖颖：《〈全清散曲〉用韵研究》，博士学位论文，福建师范大学，2008 年。

丹阳方言读为［ɕiɑ］；宜兴方言"帖""迭"读为［iAʔ］。

因此，根据前人的理论和通押的比例，以及现代方言的语料实证，许颖颖（2008）在《全清散曲》南方散曲阴声韵的归类中，将鱼模韵一分为二，"居鱼"归入"支回"为"支鱼"，"姑模"归入"歌戈"为"歌模"；"车遮"与"家麻"合为"家遮"。

3. 元明清用韵中入声韵、入声字问题

李蕊（2009）通过研究归纳总结得出：全元曲同《中原音韵》并无入声韵，中古入声韵全部归入阴声韵，因此中古入声字也归入阴声韵中。全元曲用韵字中共有 618 个，除去情况特殊和不能确定中古来源的入声字外，该文共讨论了 577 个入声字。以原文的排比观察为主要方法，对 577 个入声字"入派三声"问题进行了分析，李蕊（2009）得出："全元曲韵字中全浊入声字共有 97.6% 派入平声，次浊入声字有 89.5% 派入去声，古清入声字 33.5% 派入上声、38.2% 派入平声、28.3% 派入去声。"①

《全明散曲》中的入声韵基本归入阴声韵，可能受到方言的影响，作家在创作过程中会出现少数入声独用的现象。据我们统计，《全明散曲》入声韵独用用例中共有 67 例。其中，南方散曲 22 例，主要集中在吴语区，北方散曲 45 例西南官话区、兰银官话区居多。明代不同时期的官话韵书（《韵略易通》《等韵图经》等）也都指出入声韵由一开始的入韵混乱到后来逐渐弱化，直至消失，最终归并入阴声韵。

《全明散曲》中用作韵脚字的中古入声字共有 569 个，其中《中原音韵》未收字有 83 个。除去无法判断声母清浊、归派韵部时重复的入声字外，我们按照声韵关系，对 506 个中古入声字进行了分类分析，得出：《全明散曲》韵字中全浊入声字共有 83.2% 派入平声，次浊入声字有 85.4% 派入去声，古清入声字 24% 派入上声、47.1% 派入平声、28.9% 派入去声。

许颖颖对《全清散曲》入声韵全面分析后，认为："北方散曲无入声，而南方散曲仍存有入声。北方散曲是遵照《中原音韵》韵书及裔派韵书，《中原音韵》第一次揭示了入声派归三声的特殊韵律。……以南方乡音为基础的南方散曲用韵由于用韵宽泛的特点，入声韵可分为三大部，押韵的方式有两种：一是入声单押，二是入声与阴声韵通押。"② 但是我

---

① 李蕊：《全元曲用韵研究》，博士学位论文，华中科技大学，2009 年。
② 许颖颖：《〈全清散曲〉用韵研究》，博士学位论文，福建师范大学，2008 年。

们发现，入声独用的次数明显少于入声与阴声韵通押的次数，但三个入声韵为什么仍独立成韵呢？文中并未详细说明。

入声字的归派问题虽有提到，但由于"没有分切材料，所以我们无法考证韵脚字诸如'平分阴阳''入派三声'的声调问题"[1]，仅对北方方言45个入声字的声调进行比较，得出："清代入声的分派已经接近现代，元代入声多转为上声，清代入声多转为去声。"[2]

通过上述分析可以看出：元代散曲曲韵完全以《中原音韵》为准则，阴声韵部也按照《中原音韵》分为9个韵部，可见《中原音韵》在元代作品创作中占有重要的一席之位。到了明代，虽然也继承了元代的9个阴声韵部，但支思和齐微的通押比例远远超过了元代，可见两韵有合韵的趋势。同时，支思、齐微与鱼模的通押比例也很高，为后来鱼模的分化创造了条件。清时的散曲曲韵是在明曲韵的基础上进一步分合，最终形成北方散曲8个阴声部，南方散曲6个阴声部及3个入声韵。

二 阳声韵

表 8-2　　全元曲、全明散曲、全清散曲阳声韵部的分类对比情况

中原音韵 作品		东钟	江阳	真文	侵寻	庚青	寒山	先天	桓欢	廉纤	监咸
全元曲		东钟	江阳	真文	侵寻	庚青	寒山	先天	桓欢	廉纤	监咸
全明散曲	北	东钟	江阳	真侵		庚青	寒山		先欢		监咸
	南	东钟	江阳	真侵		庚青	寒山		先欢		监咸
全清散曲	北	东钟	江阳	真文		庚青		天欢			
	南	东钟	江阳	庚文				先山			

从表 8-2 我们可以看出：

1. 全元曲和《中原音韵》韵部一致

同阴声韵部一样，全元曲的阳声韵部同《中原音韵》的阳声韵部相同，共分为十个部。除去"寒山、桓欢、先天、廉纤"韵部外，其他韵部所包含的韵脚字的中古来源是完全一样。不同的主要原因还是《中原音韵》和全元曲各自所收的个别字造成的。从整体来看，全元曲的阳声

---

[1] 许颖颖：《〈全清散曲〉用韵研究》，博士学位论文，福建师范大学，2008年。
[2] 许颖颖：《〈全清散曲〉用韵研究》，博士学位论文，福建师范大学，2008年。

韵部和《中原音韵》的阳声韵部是一致的，说明"《中原音韵》反映了元曲用韵的实际语音系统"①。韵部所收韵脚字不同，也说明"《中原音韵》绝非纯粹归纳元曲而成的"②。

2. 明清南北散曲阳声韵的对比

从表8-2可以看出，有元一代"五韵"③各自独立，相互对立，各成一部。到了明清，"五韵"打破对立界限，逐渐趋向合流，最终闭口韵消亡，-m尾并入-n尾，"真文""侵寻"合为"真侵（真文）"，"五韵"合并成为一韵"先山（先欢、天欢）"。

明清散曲的阳声韵部有些不同：（1）明散曲中"五韵"并未完全合流，"寒山""监咸"还独立成韵，其余三部合为"先欢"；（2）清散曲除"五韵"合并为一韵外，南方散曲中"真文""侵寻""庚青"合为一韵"庚文"，说明［-n］与［-ŋ］不再对立，没有了音位的区别。

在《全明散曲》中，"寒山""监咸"同其他"三韵"的通押比例未达到合韵的要求，因此"五韵"没合为一韵。明南散曲作家在创作中，可能是受到方音或仿古的影响，闭口韵仍有独用的现象依然存在。④虽然数量上难与-n尾独用相提并论，但从通押比例来看，"监咸"仍独立成一韵。"寒山"叶"先天"的通押比例虽未达到合韵要求，但两韵的通押韵字明显多于其他韵部，可以看出两韵合流的趋势很明显。况且"寒山""先天"韵字都是来自中古山摄字，区别仅限于元音开口度的对立。我们尊重真实的语言材料，在散曲用韵中两韵仍各自独立。

在《全清散曲》南散曲中，《中原音韵》的"真文""侵寻""庚青"三个韵部合为"庚文"。许颖颖（2009）说到："真文稍混鼻音便犯庚青，庚青误收舐腭便犯真文，侵寻闭口稍舒口或混鼻音便犯真文或庚青。……吴人南方散曲中存有真文、侵寻、庚青三韵互押的现象，实际上是吴方言显著的特征。"⑤她对上述三韵的用例分不同时期进行对比，最终得出通用比例"占总数的21.6%"，认为三部合为一部是大势所趋。同时她还引

---

① 李蕊：《全元曲用韵研究》，博士学位论文，华中科技大学，2009年。
② 李蕊：《全元曲用韵研究》，博士学位论文，华中科技大学，2009年。
③ 五韵是指：寒山、桓欢、先天、廉纤、监咸。（下同）
④ 详情请见本书第三章。
⑤ 许颖颖：《〈全清散曲〉用韵研究》，博士学位论文，福建师范大学，2008年。

用了"凡唱最忌乡音。吴人不辨清、亲、侵三韵"①，"作北方散曲者，守之兢兢，无敢出入。独南方散曲类多旁入他韵，如真文之于庚青、侵寻"②等许多前人的研究，为"真文""侵寻""庚青"合为"庚文"提供有力的材料支持。

3. 真文、侵寻、庚青三韵的混合问题

全元曲的韵部归纳同《中原音韵》，阳声韵中"真文""侵寻""庚青"三韵之间也有通押现象。王力先生（2004）提出："我们说，元曲中几乎没有-m、-n 混用的情形了。至于 in 和 ing 的通用，更是没有理由的。宋词中有些真庚通用的例子，因为有些词家是南方人，南方官话及吴语都是真庚不分的，他们有时候不免受到了方音的影响。凡真庚相混的元曲作者，我们都怀疑是南方人，至少是生产于南方的。"③可见，-n 尾与-ŋ 尾之间的合流倾向在南方较为明显。

李蕊（2009）也得出了同样的理论："与其他通押现象相比，真文和庚青之间通押，南方曲家的用例所占比例相对大一些。真文与侵寻虽然也有通押，但是地区性并不强，且通押频率也不频繁，这说明-m 尾在全元曲中还保留着。"④通过上述这段话，我们可以得知："真文"与"侵寻"通押次数不多，且覆盖面较广，两部的对立仍很明显；"真文"与"庚青"通押地域性比较明显，通押用例更多是南方曲作家的作品。

《全明散曲》南散曲中，"真文、侵寻"合为一韵，与"庚青"的通押比例为25%；北散曲中，"真文、侵寻"也合为一韵，与"庚青"的通押比例为6.3%。通押比例真实的反映出南方散曲中真文、侵寻、庚青之间的关系比北方散曲亲密，特别是-n 尾与-ŋ 尾之间的关系。

有明一代，-m 尾与-n 尾打破对立，-m 尾逐渐靠拢-n 尾最终全部转化为-n 尾，合并为一韵，这是南北散曲的共同之处。而-n 尾与-ŋ 尾的相混，南北则不同，南方更为明显。沈宠绥（明）曾说："缘夫吴俗承讹既久，庚青皆犯真文，鼻音误收舐腭……闭口、舐腭，其音亦非与鼻音无关，试与闭口、舐腭时，忽然按塞鼻孔，无有不气闭而声绝者……唱者无

---

① （明）徐渭：《南词叙录》，《中国古典戏曲论著集成》第三册，中国戏剧出版社1982年版，第244页。
② （明）王骥德：《曲律》，《中国古典戏曲论著集成》第四册，中国戏剧出版社1982年版，第210页。
③ 王力：《曲律学》，中国人民大学出版社2004年版，第49页。
④ 李蕊：《全元曲用韵研究》，博士学位论文，华中科技大学，2009年。

心收鼻，而声情原向口达，无奈唇闭舌舐，气难直走，于是回转其声，徐从鼻孔而出，故音乃带浊……"①，查继佐（明）说："庚青之收鼻音，一开而九收，否则逸于真文。"② 现代吴方言中，苏州话"民、明"都读为 [min]；"亲、轻"都读为 [tɕʰin]。

可见，南方方音的影响造成了"侵寻、真文、庚青"三韵的相混。明散曲中的"侵寻、真文"通叶比例较高，因此合为"真侵"，"侵寻、真文与庚青"通叶比例未达到合韵要求，因此仍为两韵。其中，南散曲的通叶比例明显高于北散曲，这一点和全元曲中提到的"通押用例更多是南方曲作家的作品"一致。

到了清代，《全清散曲》南方散曲不同于《全明散曲》南方散曲，"真文、侵寻、庚青"合为"庚文"韵。许颖颖（2008）说到："……真文、庚青、侵寻，三韵间的关系，属真文、庚青通用次数较多，关系更为密切。因此，我们将三韵合为一个韵部：庚文部。"③ 李渔曾说："杭有才人沈孚中者……甚至以真文、庚青、侵寻三韵不论开口、闭口，同作一音韵用者。"④ 又潘耒说："南人……庚、青、蒸混于真、文，凡五韵之字。"⑤ 这些都说明，清南方散曲由于受到方音的影响，真文、庚青是混而不分的。

《全清散曲》北方散曲则同于《全明散曲》北方散曲，"真文、侵寻"合韵，"庚青"独韵。北方散曲中庚青、真文、侵寻韵通押比例是在不断变化：初期通押现象较多，但到了清代中后期，这样的现象逐渐减少，最后出现"各成一体，互不侵犯"。而真文、侵寻合并，则是因为清代中后期，侵寻韵在不断消失直至没有独韵的用例，再加上"开合口的问题"⑥，作者将侵寻韵归并到真文韵。

通过上述分析可以看出：全元曲依然恪守《中原音韵》，在阳声韵部的分类上依然分为10部。明代散曲则不同，在阳声韵部分类上同《中原

---

① （明）沈宠绥：《度曲须知》，《中国古典戏曲论著集成》第五册，中国戏剧出版社1982年版，第230页。
② （明）查继佐：《九宫谱定总论》，《新曲苑》第14种，中华书局1931年版，第4页。
③ 许颖颖：《〈全清散曲〉用韵研究》，博士学位论文，福建师范大学，2008年。
④ （清）李渔：《闲情偶寄》，《中国古典戏曲论著集成》第七册，中国戏剧出版社1982年版，第312页。
⑤ （明）潘耒：《类音》卷一"南北音论"，古籍文献电子版本。
⑥ 许颖颖：《〈全清散曲〉用韵研究》，博士学位论文，福建师范大学，2008年。

音韵》有了差异。无论是北方散曲还是南方散曲，在阳声韵分布上都将真文、侵寻合为真侵，先天、桓欢、廉纤合为先欢，这是-m尾向-n尾转化的结果，也是语言发展、省力原则的需求。到了清代，韵部合韵进一步扩大，北方散曲中的真文、庚青仍独立，南方散曲中的这两韵则合为庚文韵，这也体现出方言对韵部分合的有一定的影响力。同时，南北方散曲中的五韵完全合为一部，说明-m尾已经完全转向-n尾。

第二节 元明清散曲曲韵中《中原音韵》未收字的使用情况

我们对全元曲、《全明散曲》《全清散曲》的入韵字同《中原音韵》所收字进行认真细致地比对后，发现作品中元明清曲韵作品中有些入韵字并未出现在《中原音韵》中，现统计见表8-3：

表8-3　　　　元明清曲韵中《中原音韵》未收字统计

	全元曲	全明散曲	全清散曲
支思	瓷揞嗤	淬嗤逦缡	
齐微	姌謍蘩鞑堤垩蛴逦敧伪皵椎㑊鏈楛圜敝筛吡谧鹭籍蹯呖析戗克嘿缉执	帷籍恢膝嬉堤职屐弋蘩椎呖缁奕敉栍谧弼旖瀯篱颟植吃癖魑蛴茅嵇崎隰茴禧奛啐鞑惕抵筛僳扻炜蘼昵穊穟逶筐猇斐怩俪迪唏姞鲜妮蟄绫芰悉醣斋漓	茅籍锂伪筻羿绎即
鱼模	妩褛婺寓喻咐醵瓮枦圬歠珮怃橱癯鸧袴裤帚馥篦睩竺祝㖟碌觯峪鼗捽㷀惚	庐揄歔腐俘祝摹橄婆梲惚蓿馥肃咐镞祛碌唔踽寓毂埠库揄葛妩副㖷祜蜉砾伫馀怃胰喻啄	庐喻戌熨惚蓄傈挧蛐朴渌
歌戈	它扽坨弹柁㘬猓菓𬳿喝褐酸裰扽豁镄烰膊椰楒	阓豁砣搏𬳿莪猓磕搁砢	
萧豪	雕窈叫镖蒿轿跷蹯嗃㙦嗥套拷犒则饱勋鲔搞硷啅壳𬳿椰貉膊	寥纱莘套稿跷鳌嗥嚎咆侥㡳徭吵饶呦邈票苕蝤桃壕嫖瞟噪窈雕轺却壳	镖嚎却佼膊搏
皆来	阋哇㩴睬胲咳哎歹儌俫恺贷概㮓翮醢	碍酾歹咳溉拆睬逮踹奋溉毼	
家麻	他拿渣喀髟枒嘏㝛哑耙闼挖札铡擦剐褚蹋窀狭	娃哑刺材狭闪骅阀蹋衩渣唏扒垞喳呷擦耙喀札嘎洼秅捺尬俩炉揸帕褡刹枸	遇刺
车遮	伽茄铘烈遏憁阋躄蚕揭孽鳌辄麘晔磔跮	彻嗻揭歪烈橛铘怪楪𬺈楔蜇子孽馇乜涅泄𪩘跲捻	烈愸𪎭地揭轶橛毺捏

续表

	全元曲	全明散曲	全清散曲
尤侯	丢撜揪裯迨邱扭鞲	丢裯雒鞲邱擞叩迨扭瞅柏糗镂飀饀鞯赳揪俅靓哾绤蝤绉	
东钟	珫瑽偫	惊憧偬伺颙咚裕悚倛	
江阳	鞲跄炝儴庠俩橡嚷攘哓幛膛岗罡煌慌儴桄觠吐	攘哓慌岗俩沧幛鸪迳煌滉悦嚷惘厂淌纺疆晾玱唨骧襄	
真文	嫔裀揩裍囵盹稃罂斯琨棍们滚涸	滚盹们棍峋裀蓁笨任韫揩菌絪滠愤邨滍斌曛埊踆裤昑沄衔洵嶙帧闽	
侵寻	咩哶禀哸		
庚青	胪擤绷莺狰涅叮疔裎舲咛型陉滢謦鲠狞	莺另坪狰楹滢咛篿蒉峥症噌渌炯舲悾型瞪橙髦缨枰罂澎狰蹬	橙瓷
寒山	版僵柬幡壅幵	澜梵撣柬饯铜睆僵皖姗版鼍	
先天	觍涏淀衔棉涟膳	辩检涟㥄哢忓裪碗炫煸佺㥯缅断媛娩扦蝙轩啨㜊墠罐踠琬慊箪镰	闩捡检晗
桓欢	叛熳		
廉纤	撷镰呻幨毚慊咭		
监咸	唽蚶忐噎鸰荽钐彡	澹鸽鲐蚶墋掺捻啖氇	

表8-3韵部中的未收字数量较多,但它们的中古来源和《中原音韵》各韵部字的中古来源大体一致。在这些未收字中有很多只出现一次,并非常用字。这些个别字就造成了元明清作品用韵同《中原音韵》用韵的差异,但从整个韵部系统来看元明清并无本质区别。

周德清在创作《中原音韵》时并未对元代曲韵作品的用韵字进行穷尽式的归纳。除去出现次数少的个别字外,有些出现频率多的字也未收入《中原音韵》,如"歹、丢、窗"。《全明散曲》用韵字中也有很多未收入《中原音韵》,一方面是因为《中原音韵》收字的局限性,另一方面是与明代曲作家对韵脚字选取的主观性、倾向性有关。鲁国尧(1981)提到:"周德清除归纳元曲韵字外还根据自己审音所立的间架,填进了很多未曾充作韵脚的字。"[①]

由此我们也可以推断出,周德清的"主观性"使他疏忽了韵脚字归纳的"客观性",并未完全根据元曲作品中的韵脚字进行归纳,因而出现元曲作品用韵字不能全部收入《中原音韵》中。全元曲尚且如此,《全明散曲》的未收字更多也不足为奇了,而《全清散曲》未收入《中原音韵》

---

① 转引自李立成《元代汉语音系的比较研究》,外文出版社2002年版,第145页。

的字最少的原因，可能是清代北方散曲作家在创作时，恪守《中原音韵》用韵准则，以《中原音韵》所收字为自己散曲作品的入韵字；也可能是南方散曲用韵并未依据《中原音韵》，所以南方散曲的入韵字并未与《中原音韵》相比较。具体什么原因，还需我们进一步研究。

第九章

《全明散曲》韵谱

说明：

①独用是指一个韵段只包括一个韵部，通押是指阴声韵部之间或阳声韵部之间的通押，阴阳韵部之间的通押个例，暂不研究。

②限于篇幅，这里只列举南北方具有代表性作家（冯惟敏和汤式）的散曲韵谱，以备查考，其余作家的散曲韵谱暂不罗列。

③排列顺序：先列北方（冯惟敏）再列南方（汤式），先列阴声韵部再列阳声韵部，先列独用再列通押，先列通押韵部数少的再列通押韵部数多的。

一 冯惟敏散曲韵谱

（一）阴声韵

1. 支思独用

小令：

【北双调清江引】《东村作》诗志事此；【北中吕朝天子】《答陈李二君》诗诗示时字事子思词志；【北仙吕朝天子】《解官至舍》辞思赐时志市子诗词事；【北正宫醉太平】《庚午郡厅自寿》卮词时此志事思芝；【北中吕朝天子】《赠田桂芳》词词示儿志事此兹兹字；【南双调玉抱肚】《题情》自时思诗词。

2. 齐微独用

小令：

【北双调清江引】《八不用》底日立履；【北双调清江引】《东村作》宜睡击非/齐地日你/席醉会杯；【北双调玉江引】《纪笑》基歧知希低已非机移伊低利气里；【北中吕朝天子】《答陈李二君》篱席会杯醉迹屣随

题味；【北正宫塞鸿秋】《喜雪》飞催威席妻姬食衣垒堆嘻宜；【北双调折桂朝天令】《咸侄会试》会闱闱题衣衣起飞极仪齐席杯会池意里美夕期醉；【北双调折桂令】《喜客至》席奎会皮醉第美杯回意；【南仙吕桂枝香】《赠人》桂细卉砌徊梯；【南正宫玉芙蓉】《苦风》姨锥济亏罪知威；【北仙吕寄生草】《缺唇儿》皮力气臂避；【北仙吕寄生草】《踮脚儿》低醉立睡队；【北仙吕寄生草】《瘿膊儿》喫气治地势；【南仙吕桂枝香】《冶源大十景》气致地池池水璃奇；【南商调黄莺儿】《美人杯》妃肌蜜直题内席你杯；【北双调仙桂引】《咏诗匏》夷皮会离脾记题随肌遗玑仪极拾题奇；【北双调仙桂引】《元宵喜雪夜分而止》飞围瑞宜尺意食祇席奇菲美辉其西归；【南越调浪淘沙】《种树》溪齐依培漓辉菲萋；【南正宫玉芙蓉】《嘲赠》帏气齐计威伊皮；【北双调清江引】《戊寅试笔》吉霁瑞笔；【北仙吕朝天子】《解官至舍》威皮智机贵悲退黑衣棋利；【北正宫醉太平】几齐罴喜计睡齐適；【北正宫醉太平】《庚午郡厅自寿》橄息席理地队敌威；【北双调仙子步蟾宫】《耳簪》吹嘻眉地为息迷随；【南双调玉抱肚】《寄示润仙》势依实期西；【南商调集贤宾】你非悔迷治意美提；【北中吕满庭芳】《药虫》嘴食胃医美肥内你皮。

套数：

《月食救护》【北南吕一枝花】地皮食谜机礼；【梁州】既亏置北西疾眉尾痴里意睡齐威；【尾】跪知立为仪米；《对驴弹琴》【北南吕一枝花】稀易习回肺皮踢；【梁州】尺回气池徽会梅迟匹妻伊为气意飞皮；【尾】势嘶意期题起。

《舍弟乞休》【北商调集贤宾】蠡宜利非机里兮埤；【逍遥乐】岁义夷持畿会熙；【金菊香】衣迷几岐席；【醋葫芦】极徊米义推；【幺】急扉起致归；【幺】水奇里势围；【幺】倚飞起弋肥；【幺】识随底世稀；【幺】理机洗密迷；【梧叶儿】齐迟蹄伊里；【后庭花】微水离北巍基侄非的；【青哥儿】利队违驰棲依离低迷归会；【浪里来煞】矣题美世齐。

《送李阁老南归》【北双调新水令】飞退杯辉世；【驻马听】巍稷济夷奇秘蠡计；【雁儿落】机对击；【得胜令】颐夷衣亏备集希池美题直帏水；【川拨棹】一及持器瑞弃；【梅花酒】埤敕辉驰回随堤催矶旗；【收江南】违菲期国宜。

《清明南郊戏友人》【北黄钟醉花阴】里一旎菲题立离美；【喜迁莺】气食队堤蚁围；【出对子】会回飞迟急；【刮地风】蕊杯坠移西衣嘻低地

眉意归；【四门子】计急西对北失；【古水仙子】痴知理谜逼戏意饥；【尾】已悲你；

《咏所见》【前腔】悔迟喜饰味媚里奇。

3. 鱼模独用

小令：

【北双调胡十八】《辛未量移东归》湖路居壶姝鱼富；【北中吕满庭芳】福扶簿都鲁湖趣苦娱；【北双调清江引】《八不用》苏物做数；【北双调清江引】《东村作》壶处露苦/书住趣主/雨处澍取；【南商调黄罗歌】《观雨共酌》酥无度虚除露濡暑呼徒沽赋蔬锄苏夫/疏居路芜枯绪车府儒孤裾住/厨盂肉俗拘句儒古徒斛垆澍/芜图沐铺簌处娱古鲈沮壶禄；【北中吕朝天子】《自遣》浮毒物书处古数吾徒诉；【南正宫玉芙蓉】《喜晴》无度塗路符处壶夫；【北双调玉江引】《农家苦》蹙扤铺舞足补苦做布苦；【北双调鸿门奏凯歌】《奉谢诸宗枉驾》车辂顾庐儒沽夫著如酥；【北双调清江引】《戊寅试笔》无助趣古/古富户亩；【北仙吕朝天子】《解官至舍》炉壶物粗虑府苦庐服辱；【北正宫醉太平】足馀居主赋录书许；【北中吕朝天子】《感述》夫徒数污误物虎谋毒妒；【北双调河西六娘子】《知止》湖壶篆蒲鱼无；【北仙吕朝天子】《拔白》儒愚虑术去茹秃锄疏木；【北仙吕朝天子】《乌须》须虚趣愚处玉汝居诸去；【北仙吕朝天子】《六友》徐予誉驱路苦府诬符墓；【北双调折桂令】如歌车舆语庐吁躇躯；【南仙吕入双调玉抱肚】《幽居》绿图芦湖铺；【南正宫玉芙蓉】《山居杂咏》无阻湖路图炉壶；【北双调沉醉东风】《缮宝》雨书处鱼居主；【北正宫醉太平】《庚午郡厅自寿》都肃赴土怒误疏烛/庬书徒许录簿符途；【北双调仙子步蟾宫】《留僧》夫主簿福芦福铺脯脯谋袄母佛颅姑驴；【北双调清江引】《闺思》雨处住缕；【北双调清江引】《省悟》苦路肚虎；【南商调黄莺儿】《文卿》儒居玉俗虚处如语书；【南双调玉抱肚】《寄示润仙》路无乎夫谋；【南仙吕桂枝香】《冶源大十景》去趣处图图句鱼如。

套数：

《邑斋初度自述》【北正宫端正好】；禄沽路度【滚绣球】；徒局物儒夫户乎虚无；【脱布衫】铺浮处据；【小梁州】居躇如绪束；【幺篇】塑趋簿故书；【上小楼】苦诉徒无助路；【幺篇】晡谋孤觑故；【满庭芳】阻疏俱府壶负舞觚；【朝天子】湖蒲处图句露语浮无暮；【耍孩儿】聚主厨扶赋书；【六煞】途度疏誉苏；【五煞】佛篆鼓图助楚熟；【四煞】无

悟壶俎扶；【三煞】木俱处吁；【二煞】疏路鱼树荑；【一煞】熟富图故族；【煞尾】余足。

4. 皆来独用

小令：

【北双调清江引】《东村作》该界债捆；【北中吕朝天子】《候客不至》来划爱排待怪采酾态；【北中吕朝天子】《喜客相访》开来戒怀外待买歪哉在；【北双调胡十八】《刈麦有感》麦柴灾开害；【北正宫小梁州】《饲蚁有感》阶灾才哀/害捱块快来；【南正宫玉芙蓉】泽害来坏灾怪乖胎；【南仙吕傍妆台】《忧后雨》开来霾灾该柴；【北中吕满庭芳】《蝇》载白害歪摆垓快外来；【北中吕满庭芳】《虱》怀怪来采灾害疥捱；【南仙吕桂枝香】《冶源大十景》概霭碍开开界莱台；【北双调河西六娘子】《笑园六咏》开歪债嗨怀哉；【北正宫醉太平】《家训》歹开来矮害败衰解；【南正宫玉芙蓉】《笑园约会》来在才碍怀迈哉阶；【北双调清江引】《戊寅试笔》台界外买；【北仙吕朝天子】《解官至舍》酾外才败海窄怀歪怪；【北正宫醉太平】歹歪来改赛害哀策；【南商调黄莺儿】《仙台春酌》街来待腮怀态台栽/莱垓外开排界台胎/阶开耐来埋外台台/埃呆败歪财戴台怀；【北中吕朝天子】《感述》哉来在埃泰爱海歪乖坏；【北双调殿前欢】《归兴》来埃外谐该爱债怀；【北仙吕朝天子】《乌须》筛捱耐开待怪来腮白黛；【北双调对玉环带过清江引】《访宋一川》才来胎开怀酾抬乖埋呆矮在外载；【南仙吕入双调朝元歌】《春游》街卖台债海买才来埋开害外；【南中吕驻云飞】《秋日偶成》台苔在解来怀待开；【北双调沉醉东风】《缮宝》碍来大白槐色；【北双调水仙子】《偶题》鞋台带来莱带阶色；【南仙吕二犯月儿高】《闺情》迈改带耐外猜猜钗怀；【北双调仙子步蟾宫】《闭户》歪乖外开来代伯才/才该鞋划待乖来柴；【北中吕红绣鞋】派宅牌债来买；【南仙吕桂枝香】《月夜小集》在爱界怀怀碍拍开；【南中吕驻云飞】《赠润仙名玉块》材白带钗彩爱怀；【南双调玉抱肚】《寄示润仙》块来猜钗乖；【南双调玉抱肚】《题情》赖挨台来开。

套数：

《徐我亭归田》【北正宫端正好】；寨来外界【滚绣球】；排挨块开摔败衰胎白【叨叨令】来带阶拜歪外；【脱布衫】排来债卖；【小梁州】该灾来外猜；【幺篇】界苔耐待裁；【上小楼】改在划开来芥外；【幺篇】台猜谐排怪在；【满庭芳】海槐害开采乖戒揣才；【快活三】来帛财派；

【朝天子】莱斋盖哉碍歹采色咳在；【四边静】海埋骸外才赖；【耍孩儿】在买来台才外衰；【十七煞】台害灾奈哀；【十六煞】海碍来外菱；【十五煞】呆坏开态财；【十四煞】怀带抬盖埃；【十三煞】来赖牌待差；【十二煞】来败猜在怀；【十一煞】歪外牌害灾；【十煞】排拜赛阶；【九煞】牌大鞋带台；【八煞】来带划派该；【七煞】百代怀爱阶；【六煞】怀待灾害柴；【五煞】客爱怀莱来；【四煞】白大财在柴；【三煞】醻戒来迈莱；【二煞】槐黛开代钗；【一煞】哀奈衰在台；【尾】窄外解。

《酬金白屿》【北黄钟醉花阴】彩蔼开客来买；【喜迁莺】再开才海莱帻胎；【出对子】迈怀台垓海；【幺篇】派斋怀裁格；【刮地风】采拍爱谐慨衰台睬骸奈来；【四门子】外客乖怀呆畚；【古水仙子】划猜色宅挨白怪才；【尾声】拐台载。

5. 萧豪独用

小令：

【北中吕满庭芳】好高道劳了逃乐恼遥；【北双调清江引】《八不用》倒套角梢/高到峭好；【北双调清江引】《东村作》少到钞了；【南中吕驻马听】《晚浴》桥消嚣袍帽遥蹈；【南正宫玉芙蓉】《苦风》调道飚倒漂告劳聊；【北双调玉江引】《农家乐》饱袄乔狡了少好觉乐跑；【南仙吕傍妆台】《喜后晴》瞧霄郊晓遥娇高；【北中吕朝天子】《巫》敲摇跳着噪道好烧了报；【北仙吕寄生草】《秃厮儿》毛落要耗帽；【北中吕满庭芳】《书虫》小学耗了交道跑饶；【南仙吕桂枝香】《冶源大十景》庙抱缈桥桥道眺遥高；【北双调仙桂引】《喜雪新春试笔》飘霄兆郊劳道扰调茅高桥道轺条瑶豪；【北正宫醉太平】《家训》好饕高了笑钞敲保；【北双调清江引】《戊寅试笔》早道闹宝；【北双调仙子步蟾宫】《解任后闻变有感》朝袍道梢劳哨曹遥遥壕逃少高峣涛交；【北仙吕朝天子】《解官至舍》烧邀笑敲落早少劳饶乐；【北正宫醉太平】宝饕烧好钞药毛找；【南仙吕傍妆台】《效中麓体》陶熬毫飘劳骚/吵劳嚣褒度交；【北双调雁儿落带得胜令】《旅夕不眠》敲报叫叨吵摇熬躁宵着；【北双调雁阵来】《走俗状》绦票帽郊桥遭焦道劳学；【北中吕朝天子】《感述》曹劳较逃照好恼度苗钞；【北双调河西六娘子】《知止》箫朝哨高飘瞧；【北正宫塞鸿秋】钓槔啸药灶到；【北仙吕朝天子】《拔白》瞧毛皓饶道少了挠逃少；【北仙吕朝天子】《六友》曹豪貌学套要好学帽；【北双调对玉环带过清江引】《访宋一川》标高劳遥桥鳌膏饱袍饱倒草药轿鸟；【南仙吕入双调朝元歌】

《春游》梢道娇貌笑少貂烧宵桃啸召；【南仙吕入双调玉交枝】《闲适》貌条扫销遥老寥晓；【南仙吕入双调玉抱肚】《幽居》绕遭摇尧朝；【北双调仙子步蟾宫】《热香》萄瑙道烧交靠咬抛/抛熬焦好灼椒苗牢；【北双调仙子步蟾宫】《牙筯》描咬笑着梢道了销/销瑶膏少消朝宵桃；【北双调仙子步蟾宫】《钻龟》条毛爪遭招了着瞧/瞧娇胶乐巢饶嚣胞；【北双调仙子步蟾宫】《大鼻妓》高腰钞描娆桥硗/硗遥脑小角苗牢着；【南商调集贤宾】《题怨》晓敲早交躁落好劳；【北双调清江引】《闺思》好笑套咬；【南商调黄莺儿】《晓霞》娇烧耀调描貌度兆宵；【南双调玉抱肚】貌娇绡槽消；【南双调玉抱肚】《题情》躁梢遥交着；【南双调锦堂月】《偶书》条貌绡小早笑；【北正宫醉太平】豪髦扫妙到敲考。

套数：

《改官谢恩》【北仙吕点绛唇】朝教校尧道；【混江龙】诏学条高劳摇吵乐寥跃消；【油葫芦】豪乔膏调套交笑刀；【天下乐】鳌樵高表小好；【那吒令】学瓢劳遭熬条照教；【鹊踏枝】豪髦劳好标；【寄生草】薄道好乐庙；【幺篇】宵奥孝道；【后庭花】恼巧好条校着牢高刀髦腰娇遭；【青哥儿】耀调庣超标宵交肴庖邀销骄乐；【赚尾】宝着朝高器交条草僚。

《题市隐园十八景》【北双调新水令】宵笑曹高乐；【驻马听】皋袍镖朝道好庙；【雁儿落】摇闹照；【得胜令】销飘桥窍标毛；【水仙子】遭遥调好皋觉了飘；【折桂令】骚驳敲豪草朝樵郊涛；【离亭宴歇指煞】道帽朝草岛嘲豹条好。

《仰高亭中自寿》【北黄钟醉花阴】袅绕涛高小焦好；【喜迁莺】道遥高岛朝了蛟；【出对子】乐樵标桥鸟；【刮地风】了遥调桃劳条髦考交道高；【四门子】妙好娇飘敲祷；【古水仙子】敲韶宝交毫饱乐骚；【尾声】到豪好。

《庚午春试笔》【北双调新水令】遭到樵袍调；【驻马听】朝曹貌劳梢窍保药；【沉醉东风】老遥调交毛扫；【雁儿落】挑抱套；【得胜令】学僚条苗料徭着；【沽美酒】聊好魄巢；【太平令】遥皂弱茅窑熬庙；【川拨棹】桃老腰摇骚糟倒高；【七弟兄】学陶高啸腰抱；【梅花酒】朝宵朝郊挑桥苗潮杓；【收江南】跷毫好朝。

《贺凤渚公镇易州》【北双调新水令】朝道璈招到；【驻马听】尧表召僚豪乐好道；【雁儿落】桥轿叫；【得胜令】吵朝劳谣乐高遥；【水仙子】朝毫钞饱肴标劳；【折桂令】劳操郊扫消刀韬遥；【离亭宴歇指煞】

诏报熬到笑着乐宝好。

6. 歌戈独用

小令:

【北双调清江引】《东村作》多过落伙/歌乐过躱;【南商调黄莺儿】《病起两首》过何卧多多过魔破;【南仙吕入双调朝元歌】《述怀》歌歌乐魔魔坐个破磨窝哥多过卧/座薄何寞错罗缚波多/乐着呵糯和合多梭磨/落襄过舵破河波歌罗;【北双调玉江引】《阅世》我躱何可喝朵歌伙多过坐锁;【北双调玉江引】《纪笑》跛佛挪哥何果磨活何他蛾祸末火;【南仙吕桂枝香】《冶源大十景》卧坐乐荷荷朵哦窝;【北双调折桂令】《送琦孙乡试》何科科波朵合渤阿磨;【北双调河西六娘子】《笑园六咏》么合乐梭呵活;【北双调清江引】《戊寅试笔》多个歌卧我;【北仙吕朝天子】《解官至舍》度过多卧座我磨活破;【北正宫醉太平】可何跎拨过坐窝我;【北双调河西六娘子】《知止》窝波卧何多歌;小令【北仙吕朝天子】《乌须》哥么破学大佐和合着末;【南商调集贤宾】《题怨》我河锁疴剁祸可活;【南正宫玉芙蓉】《题怨》合过搓错波货多磨;【北中吕朝天子】《赠田桂芳》他何乐豁过落多着着卧;【南中吕驻云飞】《题赠小娥》歌窝过堕娥座乐么么;【南仙吕二犯月儿高】《闺情》过锁朵挫个哥哥学磨;【北双调水仙子】《偶题》多薄错磕波坐歌磨;【北双调折桂令】《下第嘲友人乘独轮车》何锣磨朵活波挪婆;【北中吕朝天子】《又赠》娥娥个歌过坐多活伙乐。

套数:

《闺思》【南商调集贤宾】躱挪可河莫个我窝;【前腔】锁波抹陀阁乐果啰;【黄莺儿】梭磨落何么破酡;【前腔】娥挪挫罗窝过合多;【琥珀猫儿坠】螺蛾和他疴【前腔】波荷襄跎哦;【尾声】乐何窝。

《剪发嘲罗山甫》【喜迁莺】过娥哥裹哦;【出对子】破何着合可;【刮地风】火活过挪娑拨柯落梭剁多;【四门子】阁我搓裹托锁;【尾】可皤果。

7. 家麻独用

小令:

【北双调胡十八】《辛未量移东归》家挂查咱擦法下;【北双调清江引】《东村作》叉架厦煞;【南商调黄莺儿】《午憩》加榻夏花麻话家花;【南商调黄罗歌】《灌园》家闸坝花瓜价夸架霞茶沙话洽涯芽华;【北双调

玉江引】《纪笑》华沙牙蛙达傻呀家吒他马罢下耍；【南商调黄莺儿】《勉侄》花夸画插价花纱；【北中吕朝天子】《东村楼成》家瓜架麻罢八搭笆榻怕；【南仙吕桂枝香】《赠人》挂亚下花花价葩华；【南仙吕二犯傍妆台】《李奇坡会不果赴》沙霞华家槎涯；【南正宫玉芙蓉】《喜雨》涯下麻价家罢花瓜；【北双调河西六娘子】《笑园六咏》瓜哈话琶家牙；【北双调折桂令】《病忆山中》桠家家加槎槎华霞砂芽茶；【北双调鸿门奏凯歌】《喜雪》夸厦花茶家槎下华涯；【北仙吕朝天子】《解官至舍》鸦蛙话家大插耍茶牙罢；【北正宫醉太平】瓦霞家洒蜡画沙答；【北双调仙桂引】《寿贾柳西》霞华稼家花大雅牙嘉枒沙罤茶砂槎涯；【南仙吕入双调玉交枝】《闲适》下他骂家花架杀法；【南中吕依马待风云】《悼琴仙》娃家花霞驾华槎下娃呀架他；【南仙吕二犯月儿高】《闺情》下撒袜假骂他他花家；【北双调仙子步蟾宫】《剪发》抓划岔咱他抹耍查/查鸦发马花杂他麻；【北双调仙子步蟾宫】《肩几》纱榻画搭洽颊擦茶/茶霞狎雅家咱他琶；【北双调仙子步蟾宫】《手板》花牙帕夸娃化雅差/差牙家洒滑哗哇杂；【北双调仙子步蟾宫】《问年》家花话答八下乏家/家华答腊查花撒八；【南商调集贤宾】《题怨》耍鸦马花寡帕假察；【南正宫玉芙蓉】《题怨》拿诈花话咱罢差法；【北双调蟾宫】《四景闺词》涯华华鸦纱纱花花琶琶插家家；【南仙吕桂枝香】《梦想》诈怕大他他下峡刮；【南商调黄莺儿】《嘲妓葵仙》花他怕叭麻大揸插发；【北中吕朝天子】《赠田桂芳》他家挂涯抹罢耍咱瓜话；【南双调玉抱肚】《赠小妓孙晓台》画霞家芽花；【南双调玉抱肚】《题情》卦咱花喳家。

套数：

《听钟有感》【北黄钟醉花阴】马撒霞鸦下乏打；【喜迁莺】挂沙夸怕家马牙；【出对子】岔八笆搭杀；【幺】罢他花衙马；【刮地风】雯拿挂拉架大花巴话蹅下瓜；【四门子】骂家花话麻扎；【古水仙子】捯家怕差达下琶；【尾】马罚煞。

《嘲友人试琴》【北南吕一枝花】画葩家怕滑法；【梁州】插下打剌查乏夸假拿他他挂掐咱花；【尾】价瑕下滑乏法。

《僧尼共犯第一折》【北仙吕点绛唇】涯化吒家挂；【混江龙】大芽发牙怕花；【油葫芦】答查下打话滑；【天下乐】萨杀咱茶法；【那吒令】家他家咱家差大花；【鹊踏枝】他假瓜打滑；【寄生草】萨乍乍乍大；【幺】他画杷架帕；【六幺序】咱家发沙甲琶叉牙大杂下法颊；【幺】家

他萨吒迦法差达刮杀花榻哗查洽话花怕他；【赚煞】罢马花乏大拿娃。【北双调新水令】洽化华夸大；【驻马听】牙家马涯插下雅榨；【雁儿落】拿挂架；【得胜令】衙押法瓜骂花打；【沉醉东风】瓦栁罢查差法；【水仙子】滑麻大马华犀霞；【折桂令】霞洽衙马花罚差家；【离亭宴歇指煞】化咱夸话大咱夸价怕假傻。

8. 车遮独用

小令：

【北双调清江引】《八不用》遮月叶写；【南仙吕桂枝香】《林侄家宴》月夜列些些悦斜别；【北双调折桂令】《阅报除名》别邪蛇舍折杰呆竭；【南仙吕桂枝香】《冶源大十景》叶曳月斜斜夜叠些；【北仙吕朝天子】《解官至舍》穴业杰劣拙野绝截月；【北正宫醉太平】节邪奢者灭谢斜也；【北双调仙桂引】《思归》蛇蝶叶截竭舍野穴穴舌斜惹折睫车；【北双调折桂令】《下第嘲友人乘独轮车》歇帖车舌也折业绝蛇；【南仙吕入双调朝元歌】《春游》遮月叠夜趄斜怯车蛇业烈；【南仙吕入双调玉交枝】《闲适》月绝惹遮斜洁些也／月杰节折趄缺些也／月竭写蛇叠雪些也；【南仙吕入双调玉抱肚】《幽居》舍绝趄竭说；【北双调仙子步蟾宫】《肉屏》遮截缺摺杰热贴斜／斜遮奢捏趄舌呆邪；【北双调仙子步蟾宫】《下桥》斜别谢车绝者缺贴／贴奢呆月嗟歇折蝶；【南正宫玉芙蓉】《题怨》别惹蛇热铁夜绝截；【北中吕朝天子】《赠田桂芳》别呆业邪月夜写叶些热；【南双调玉抱肚】《寄示润仙》夜说截别赊。

9. 尤侯独用

小令：

【北双调胡十八】《辛未量移东归》休手勾游头丘寿；【北双调玉江引】《阅世》悠修流秋头手游舟愁楼酒陋旧有；【北双调折桂令】《阅报除名》舟悠休手头柔留侯；【北双调折桂令】《刈穀有感》游收收秋熟熟酉娄愁流求；【南中吕驻云飞】《此景亭初秋小酌》秋收瘦透游酒袖愁；【南仙吕二犯傍妆台】《此景亭观雨共酌》流幽游愁讴收；【北中吕朝天子】《卜》咨咨咎求谬九口头手求；【南仙吕桂枝香】《冶源大十景》岫窦柳旧斗湫幽；【南越调浪淘沙】《种树》游头柔水流愁楼谋缕悠；【北双调鸿门奏凯歌】《复儿度辽省墓》优旧受愁秋游裘就楼酬；【北仙吕朝天子】《解官至舍》休修彀求久有丘钩寿；【北仙吕朝天子】《六友》周修透流骤守首丘头就；【南仙吕入双调玉抱肚】《幽

居》秀头悠舟钩;【北双调沉醉东风】《缮宝》斗楼就秋头守;【北正宫醉太平】《庚午郡厅自寿》休留秋手寿旧头走;【北双调蟾宫词】幽鸥鸥楼钩钩休休头头悠流流;【北中吕朝天子】《风情》诌诌袖头后口有羞愁逗;【北中吕红绣鞋】瘦愁钩咒头手;【南仙吕桂枝香】《春闺》瘦酒友由由逗悠愁;【南仙吕桂枝香】《月夜小集》旧就流流袖头后手;【南双调锁南枝】《盹妓》头口柔留柳揉酒头手;【南中吕驻云飞】《赠刘一儿》流投奏溜愁柳秀楼;【南双调玉抱肚】《题情》皱流愁头楼。

套数:

《李中麓归田》【北仙吕点绛唇】流岫凑周秀;【混江龙】旧州修愁丘流首斗口楼;【油葫芦】侜勾收首受手陋游;【天下乐】酬投后瓯久;【那吒令】肘口手酒首柳漏幽;【鹊踏枝】周刘猷究流;【后庭花】胄友仇优酒楼流投休由酬讴;【青哥儿】轴首休侯头遊牛舟投侜修幽忧受;【寄生草】手旧厚秀受;【赚尾】旧偶休流秋钩首楼酒悠。

《谢少溪归田》【北南吕一枝花】漏楼舟袖钩友;【梁州】周就貅侯忧遊粥瓯楼畴受首留头;【尾】骤遊有丘轴口。

《访沈青门乞画》【北双调新水令】楼瘦瓯投透;【驻马听】遊手骤侜州否篌旧;【雁儿落】愁皱瘦;【得胜令】楼舟裘洲究畴侯;【水仙子】楼洲圃遊钩瘦柳流;【折桂令】流侯幽口眸缪流头;【离亭宴歇指煞】绣昼遊岫瘦眸首州朽。

《留别邢雉山》【北双调新水令】州旧愁遊求逗;【驻马听】遊楼斗秋舟口流有;【沉醉东风】薮楼手头流友;【雁儿落】手觳受;【得胜令】舟钩楼游漏幽秋;【川拨棹】眸柳悠飕幽口;【七弟兄】手头沤皱愁透;【梅花酒】遊州柔讴楼篌留收受骤遊囚侯丘投;【收江南】求由留走忧;【尾声】奏宿楼友侯受酬口。

《五岳游囊杂咏》【北中吕粉蝶儿】遊秀流岫州寿;【醉春风】首走走胄;【红绣鞋】偶流由忧友;【普天乐】秀口头鹜旧秋;【脱布衫】流洲久瘦;【小梁州】沤舟蝣究悠;【幺】昼留逗后流;【上小楼】剖臭遊州陬透旧;【幺】口洲遊牛宙昼;【满庭芳】叟悠瘦忧友侯扣酒流;【耍孩儿】袖手州修收受留;【五煞】头受熟斗遊;【四煞】裘旧秋斗头;【三煞】有售由后遊;【二煞】钩就收透丘;【煞】久豆留透瓯;【尾】走就有。

《寿马南江》【北双调新水令】秋候流牛寿;【驻马听】收楼奏钩丘

后手斗；【雁儿落】留昼袖；【得胜令】舟沤由流受遊酬；【沉醉东风】酒舟叟侯幽柳；【折桂令】流修刘手头丘洲游；【水仙子】楼舟酒遊牛绶首侯；【清江引】秋究寿九。

《送贾封君约翁南还》【北南吕一枝花】旧州秋岫流酒；【梁州】柳裘奏悠丘投休楼求由受就侯游；【尾】秀优友遊酬手。

《郡厅自寿》【北仙吕点绛唇】周旧寿忧九；【混江龙】候头修休候授侯；【油葫芦】手头忧走守收透州；【天下乐】楼流愁修忧州；【哪吒令】周愁投由酬首寿秋；【鹊踏枝】愁忧丑朽休；【寄生草】由厚奏寿受；【幺】酬秀瘦旧昼；【六幺序】楼楸沤舟求遊酬缪柳头；【幺】眸忧秋楼留愁友俦啾飕悠休修陋流守筹；【赚煞】究久流周休修寿秋收求。

《归田自寿》【北商调集贤宾】酒秋寿筹收友遊祝缪；【逍遥乐】旧久留头侯手丘；【醋葫芦】九遊口就钩；【幺】丑流手秀休；【幺】柳秋口候求；【幺】手收酒寿酬；【梧叶儿】头裘牛瓯酒；【后庭花】走挡头由寿丢由忧休；【青哥儿】骤秀舟遊讴头修究；【浪里来煞】酬酒幽有寿勾。

《十自由》【北般涉调耍孩儿】奏首留勾由候游；【十煞】求瘦休缪丘；【九煞】愁昼仇受忧；【八煞】秋扣首头秀收；【七煞】流后酾透眸；【六煞】忧斗投受牛；【五煞】诌究羞嗽喉；【四煞】油就揪肉愁；【三煞】头受挡袖钩；【二煞】钩陋周旧搜；【一煞】走扣流后遊；【尾】久寿酒。

《县官卖柳》【北南吕一枝花】就求忧救酬柳；【梁州】手头勾收稠轴斗头眸楼昼友愁柔；【尾】绣旧有留休柳。

【北仙吕金盏儿】流楼愁头漏浮扣雏候；【误佳期】钩羞头绣头头后眸舟；【丞相服】陡休骝柳后投流绣；【玉抱肚】谬楼首愁头；【琥珀猫儿坠】愁头休愁酒俦；【余文】透头勾。

10. 支思齐微通押

小令：

【北中吕满庭芳】止寄丝志之子儿事纸思；【北中吕朝天子】《将归得舍弟书》回归会辉至弟美迟疾计；【北正宫醉太平】《遂闲》子奇池儿事志时此；【北双调胡十八】《刈麦有感》地食疑稀儿利；小令【南南吕懒书眉】《前题次韵》儿儿儿蕊儿/儿儿儿味儿；【南正宫玉芙蓉】《笑园约会》泥对之避非辈棋杯；【北双调鸿门奏凯歌】《代翁馈问雪中赋谢》词使字肥湄芝奇赐辞时；【北双调鸿门奏凯歌】《谢诸老枉顾》时会戏枝藜

桂医奇退菲回；【北正宫醉太平】贵时私息废避机理；【北双调折桂令】《环山别业》奇斯斯词题题紫旗篱鸡宜宜；【南仙吕入双调朝元歌】《春游》枝击儿至二地姬里宜的醉计；【北双调沉醉东风】《缮宝》里基陛移之底；【南中吕依马待风云】《悼琴仙》姿枝奇丝翅吹归泪姿悲寐时；【北双调仙子步蟾宫】《贺生》祇仪岁希的日岁时/时席戚饰衣期移席；【北双调仙子步蟾宫】《清帐》时私十的实吃资妓；【南正宫玉芙蓉】《题怨》亏泪差事时誓知祇；【北中吕朝天子】《嘲消》支鸥是思字刺子子尸事；【北双调清江引】《阅世》日气时睡你；【南仙吕桂枝香】《赠妓桂香》内桂碎谁谁睬梯枝；【南商调黄莺儿】《月季》菲你配枝时意姿会期；【南商调黄莺儿】《弱仙》儿枝力吹移至肢体衣；【南商调黄莺儿】《剪发》丝时坠漆膝系拾起儿；【南双调玉抱肚】《赠小妓孙晓台》际奇肢辞知；【南中吕驻云飞】《题赠小娥》姿枝致媚移世会的的。

套数：

《劝色目人变俗》【南商调集贤宾】狄昔世食衣气思你威；【前腔】识席皮吃气池誓脂；【不是路】回迷济医私齐知器礼；【掉角儿】迷死计味记饥时。

《咏所见》【不是路】肌齐气翠移衣时纪际；【掉角儿序】姿眉肢宜内会事期思；【前腔】诗棋低微词意契矣之；【尾】地之兹。

11. 支思鱼模通押

套数：

《劝色目人变俗》【十二时】语思词。

12. 支思皆来通押

小令：

【北双调天香引】《柬刘后溪》之诗词思儿芝时师才姿。

13. 齐微鱼模通押

小令：

【南仙吕二犯傍妆台】《世恩堂观雨共酌》杯席题聚机期随；【南仙吕傍妆台】《忧后雨》霏稀矶水泥没微黎；【南双调锁南枝】《盹妓》席皮的拾语席蹊李识你；【南商调高阳台】《落花有感》雨掷拾籍日里息；【南仙吕桂枝香】《雪晴》絮玉趣题题句如壶。

套数：

《咏所见》【南商调集贤宾】你疑里池会致美躯。

14. 鱼模歌戈通押

套数：

《剪发嘲罗山甫》【古水仙子】夺挪锁脱窝错祸缚。

15. 齐微尤侯通押

小令：【北中吕朝天子】《东村楼成》楼头钩秀棋酒友秋收旧。

16. 萧豪歌戈通押

小令：

【北双调天香引】《柬东沙吕金宪》峨萝酌歌娥婆磨和波；【南商调集贤宾】《题怨》可哥我波过挫锁驳。

套数：

《剪发嘲罗山甫》【北黄钟醉花阴】弹朵薄罗索螺我。

17. 歌戈尤侯通押

小令：

【南正宫玉芙蓉】《山居杂咏》合破何过拖瘦魔窝。

18. 车遮尤侯通押

小令：

【南仙吕入双调柳摇金】《风情》月些呆蝶夜夜斜撒节熟/月别车斜劣劣遮夜节熟/月怯折些谢谢斜叶节熟/月别奢些劣劣斜业节熟。

19. 支思齐微鱼模通押

小令：

【北双调仙子步蟾宫】《耳簪》儿丝髻枝时取视吹。

套数：

《劝色目人变俗》【前腔】书语髻姨类字夷持。

20. 支思齐微皆来鱼模通押

小令：【北双调仙子步蟾宫】《清帐》衣饰气你除刻宿时。

（二）阳声韵

1. 东钟独用

小令：

【北中吕满庭芳】勇功送风拥踪梦冗容；【南仙吕入双调朝元歌】《蒙俚家宴》风动钟奉控送空穹从翁重梦；【南商调黄莺儿】《勉俚》红丛重躬容从红拥骢；【北双调折桂令】《烧榾柮》中烘融柮拥烹风翁钟；【北中吕朝天子】《自遣》翁穷用空閧弄懂中同凤；【南仙吕二犯傍妆台】《世

恩堂观雨共酌》中濛重空峰翁风；小令【南商调黄莺儿】《美人杯》胸中动红红洞钟涌蓉；【北双调河西六娘子】《笑园六咏》红胧洞雄东虫；【北仙吕朝天子】《解官至舍》空穷弄公用垄哄童农梦；【北正宫醉太平】懂慵通冗洞甕兄哄；【南仙吕傍妆台】《效中麓体》溶宫龙封通踪；【北中吕朝天子】《感述》翁通动风重用统忠公俸；【北双调河西六娘子】《知止》风中梦翁通穷；【北仙吕朝天子】《六友》钟风用空凤弄懂从宗梦；【南仙吕桂枝香】《赠妓桂香》动送凤宫宫梦红同；【南仙吕桂枝香】《赠行》重奉龙凤重重梦东中；【南商调黄莺儿】《晓霞》红空洞峰钟凤重拥中；【南商调黄莺儿】《嘲妓兰池》笼同用宗兄弄中冬；【北双调水仙子带折桂令】《嘲友》笼公奉耸红重容风/风慵恭恐踪童容逢。

套数：

《题刘伊坡寿域》【北双调新水令】葱洞嵩峰控；【驻马听】封融拥中宗奉冢颂；【雁儿落】宫洞甕；【得胜令】雄容蓬胸梦慵风；【川拨棹】公种龙工雄董中；【梅花酒】中封崇隆棚空丛；【收江南】风翁胧空踪；【沽美酒】龙峒隆重忠；【太平令】送峰众洞空风中用。

《旅况》【南仙吕二犯傍妆台】匆中容封空封东；【不是路】从慵痛钟胧峰通逢种共共；【掉角儿】风鸿东梦送弄重穷；【前腔】红秾濛控；【尾】閧同空。

《李争冬有犯》【红绣鞋】懂珑冲雄猛；【满庭芳】同恭重凤宠宫梦耸峰；【耍孩儿】凤拥东蜂蓬空聋；【十五煞】容动笼送同；【十四煞】风甕空弄兄；【十三煞】松用风閧钟；【十一煞】凶梦蓬洞松；【九煞】红用宫动缝；【八煞】重送同弄风；【七煞】风动公共窿；【五煞】凤凤龙弄虫；【四煞】松风同弄冬；【三煞】蓬用容洞衕；【二煞】红种空痛风；【一煞】充重穷动葱；【尾】容梦捅。

2. 江阳独用

小令：

【北双调清江引】《八不用》抢上浪讲；【北双调清江引】霜尚酿长；【南仙吕入双调朝元歌】《蒙侄家宴》香放光畅荡上张梁堂房向望；【北双调胡十八】《刈麦有感》棒仓堂粮上；【北中吕朝天子】《东村楼成》方窗上皇亮爽养忘藏障；【南中吕驻云飞】《此景亭初秋小酌》光凉晃涨舫上唱忘；【南仙吕傍妆台】《喜后晴》煌光裳障房凉昂；【北中吕满庭芳】《蚊》状芒放疮痒当上掌亡；【南仙吕桂枝香】《冶源大十景》漾浪上行

行荡杨乡；【北双调河西六娘子】《笑园六咏》荒忙浪场妨乡；【北正宫醉太平】《家训》想量长强上样疮莽；【南正宫玉芙蓉】《嘲赠》乡降光帐房强忙；【北双调折桂令】《病忆山中》忙当当狂妨妨攘凉窗堂忘；【北双调鸿门奏凯歌】《谢诸公枉驾》江亮相庄堂乡郎畅唐狂；【北仙吕朝天子】《解官至舍》堂房象凉障上网张缸亮；【北正宫醉太平】广杭章榜匠藏网；【南仙吕傍妆台】《效中麓体》茫乡浪堂航徉；【北双调河西六娘子】《知止》光乡浪忙荒张／航樯上浪湘塘；【北正宫塞鸿秋】相样帐状量上；【北仙吕朝天子】《六友》张腔丈场样仗强黄苍胖；【北双调对玉环带过清江引】《访宋一川》床光囊香梁杨狂场忙张访况亮赏；【南仙吕入双调玉交枝】《闲适》上舫况囊香浪堂晌；【南仙吕入双调朝元歌】《山中客至》光样狂量上漾昂囊庄堂访况／杖塘香赏唱浪腔场缰／相阳航唱上光凉双舫／帐窗忘酿放徉方乡傍；【南中吕驻云飞】《秋日偶成》塘凉漾上簧商酿舫；【北双调水仙子】《偶题》囊墙网强常帐粮藏；【南仙吕二犯月儿高】《闺情》怅想上帐障郎郎方行；【北正宫醉太平】《庚午郡厅自寿》堂香肠仰状旺康强；【北双调仙子步蟾宫】《刺臂》裳堂榜囊强样淌霜／霜伤黄往长忘常疮；【北双调仙子步蟾宫】《鞋杯》香长量囊浆上掌梁／梁肠胱上膛光藏帮；【北双调仙子步蟾宫】《索债》旁厢上张量两缸方／方汤镑两藏囊裳粮；【南商调集贤宾】《题怨》谎防讲枪当上访强；【北双调蟾宫】《四景闺词》窗凉凉扬当当床床鸯鸯光肠肠；【北双调清江引】《闺思》想上样谎；【南仙吕桂枝香】《春闺》放赏攘墙墙荡肠央；【南商调黄莺儿】《解嘲》塘芳相香长荡窗双；【南正宫玉芙蓉】《次韵赠妓少兰》香上芳漾光棠藏／香上芳漾光棠藏；【北中吕朝天子】《赠田桂芳》芳芳降香傍上双腔梁唱；【南双调玉抱肚】《赠赵金燕》唱梁场腔肠；【南中吕依马待风云】《悼琴仙》裳傍光当荡房梁帐裳量浪长。

套数：

《赠许石城》【北南吕一枝花】上堂乡壮昌榜；【梁州】双望墙场张杨舫舫长上相纲妨；【尾】漾张赏忙康长。

《六秩写真》【北正宫端正好】相昂放降；【滚绣球】张藏样相堂当光苍妨；【脱布衫】方霜帐样；【小梁州】邦堂光望常；【幺】相裳狂杖徉；【满庭芳】榜庄相粮广方样掌仓；【朝天子】仓场帐光丈况忙荒荒放；【耍孩儿】壮养常黄光上仰杨；【二煞】庄相芳上香；【一煞】光相长将康；【尾】庄旺访。

《量移归述喜》【北仙吕点绛唇】藏降上忘障；【混江龙】荡乡囊王章相芳；【油葫芦】香王潢亮乡让常；【天下乐】乡详庄广桑样康；【那吒令】忙忙长忙抢当仓；【鹊踏枝】粮堂狂访忘；【寄生草】长望况障上；【幺】香帐浪酿尚；【后庭花】想谎墙章往王昌章乡厢行；【青哥儿】样俩方强长量当藏放；【赚煞】降赏场汤光芳上床荒。

《十美人被杖》【北双调新水令】光怅乡芳赏；【驻马听】双墙两江场巷访上；【雁儿落】汤床杖；【得胜令】裳妆糠堂上场杨；【幺篇】浆方丈行娘障郎肠；【沉醉东风】响疮胀腔当网；【水仙子】香像状殃当浪掌裳；【折桂令】尪床量强将苍康当；【离亭宴歇指煞】巷帐场撞上伤样荡爽奖。

《吕纯阳三界一览》【北正宫端正好】上廊党将；【滚绣球】祥殃爽当想挡长网亡；【脱布衫】光疆上相；【小梁州】昌纲良荡荒；【朝天子】张方状康样枉谎墙堂望；【四边静】赏阳梁壮厢降；【耍孩儿】望晌阳藏腔攘堂；【十三煞】行棒箱帐狼；【十二煞】枪望伤降忙；【十一煞】强傍王放糠；【十煞】汤上江障祥；【九煞】皇望姜放墙；【八煞】量降腔状脏；【七煞】娘谤方项伤；【六煞】娼尚墙荡良；【五煞】慌仗防将脏；【四煞】伤诳当状详；【三煞】方样缸杖廊；【二煞】慌状缸裳；【一煞】房样香当脏；【煞尾】榜上讲。

3. 真侵独用

小令：

【北双调清江引】《八不用》神阵郡人/紧顿晕稳；【北双调清江引】《东村作》文分论稳；【南商调黄罗歌】《树下留客》林阴荫深森禁音饮斟仞心心甚寻琴吟临；【北双调仙桂引】《寿董北山七十一》亲邻近稳巡隐春春尊宾孙衮文勋纶恩；【南正宫玉芙蓉】《益侄家宴》春近亲润新醖巡醺；【北正宫塞鸿秋】《喜雪》门魂存人民春氲纷深贫沉；【南南吕一江风】《益侄家宴》春运近云分巡震；【北双调折桂令】《春阴》门春春村人人新氲云民君；【南南吕懒书眉】《乐闲》人神云尽新/人尘坤近新；【北中吕朝天子】《医》筋针寸贫信引本人人运；【北中吕满庭芳】《蚤》稳人信身殒存奔滚裈；【北正宫醉太平】《家训》狠存人稳分笨身本；【北双调折桂令】《病忆山中》村人人堙神神亲身尘云门；【北双调鸿门奏凯歌】《喜雪》君顺尘云银春尽民分；【北双调鸿门奏凯歌】《子侄守岁》军郡阵纶耘云贫分亲巡；【北双调清江引】《戊寅试笔》金甚赁锦/民分尽

狠；【南仙吕二犯傍妆台】《此景亭观雨共酌》村芬身云文亲；【北仙吕朝天子】《解官至舍》文村运门闷稳本军闻/岑林浸琴甚锦您斟吟禁；【北正宫醉太平】盹昏分滚阵囤盆您/隐纶贫本棍运巾忖；【南仙吕傍妆台】《效中麓体》醺春云樽真亲；【北双调折桂令】《环山别业》寻心心阴林林饮吟琴襟音音；【北双调雁阵来】《抗尘容》新俊鬓昏吞人云阵尘神；【北中吕朝天子】《感述》君恩棍人润嗔狠本们们论；【北双调河西六娘子】《知止》深金甚斟吟心；【北双调殿前欢】《归兴》论云峻门薪纶遁坤；【北仙吕朝天子】《拔白》君人俊辰信准滚根根尽；【北双调折桂令】《下第嘲友人乘独轮车》身亲轮緺嶙岣伸陈人；【南仙吕入双调朝元歌】《春游》阴锦沉饮寝沁襟心斟寻禁甚；【南正宫玉芙蓉】《山居杂咏》匀润巾鬓琴阴心；【南中吕依马待风云】《悼琴仙》音琴寻深荫沉心窨音吟浸襟；【南仙吕二犯月儿高】《闺情》浸凛锦枕甚心心侵禁；【北正宫醉太平】《庚午郡厅自寿》人辰亲滚鬓信尊分；【北双调仙子步蟾宫】《申盟》金针印深心渗碜禁/禁今针枕衾音心阴；【北双调清江引】《阅世》春闷混您；【南商调黄莺儿】《文卿》春云近新真问君琴；【北中吕朝天子】《赠田桂芳》真尘认云鬓瞬筍人亲紧；【南中吕驻云飞】《赠丽江名金块》金珍近论人认尽心；【南双调玉抱肚】《赠牛月娥》韵人宾春人。

套数：

《日食救护》【北南吕一枝花】运君文晕分本；【梁州】寸辰混侔昏孙文巾准昏盹分褪人吞；【尾】近身慎筋文稳。

《财神诉冤》【北般涉调耍孩儿】舜本坤神人近门；【九煞】真运贫论秦；【八煞】贫棍真阵门；【七煞】盆尽身润寻；【六煞】金运民恨心；【五煞】银顺心闷尊；【四煞】臣进因禁门；【三煞】音问身禁津；【二煞】门问人分；【一煞】奔郡民问奔亲；【尾】神论您。

4. 寒山独用

小令：

【北中吕朝天子】《东村楼成》阑山栈滩岸眼坦烦闲宦；【北仙吕朝天子】

《解官至舍》山关幻寒涧晚懒闲烦难。

套数：

《忆弟时在秦州》【北双调新水令】寒雁滩还残汉。

5. 先欢独用

小令：

【北双调胡十八】《辛未量移东归》田恋年仙肩前遍；【北双调天香引】《送陈震南》然仙玄恋年肩筵淹；【南南吕一江风】《益侄家宴》年宴健圆满联篇现；【北双调折桂令】《焚柏子》淹涎畔前玄禅铅毡弦；【北双调胡十八】《刈麦有感》年俭钱天冤见；【北中吕朝天子】《自遣》缘天贱田恋遣显前年愿；【北中吕朝天子】《夜闻琦捷口占》轩园愿贤羡眷远传旃面；【南商调黄莺儿】《秋千》仙牵转蝉钿面然展莲；【北双调清江引】《戊寅试笔》年宴劝仙；【北双调鸿门奏凯歌】《复儿度辽省墓》巅甸绚跣年源献仙传；【北仙吕朝天子】《解官至舍》钱权面船变贬远全延贱/帘檐占潜艳谄险尖嫌玷；【北中吕朝天子】《感述》天言贱权变浅展年年现/边骗钱串转免缠全荐；【北双调河西六娘子】《知止》泉仙边前天；【北仙吕朝天子】《六友》川坚彦贤怨蹇远泉年宴；【南正宫玉芙蓉】《山居杂咏》悬浅潜劝鲜田仙；【北双调水仙子】《偶题》权贤愿边然卷篇全；【南仙吕二犯月儿高】《闺情》淹扇钿浅面宴天天言见；【北双调仙子步蟾宫】《臂枕》鸳钿钏绵眠婉跣；【北双调仙子步蟾宫】《帕笺》笺盘砚研言怨浅鸾；【南商调集贤宾】《题怨》捲天远遍怨遣传；【南中吕驻云飞】《赠李沂仙》然边衍伴天面艳年；【南双调玉抱肚】《赠赵金燕》燕弦跣怜元；【南双调玉抱肚】《题情》变缠全言天/见前边缘眠/善边涓传弦；【北双调清江引】《东村作》见垫钱；《骷髅诉冤》【五煞】冤宪钱变天；【四煞】连贱千件冤。

套数：

《辞署县印》【北中吕粉蝶儿】年变连院缠颤；【醉春风】茧缠远端变；【红绣鞋】面冤连拳软；【幺】贱贤权绵喘；【满庭芳】浅编选然远跣件遣贤；【小梁州】前眠天见言；【幺】院砖遍卷钱；【上小楼】勉恋牵县遍；【幺】遣全年田绢县；【耍孩儿】县展船先钱辩言；【幺】边劝烟扇冤；【尾】然战远。

《题长春园》【北商调集贤宾】远边甸园仙迁连年；【金菊香】钱眠浅绵然；【醋葫芦】啭言浅乱园；【幺】展边剪变怜；【幺】年泉显健源；【幺】捲娟碾劝圆；【幺】显诠转宴仙；【幺】全贤显战轩；【幺】妍天远遍边；【幺】筵然选面坚；【后庭花】天仙篇贤卷笺筵传；【青哥儿】宴院怜骞偏跣连钿莲边恋；【浪里来煞】偏远泉展愿宣。

《寄情》【园林好】艳面愿言天；【尾声】转犬仙。

《忆弟时在秦州》【七弟兄】边边桓劝鲜伴。

6. 庚青独用

小令：

【北双调清江引】《东村作》晴命病顷；【北双调仙桂引】《甲戌新春试笔》明清盛听登睁省生生灵明横诚平成盈卿；【南仙吕入双调玉抱肚】《邻侄家宴》庆荣声行城；【北双调折桂朝天令】《咸侄会试》生名名缨星星英声正程京行成姓兄庆影省听城令；【北正宫醉太平】《遂闲》平情耕等病命声听；【北双调清江引】《东村作》声兴佞停/轻病胜行；【南商调黄莺儿】《病起两首》亭城兴轻清病生行；【南商调黄莺儿】《怀所知》鸣声径听迎兴情景庭；【北双调天香引】《柬童信溪》英羹缨平明瀛京名；【北双调折桂令】《咸侄家宴》青亨经酊清声情宁；【北双调折桂令】《拜客不答》城庭敬营姓省等惺情净；【北中吕朝天子】《自遣》行生性成静艇领平星定；【南仙吕二犯傍妆台】《李奇坡会不果赴》行声明城兴情星；【南正宫玉芙蓉】《喜晴》鸣应成定亨听声晴；【南仙吕桂枝香】《冶源大十景》静映屏镜声声兴行亭；【北双调河西六娘子】《笑园六咏》经疼定精坑生；【北中吕朝天子】《夜闻琦捷口占》丁龄盛城定胜酊名声庆；【北双调折桂令】《病忆山中》名成成耕应应整营盟情缨；【北仙吕朝天子】《解官至舍》檠瓶静生兴酊醒声听令；【北中吕朝天子】《感述》情清应腥净铃井省声盈佞；【北双调河西六娘子】《知止》亭惊应卿丁瓶；【北双调对玉环带过清江引】《初夏》莺鸣清声醒惊明星晴汀影定静景；【北双调雁儿落带得胜令】《旅夕不眠》零劲声城鸣听净争明；【北仙吕朝天子】《拔白》星卿并停挣定茎惊疼镜；【北仙吕朝天子】《乌须》更井净翎称影省形清正；【南仙吕入双调朝元歌】《春游》应兴情性省行卿听程冰庆幸；【南中吕驻云飞】《秋日偶成》亭清净正庭声映屏；【南仙吕二犯月儿高】《闺情》命景冷整径情情经形/静永影仃另冷形灯灯凭诚；【北正宫醉太平】《庚午郡厅自寿》厅城声灯令政情停；【北双调仙子步蟾宫】《勒价》等晴称听增剩整生/生轻名鼎成停倾明；【北中吕朝天子】《鞋杯》倾清影擎剩景省蹬行径；【北中吕朝天子】《嘲诮》成情定伶净倖影应听病；【北双调清江引】《阅世》生挣径醒；【北双调清江引】《闺思》瞑令并醒；【北双调清江引】《省悟》井镜命影；【南仙吕桂枝香】《春闺》静耿影声声定庭情；【南商调黄莺儿】《解嘲》情倾性英茎并蒸零；【南商调黄

莺儿】《韶仙》城清称成声径轻影庭；【北中吕朝天子】《赠田桂芳》卿情敬惺静应省听更兴；【南双调玉抱肚】《题情》倖听情声疼/命情生程名。

套数：

《又仰高亭自寿》【北双调新水令】亭命青名定；【驻马听】经卿命星情兴酊省；【雁儿落】程幸病；【得胜令】情程名平正清；【川拨棹】停境灵明诚贞景行；【七兄弟】评生轻性盟兴；【梅花酒】澄馨英迎亭羹经声龄；【收江南】城瀛轻景成。

7. 监咸独用

小令：

【北双调河西六娘子】《癸酉新春试笔》三参勘憨惭谙；【北双调鸿门奏凯歌】《谢会友枉顾》担勘探菴潭谈涵淡酣谙；【北仙吕朝天子】《解官至舍》菴衫淡潭醮胆感憨探。

套数：

《题丹元楼》【北南吕一枝花】憾三毵淡湛览；【尾】勘骖湛甘酣感。

8. 东钟庚青通押

小令：

【北双调天香引】《送陈震南》风匆兴踪垄宫荣雄雄；【南仙吕傍妆台】《效中麓体》重中景风宫径筇容；【北双调对玉环带过清江引】《访宋一川》风空虹雄逢同龙功鹏穷董瓮盟梦拥；【南仙吕入双调朝元歌】《春游》丛拥朋閧捧送胧通钟红梦用；【北双调蟾宫】《四景闺词》风桐桐工蓉蓉镜容容葱葱通鸿鸿。

套数：

《题刘伊坡寿域》【七弟兄】封宫朋送惊弄；【离亭宴歇指煞】冢梦懂种凤垄宠屏供笻永。

《旅况》【前腔】重踪峰冷松。

《李争冬有犯》【北中吕粉蝶儿】中閧蓬京凤宫洞；【醉春风】拥迎拱拱梦；【十二煞】功栋空瓮疼；【十煞】虫丛弄疼；【六煞】供动疼重风。

9. 真侵庚青通押

小令：

【北双调玉江引】《纪笑》晴人声真亲本云勤嗔君身尽论滚；【北双调天香引】《谢张诚菴双调之赠》林声音清冷深锦金寻吟襟；【北双调折桂

令】《阅报除名》名人生身形征程行听明；【南仙吕桂枝香】《雨后雪》尽信声阵门门醢饮辛；【北双调仙子步蟾宫】《解任后闻变有感》轻成幸鼎刑命名声生魂城惊井名凭明耕；【南仙吕桂枝香】《赠行》顿问程恨分分尽云君。

10. 寒山先欢通押

小令：

【北中吕朝天子】《将归得舍弟书》山关伴间绊见远篇联砚；小令【北双调清江引】《东村作》山散伴懒/闲旱干断难；小令【南商调黄罗歌】《示侄》间安散欢欢绊难干看毡山半旱干寰殚艰；【北双调玉江引】《阅世》天篇贤言然展玄禅廉钱鲜玷箭趱；【南中吕驻马听】《晚浴》川天悬便限缠便；【北双调仙桂引】《灯夕》天妍宴喧年贱全然元钱添转田权奸贤；【北双调折桂令】《阅报除名》间官寒罕难山冠澜；【北双调折桂令】《刘毂有感》捐钱钱连烟烟趱迁贤旋添；【南正宫玉芙蓉】《喜雨》干断绵饭盘变颜园；【南正宫玉芙蓉】《苦雨》滩岸竿旱宽叹天难；【南仙吕傍妆台】《忧后雨》山阑天栏安间；【南仙吕傍妆台】《喜后晴》看天眼田烟宽年/山间天年欢仙；【北中吕朝天子】《相》言缠贱年辨产点涎颜见；【南仙吕桂枝香】《冶源大十景》院现奠关关恋梵禅泉；【北双调清江引】《戊寅试笔》剪变安贱钱；【北仙吕朝天子】《解官至舍》官般断漫绊瞳短湾攒伴；【北正宫醉太平】远闲弹卷伴汉关捲/敛连盘远愿贩钱遣/眼肩权显线堑钱远/眼拳天点钻弹丸穿/满官冤远善犯天管；【北双调河西六娘子】《知止》竿坛患安宽难；【南仙吕入双调朝元歌】《春游》妍面圆宴按遍传然仙贤限院；【南仙吕入双调玉交枝】《闲适》馆欢幔盘阑暖攒管；【南中吕驻云飞】《秋日偶成》船滩堰岸天连换竿；【北双调仙子步蟾宫】《臂枕》跧仙肩软嫣闲偏悬；【北双调仙子步蟾宫】《帕笺》鸾安穿点团桓缠圆；【北双调仙子步蟾宫】《回炉》钱烟限嫌严面眼拳；【北双调清江引】《省悟》眼汉散满；【北中吕红绣鞋】饭还燔边满；【南仙吕桂枝香】《春闺》偏远捲年年漫难山；【南商调黄莺儿】《梅英》元仙占团颜辨寒看；【南商调黄莺儿】《嘲僧》天弹然仙灌攒山；【南中吕驻云飞】《赠于少兰次韵》珊兰瓣乱残点怨晚/珊兰瓣乱残点眠怨晚；【北中吕朝天子】《鞋杯》弯边劝绵愿断点圈尖线。

套数：

《忆弟时在秦州》【驻马听】干寒砚宽原院眼限；【沉醉东风】塞安

盼山冠远；【川拨棹】延浅闲言观短间；【梅花酒】间颜山班难攀鸾笺鞍銮；【收江南】关山闲偃安；【雁儿落】关栈甸；【得胜令】看弹宽安断山难；【沽美酒】安餐垣汗番。

《题长春园》【逍遥乐】面眼绵鲜天县元；【梧叶儿】园前田泉眼。

《寄情》【锁南枝】难山怜劝遣牵断倦寒寒寒；【香柳娘】远远叹怨悬悬莲鸳连连限浅；【江儿水】千便软盼辩饭；【侥侥令】穿弹遍边年断添。

《骷髅诉冤》【北般涉调耍孩儿】汉转关欢山断安；【九煞】喧转攒干天；【八煞】钱战间遍棺。【六煞】园县煎炼肝；【一煞】官验餐贯干。

《辞署县印》【斗鹌鹑】铜软边言免。

11. 先天监咸通押

小令：

【北双调清江引】《阅世》年战宴俺；【北中吕朝天子】《赠田桂芳》田年面仙见捻喘前言便；【南商调集贤宾】《顶真叙情》闪天显言变监俺全。

套数：

《辞署县印》【幺】捻遍沿前见便；【幺】衔缠县冤辩员。

12. 寒山先欢监咸

小令：

【北双调玉江引】《阅世》官寒权关闲懒天短缠软远堑勘检；【南仙吕傍妆台】《忧后雨》连三澜安然天；【北双调仙子步蟾宫】《回炉》拳缠年饭盐谈言前；【北中吕朝天子】《风情》顽顽担源串转板酸宽恋；小令【南仙吕桂枝香】《梦想》变赚线单单怨边眠。

套数：

《忆弟时在秦州》【太平令】淡漫汉雁牵弹间。

《题丹元楼》【梁州】栏簪绀岚漫岩杉蓝揽谈胆暂鉴南函。

《寄情》【南仙吕入双调步步娇】攒汉俺幻盼然乱笺雁。

《骷髅诉冤》【七煞】言拳辩年勘翻；【二煞】鑽陷填散酸；【尾】攒汉俺。

二 汤式散曲韵谱

(一) 阴声韵

1. 支思独用

小令:

【北双调湘妃引】《有所赠》思词事此姿死时;【北中吕满庭芳】《武林感旧二首》址师寺时诗祠思此施;【北正宫小梁州】《扬子江阻风》丝髭之至师;【幺】事思肆市儿;【北正宫小梁州】《丽华》儿姿时思诗;【幺】至师市事脂;【北双调沉醉东风】《题元章折枝桃花》姿枝是二师此。

套数:

《同前意》【北南吕一枝花】志姿司试耳枝;【尾声】志时是紫旨史。

《送王姬往钱塘》【驻马听】姿卮思词枝翅髭士;【沉醉东风】辞咨渍思之史。

2. 齐微独用

小令:

【北双调湘妃引】《送友还乡》蕤滴曳里知息离;【北双调湘妃引】《题情》仪识媚得飞悴息藉;【北双调湘妃引】《山中乐四阕赠友人》隗里内迹奇杯曡;【北双调天香引】《赠友二篇》知奇蕤戟旗巍熙辉;【北双调天香引】《友人客寄南闽情缘媸恋代书此适意云》迷离谁喜迷疑丝棋;【北双调湘妃游月宫】《春归情》藉旎碎归悲泣啼啼离迷肌眉持漓;【北正宫脱布衫带小梁州】《四景为储公子赋·春》机随湿细围归稀岁泥;【幺】系西妓地衣;【北双调沉醉东风】《姑苏怀古》戟旗计驰碑蠡;【北双调沉醉东风】《和睦进之韵》知被垂围起;【北双调沉醉东风】《江村即事二首》鸡醅肥细味知底;【北中吕普天乐】《姑苏怀古》地栖泪日累水碑;《送丁起东回陕》日机味记随水池;【北越调柳营曲】《途中春暮》北西低篱溪驰啼泥知食;【北双调风入松】《寻春不遇》犀低力飞题西归累迟;【北商调望远行】《四景题情·冬》帷知微内醉会锤迷治;【北中吕山坡羊】《书怀示友人》废替觅衣杯睡起悲知喜知;【北黄钟出对子】《酒色财气四首》帝已机迟气籍;【北双调寿阳曲】《蹴鞠》湿贵随气;【北双调寿阳曲】《梅女吹箫图》低吹坠。

套数：

《新建构栏教坊求赞》【北般涉调哨遍】日德衣夷里治丽瑞仪泥旗戟；【耍孩儿】地美集基机息飞；【四煞】吹地墀备石；【一煞】礼喜镒围日冀陲；【尾】辉内得。

《同前意》【北南吕一枝花】位机辉意规戟；【梁州】玑裔衣迷嘶息微德礼治内知熙；【尾声】讳仪笔邑石里。

《赠玉芝春》【北南吕一枝花】力培肌世奇脆；【尾声】费蕊卉迹。

《咏素蟾》【北南吕一枝花】泣奇推萃水底；【梁州】嵋契辉徊龟鸡池立陪知里气致衣夷；【尾声】力机治息石你。

《素兰》【尾声】闭持议题惜里。

《赠草圣》【北南吕一枝花】石奇内底体；【梁州】垂飞意鸡猊微离气规兮兮戏晦池畿；【尾声】味机议笔迹水。

《客窗值雪》【北商调集贤宾】息期斋低归致凄；【逍遥乐】闭髓垂偎知味依；【金菊香】池溪里题璃；【浪来里煞】易泥笔气机。

《赠钱塘镘者》【北南吕一枝花】期息非兮计识理；【梁州】低器利疾密奇随知媚齐日谁内易犁宜；【尾声】戏泥俐微美你。

《桧轩为越中沙子正赋》【梁州】体衣意辉滴微菲奇篱扉伊为契世石欺；【尾声】势威议稽水李。

《赠李素兰》【北南吕一枝花】内低犀意奇国【梁州】卉肌易培理提宜题蕊荑移植细意吹宜；【尾声】致值味比及里。

3. 鱼模独用

小令：

【北双调湘妃引】《送友归家乡》锯辘醑腑殊釜鱼；【北双调湘妃引】《自述》炉壶绿窟如竹酥；【北双调天香引】《送任先生归隐》居湖炉鱼书如如朱；【北双调天香引】《友人客寄南闽情缘媪恋代书此适意云》壶初醑酥腑夫虚疏如如；【北双调沉醉东风】《书怀二首》枯疏暮处酤旅；【北双调沉醉东风】《江村即事二首》圃渠雾暮居煮；【北双调沉醉东风】《适意》補梳去物书雨；【北双调沉醉东风】《悼伶女四首》鹄觚去付逐主/孤疏母去无雨；【北中吕普天乐】《钱塘怀古》路书墓处芜疏；【北中吕普天乐】《友人为人所诬赴杭》路疏母处呼侣语书；【北中吕普天乐】《送人迁居金陵》渡趄赋路鱼速阻芜；【北越调小桃红】《姑苏感怀二首》苏数暮庐路宇鹭图；【北越调小桃红】《吴兴晚眺》湖绿处隅玉雨树图；

【北中旅谒金门】《长亭道中》初书禄隅路树居夫腹赋；【北中吕醉高歌带红绣鞋】《送大本之任》衢窟路举禄车庐蜍禹；【北中吕山坡羊】《书怀示友人》注没去吁揄处侣抚；【北黄钟出对子】《酒色财气四首》玉足都曲主。

套数：

《夏闺怨》【北南吕一枝花】褥幪疏处主鹉；【梁州】吁录珠酥趄突句夫女簿聚吴孤；【骂玉郎】禄初误路；【感皇恩】揄逐躯肤福独书；【采茶歌】图车如复糊；【尾声】苦枯豫足促哭。

《云山图为储公子赋》【北南吕一枝花】赋乌诸暮娱语；【梁州】糊处壶庐逐续腑吁夫欻去苦图如；【尾声】足无古居锄主。

《梦遊江山为友人赋》【北南吕一枝花】叔虚与去途古；【梁州】腑裾处乌吴芦凫舞居湖渎树路壶都；【尾声】骨琚悟郁惚曲。

《题心远轩》【北南吕一枝花】住衢庐句书足；【梁州】虚物朱输呼趺胥浦壶无阻路趣疏如；【尾声】户除步窟轴堵。

《赠儒医任先生归隐》【北南吕一枝花】物作模榆数余虎；【梁州】枯去珠裾庐郁糊足赋竹图俗；【尾声】主居路煮沽曲。

《题友田老窝》【北南吕一枝花】烛毰疏护補蓿；【梁州】厨趣书蔬蛛狐垆庐足句谷珠如；【尾声】户图木取主舞。

《咏荆南佳丽》【北正宫端正好】雾糊步路；【滚绣球】除渠处纡玞琚母瑚虚殊；【倘秀才】区圃壶簌毹府；【脱布衫】都书符箓；【醉太平】娱徒轴兔鹿驴福；【尾声】羽珠居腴初墟语覆舒母。

《题云巢》【北南吕一枝花】树疏与素途主；【梁州】楔栌处吾奥如糊郁虚乎乎物趣图俗；【尾声】宿居父娱足雨。

《冬景题情》【北南吕一枝花】布玉珠吁莫徂缕；【梁州第七】目肤聚铺虚疏无漫住夫女句骨浮；【骂玉郎】绪壶度炉醑苎；【感皇恩】姝物如奥躯枸芦；【采茶歌】呼糊扶阻雏；【尾声】度斛诉腹骨福。

4. 皆来独用

小令：

【北双调湘妃引】《赠美人》骸格黛腮白台台；【北双调湘妃引】《送友人应聘》莱阶貊海开牌来；【北双调湘妃引】《山中乐四阕赠友人》崖宅濑才怀摆排；【北双调天香引】《友人客寄南闽情缘媱恋代书此适意云》莱怀钗解猜筛埋台/埋谐来台台抬开猜；【北双调沉醉东风】《书怀二首》

改埋坏台来客；【北中吕普天乐】《送友回陕》客台怪外来陌寨才；【北双调对玉环带清江引】《闺怨》腮钗阶苔来捱色在埋；【北正宫醉太平】《风流士子》台册挨哉带额牌才；【北商调望远行】《四景题情·夏》斋开怀债耐责捆白戒；【北黄钟出对子】《酒色财气四首》爱腮怀来白；【北双调蟾宫曲】《闺怨》台开开台来来色色怀怀才钗钗/台开开阶筛筛鞋鞋苔泰猜腮腮。

套数：

《送友人观光台》【北仙吕赏花时】抬开白改斋；【幺】台宅侧侪怀；【赚煞】在客好淮来街摆色界台。

《自省》【北南吕一枝花】海台排界来色；【梁州】抬害栽猜斋街埋开开盖大腮；【尾声】戒才解衰白改。

《嘲妓名佛奴》【北南吕一枝花】戒台来债色改；【梁州】台在孩灾财斋摆排猜猜派大开；【尾声】寨牌界鞯。

《赠人》【梁州】怀外开揩划差代台哉哉大外垓埃；【尾声】萧帛碍阶策采。

《题马氏吴山景卷》【北双调风入松】霾鞋债白揣；【幺篇】淮莱态怀厓；【沉醉东风】开歪带钗来侧；【离亭晏带歇指煞】怪来隘哉台海陌栽色。

5. 萧豪独用

小令：

【北双调湘妃引】《旅舍秋怀》飇炒寥杳萧毫胶；【北双调沉醉东风】《悼伶女四首》早熬叫飘度夭；【北越调柳营曲】《旅次》杏遥好醪肴朝嗷嘈骚蕉；【北中旅谒金门】《客中戏示友人》扰悄爆薄傲懆晓老老笑；【北商调望远行】《四景题情·秋》箚高高招条告；【北双调庆东原】《田家乐四首》好孝膘羔乐爊烧乐/交笑腰标撬乐/桥乐桃枣糕乐；【北越调天净沙】《晓静》椒毛腰笑谣；【北中吕普天乐】《维扬怀古》抱瑶笑闹箫豪。

套数：

《友人爱姬权豪所夺复有跨海征进之行故作此以书其怀》【北商调集贤宾】讨貂刀萧嗷了诏鸟鳌；【逍遥乐】略约哮豪倒道交；【梧叶儿】妖涛小辽却；【金菊香】袍索翘标娇；【醋葫芦】挑毛脑道娆；【幺】袄腰调效朝；【幺】摇稍高号箫；【幺】饶陶巢抱宵；【幺】敲槽早笑高；【浪

来历煞】钞烧岛蠹超。

《赠教坊殊丽》【北南吕一枝花】草槽娆落着小；【梁州】窕条俏潮娇飘嘹翘绡陶了好缈宵销；【尾声】巢道描藻少。

《赠明时秀》【北南吕一枝花】小翘娆梢鹤；【梁州】高俏标苗消描脑绡着度笑到遭毫；【尾声】绕药约藻老。

《子弟每心寄青楼爱人》【北南吕一枝花】道牢朝阁了巢；【梁州】饶抱条缈遥招调皋桥遭约笑落乐眊；【尾声】鸟鳌调娇小老。

《言志》【北南吕一枝花】傲刀袍闹老交；【梁州】噭道焦劳鳌雕诏霄学略笑高飘；【尾声】草骚耗朝招角。

《秋夜梦回有感》【北双调新水令】箫耗遥消道；【驻马听】条老寠雕薄照着哨；【乔牌儿】交报幕着；【沉醉东风】翘绡标俏摇娇了；【风入松】挑腰貌着梢桥；【滴滴金】幕娇乐交；【雁儿落】高落药；【得胜令】绡娇遥交娆梢；【川拨棹】皋高迢萧悄搅；【七兄弟】敲摇熬闹飘叫；【梅花酒】约敲交劳着着焦皋寠跋；【收江南】胶捞巢了宵；【歇指煞】噪恼着药烧告烧晓。

《元日朝贺》【北正宫端正好】晓朝少道；【滚绣球】高消绕飘绡翘道箔袍鞘；【倘秀才】僚韬曹刀描；【脱布衫】谣萄帽；【小梁州】韶箫槽调遥；【幺篇】耗霄鹤笑桃；【尾声】岛郊敲鸟学劳尧表。

《离思》【北黄钟碎花阴】小阁迢箔倒潇扫；【喜迁莺】哨寮熬敲炒揉；【出队子】貌标乔作潇浊；【幺篇】俏巧高挑巧；【刮地风】恬壳胶套毫劳笑照靠桃交；【四门子】沼娇要嚣标条标么；【古水仙子】度宵豹锹庙道交。

《题白梅深处》【北南吕一枝花】眇遥交到着矫；【梁州】高道绡脑瑶夭潇缪巧骚度约啸袍条；【尾声】岛桥落悄皎晓。

《赠妓宋湘云》【北南吕一枝花】岛桥飘料度朝草；【梁州】迢晓约寥豪薄高着着绕霄描；【尾声】少消到桥阁槁。

《题情》【塞鸿秋】抱乐俏调教妙；【普天乐】笑道醪草绕扫腰挑敲；【脱布衫带过小梁州】敲高巧腰娆霄妙娇；【幺】道挑悼肇消；【雁过声】娇描巧貌娇标娆缈绕桥；【醉太平】恼憔巢沼闹哨敲了；【倾杯序】飘高耗迢悄消聊；【转调货郎儿】疗了憔毫消搅寥药；【幺篇】庙桥遥牢倒；【小桃红】老少恼鸟抱胶；【伴读书】招告乐耀到苗；【笑和尚】牢庙道悄漕交醄照；【尾声】招老烧。

第九章 《全明散曲》韵谱

6. 歌戈独用

小令：

【北双调天香引】《西湖感旧》歌歌何戈戈罗波跎磨柯；【北双调风入松】《寓意》多和歌寞挲梭戈娑驼。

套数：

《赠王善才》【尾声】颗螺萼他他果。

7. 家麻独用

小令：

【北双调湘妃引】《赠美人》纱发帕八达呀恰；【北双调湘妃引】《为东湖友人赋》芽纱蜡家涯瓜花；【北双调湘妃引】《山中乐四阕赠友人》涯耍暇家鸦衙华；【北正宫小梁州】《咏雪效苏禁体作》沙鸦纱瓦瑕；【幺】榻他发驾下家；【北正宫小梁州】《太真》华家芽挂娃；【幺】卦笝榻驾下花；【北双调沉醉东风】《维扬怀古》答家飒华笝马；【北中吕普天乐】《别友人往陕西》耙家卦下涯瓜花；【北中吕谒金门】《闻嘲》娃家亚达下画耍煞煞话；【北中吕谒金门】《落花二令》花花下纱架踏拿他他帕；【北正宫醉太平】《重九无酒》刮麻花杀呀话乏答；【北正宫醉太平】《约遊春友不至效张鸣善句里用韵》杂加华耍汉凹涯傻；【北正宫醉太平】《书所见》娃家华雅帕袜牙假；【北商调望远行】《四景题情·春》纱他挞蜡下衙掐踏话；【北中吕山坡羊】《书怀示友人》挂诈话踏杂暇家瓜花；【北中吕山坡羊】《中秋对月无酒》驾挂画华洽话咱撒撒；【北越调天净沙】《田居杂兴》家麻衙耙涯。

8. 车遮独用

小令：

【北双调湘妃引】《闻赠》叠冶列别绝斜；【北双调湘妃引】《闻嘲》掘叠列劫者接赊；【北双调湘妃游月宫】《春归即事》斜怯劣舍嗟结别别撅烈遮喳叠绝蝶。

套数：

《春思》【北南吕一枝花】月雪绝夜节别冶；【余音】赦牒劣说啜帖【梁州】劫趄孽扯绝折轧橛跌叠者者舍阔热铁呆。

9. 尤侯独用

小令：

【北双调湘妃引】《解嘲》楼瓯袖羞由丑流；【北双调湘妃引】《送友

人南闽府倅》流游授头猷楼州；【北双调天香引】《忆维扬》州头舟骝兜休流；【北双调天香引】《中秋戏题》秋讴秋钩舟楼休酬留；【北双调天香引】《友人客寄南闽情缘媱恋代书此适意云》洲愁流酒秋休酬飕；【北双调湘妃游月宫】《秋归情》毬钩扣楼愁口头头飕流偶留由倅；【北中吕满庭芳】《京口感怀》柳垢旧流口头候楼州；【北正宫小梁州】《九日渡江二首》舟悠楼瘦愁；【幺】嗅头酬旧候流；【北正宫脱布衫带小梁州】《四景为储公子赋·秋》游羞藕柚头柔钩透流；【幺】垢楼兽昼秋；【北双调沉醉东风】《钱塘怀古》舟楼溜游丘柳；【北双调对玉环带清江引】《四景题诗》舟留楼愁头口宿休陡逗瘦手；【北越调小桃红】《姚江夜泊》飕透瘦筹候游头。

套数：

《送人应聘》【北仙吕赏花时】楼洲流久州；【幺】疏周逐丘；【赚煞】袖秋钩头留酬手酒绥游。

《戏贺友人新娶》【北仙吕赏花时】筹舟留友游；【幺】有熟游柳倅；【赚煞】媾偶悠羞柔手由够头。

《同前意》【北南吕一枝花】柳稠流扣钩鞲；【梁州】留逗舟酬休手头右旧究楼秋；【尾声】游就久友走。

《同前》【北南吕一枝花】秀周秋究头口；【梁州】楼后裘骝貅阄有就受旒候；【尾声】堠流寿收走手。

《赠会稽吕周臣》【北南吕一枝花】旧畴修瘦秋搜；【梁州】头究休流游幽骤飕守袖受楼悠；【尾声】手舟候酒韭。

10. 支思齐微通押

小令：

【北双调湘妃引】《代人送》丝纸刺之时死思；【北双调沉醉东风】《遊龙泉寺》沥迷诗记辉归里；【北中吕普天乐】《金陵怀古》事时至寺词国脂；【北双调对玉环带清江引】《闺怨》杯词诗丝纸思死离此子志事枝；【北双调风入松】《钱塘即景》丝时事卮汁差枝至滋诗。

套数：

《素兰》【北南吕一枝花】瑞姞菲比及姿蕊。

《送王姬往钱塘》【庆东原】至时侍儿儿儿溪市。

11. 支思鱼模通押

套数：

《同前意》【梁州】私至穆偲孜思辞丝夫此砥赐子滋。

《送王姬往钱塘》【离亭晏歇指煞】示字此媒使肆紫去志兹纸。

12. 齐微鱼模通押

　　套数：

《新建构栏教坊求赞》【七煞】疾计木石易辉；【六煞】梯里翅尾势雨箕；【五煞】水翠窟基密衣；【三煞】围迹府国丽宇池；【二煞】仪气违息珠。

《赠玉芝春》【梁州】仪地识题誉饥实低桂梅谁得瑞日杯归。

《素兰》【梁州】榖地蕤郁披梅篱曳漓非卉佩致尼徽。

《桧轩为越中沙子正赋》【北南吕一枝花】居蒂帷规密齐题饰。

13. 支思皆来通押

　　套数：

《送王姬往钱塘》【北双调新水令】师是债咨诗事。

14. 齐微尤侯通押

　　小令：

【北商调知秋令】《秋夜》湿低奏泣啼起。

15. 歌戈车遮通押

　　套数：

《春思》【梁州】劫趄孽扯绝折轧橛蹉叠者者舍阔热铁呆。

16. 歌戈萧豪通押

　　小令：

【北双调对玉环带清江引】《四景题诗》歌罗盒索蛾螺珂脱河阔多幕卧我。

　　套数：

《赠王善才》【北南吕一枝花】座雀哥讹阁窝火；【梁州】坷波大摩陀波罗可呵么珞过度何。

17. 支思齐微皆来

　　套数：

《赠人》【北南吕一枝花】姿志才来界辉色。

（二）阳声韵

1. 东钟独用

　　小令：

【北双调湘妃引】《和睦进之韵》嵘憧重中童功风；【北双调天香引】

《赠友人崇彦名》风逢中中憧珑匆匆篷；【北正宫脱布衫带小梁州】《四景为储公子赋·冬》容茸拥控龙琮宫咏中；【幺】梦童颂动冬；【北越调小桃红】《琼花灯》丛莹梦胧重永动风；【北越调柳营曲】《春思》横永茸胧容风踪红中；【北中旅谒金门】《落花二令》红红重风弄栊东风凤；【北双调风入松】《提货郎担儿》融栊东梦童钟风丛容。

套数：

《客中奇遇寄情》【梁州】侗弄蓬弓同东忠穷浓懂洞痛重从；【尾声】鞚钟讽终通宠。

《赠素云》【北南吕一枝花】动红溶梦蓬拥；【梁州】逢重栊空龙鸿冗匆风风送洞峰踪；【尾声】冻绒弄东中宠。

《赠美人》【北南吕一枝花】洞宫逢动通宠；【梁州】秾重红瞳冲溶懂梦众丛风；【尾声】咏工奉钟容种；【梁州】濛咏苊丛容拱风龙丰充种送红中。

2. 江阳独用

小令：

【北双调湘妃引】《和睦进之韵》窗堂浪忙浪张阳；【北双调湘妃引】《山中乐四阕赠友人》芳香况庄光壤榔；【北双调湘妃游月宫】《夏归情》凉香酿赏凉窗床床墙光凰莺忘量；【北中吕满庭芳】《武林感旧二首》乡香丈光舫怆往忘；【北正宫小梁州】《别情代人作》舫苍忙怅莺；【幺】上香长壮荡郎；【北正宫小梁州】《九日渡江二首》航茫翔望浪；【幺】亮阳伤况怅香；【北正宫脱布衫带小梁州】《四景为储公子赋·夏》徉皇浆帐墙凉香荡窗；【幺】怅江酿上阳；【北双调沉醉东风】《梦后书》床房帐堂凉想；【北双调沉醉东风】《折枝梨花》妆芳上光香赏；【北双调沉醉东风】《客怀》床窗敲撞量荒响；【北中吕普天乐】《送人迁居金陵》党肠巷上唐荡穰锵；【北双调对玉环带清江引】《闺怨》光香莺凰郎娘窗况晃肠；【北越调小桃红】《春情》香上荡郎况窗帐妨；【北正宫醉太平】《闺情》厢行光当嗓怆当谎；【北中吕醉高歌带红绣鞋】《琴意轩》凉响上凰况章香荡浪赏；【北双调蟾宫曲】《闺怨》厢郎郎墙娘娘床床窗窗唐肠肠。

套数：

《赋凤台春》【北双调夜行船】凰郎恙；【风入松】妆阳扬岗；【沉醉东风】章墙样光长赏；【离亭晏带歇指煞】访奖帐浪张怆巷忘往。

《赠人》【北南吕一枝花】将郎昂象乡堂；【梁州】香丈锵章芒扬党邦方望上香光；【尾声】帐堂相长凉响。

《莲卿王氏者楼居潇洒余颜之曰楚馆凝眸其所寄意无乃对景兴》【北南吕一枝花】窗帐床光巷乡鸯凰；【梁州】阳望行茫徨藏赏量长长傍况杨唐；【尾声】样娘诳芳香奖。

3. 真侵独用

小令：

【北双调湘妃引】《和睦进之韵》贫人俊身云尘樽；【北双调天香引】《戏赠赵心心》心心心心心心心心心心心心；【北双调天香引】《友人客寄南闽情缘媱恋代书此适意云》屯尘巡樽门论存勤；【北中吕满庭芳】《除夕》隐门运贫本人尽哂分人文信春门樽近盹神；【北正宫小梁州】《咏雪效苏禁体作》昏云纷阵门；【幺】俊神村醖熏；【北双调沉醉东风】《与友叙旧》人身心鬓尽宸隐；【北双调对玉环带清江引】《四景题诗》淋金阴琴斟枕浸饮沉吟音谶甚林/君人婚姻忖准文论信春；【北中吕谒金门】《纳凉寓意》林阴禁襟沁枕吟饮甚；【北正宫醉太平】《约遊春友不至效张鸣善句里用韵》滚氤神人嫩喷新蠢；【北正宫醉太平】《嘲秀才上花台》门神裙论嫩吝村身；【北中吕醉高歌带红绣鞋】《客中题壁》纷衮近魂阵邻昏文云；【北中吕山坡羊】《书怀示友人》甚恁浸吟寻禁心亲恁恁；【北黄钟出对子】《酒色财气四首》论身人春伦；【北越调天净沙】《题画上小景》春樽津论晨。

套数：

《送友人入全真道院》【北仙吕赏花时】分奔尘昏；【幺】身文纶论麟；【赚煞】分人门薰坤裀滚近仑。

《劝妓女从良》【北南吕一枝花】论纯门运孙本；【牧羊关】文君姻贫恩；【尾声】阵裀忿婚亲蠢。

《黄鹤楼》【北南吕一枝花】镇津人信新轸；【梁州】鳞尽吞分沄纷音春伦人论郡近云文；【尾声】阵群闷坤稳。

4. 寒山独用

小令：

【北双调湘妃引】《道中值雪》湾涧难烦板鞍；【北中吕满庭芳】《代人寄书》柬山间难懒闲盼晚安；【北正宫小梁州】《代人寄情》弹关番散珊；【幺】万看奸惯雁安；【北商调知秋令】《隐居》兰丹汉山间安。

套数：

《送人回镇淮安》【北仙吕赏花时】关蛮澜简安；【幺篇】阑寒鞍坛间。

《送车文卿归隐》【北南吕一枝花】栈山悭晚难眼；【梁州】间懒烦颜翻斑版丹闲闲范患看澜。

5. 先天独用

小令：

【北双调湘妃引】《赠别》毡钿线软连怨缱延；《送友归家乡》筵船甸远鹃天园；【北双调天香引】《题金山寺》拳泉天边前言涎；【北双调沉醉东风】《悼伶女四首》端般断漫宽短；【北越调小桃红】《姑苏感怀二首》烟遍院然燕边面船；【北双调寿阳曲】《题墨梅》远变前面。

套数：

《春日闺思》【北双调新水令】团乱宽桓畔；【鸿门凯歌】冠段幔屼漫满攒算酸纂；【甜水令】观圆伴鸾；【天香引】观端端鸾剜钻瞒棺；【随煞】馆短般款。

《送景闲回武林》【新水令】边片烟鞭面；【胡十八】筵扇眠钱仙禅院；【离亭晏带歇指煞】绚溅笺元县传然怨愿年阮。

《赠玉莲王脂》【北双调夜行船】仙年见；【沉醉东风】边前浅泉钿软。

《赠马玉杓》【北南吕一枝花】冤攒嫌瞻慊染；【尾声】占拈玷甜添闪。

《旅中自遣》【北南吕一枝花】剑签恹拈瞻；【尾声】厌嫌验瞻兼诣。

《赠王观音奴》【北南吕一枝花】天愿莲娟软圆显；【梁州】牵愿言泉娟绵缘禅天天见便穿悬；【尾声】串钿眷免谝远。

6. 庚青独用

小令：

【北双调湘妃引】《秋夕闺思》屏镜醒零境城；【北双调湘妃引】《和睦进之韵》明诚性生成行灯；【北双调天香引】《留别友人》萍生零情酊咛凭陵；【北双调天香引】《赠友二篇》名程精鼎鹰清平明；【北越调柳营曲】《听筝》醒明筝清平情咛鸣冰听声；【北双调庆东原】《京口夜泊》程命声声声成并；【北双调蟾宫曲】《闺怨》零情情疼疼明明更

更灯程程。

　　套数：

　　《嘲素梅》【北南吕一枝花】鼎瓶生径亭等；【尾声】靖平净明冷影。

　　《赠美人号展香绵杨铁笛为著此号》【北南吕一枝花】净情婷性成影；【梁州】绫并屏亭零擎英萍省命姓扃琼；【尾声】聘诚静经听冷。

　　《卓文君花月瑞仙亭》【北南吕一枝花】径楹冥静冷影；【尾声】定醒订绳成省。

　　《赠教坊张韶舞善吹箫》【北南吕一枝花】静冰声令成鸣；【梁州】惊订萦情清平筝笙成能听兴名矜；【尾声】命星敬馨青井。

　　《题梧月堂》【滚绣球】楹井声成扃镜晶清情；【倘秀才】英晴明定生省；【脱布衫】冷冥映；【小梁州】层清冰静灯；【幺篇】兴形凭庚；【随煞尾】胜名萦京听咏景停影。

　　7. 监咸独用

　　小令：

　　【北正宫小梁州】《上巳日登姚江龙泉寺分韵得暗字》岩三杉撼衫。

　　套数：

　　《秋怀》【北双调新水令】衫暗簪南赚；【驻马听】惭减惨鬖庵站俺担；【乔牌儿】谈鉴探览；【雁儿落】担淡醮；【滴滴金】鉴缄缆三；【尾声】胆减毯。

　　8. 东钟庚青通押

　　小令：

　　【北双调湘妃游月宫】《冬归情》松懂痛永同钟凤凤星龙泂重胧冬；【北双调对玉环带清江引】《闺怨》栊生明筝笙听程逞另镜等。

　　套数：

　　《题崇明顾彦昇洲上居》【北南吕一枝花】动东穷萤通泂；【尾声】洞峰孔蒙农顷。

　　《嘲素梅》【梁州】鸣省精种英清陵净灵听情病倖名零。

　　9. 真侵庚青通押

　　小令：

　　【北双调天香引】《友人客寄南闽情缘媱恋代书此适意云》瀛仃坑城饼名灯屏昏；

套数：

《劝妓女从良》【梁州】春尽唇裙群因人人人生忖顺信身循。

《题梧月堂》【北正宫端正好】新盛亭映境。

10. 寒山先天通押

小令：

【北双调湘妃引】《京口道中》颜鬓盼间难断懒干；【北双调沉醉东风】《燕山怀古》碗盘残断乱宽馆；【北中吕普天乐】《送人迁居金陵》晚远寒看惮颜斑懒难；【北越调柳营曲】《薛琼琼弹筝图》颜鬓番翩珊间关安环看。

套数：

《春日闺思》【乔牌儿】睆唤断管；【北双调夜行船】仙翩坛见。

《送景闲回武林》【北双调夜行船】仙翩坛见。

《赠马玉杓》【梁州】渲艳蟾簾潜谦冉悂言诳俭厌忪。

《旅中自遣》【梁州】簾店檐蟾粘翻险尖检欠俭廉潜。

11. 寒山监咸通押

小令：

【北双调天香引】《题舜江寺》关寒干眼鬓幡檀间；【北正宫小梁州】《上巳日登姚江龙泉寺分韵得暗字》【幺】暗龛谈惮南。

套数：

《送人回镇淮安》【赚煞尾】灿懒鞍幡丹颜看滩岸湾。

《送车文卿归隐》【尾声】烂寒旦顽侃蘸。

12. 先天监咸通押

小令：

【北双调天香引】《友人客寄南闽情缘媃恋代书此适意云》连涎眷娟鞭弦言怜衫笺。

套数：

《春日闺思》【驻马听】欢碗玩盘丸罐酣暖幔。

《秋怀》【折桂令】憨茧骖感耽谙蓝。

13. 真侵庚青东钟通押

套数：

《客中奇遇寄情》【北南吕一枝花】心梦信风逢凤恐灯红。

《卓文君花月瑞仙亭》【梁州】澄听声音凤莺清情行肩生称令命轻名。

14. 寒山先天监咸

套数：

《赠玉莲王脂》【离亭晏带歇指煞】羡恋然涎茧扇怜惨变宴勉攀选。

《秋怀》【得胜令】含咸断淹堪范甘劖。

结　语

一　本书结论

经过前面的分析探讨，本书的研究结论如下：

1. 我们在算数统计的基础上，经过反复排比和系联后，最后确定《全明散曲》

韵部共为16部，阴声韵部为：支思、齐微、鱼模、歌戈、萧豪、皆来、家麻、车遮、尤侯；阳声韵部为：东钟、江阳、真侵、庚青、寒山、先欢、监咸。其特征有：

(1) 先天、桓欢、廉纤三韵合为先欢韵。

(2) 虽南方散曲还存在一些-m尾独用现象，但从整个语音系统来看，-m尾与-n尾打破对立已经转化为-n尾。

(3) 入声韵消失，全部归入阴声韵，少数入声独用曲例，可能是受方言或仿古的影响。

(4) 梗、曾两摄的一二等唇音字、喉牙音合口字有的已经转变为通摄字，有的正在转变，所以出现庚青和东钟有共同韵字。

(5) 尤候韵唇音字转变为鱼模韵字，但由于方音及转变不彻底的原因，出现文白两读情况。

2. 本书以《中原音韵》为参照音系，根据作家籍贯或出生地对《全明散曲》作品分南北进行研究。作家群分布较广，主要集中在浙江、江苏、山东、河北等地区。从宏观上看，南北方散曲在韵部归类是基本相同的。但是在基本相同的情况下依然有韵部亲疏、某些韵字归属、入声字单押等方面的差异。

3. 《全明散曲》中古入声字除去个别独用的情况外，全部押入阴声韵中。入声韵派入阴声韵有三种情况：

（1）《广韵》某入声韵字全部派入阴声韵，和阴声韵合并为一韵部，如：昔、锡、质韵全部归入齐微韵。

（2）《广韵》的某一入声韵目不会整齐划一地归入某一阴声韵，但是倾向性很强。如：缉韵字在《全明散曲》95.7%的韵字归入齐微韵。

（3）有些入声韵目由于受到各种不稳定因素的影响，到中古时期出现文白异读两个读音，分别归入两个不同的阴声韵部，如：药韵、铎韵。

4. 在"入派三声"的问题上，《全明散曲》用韵中大多数中古全浊入声字大部分读平声，次浊入声字大部分读去声；清入字大部分派入平声，其余的中古入声字以相差不大的比例分别派入去声和上声。

5.《中原音韵》并非完全按照元曲作品用韵归纳而成的，周德清有其自己的一套审音框架。《全明散曲》中有一些的用韵字不见于《中原音韵》，其中不乏一些用韵频率较高的常用字。这说明《中原音韵》收字有一定的局限性及明代曲韵作家对作品韵脚字的选取也有一定主观性和倾向性。

6. 通过元明清曲韵的对比，我们可以看出元明清曲韵系统总体格局变化不大，以韵部合并为主。从宏观来看，元明清三代语音的演变发展是从繁到简，韵部之间的合流既是语音简化的最好表现，也是语言交流趋简的必然趋势。

二 本书的特点

在前修时贤研究的基础上，本书取得了一些创新成果：

1. 对《全明散曲》321 位南北方作家（生平不详者及无名氏不计其内）作品用韵进行穷尽式的分析考察，归纳出曲韵韵部共 16 部。

2. 分南北、分地区地探讨明散曲用韵特点，补充了明代西北、西南、两湖、两广等地少数散曲作品用韵研究的空白。

3. 从历时的角度考察了元明清六百余年曲韵的变化，指出明散曲作家在用韵选字上有一定的倾向性。

4. 全面考察了《全明散曲》中入韵的中古入声字，除个别独韵外，都归入阴声韵中，和《中原音韵》入声字的归派基本一致。

5. 从整体上观察了中古入声字在《全明散曲》中的归派比例：全浊入声字共有 83.1%派入平声，次浊入声字有 86.4%派入去声，古清入声字 46.8%派入平声、24%派入上声、29.2%派入去声。

三　本书尚待改进的问题及今后研究展望

由于受时间、能力所限，本书还存在一些尚待改进和研究的地方。如：对南北方散曲作家作品没有分南北曲讨论，韵部之间的通押、亲属关系分析较浅，方音对作品用韵的影响也未充分讨论。此外，我们只对《全明散曲》中的中古入声字进行了统计和归类，未分方言区考察入声字声调的归派等。以上这些问题都有待改进和细化。

在今后的研究中，我们除了要解决上述问题外，还希望能将明散曲研究与明戏曲研究更加细致、深入地结合起来，寻找语言学背景下的用韵系统与音乐史背景下的用韵系统的异同，以期更清晰地呈现明曲用韵的语音脉络。

附录一

南北方散曲宫调曲牌统计

说明：

①宫调曲牌的统计分南北地域排列，作家排序是依据正文中"分区统计"的先后顺序排列，南北之间用加粗线隔开。

②表格中的数字代表该作家作品中小令、套数的总数。

北方作家	小令（支）	宫调曲牌	套数（套）	宫调曲牌
张全一	14	【北双调雁儿落带得胜令】(5) 【北双调折桂令】(5) 【北南吕一枝花】(4)	5	【南仙吕鹊桥仙、玉女摇仙佩、尾声】(5)
万勋	4	【北正宫脱布衫带小梁州】(4)	3	【北南吕一枝花、小梁州、尾声】(2) 【北般涉调耍孩儿、九煞、八煞、七煞、六煞、五煞、四煞、三煞、二煞、一煞、尾声】(1)
王文昌	0		1	【绣停针、小桃红、合笙道合、调笑令、山马客带忆多娇、秃厮儿带圣药王金蕉叶、豹子令带梅花酒、余音】(1)
贾仲明	81	【北双调凌波山】(80) 【北正宫醉太平】(1)	2	【醉花阴、画眉序、喜迁莺、画眉序、出队子、神仗儿、刮地风、耍鲍老、四门子、闹樊楼、古水仙子、尾声】(1) 【北双调风入松、乔牌儿、新水令、天仙子、豆叶黄、离亭晏煞】(1)
毕木	0		3	【北正宫端正好、滚绣球、幺篇、尚秀才、幺篇、耍孩儿、幺篇、幺篇、幺篇、幺篇、幺篇、尾】(1) 【北仙吕八声甘州歌、幺篇、幺篇、幺篇、尾】(1) 【南双调锁南枝、前腔、滚绣球、尚秀才、耍孩儿、幺篇、幺篇、幺篇、幺篇、余文】(1)

续表

北方作家	小令（支）	宫调曲牌	套数（套）	宫调曲牌
王田	3	【南商调黄莺儿】(1) 【北中吕朱履曲】(2)	7	【北商调集贤宾、逍遥乐、金菊香、醋葫芦、幺篇、梧叶儿、后庭花、青哥儿、尾声】(1) 【北黄钟醉花阴、喜迁莺、出对子、幺、刮地风、四门子、天仙子、寨儿令、神杖儿、幺、挂金索、余音】(1) 【北南吕一枝花、梁州第七、尾声】(1) 【北正宫端正好、滚绣球、倘秀才、滚绣球、倘秀才、呆骨朵、货郎儿、脱布衫、小梁州、幺篇、醉太平、煞尾】(1) 【北越调斗鹌鹑、紫花儿序、小桃红、金蕉叶、调笑令、鬼三台、秃厮儿、圣药王、麻郎儿、幺篇、络丝娘、东原乐、幺篇、青山口、耍三台、尾声】(1) 【南中吕石榴花、前腔、渔家傲、前腔、前腔、前腔、尾声】(1) 【南大石调念奴娇序、尾犯序、锦缠道、倾 序、玉芙蓉、小桃红、尾声】(1)
刘天民	4	【北正宫叨叨令】(1) 【北双调胡世巴】(3)	1	【北仙吕点绛唇、混江龙、尾声】(1)
殷士儋	0		14	【北商调集贤宾、逍遥乐、金菊香、梧叶儿、醋葫芦、幺篇、幺篇、幺篇、后庭花、青哥儿】(1) 【北正宫端正好、滚绣球、塞鸿秋、脱布衫、小梁州、幺、满庭芳、耍孩儿、三煞、二煞、一煞】(1) 【北仙吕点绛唇、混江龙、油葫芦、天下乐、那吒令、鹊踏枝、寄生草、赚尾】(1) 【北中吕粉蝶儿、醉春风、石榴花、满庭芳、魔合罗、二煞、煞尾】(1) 【粉蝶儿、好事近、石榴花、好事近、斗鹌鹑、扑灯蛾、上小楼、扑灯蛾、尾声】(1) 【北黄钟醉花阴、喜迁莺、出对子、幺篇、刮地风、四门子、古水仙子、尾声】(1) 【北南吕一枝花、梁州第七、隔尾、牧羊关、贺新郎、隔尾】(1) 【北南吕一枝花、梁州第七、尾声】(1) 【北双调新水令、驻马听、沉醉东风、雁儿落、得胜令、水仙子、折桂令、沽美酒、太平令、清江引、鸳鸯煞尾】(1) 【北双调新水令、驻马听、平沙落雁、凯歌声、沽美酒、太平令、请江引】(1) 【北双调新水令、驻马听、沉醉东风、水仙子、离亭宴带歇指煞】(1) 【北大石调念奴娇、六国朝、卜金钱、望江南、雁过南楼、喜秋风、初相会、净瓶儿、好观音煞】(1) 【北双调凌波仙、天香第一枝、清江引】(1) 【北中吕普天乐、醉春风、朱履曲、迎仙客、谒金门、快活三、四边静、十二月、尧民歌、尾声】(1)
马惠	1	【北双调清江引】(1)	0	
弭来夫	1	【北双调沉醉东风】(1)	0	
张诚庵	1	【北双调折桂令】(1)	0	

续表

北方作家	小令（支）	宫调曲牌	套数（套）	宫调曲牌
高应玘	8	【北仙吕寄生草】(1) 【北正宫醉太平】(1) 【北中吕朝天子】(1) 【北双调殿前欢】(1) 【北双调庆宣和】(2) 【北双调清江引】(2)	0	
李开先	226	【南南吕一江风】(110) 【南仙吕傍妆台】(101) 【北双调楚江秋】(4) 【北仙吕那吒令】(10) 【北双调沉醉东风】(1)	8	【南商调黄莺学画眉、前腔、前腔、前腔、尾声】(1) 【南黄钟啄木儿、前腔、三段子、归朝歌】(1) 【南正宫锦庭乐、前腔、象牙床、尾声】(1) 【南大石调本序、前腔、古轮台、前腔、余文】(1) 【南仙吕临镜序、前腔、赚、掉角儿序、前腔、尾声】(1) 【南仙吕入双调黑蟆序、前腔、浆水令、前腔、尾】(1) 【南仙吕入双调步步娇、沉醉东风、忒忒令、好姐姐、嘉庆子、双蝴蝶、园林好、川拨棹、锦衣香、浆水令、尾声】(1) 【北正宫端正好、滚绣球、叨叨令、脱布衫、小梁州、十六煞、十五煞、十四煞、十三煞、十二煞、十一煞、十煞、九煞、八煞、七煞、六煞、五煞、四煞、三煞、二煞、一煞、尾】(1)
袁崇冕	2	【北双调清江引】(1) 【北双调雁儿落过得胜令】(1)	1	【北双调新水令、驻马听、水仙子、得胜令、甜水令、折桂令、尾声】(1)
张舜臣	0		1	【南商调集贤宾、前腔、黄莺儿、前腔、琥珀猫儿坠、前腔、尾声】(1)
刘效祖	112	【北双调雁儿落带得胜令】(8) 【北双调折桂令】(8) 【北中吕朝天子】(8) 【北双调沉醉东风】(8) 【挂枝儿】(8) 【双叠翠】(7) 【北双调锁南枝】(16) 【南仙吕醉罗歌】(4) 【北中吕满庭芳】(6) 【北中吕普天乐】(8) 【北正宫小梁州】(4) 【北中吕朝天子】(4) 【南正宫玉芙蓉】(2) 【南商调黄莺儿】(6) 【北双调沉醉东风】(10) 【北正宫醉太平】(2) 【南南吕一江风】(3)	1	【北中吕粉蝶儿、醉春风、红绣鞋、满庭芳、普天乐、石榴花、斗鹌鹑、上小楼、幺篇、十二月、尧民歌、耍孩儿、七煞、六煞、五煞、四煞、三煞、二煞、一煞】(1)

续表

北方作家	小令（支）	宫调曲牌	套数（套）	宫调曲牌
于慎思	4	【北双调折桂令】（4）	2	【北南吕一枝花、梁州、骂玉郎、感皇恩、采茶歌、尾声】（1） 【北双调新水令、驻马听、沉醉东风、折桂令、雁儿落、得胜令、沽美酒、太平令、离亭宴歇指煞】（1）
薛论道	999	【南商调山坡羊】（100） 【北中吕朝天子】（101） 【北双调水仙子】（100） 【南商调黄莺儿】（100） 【北双调沉醉东风】（100） 【北仙吕桂枝春】（100） 【南仙吕入双调朝元歌】（100） 【南仙吕傍妆台】（99） 【南仙吕入双调步步娇】（100） 【南仙吕入双调玉抱肚】（99）	0	
宋登春	1	【北双调清江引】1	0	
赵南星	52	【北仙吕寄生草】（4） 【北正宫醉太平】（4） 【北双调雁儿落带过得胜令】（1） 【银纽丝】（7） 【南双调孝南枝】（2） 【北双调折桂令】（4） 【南仙吕桂枝春】（1） 【北双调水仙子带过折桂令】（1） 【北双调折桂令后带急三枪】（2） 【南双调锁南枝带过罗江怨】（1） 【一口气】（2） 【南双调锁南枝半插罗江怨】（2） 【南商调山坡羊】（4） 【南仙吕入双调玉抱肚】（5） 【南双调锁南枝带过罗江怨】（2） 【喜连升】（6） 【南双调锁南枝带过罗江怨】（2） 【劈破玉】（1）	8	【步步娇、折桂令、江儿水、雁儿落带得胜令、侥侥令、前腔、尾声】（1） 【新水令、步步娇、折桂令、江儿水、雁儿落带得胜令、侥侥令、收江南、园林好、沽美酒带太平令、清江引】（1） 【南仙吕入双调步步娇、皂罗袍、香柳娘、前腔、醉公子、前腔、侥侥令、前腔、余文】（1） 【步步娇、折桂令、江儿水、雁儿落带得胜令】、侥侥令、前腔、余音】（1） 【北仙吕点绛唇、混江龙、油葫芦、天下乐、那咤令、鹊踏枝、寄生草、赚煞】（1） 【北仙吕点绛唇、混江龙、油葫芦、天下乐、那咤令、鹊踏枝、寄生草、煞尾】（1） 【南中吕石榴花、前腔、不是路、掉角儿、前腔、尾声】（1） 【步步娇、折桂令、江儿水、雁儿落带得胜令、侥侥令、前腔、尾声】（1）

续表

北方作家	小令（支）	宫调曲牌	套数（套）	宫调曲牌
杨应奎	17	【北双调落梅风】(1) 【南商调黄莺学画眉】(4) 【南商调黄莺儿】(12)	6	【南越调小桃红、下山虎、二犯斗宝蟾、恨薄情、四般宜、怨东君、江头送别、余音】(1) 【北双调夜行船、乔木查、庆宣和、落梅风、风入松、拨不断、离亭宴带歇指煞】(1) 【北正宫端正好、滚绣球、叨叨令、脱布衫、小梁州、幺、上小楼、幺、满庭芳、快活三、朝天子、四边静、耍孩儿、五煞、四煞、三煞、二煞、一煞、尾声】(1) 【北双调新水令、驻马听、沉醉东风、雁儿落带得胜令、挂玉钩、川拨棹、七弟兄、梅花酒、收江南】(1) 【北仙吕点绛唇、混江龙、油葫芦、天下乐、那吒令、鹊踏枝、寄生草、六幺序、幺篇、后庭花、青哥儿、煞尾】(1) 【北仙吕点绛唇、混江龙、油葫芦、天下乐、寄生草、赚煞】(1)
薛岗	105	【北双调玉江引】(14) 【北双调水仙子】(4) 【北中吕朝天子】(4) 【北正宫醉太平】(4) 【北中吕红绣鞋】(4) 【北双调折桂令】(6) 【北中吕谒金门】(2) 【北中吕满庭芳】(2) 【北正宫塞鸿秋】(2) 【北仙吕寄生草】(2) 【南正宫玉芙蓉】(8) 【南仙吕二犯月儿高】(4) 【南中吕驻云飞】(4) 【南南吕懒画眉】(4) 【南仙吕桂枝春】(4) 【南南吕宜春令】(4) 【南仙吕入双调玉抱肚】(4) 【南中吕驻马听】(4) 【南商调集贤宾】(5) 【南南吕一江风】(4) 【南仙吕傍妆台】(4) 【南黄钟赏宫花】(4) 【南商调金络锁】(2) 【南仙吕入双调朝元歌】(6)	0	

续表

北方作家	小令（支）	宫调曲牌	套数（套）	宫调曲牌
丁彩	113	【南商调集贤宾】(8) 【南仙吕傍妆台】(1) 【北双调折桂令】(4) 【南双调锁南枝半插罗江怨】(19) 【南商调山坡羊】(26) 【北南吕乾荷叶】(13) 【南商调金络锁】(3) 【北双调楚江秋】(1) 【北双调清江引】(2) 【南商调黄莺儿】(7) 【南南吕懒书眉】(2) 【南商调金衣公子】(10) 【劈破玉】(7) 【南仙吕桂枝香】(2) 【南黄钟啄木儿】(2) 【南商调金络索】(1) 无牌名 (5)	1	【步步娇、集贤宾、折桂令、江儿水、雁儿落带过得胜令、叨叨令、尾声】(1)
丁惟恕	211	【北双调水仙子】(7) 【北双调仙子步蟾宫】(3) 【南仙吕入双调朝元歌】(14) 【南商调集贤宾】(20) 【南仙吕桂枝香】(5) 【南正宫玉芙蓉】(6) 【南南吕懒画眉】(12) 【北双调折桂令】(10) 【北中吕红绣鞋】(2) 【南仙吕入双调玉抱肚】(6) 【北双调仙桂引】(5) 【北中吕朝天子】(14) 【北双调清江引】(5) 【南中吕驻云飞】(11) 【南商调黄莺儿】(10) 【北中吕满庭芳】(2) 【南仙吕桂枝春】(14) 【南商调山坡羊】(5) 【南仙吕入双调步步娇】(4) 【南仙吕傍妆台】(1) 【南双调锁南枝半插罗江怨】(1) 【南仙吕二犯傍妆台】(1) 【南越调浪淘沙】(12) 【南仙吕二犯月儿高】(2) 【北双调蟾宫】(2) 【河南韵】(37)	0	

附录一　南北方散曲宫调曲牌统计　　231

续表

北方作家	小令（支）	宫调曲牌	套数（套）	宫调曲牌
孙峡峰	58	【南商调黄莺儿】(30) 【南仙吕桂枝春】(1) 【南中吕驻云飞】(12) 【南中吕驻马听】(5) 【南仙吕桂枝香】(5) 【南双调集贤宾】(5)	0	
冯惟敏	522	【北双调胡十八】(8) 【北中吕满庭芳】(10) 【北中吕朝天子】(79) 【北双调清江引】(52) 【南商调黄莺儿】(27) 【南商调黄罗歌】(7) 【南仙吕入双调朝元歌】(18) 【北双调玉江引】(8) 【北正宫醉太平】(32) 【北双调天香引】(6) 【北双调仙桂引】(8) 【北双调河西六娘子】(17) 【南正宫玉芙蓉】(23) 【南仙吕桂枝香】(27) 【北双调折桂令】(21) 【南中吕驻马听】(2) 【南南吕懒书眉】(4) 【北正宫塞鸿秋】(4) 【北双调殿前欢】(2) 【北双调对玉环带过清江引】(5) 【北双调雁儿落带得胜令】(2) 【北双调雁阵来】(2) 【南南吕一江风】(2) 【南仙吕入双调玉抱肚】(25) 【北双调折桂朝天令】(2) 【北正宫小梁州】(1) 【南中吕驻云飞】(14) 【南仙吕二犯傍妆台】(6) 【南仙吕傍妆台】(14) 【北仙吕寄生草】(4) 【南越调浪淘沙】(2) 【北双调鸿门奏凯歌】(11) 【北双调仙子步蟾宫】(25) 【南仙吕入双调玉交枝】(8) 【北双调沉醉东风】(4)	50	【北仙吕点绛唇、混江龙、油葫芦、天下乐、那吒令、鹊踏枝、后庭花、青哥儿、寄生草、赚尾】(5) 【北南吕一枝花、梁州、尾】(9) 【北双调新水令、驻马听、沉醉东风、雁儿落、得胜令、沽美酒、太平令、川拨棹、七弟兄、梅花酒、收江南】(2) 【北正宫端正好、滚绣球、叨叨令、脱布衫、小梁州、幺篇、上小楼、幺篇、满庭芳、快活三、朝天子、四边静、耍孩儿、十七煞、十六煞、十五煞、十四煞、十三煞、十二煞、十一煞、十煞、九煞、八煞、七煞、六煞、五煞、四煞、三煞、二煞、一煞、尾】(1) 【北正宫端正好、滚绣球、脱布衫、小梁州、幺篇、上小楼、幺篇、满庭芳、朝天子、耍孩儿、六煞、五煞、四煞、三煞、二煞、一煞、煞尾】(1) 【北双调新水令、驻马听、雁儿落、得胜令、水仙子、折桂令、离亭宴歇指煞】(5) 【北双调新水令、驻马听、雁儿落、得胜令、水仙子、折桂令、离亭宴歇指煞】(1) 【北双调新水令、驻马听、沉醉东风、雁儿落、得胜令、川拨棹、七弟兄、梅花酒、收江南、尾声】(2) 【北黄钟醉花阴、喜迁莺、出对子、幺篇、刮地风、四门子、古水仙子、尾声】(5) 【北中吕粉蝶儿、醉春风、红绣鞋、普天乐、脱布衫、小梁州、幺、上小楼、幺、满庭芳、耍孩儿、五煞、四煞、三煞、二煞、煞、尾】(1) 【北双调新水令、驻马听、雁儿落、得胜令、沉醉东风、折桂令、水仙子、清江引】(1) 【北中吕粉蝶儿、醉春风、红绣鞋、幺、满庭芳、小梁州、幺、上小楼、幺、幺、斗鹌鹑、耍孩儿、幺、尾】(1) 【北正宫端正好、滚绣球、脱布衫、小梁州、幺、满庭芳、朝天子、耍孩儿、二煞、一煞、尾】(1) 【北商调集贤宾、逍遥乐、金菊香、醋葫芦、幺、幺、幺、幺、梧叶儿、后庭花、青哥儿、浪里来煞】(3) 【北双调新水令、驻马听、雁儿落、得胜令、川拨棹、梅花酒、收江南】(1) 【南仙吕二犯傍妆台、前腔、不是路、掉角儿、前腔、尾】(1) 【南仙吕入双调步步娇、锁南枝、香柳娘、园林好、江儿水、侥侥令、尾声】(1) 【南商调集贤宾、前腔、黄莺儿、前腔、琥珀猫儿坠、前腔、尾】(1) 【南商调集贤宾、前腔、不是路、掉角儿、前腔、十二时】(1)

续表

北方作家	小令（支）	宫调曲牌	套数（套）	宫调曲牌
冯惟敏		【北双调水仙子】(4) 【南仙吕入双调柳摇金】(4) 【南中吕依马待风云】(4) 【南仙吕二犯月儿高】(8) 【南商调集贤宾】(8) 【北双调蟾宫】(4) 【北中吕红绣鞋】(3) 【南双调锁南枝】(2) 【北双调水仙子带折桂令】(1) 【南双调锦堂月】(1) 【南商调高阳台】(1)		【北中吕粉蝶儿、醉春风、红绣鞋、满庭芳、耍孩儿、十五煞、十四煞、十三煞、十二煞、十一煞、十煞、九煞、八煞、七煞、六煞、五煞、四煞、三煞、二煞、一煞、尾】(1) 【北般涉调耍孩儿、十煞、九煞、八煞、七煞、六煞、五煞、四煞、三煞、二煞、一煞、尾】(3) 【南商调集贤宾、前腔、不是路、掉角儿序、前腔、尾】(1) 【北正宫端正好、滚绣球、脱布衫、小梁州、朝天子、四边静、耍孩儿、十三煞、十二煞、十一煞、十煞、九煞、八煞、七煞、六煞、五煞、四煞、三煞、二煞、一煞、煞尾】(1) 【南仙吕金盏儿、误佳期、丞相服、玉抱肚、琥珀猫儿坠、余文】(1)
秦时雍	52	【北正宫小梁州】(4) 【南仙吕入双调玉抱肚】(5) 【南正宫玉芙蓉】(5) 【南南吕一江风】(4) 【南仙吕桂山秋月】(4) 【南商调莺集画台】(4) 【南商调黄莺儿】(6) 【南商调山坡羊】(5) 【南仙吕二犯桂枝香】(4) 【南南吕懒画眉】(8) 【南仙吕一封书】(1) 【北仙吕一半儿】(2)	22	【南正宫锦缠道、前腔、前腔、前腔、古轮台、前腔、尾声】(1) 【南南吕香罗带、醉扶归、香柳娘、江儿水、园林好、玉交枝、玉抱肚、猫儿坠玉枝、尾声】(1) 【南仙吕望吾乡、傍妆台犯、前腔、解三酲犯、前腔、掉角儿犯、前腔、尾声】(2) 【南仙吕入双调步步娇、锁南枝、香柳娘、园林好、江儿水、侥侥令、前腔、尾声】(1) 【南黄钟画眉序、黄莺儿、集贤宾、琥珀猫儿坠、尾声】(2) 【南商调黄莺儿、傍妆台、画眉序、黄莺儿、香柳娘、江儿水、侥侥令、前腔、尾声】(1) 【南仙吕入双调步步娇、锁南枝、集贤宾、前腔、黄莺儿、前腔、园林好、江儿水、侥侥令、前腔、尾声】(1) 【南仙吕入双调惜奴娇、前腔、浆水令、尾声】(1) 【南仙吕入双调步步娇、江儿水、集贤宾、前腔、黄莺儿、江儿水、侥侥令、前腔、尾声】(1) 【南中吕泣颜回、前腔、前腔、赚、扑灯蛾、尾声】(1) 【南仙吕甘州歌、前腔、斗黑蟆、前腔、忆莺儿、前腔】(1) 【南商调黄莺儿、琥珀猫儿坠、皂罗袍、香柳娘、江水儿、园林好、江水儿、侥侥令、前腔、尾声】(1) 【南仙吕二犯傍妆台、黄莺儿、琥珀猫儿坠、皂罗袍、香柳娘、江儿水、侥侥令、前腔、尾声】(1) 【南黄钟啄木儿、前腔、三段子、前腔、归朝歌】(5) 【南仙吕入双调步步娇、皂罗袍、前腔、黄莺儿、香柳娘、江水儿、侥侥令、前腔、尾声】(1) 【南商调黄莺儿、傍妆台、集贤宾、前腔、解三酲、前腔、赚、掉角儿序、前腔、尾声】(1)

续表

北方作家	小令（支）	宫调曲牌	套数（套）	宫调曲牌
朱载堉	234	【南商调黄莺儿】(31) 【南商调山坡羊】(29) 【南仙吕入双调朝元歌】(5) 【南仙吕桂枝香】(5) 【南中吕驻云飞】(4) 【北中吕朝天子】(7) 【南南吕一剪梅】(16) 【北双调雁儿落带得胜令】(1) 【北中吕满庭芳】(4) 【劈破玉】(7) 【北双调河西六娘子】(29) 【南双调捣练子】(19) 【北般涉调耍孩儿】(17) 【南仙吕鹧鸪天】(9) 【南南吕懒针线】(1) 【南南吕西江月】(9) 【南仙吕一封书】(5) 【北双调庆宣和】(1) 【北正宫醉太平】(6) 【北双调折桂令】(9) 【南双调锁南枝】(1) 【南仙吕入双调玉抱肚】(17)	1	【北双调新水令、步步娇、折桂令、江儿水、雁儿落带得胜令、侥侥令、收江南、园林好、沽美酒带太平令、啄木儿】(1)
朱权	15	【南中吕驻马听】(4) 【南商调黄莺儿】(8) 【南商調黄莺儿】(2) 【北小石调天上谣】(1)	1	【步步娇、水仙子、江水儿、折桂令、柳摇金、川拨掉、太平令、锦衣香、梅花酒、浆水令、转调】(1)
朱瞻基	17	【北仙吕寄生草】(2) 【北正宫脱布衫带小梁州】(1) 【北正宫醉太平】(11) 【北双调寿阳曲】(1) 【北双调遏金门】(1) 【南柳阶行】(1)	1	【北仙吕点绛唇、混江龙、油葫芦、天下乐、那吒令、鹊踏枝、寄生草、后庭花、青哥儿、尾】(1)
徐维敬	0		1	【南南商调二郎神、集贤宾、黄莺儿、琥珀猫儿坠、尾声】(1)
朱有燉		【北双调快活年】(10) 【北双调沽美酒带过快活年】(2) 【北越调凭阑人】(10) 【北双调清江引】(7) 【北中吕普天乐】(1) 【北双调蟾宫令】(4) 【北双调落梅风】(5) 【北越调天净沙】(12) 【北双调十棒鼓】(4)	38	【北黄钟醉花阴、喜迁莺、出对子、刮地风、四门子、水仙子、尾声】(3) 【北南吕一枝花、梁州、尾声】(22) 【北双调新水令、驻马听、沉醉东风、庆东原、离亭宴带歇指煞】(1) 【北正宫端正好、滚绣球、倘秀才、滚绣球、塞鸿秋、尾声】(1) 【北中吕粉蝶儿、醉春风、红绣鞋、石榴花、斗鹌鹑、上小楼、幺、耍孩儿、尾声】(1) 【北双调新水令、驻马听、庆东原、庆宣和、鸳鸯煞】(1)

续表

北方作家	小令（支）	宫调曲牌	套数（套）	宫调曲牌
朱有燉	260	【北中吕山坡羊】(11) 【北双调折桂令】(7) 【北双调水仙子带折桂令】(2) 【北双调月上海棠】(4) 【北南吕金字经】(3) 【北越调梅花引】(2) 【北正宫白鹤子】(16) 【南仙吕入双调四朝元】(4) 【北越调寨儿令】(4) 【北双调重叠字雁儿落过得胜令】(1) 【北中吕满庭芳】(6) 【北双调水仙子】(12) 【北双调沉醉东风】(3) 【北中吕喜来乐】(2) 【南南吕楚江情】(4) 【南仙吕西河柳】(4) 【北黄钟贺圣朝】(2) 【北正宫小梁州】(2) 【北正宫醉太平】(29) 【北双调沽美酒过太平令】(2) 【南仙吕入双调柳摇金】(12) 【北双调扫晴娘】(4) 【北双调庆东原】(6) 【北中吕红绣鞋】(4) 【北中吕上小楼】(1) 【北双调殿前欢】(5) 【北越调小桃红】(6) 【北双调牡丹春】(1) 【北双调殿前喜】(1) 【北中吕喜春来】(1) 【北中吕朱履曲】(5) 【北南吕骂玉郎过感皇恩采茶歌】(1) 【北正宫脱布衫过小梁州】(1) 【北中吕朝天子】(3) 【北中吕卖花声】(1) 【北仙吕一半儿】(4) 【南南吕楚江情带过北南吕金字经】(5) 【北越调柳营曲】(22)		【北仙吕点绛唇、混江龙、油葫芦、天下乐、煞尾】(1) 【北双调新水令、驻马听、雁儿落、水仙子、川拨棹、梅花酒、收江南、鸳鸯煞】(1) 【北双调新水令、驻马听、雁儿落、得胜令、鸳鸯煞】(1) 【北大石调六国朝、喜江南、初问口、常相会、喜江南、幺、雁过南楼、催花乐、喜江南、净瓶儿、玉翼蝉余音】(3) 【北南吕一枝花、梁州、骂玉郎、感皇恩、采茶歌、尾声】(1) 【北商调集贤宾、逍遥乐、金菊香、梧叶儿、醋葫芦、金菊香、浪来里煞】(1) 【北仙吕点绛唇、混江龙、油葫芦、天下乐、那吒令、鹊踏枝、寄生草、幺、后庭花、青哥儿、赚尾】(1)
一斋	5	【北中吕喜春来】(2) 【北南吕骂玉郎过感皇恩采茶歌】(1) 【北中吕朱履曲】(2)	0	

附录一 南北方散曲宫调曲牌统计

续表

北方作家	小令（支）	宫调曲牌	套数（套）	宫调曲牌
朱厚照	1	失牌名（没有曲牌名）	0	
沐崧	1	【南仙吕一封书】(1)	0	
叶华	13	【北仙吕寄生草】(2) 【北中吕朝天子】(3) 【北双调折桂令】(2) 【南商调黄莺儿】(2) 【南仙吕傍妆台】(2) 【西方乐】(1) 【金扭丝】(1)	10	【北仙吕点绛唇、混江龙、油葫芦、天下乐、那吒令、鹊踏枝、寄生草、幺篇、煞尾】(2) 【北双调新水令、驻马听、沉醉东风、雁儿落、得胜令、甜水令、水仙子、折桂令、鸳鸯煞】 【北南吕一枝花、梁州第七、骂玉郎、感皇恩、采茶歌、煞尾】(1) 【粉蝶儿、泣颜回、石榴花、泣颜回、斗鹌鹑、扑灯蛾、尾】(1) 【南中吕石榴花、前腔、泣颜回、前腔、尾声】(1) 【南商调二郎神、集贤宾、前腔、莺啼序、金瓯线解醒、摊破簇御林、黄莺儿、琥珀猫儿坠、前腔、尾声】(1) 【南仙吕入双调步步娇、醉扶归、园林好、江儿水、五供养、玉交枝、玉抱肚、三学士、解三酲、尾声】(1) 【南南吕梁州序、前腔、前腔、前腔、节节高、前腔、尾声】(2)
刘守	0		1	【北双调西双合歌调、河西锦上花、清江引、碧玉箫、砂子儿摊破清江引、海天晴、一机锦、好精神、农夫歌摊破雁儿落、永宁曲、沽美酒带太平令、三犯白苎歌、挂搭序、鸳鸯煞】(1)
王克笃	133	【北双调折桂令】(16) 【北双调沉醉东风】(6) 【北中吕红绣鞋】(8) 【北中吕满庭芳】(4) 【北中吕朝天子】(6) 【北正宫醉太平】(12) 【北中吕喜春来】(6) 【北双调殿前欢】(3) 【北正宫叨叨令】(2) 【北正宫塞鸿秋】(4) 【北仙吕寄生草】(2) 【南南吕一江风】(4) 【南仙吕傍妆台】(6) 【南正宫玉芙蓉】(2) 【南仙吕入双调玉抱肚】(2) 【南中吕驻马听】(2) 【南中吕驻云飞】(8) 【南仙吕入双调朝元歌】(2) 【南商调黄莺儿】(1) 【倍双底拨不断】(6) 【北双调落梅风】(11) 【北双调清江引】(18) 【北双调庆宣和】(4)	8	【北南吕一枝花、小梁州、余音】(1) 【北般涉调耍孩儿、八煞、七煞、六煞、五煞、四煞、三煞、二煞、一煞、煞尾】(1) 【步步娇、折桂令、江儿水、雁儿落、得胜令、侥侥令、尾声】(3) 【北双调新水令、驻马听、水仙子、沉醉东风、折桂令、离亭晏歇指煞】(1) 【南黄钟画眉序、前腔、皂罗袍、前腔、尾声】(1) 【北双调新水令、落梅风、雁儿落、得胜令、鸳鸯煞】(1)

续表

北方作家	小令（支）	宫调曲牌	套数（套）	宫调曲牌
王廷相	0		1	【北双调新水令、驻马听、庆宣和、落梅花、沉醉东风、锦上花、清江引、乔木查、幺篇、碧玉篇、沙子儿摊破清江引、水仙子、雁儿落、得胜令、甜水令、沽美酒、太平令、折桂令、对玉环、清江引、续断弦、离亭宴带歇拍煞】(1)
王越	8	【南双调黄莺儿】(4) 【北双调沉醉东风】(2) 【北中吕朝天子】(2)	0	
方汝浩	12	【北双调二犯江儿水】(1) 【南商调黄莺儿】(2) 【南仙吕桂枝香】(4) 【挂枝儿】(5)	0	
常伦	165	【北双调水仙子】(12) 【北双调折桂令】(12) 【南商调山坡羊】(9) 【北中吕山坡里羊】(3) 【南商调黄莺儿】(7) 【北双调沉醉东风】(6) 【北商调梧叶儿】(7) 【北中吕谒金门】(6) 【北中吕普天乐】(5) 【北南吕金字经】(7) 【北双调清江引】(3) 【北双调庆宣和】(6) 【北南吕干荷叶】(6) 【北中吕满庭芳】(4) 【北双调河西六娘子】(4) 【北中吕红绣鞋】(5) 【北双调风入松】(4) 【北正宫醉太平】(4) 【南仙吕醉罗歌】(3) 【北越调小桃红】(3) 【北仙吕一半儿】(3) 【北商调醋葫芦】(3) 【北中吕驻云飞】(3) 【南中吕驻马听】(2) 【南中吕一封书】(2) 【北中吕喜春来】(1) 【北正宫塞鸿秋】(1) 【北双调雁儿落带折桂令】(6) 【北双调雁儿落带清江引】(2) 【北双调对玉环带清江引】(2) 【北双调对玉环】(1)	9	【北黄钟醉花阴、喜迁莺、出对子、刮地风、四门子、古水仙子】(2) 【北中吕粉蝶儿、醉春风、红绣鞋、上小楼、幺篇、满庭芳、耍孩儿、四煞、三煞、二煞、一煞、余音】(1) 【北中吕粉蝶儿、醉春风、红绣鞋、普天乐、耍孩儿、二煞、余音】(1) 【北中吕粉蝶儿、醉春风、红绣鞋、上小楼、满庭芳、上小楼、耍孩儿、余音】(1) 【北双调新水令、落梅风、折桂令、雁儿落、得胜令、沽美酒、太平令】(1) 【南南吕梁州新郎、前腔、前腔、节节高、前腔、余音】(1) 【南仙吕甘州歌、前腔、前腔、前腔、余音】(1) 【北双调九换头、金锁挂梧桐、东瓯令、皂罗袍、余音】(1)

续表

北方作家	小令(支)	宫调曲牌	套数(套)	宫调曲牌
常伦		【北正宫脱布衫带小梁州】(1) 【北正宫小梁州】(1) 【南仙吕入双调二犯江儿水】(1) 【北正宫连珠塞鸿秋】(1) 【南正宫锦庭乐】(1) 【南仙吕甘州歌】(1) 【南黄钟画眉序】(1) 【南南吕一江风】(1) 【南仙吕傍妆台】(1) 【北仙吕寄生草】(1) 【北中吕尧民歌】(1) 【北越调寨儿令】(1) 【北仙吕金盏儿】(1) 【弥陀僧】(1) 【南中吕永团圆】(1) 【北中吕醉高歌】(1) 【北越调天净沙】(1) 【南双调落韵锁南枝】(2) 【南仙吕入双调新制娇莺儿】(4)		
李唐宾	10	【北商调望远行】(10)	1	【北双调风入松、幺、夜行船、乔牌儿、搅筝琶、月上海棠、幺、赚煞】(1)
杨德芳	4	【南仙吕皂罗袍】(4)	5	【南仙吕解三酲、前腔、前腔、前腔、尾声】(1) 【南商调金络索、前腔、前腔、前腔、节节高、前腔、尾声】(1) 【南商调黄莺儿、前腔、六幺梧桐、前腔、雁过灯犯、前腔、琥珀猫儿坠、前腔、尾声】(1) 【南商调山坡羊、五更转、江儿水、玉交枝、解三酲、川拨棹、侥侥令、尾声】(1) 【南仙吕入双调步步娇、香罗带、醉扶归、皂罗袍、好姐姐、香柳娘、尾声】(1)
唐复	25	【北中吕喜来春】(2) 【北中吕朱履曲】(4) 【北正宫普天乐】(1) 【北双调凌波仙】(4) 【北双调蟾宫曲】(10) 【北越调小桃红】(4)	4	【北南吕一枝花、梁州第七、尾声】(1) 【北中吕粉蝶儿、醉春风、迎仙客、红绣鞋、满庭芳、耍孩儿、尾声】(1) 【北仙吕点绛唇、混江龙、油葫芦、天下乐、那吒令、鹊踏枝、寄生草、幺篇、金盏儿、后庭花、六幺序、幺篇、赚煞】(1) 【醉花阴、画眉序、喜迁莺、画眉序、出对子、神仗儿、刮地风、耍鲍老、四门子、闹樊楼、古水仙子】(1)

续表

北方作家	小令（支）	宫调曲牌	套数（套）	宫调曲牌
王磐	66	【北双调沉醉东风】(20)【北双调清江引】(24)【北中吕满庭芳】(2)【北双调折桂令】(2)【北双调蟾宫】(2)【北双调雁儿落带得胜令】(3)【北中吕红绣鞋】(1)【北正宫醉太平】(2)【北商调梧叶儿】(1)【北双调凌波仙】(2)【北正宫脱布衫过小梁州】(3)【北中吕朝天子】(2)【北中吕喜春来】(2)	10	【北南吕一枝花、梁州、尾声】(10)
张守中	17	【南商调黄莺儿】(5)【南仙吕罗袍歌】(12)	0	
朱应辰	11	【南商调金索挂梧桐】(4)【南仙吕而犯月儿高】(1)【南商调黄莺儿】(2)【南南吕懒画眉】(2)【南商调黄莺儿】(1)【南中吕山花子】(1)	12	【南黄钟画眉序、黄莺儿、四时花、皂罗袍、解三酲、浣溪沙、柰子花、集贤宾、琥珀猫儿坠、啄木儿、玉交枝、忆多娇、月上海棠、尾声】(1)【南黄钟画眉序、前腔、前腔、前腔】(1)【南商调二郎神、前腔、集贤宾、前腔、黄莺儿、前腔、琥珀猫儿坠、前腔、尾声】(1)【南南吕香遍满、懒画眉、梧桐树、浣溪沙、刘泼帽、秋夜月、东瓯令、金莲子、尾声】(1)【南南吕梁州新郎、前腔、前腔、前腔、节节高、前腔、尾声】(1)【南仙吕入双调步步娇、醉扶归、皂罗袍、好姐姐、香柳娘】(1)【南黄钟画眉序、黄莺儿、集贤宾、琥珀猫儿坠、尾声】(2)【南商调黄莺儿、前腔、簇御林、前腔】(1)【北越调关鹌鹑、紫花儿序、天净沙、调笑令、小桃红、秃厮儿、圣药王、麻郎儿、幺、络丝娘、东原乐、绵搭絮、煞尾】(1)【南仙吕入双调夜行船序、前腔、黑蟆序、前腔、锦衣香、浆水令、尾声】(1)【南仙吕入双调步步娇、锁南枝、香柳娘、园林好、江儿水、侥侥令、尾声】(1)
朱应登	0		1	【南仙吕入双调步步娇、孝南歌、香柳娘、园林好、江儿水、侥侥令、尾声】(1)
朱曰藩	0		3	【南黄忠画眉序、黄莺儿、集贤宾、琥珀猫儿坠、尾声】(1)【南商调高阳台、前腔、前腔、前腔、前腔、前腔、前腔、尾】(1)【南仙吕入双调步步娇、江水儿、园林好、人月圆、前腔、五供养、侥侥令、前腔、尾声】院鹏天(1)
施子安	2	【南中吕渔家傲】(1)【北双调减字木兰花】(1)	1	【北双调新水令、驻马听、沉醉东风、折桂令、沽美酒、太平令、离亭晏带歇指煞】(1)

续表

北方作家	小令（支）	宫调曲牌	套数（套）	宫调曲牌
宗臣	0		1	【南仙吕入双调步步娇、江儿水、园林好、川拨棹、前腔、五供养、侥侥令、前腔、尾声】(1)
陆洙	0		1	【南南吕红衲袄、前腔、前腔、强强、铧锹儿、前腔】(1)
吴承恩	6	【南中吕驻云飞】(5) 【北中吕满庭芳】(1)	2	【北南吕一枝花、梁州、骂玉郎、感皇恩、采茶歌、尾声】(1) 【南南吕梁州序、前腔、前腔、前腔、节节高】(1)
杨贲	0		4	【北正宫端正好、滚绣球、倘秀才、脱布衫、小梁州、幺、尾声】(1) 【北中吕粉蝶儿、醉春风、叫声、剔银灯、蔓菁菜、快活三、鲍老儿、尾声】(1) 【北双调夜行船、新水令、胡十八、离亭晏煞】(1) 【南商调字字锦、前腔、赚、满园春、前腔】(1)
梅鼎祚	8	【南南吕罗江怨】(5) 【南正宫锦缠道】(2) 【南中吕驻马听】(1)	3	【南南吕十样锦、尾声】(1) 【南商调山坡羊、玉交枝、忒忒令、好姐姐、川拨棹、尾声】(1) 【南仙吕入双调步步娇、醉扶归、皂罗袍、好姐姐、香柳娘、尾声】(1)
吴廷翰	0		3	【南中吕粉蝶儿、泣颜回、上小楼、泣颜回、黄龙滚犯、扑灯蛾犯、上小楼犯、叠字锦犯、尾】(1) 【新水令、步步娇、清江引、折桂令、江水儿、雁儿落带得胜令、侥侥令、园林好、沾美酒带太平令】(1) 【南黄钟画眉序、前腔、前腔、前腔、醉公子、前腔、侥侥令、前腔、尾】(1)
吴国宝	56	【南商调黄莺儿】(6) 【北双调对玉环带过清江引】(4) 【北商调黄莺儿】(14) 【南正宫玉芙蓉】(3) 【南南吕一江风】(4) 【南仙吕桂枝春】(4) 【南商调黄莺儿】(10) 【南仙吕入双调玉抱肚】(11)	19	【新水令、步步娇、折桂令、江水令、雁儿落带得胜令、侥侥令、收江南、沽美酒带天平令、清江引】(4) 【南仙吕入双调惜奴娇、前腔、斗宝蟾、前腔、锦衣香、浆水令、尾】(1) 【南中吕驻云飞、前腔、前腔、前腔、皂罗袍、前腔、前腔、前腔、山花子、前腔、前腔、前腔、尾】(1) 【南仙吕入双调步步娇、香罗带、醉扶归、皂罗袍、前腔、好姐姐、玉交枝、前腔、琥珀猫儿坠、前腔、尾】(2) 【南仙吕入双调步步娇、醉扶归、皂罗袍、前腔、江儿水、下山虎、前腔、侥侥令、尾】(1) 【南商调集贤宾、前腔、尾】(1) 【莺啼序、前腔、黄莺儿、前腔、琥珀猫儿坠、前腔】(1) 【南仙吕入双调步步娇、忒忒令、园林好、香柳娘、好姐姐、江水儿、玉抱肚、玉交枝、川拨棹、侥侥令、尾】(1) 【南正宫四块玉、雁过声、前腔、倾杯序、前腔、玉芙蓉、前腔、山桃红、前腔、尾】(1) 【南南吕香遍满、懒画眉、梧桐树、浣溪沙、刘泼帽、秋夜月、东瓯令、金莲子、尾】(1) 【南仙吕傍妆台、前腔、不是路、掉角儿、前腔、尾】(1) 【南仙吕八声甘州、不是路、解三酲、前腔、前腔、尾】(1) 【南仙吕月云高、桂枝香、皂罗袍、玉抱肚、掉角儿、尾】(1) 【南正宫白练序、升平乐、素带儿、升平乐、尾】(2)

续表

北方作家	小令（支）	宫调曲牌	套数（套）	宫调曲牌
刘汝佳	8	【南商调黄莺儿】（4） 【南黄钟画眉序】（4）	4	【南南吕梁州新郎、前腔、前腔、前腔、节节高、前腔、尾声】（1） 【南正宫普天乐、雁过声、倾杯序、玉芙蓉、小桃红、尾声】（1） 【南仙吕桂枝春、前腔、前腔、前腔、意不尽】（1） 【新水令、折桂令、江儿水、雁儿落带过得胜令、侥侥令、收江南、园林好、沽美酒带过太平令、清江引】（1）
王九思	443	【北双调水仙子带过折桂令】（1） 【北双调水仙子】（17） 【北双调折桂令】（15） 【北中吕普天乐】（8） 【北双调沉醉东风】（27） 【北越调寨儿令】（8） 【北双调雁儿落带过得胜令】（8） 【北正宫脱布衫带过小梁州】（1） 【北双调庆宣和】（3） 【北商调梧叶儿】（11） 【北双调清江引】（35） 【北中吕红绣鞋】（4） 【北中吕朝天子】（18） 【北正宫醉太平】（23） 【北仙吕寄生草】（6） 【北商调醋葫芦】（2） 【北双调落梅风】（4） 【北正宫塞鸿秋】（5） 【北中吕满庭芳】（4） 【南中吕驻马听】（6） 【南商调山坡羊】（7） 【南商调黄莺儿】（8） 【南仙吕一封书】（4） 【南中吕驻云飞】（17） 【南越调浪淘沙】（20） 【南仙吕傍妆台】（112） 【北越调黄蔷薇】（4） 【北仙吕一半儿】（4） 【南仙吕入双调四块金】（8） 【北双调步步娇】（2） 【南双调锁南枝】（4） 【北双调河西六娘子】（8） 【北双调鱼游春水】（4） 【北中吕朱履曲】（5） 【北双调风入松】（4） 【南商调高阳台】（1）	38	【北双调新水令、驻马听、沉醉东风、折桂令、雁儿落、得胜令、沽美酒、太平令、离亭宴带歇指煞】（5） 【北正宫端正好、滚绣球、叨叨令、脱布衫、小梁州、幺、上小楼、幺、满庭芳、快活三、朝天子、四边静、耍孩儿、五煞、四煞、三煞、二煞、一煞、尾声】（3） 【北双调新水令、驻马听、雁儿落、得胜令、川拨棹、七弟兄、梅花酒、收江南】（3） 【绣停针、小桃红、合笙、道合、调笑令、山马客、忆多娇、耍厮儿、圣药王、金蕉叶、豹子令、梅花酒、前腔、尾声】（1） 【北仙吕点绛唇、混江龙、油葫芦、天下乐、寄生草、赚煞】（2） 【北黄钟醉花阴、喜迁莺、出对子、幺、刮地风、四门子、古水仙子、尾】（1） 【南南吕梁州新郎、前腔、前腔、前腔、节节高、前腔、余文】（1） 【南仙吕甘州歌、前腔、前腔、前腔、余文】（1） 【北南吕一枝花、梁州、骂玉郎、感皇恩、采茶歌、尾声】（3） 【锦上花、锁金帐、折桂令、江儿水、雁儿落带过得胜令、叠字锦沉醉东风、川拨棹带七弟兄、川拨棹、梅花酒带喜江南、余音】（1） 【北双调新水令、雁儿落、得胜令、清江引】（4） 【北正宫端正好、滚绣球、脱布衫、小梁州、幺、朝天子、耍孩儿、一煞、尾声】（4） 【北正宫端正好、滚绣球、倘秀才、幺、脱布衫、小梁州、幺、尾声】（1） 【北中吕粉蝶儿、醉春风、红绣鞋、上小楼、幺、尾声】（2） 【北双调新水令、水仙子、折桂令、雁儿落、得胜令、沽美酒、太平令、尾声】（2） 【南仙吕八声甘州、前腔、赚、前腔、解三酲、前腔、鹅鸭满渡船、赤马儿、双赤子、前腔、前腔、拗芝麻、尾声】（1） 【南南吕香遍满、懒画眉、金索挂梧桐、浣溪沙、刘泼帽犯、秋夜月、东瓯令、金钱花、尾声】（1） 【南黄钟画眉序、黄莺儿、四季花、皂罗袍犯、解三酲、浣溪沙犯、李子华、集贤宾、琥珀猫儿坠、啄木儿、玉交枝、忆多娇、月上海棠、尾声】（1） 【北黄钟绛都春序、出对子、闹樊楼、滴滴金、画眉序、啄木儿、三段子、滴溜子、下小楼、耍鲍老、尾声】（1）

续表

北方作家	小令（支）	宫调曲牌	套数（套）	宫调曲牌
王九思		【南南吕梁州新郎】(2) 【南双调锦堂月】(1) 【南黄钟画眉序】(12) 【北南吕骂玉郎带感皇恩采茶歌】(1) 【北双调对玉环带清江引】(1) 【南仙吕醉罗歌】(4)		
吕柟	0		1	【北越调关鹌鹑、紫花儿序、小桃红、秃厮儿、圣药王、尾声】(1)
韩邦奇	30	【北双调水仙子】(2) 【北双调折桂令】(1) 【北双调驻马听】(6) 【北中吕满庭芳】(2) 【北越调绵答絮】(3) 【北双调清江引】(4) 【北中吕朱履曲】(1) 【北仙吕寄生草】(6) 【北双调新水令带过折桂令】(2) 【北双调雁儿落联得胜令】(1)	0	
韩邦靖	1	【南商调山坡羊】(1)	0	
康河	0		1	【北中吕粉蝶儿、醉春风、普天乐、醉高歌、红绣鞋、墙头花、煞尾】(1)
张炼	200	【北正宫醉太平】(11) 【北正宫塞鸿秋】(4) 【北双调沉醉东风】(13) 【北双调水仙子】(11) 【北双调折桂令】(11) 【北双调落梅风】(3) 【北中吕朝天子】(3) 【北中吕满庭芳】(7) 【北中吕普天乐】(10) 【北中吕红绣鞋】(13) 【北中吕喜春来】(4) 【北中吕山坡羊】(1) 【北商调梧叶儿】(12) 【北商调醋葫芦】(6) 【北越调寨儿令】(3) 【北越调天净沙】(4) 【北仙吕寄生草】(8) 【北双调河西六娘子】(9) 【北双调雁儿落带过得胜令】(2) 【北正宫小梁州带过风入松】(4) 【北中吕上小楼带过满庭芳】(1)	37	【北般涉调耍孩儿、一煞、尾声】(1) 【北越调斗鹌鹑、紫花儿序、小桃红、天净沙调笑令、秃厮儿、圣药王、尾声】(4) 【北正宫端正好、滚绣球、塞鸿秋、脱布衫、小梁州、幺、上小楼、幺、满庭芳、耍孩儿、二煞、尾声】(2) 【北正宫端正好、滚绣球、塞鸿秋、百鹤子、红绣鞋、耍孩儿、尾声】(1) 【北正宫端正好、塞鸿秋、脱布衫、小梁州、幺】(1) 【北正宫端正好、滚绣球、叨叨令】(1) 【北双调新水令、驻马听、沉醉东风、折桂令、雁儿落、得胜令、沽美酒、太平令、离亭宴带过遏指煞】(1) 【北双调新水令、落梅风、沉醉东风、雁儿落、得胜令、离亭宴带遏指煞】(1) 【北双调新水令、雁儿落、得胜令、鸳鸯煞】(1) 【北双调锦上花、幺、清江引、雁儿落、得胜令、沽美酒、那吒令、鹊踏枝、寄生草、六幺序、幺、后庭花、青哥儿、赚煞】(1) 【北仙吕点绛唇、混江龙、油葫芦、天下乐、那吒令、鹊踏枝、寄生草、赚煞】(3) 【北仙吕忆王孙、醉中天、金盏儿、醉扶归、后庭花、柳叶儿】(1) 【赏花时、幺、羽调排歌、那吒令、道和排歌、鹊踏枝、桂枝香、寄生草、安乐神、六幺序、尾声】(1)

续表

北方作家	小令（支）	宫调曲牌	套数（套）	宫调曲牌
张炼		【北正宫脱布衫带过小梁州】（1） 【北双调对玉环带过清江引】（1） 【南越调浪淘沙】（20） 【南仙吕醉罗歌】（4） 【南中吕驻云飞】（8） 【南中吕驻马听】（4） 【南仙吕二犯月儿高】（4） 【南商调黄莺儿】（4） 【北仙吕一半儿】（4） 【北双调庆宣和】（4） 【北双调鱼游春水】（4）		【北中吕粉蝶儿、醉春风、普天乐、红绣鞋、上小楼、幺、满庭芳、耍孩儿、一煞、尾】（1） 【北中吕粉蝶儿、醉春风、普天乐、红绣鞋、尾声】（3） 【北中吕粉蝶儿、醉春风、普天乐、迎仙客、红绣鞋、醉高歌、十二月、尧民歌、尾声】（1） 【北中吕粉蝶儿、醉春风、普天乐、红绣鞋、上小楼、耍孩儿、尾声】（1） 【北中吕粉蝶儿、醉春风、普天乐、红绣鞋、墙头花、耍孩儿、尾声】（1） 【北中吕粉蝶儿、醉春风、普天乐、上小楼、幺、满庭芳】（1） 【北正宫端正好、滚绣球、叨叨令、脱布衫、小梁州、幺、尾声】（2） 【北南吕一枝花、梁州、骂玉郎、采茶歌、尾声】（2） 【北黄钟醉花阴、喜迁莺、出对子、幺、刮地风、四门子、古水仙子、尾声】（1） 【北商调集贤宾、逍遥乐、梧叶儿、醋葫芦、青哥儿、浪里来煞】（1） 【北大石调青杏子、归塞北、好观音、幺、尾声】（3） 【南正宫雁过声、风淘沙、前腔、一撮掉、尾声】（1）
康海		【北正宫醉太平】（14） 【北正宫塞鸿秋】（7） 【北双调沉醉东风】（13） 【北双调水仙子】（36） 【北双调折桂令】（24） 【北双调殿前歌】（1） 【北双调落梅风】（40） 【北双调清江引】（48） 【北中吕朝天子】（5） 【北中吕满庭芳】（13） 【北中吕普天乐】（20） 【北中吕红绣鞋】（7） 【北中吕上小楼】（2） 【北商调梧叶儿】（20） 【北越调赛儿令】（8） 【北仙吕寄生草】（7） 【南仙吕醉罗歌】（8） 【南黄钟画眉序】（4） 【南商调山坡羊】（5） 【南仙吕入双调风入松】（12） 【北双调雁儿落带得胜令】（16） 【北正宫小梁州带过风入松】（4） 【南南吕骂玉郎感皇恩采茶歌】（2） 【北南吕四块玉骂玉郎感皇恩采茶歌】（1） 【南中吕红绣鞋兼北中吕红绣鞋】（4）		【北南吕一枝花、梁州、隔尾】（3） 【一枝花、大迓鼓、骂玉郎、一江风、感皇恩、东瓯令、采茶歌、节节高、隔尾、余音】（1） 【北南吕一枝花、牧羊关、菩萨梁州、玄鹤鸣、贺新郎、梧桐树、红芍药、草池春、翠盘秋、玉交枝带过四块玉、煞、隔尾】（1） 【北正宫端正好、滚绣球、叨叨令、脱布衫、小梁州、幺、上小楼、幺、满庭芳、快活三、朝天子、四边静、耍孩儿、五煞、四煞、三煞、二煞、一煞、煞尾】（1） 【端正好、普天乐、脱布衫、倾杯序、小梁州、小桃红、余音】（1） 【八声甘州、雁过声、醉中天、风淘沙、福马郎、金盏儿、拗芝麻、双雁子、醉扶归、一撮棹、余音】（1） 【北仙吕祆神急、六幺令、元和令、后庭花】（1） 【北仙吕翠裙腰、六幺令、寄生草、上京马、后庭花煞】（1） 【北仙吕村里迓鼓、元和令、上马娇、游四门、胜葫芦、后庭花、柳叶儿】（1） 【北仙吕点绛唇、混江龙、油葫芦、天下乐、那吒令、鹊踏枝、寄生草、赚煞】（3） 【北仙吕点绛唇、混江龙、寄生草、六幺序、幺篇、后庭花煞】（1） 【北中吕粉蝶儿、醉春风、山坡羊、快活三鲍老儿、古鲍老、红芍药、剔银灯、蔓菁菜、柳青娘、道和、啄木儿煞】（1） 【北中吕粉蝶儿、醉春风、红绣鞋、喜春来、醉高歌、哨遍、麻婆子、墙头花、瑶台月、急曲子、耍孩儿、一煞、尾】（1） 【北中吕粉蝶儿、醉春风、红绣鞋、满庭芳、上小楼、尾】（1）

续表

北方作家	小令（支）	宫调曲牌	套数（套）	宫调曲牌
康海	446	【南仙吕月云高】(1) 【南越调浪淘沙】(18) 【南中吕驻云飞】(4) 【南仙吕入双调四块金】(5) 【北正宫鹦鹉曲】(2) 【北正宫小梁州】(2) 【北正宫菩萨蛮】(4) 【北正宫醉太平】(16) 【北双调步步娇】(2) 【北双调庆东源】(1) 【北双调河西六娘子】(4) 【北双调鱼游春水】(4) 【北双调早乡词】(7) 【北中吕醉高歌】(4) 【北仙吕一半儿】(4) 【北越调黄蔷薇】(4) 【北越调小桃红】(4) 【北越调凭阑人】(4) 【北越调天净沙】(16) 【南仙吕入双调销金帐】(4) 【南仙吕傍妆台】(8) 【南越调锦搭序】(2) 【南双调锁南枝】(4)	120	【北中吕粉蝶儿、醉春风、普天乐、醉高歌、红绣鞋、墙头花、煞尾】(6) 【北中吕粉蝶儿、醉春风、普天乐、醉高歌、十二月、尧民歌、煞尾】(1) 【北中吕粉蝶儿、醉春风、红绣鞋、满庭芳、上小楼、幺、十二月、尧民歌、耍孩儿、尾】(1) 【北黄钟醉花阴、喜迁莺、出对子、幺、刮地风、四门子、古水仙子、尾】(3) 【北越调斗鹌鹑、紫花儿序、小桃红、调笑令、尾】(2) 【北越调斗鹌鹑、紫花儿序、金蕉叶、小桃红、尾】(2) 【北越调斗鹌鹑、紫花儿序、小桃红、天净沙、尾】(1) 【北商调集贤宾、逍遥乐、金菊香、醋葫芦、幺、梧叶儿、后庭花、青哥儿、浪来里煞】(1) 【北双调新水令、落梅风、雁儿落、得胜令、鸳鸯煞】(7) 【北双调新水令、驻马听、乔牌儿、沉醉东风、甜水令、折桂令、锦上花、清江引、雁儿落、得胜令、鸳鸯煞】(1) 【蓦山溪、普天乐、蓦山溪、雁过沙、喜秋风、倾杯序、好观音、幺、小桃红、随煞、余音】(1) 【北大石调青杏子、归塞北、喜秋风、好观音、幺、随煞】(3) 【南正宫雁过声、风淘沙、前腔、一撮棹、余音】(1) 【南仙吕一封歌、锦罗袍、葫芦翻、安神歌、尾】(1) 【南南吕香罗带、前腔、醉扶归、前腔、香柳娘、前腔、尾声】(1) 【北黄钟愿成双、幺、出对子、幺、尾】(2) 【北正宫端正好、滚绣球、倘秀才、脱布衫、小梁州、幺】(2) 【北正宫菩萨蛮、双鸳鸯、蛮姑儿、芙蓉花、黑漆弩、甘草子、煞尾】(1) 【北正宫端正好、塞鸿秋、脱布衫、小梁州、幺】(1) 【北中吕点绛唇、醉中天、金盏儿、醉扶摇、后庭花、柳叶儿】(1) 【北中吕醉中天、后庭花、醉扶摇、后庭花煞】(1) 【北仙吕柳外楼、混江龙、六幺遍、后庭花、柳叶儿】(1) 【北仙吕忆王孙、油葫芦、醉中天、后庭花煞】(2) 【北仙吕赏花时、幺、那吒令、鹊踏枝、寄生草、赚煞】(3) 【北仙吕点绛唇、混江龙、那吒令、鹊踏枝、赚煞】(1) 【北中吕粉蝶儿、醉春风、普天乐、红绣鞋、醉高歌、石榴花、斗鹌鹑、尾声】(2) 【北中吕粉蝶儿、醉春风、普天乐、尾】(3) 【北中吕粉蝶儿、喜春来、红绣鞋、墙头草、尾声】(1) 【北中吕醉高歌、红绣鞋、满庭芳、石榴花、斗鹌鹑、尾声】(1) 【北中吕粉蝶儿、醉春风、普天乐、红绣鞋、墙头花、尾声】(2)

续表

北方作家	小令（支）	宫调曲牌	套数（套）	宫调曲牌
康海				【北中吕粉蝶儿、醉春风、迎仙客、红绣鞋、墙头花、尾声】(2) 【北南吕四块玉、骂玉郎、感皇恩、采茶歌】(1) 【北双调风入松、乔牌儿、新水令、搅筝琶、歇拍煞】(2) 【北双调新水令、驻马听、沉醉东风、雁儿落、得胜令、歇拍煞】(3) 【风入松、风入松、驻马听、驻马听、湘妃怨、二犯江儿水、步步娇、步步娇、沉醉东风、沉醉东风、歇拍煞】(1) 【北双调新水令、驻马听、沉醉东风、雁儿落、得胜令、川拨棹、七兄弟、梅花酒、收江南】(4) 【北双调行香子、庆宣和、乔木查、锦上花、幺篇、清江引、歇拍煞】(1) 【北双调夜行船、挂玉钩、庆宣和、乔牌儿、搅筝琶、离亭宴煞】(1) 【北双调行香子、锦上花、幺篇、江儿水、乔牌儿、庆东原、天仙令、鸳鸯煞】(1) 【北双调行香子、夜行船、步步娇、落梅风、乔牌儿、清江引、收尾】(1) 【北双调行香子、乔牌儿、甜水令、折桂令、鸳鸯煞】(2) 【北双调新水令、雁儿落、水仙子、折桂令、尾】(1) 【北双调新水令、驻马听、雁儿落、得胜令、沽美酒、太平令、乔牌儿、清江引、鸳鸯煞】(3) 【北双调新水令、水仙子、折桂令、雁儿落得胜令、沽美酒太平令、收尾】(1) 【北双调新水令、寿阳曲、雁儿落、得胜令、鸳鸯煞】(1) 【北双调行香子、乔木查、天仙令、庆宣和、乔牌儿、清江引、离亭宴带歇指煞】(1) 【北双调行香子、乔牌儿、搅筝琶、清江引、煞尾】(1) 【北越调斗鹌鹑、紫花儿序、金蕉叶、调笑令、小桃红、鬼三台、秃厮儿、圣药王、麻郎儿、幺、络丝娘、东原药、锦搭絮、拙鲁速、尾声】(1) 【北越调斗鹌鹑、紫花儿序、小桃红、秃厮儿、圣药王、尾声】(6) 【北越调斗鹌鹑、圣药王、麻郎儿、幺锦搭絮、拙鲁速、尾声】(1) 【北商调集贤宾、凤銮吟、节节高、四门子、浪里来煞】(1) 【北商调梧叶儿、凤銮吟、玉抱肚、尾声】(1) 【北商调集贤宾、逍遥乐、上京马、醋葫芦、梧叶儿、后庭花、青哥儿、浪里来煞】(1) 【南仙吕二犯月儿高、桂枝香、玉抱肚、掉角儿序、余音】(1) 【南商调山坡羊、水红花、皂罗袍、余音】(1) 【南中吕番马舞秋风、一江风、风入松、余音】(1) 【南仙吕入双调四块金、锁南枝、沉醉东风、余音】(1) 【南仙吕八声甘州、前腔、不是路、前腔、解三酲、前腔、前腔、掉角儿前腔、余文】(1)

续表

北方作家	小令（支）	宫调曲牌	套数（套）	宫调曲牌
康海				【梧桐树、骂玉郎、东瓯令、感皇恩、针线箱、采茶歌、解三酲、乌夜啼、尾声】(1) 【南仙吕入双调夜行船序、前腔、黑蟆序、前腔、锦衣香、浆水令、尾声】(1) 【南仙吕二犯月儿高、桂枝香、不是路、皂罗袍、排歌、大胜乐、解三酲、掉角儿、尾声】(1)
王征	0		3	【北正宫端正好、滚绣球、叨叨令、脱布衫、小梁州、幺、上小楼、幺、满庭芳、快活三、朝天子、四边静、耍孩儿、五煞、四煞、三煞、二煞、一煞、尾声】(2) 【北双调新水令、驻马听、沉醉东风、折桂令、雁儿落、得胜令、沽美酒、太平令、离亭宴带歇指煞】(1)
张炳潜	0		2	【北正宫端正好、滚绣球、叨叨令、脱布衫、小梁州、幺、上小楼、幺、满庭芳、快活三、朝天子、四边静、耍孩儿、五煞、四煞、三煞、二煞、一煞、尾声】(1) 【北双调新水令、驻马听、沉醉东风、折桂令、雁儿落、得胜令、沽美酒、太平令、离亭宴带歇指煞】(1)
王昇	0		1	【南商调渔父第一、刮地风、滴溜子、尾声】(1)
范垍	38	【南中吕驻云飞】(8) 【北双调水仙子带折桂令】(1) 【南中吕驻马听】(27) 【南南吕懒画眉】(2)	0	
王麒	2	【北双调沉醉东风】(1) 【北双调清江引】(1)	0	
马理	4	【北正宫醉太平】(4)	0	
李楼	6	【南中吕驻云飞】(4) 【南中吕驻马听】(2)		
李应策		【北正宫醉太平】(6) 【北双调折桂令】(5) 【北双调水仙子】(23) 【北中吕红绣鞋】(12) 【北双调水仙子带折桂令】(2) 【北双调沉醉东风】(1) 【北仙吕寄生草】(11) 【北双调雁儿落携得胜令】(3) 【北中吕粉蝶儿】(3) 【北双调新水令】(7) 【北双调清江引】(89) 【北中吕醉春风】(2) 【南中吕古轮台】(1) 【北仙吕青哥儿携四边静】(1)	0	

续表

北方作家	小令（支）	宫调曲牌	套数（套）	宫调曲牌
李应策	433	【北中吕朝天子】(3) 【南商调黄莺儿】(19) 【北中吕朝天子携南西江月】(1) 【南商调山坡羊】(5) 【北正宫叨叨令】(2) 【北中吕上小楼】(7) 【北中吕朱履曲】(32) 【南双调谒金门】(3) 【北仙吕混江龙】(7) 【南南吕临江仙】(4) 【北双调离亭宴带歇指煞】(2) 【南仙吕不是路携过掉角儿】(2) 【南南吕一剪梅】(2) 【南中吕满庭芳】(2) 【南中吕驻马听】(13) 【南中吕驻云飞】(34) 【南仙吕甘州歌】(3) 【北双调步步娇】(5) 【南仙吕皂罗袍】(6) 【南仙吕傍妆台】(5) 【北双调落梅风】(1) 【南中吕渔家傲】(1) 【南仙吕一封书】(3) 【南仙吕桂枝春】(5) 【北仙吕村里迓鼓】(1) 【北仙吕鹊踏枝】(11) 【南正宫满江红】(1) 【北仙吕油葫芦】(4) 【北双调对玉环带过朝天令】(1) 【南仙吕桂枝香】(16) 【南仙吕入双调四块金】(4) 【南南吕懒画眉】(11) 【南越调绣停针】(2) 【南南吕大迓鼓】(3) 【南南吕红衲袄】(3) 【南仙吕解三酲】(2) 【北双调沽美酒】(1) 【南越调浪淘沙】(1) 【南南吕金钱花】(1) 【北双调沽美酒带过太平令】(2) 【北商调梧叶儿】(2) 【南双调锁南枝】(1) 【北仙吕一半儿】(2) 【北双调风入松】(3) 【南双调桃园忆故人】(3) 【南仙吕鹧鸪天】(1)		

续表

北方作家	小令（支）	宫调曲牌	套数（套）	宫调曲牌
李应策		【南大石调两头蛮】(17) 【玄妙歌】(1) 【朝中措】(5)		
朱经	1	【北双调蟾宫曲】(1)	0	
金銮	137	【北正宫小梁州】(9) 【北双调沽美酒带过太平令】(4) 【南商调黄莺儿】(10) 【南仙吕一封书】(4) 【北双调沉醉东风】(14) 【北双调水仙子带过折桂令】(5) 【北双调落梅风】(4) 【北中吕朝天子】(12) 【北双调水仙子】(12) 【北中吕满庭芳】(4) 【北正宫醉太平】(4) 【北正宫脱布衫带过小梁州】(2) 【北双调河西六娘子】(8) 【北双调胡十八】(10) 【南仙吕入双调玉抱肚】(10) 【北双调清江引】(7) 【南正宫锁南枝】(8) 【北正宫玉芙蓉】(2) 【南中吕驻云飞】(2) 【北仙吕一半儿】(2) 【北双调沉醉东风】(2)	26	【北南吕一枝花、梁州第七、隔尾】(2) 【粉蝶儿、泣颜回、石榴花、泣颜回、斗鹌鹑、扑灯蛾、上小楼、扑灯蛾、尾声】(1) 【北黄钟醉花阴、喜迁莺、出对子、幺篇、刮地风、四门子、古水仙子、尾声】(1) 【北商调集贤宾、挂金索、金菊香、醋葫芦、后庭花、青哥儿、金菊香、浪里来煞】(1) 【北双调新水令、驻马听、雁儿落、得胜令、川拨棹、七弟兄、梅花酒、收江南】(4) 【梧桐树、骂玉郎、东瓯令、感皇恩、浣溪沙、采茶歌、尾声】(1) 【北仙吕点绛唇、混江龙、天下乐、那吒令、鹊踏枝、寄生草、幺篇、六幺序、赚煞尾】(2) 【新水令、二犯江儿水、雁儿落带过得胜令、夜行船序、川拨棹、孝南歌、清江引、尾声】(1) 【南商调金锁挂梧桐、东瓯令、皂罗袍、尾声】(1) 【醉花阴、画眉序、喜迁莺、画眉序、出对子、神杖儿、刮地风、神杖儿、四门子、闹潘楼、古水仙子、尾声】(1) 【南南吕青衲袄、五更转、东瓯令、大迓古、浣溪沙、节节高、金莲子、尾声】(1) 【北双调新水令、驻马听、雁儿落、得胜令、甜水令、川拨棹、梅花酒、收江南】(1) 【北越调斗鹌鹑、紫花儿序、金蕉叶、调笑令、秃厮儿、小桃红、圣药王、尾声】(1) 【北正宫端正好、滚绣球、倘秀才、塞鸿秋、脱布衫、小梁州、幺篇、货郎儿、醉太平、煞尾】(1) 【北南吕一枝花、梁州第七、骂玉郎、感皇恩、采茶歌、隔尾】(2) 【南商调梧桐树、东瓯令、皂罗袍、尾声】(1) 【北双调新水令、驻马听、乔牌儿、雁儿落、得胜令、甜水令、折桂令、尾声】(1) 【北仙吕点绛唇、混江龙、油葫芦、天下乐、那吒令、鹊踏枝、寄生草、赚煞】(1) 【南商调二郎神、前腔、集贤宾、前腔、黄莺儿、前腔、琥珀猫儿坠、前腔、尾声】(1) 【南仙吕入双调步步娇、醉扶摇、皂罗袍、好姐姐、香柳娘、尾声】(1)
彭泽	25	【北双调折桂令】(8) 【南商调山坡羊】(5) 【南仙吕入双调沉醉东风】(2) 【北中吕上小楼】(10)	1	【北般涉调耍孩儿、十二煞、十一煞、十煞、九煞、八煞、七煞、六煞、五煞、四煞、三煞、二煞、一煞、尾声】(1)

续表

北方作家	小令(支)	宫调曲牌	套数(套)	宫调曲牌
兰楚芳	8	【北南吕四块玉】(4) 【北南吕骂玉郎过感皇恩长采茶歌】(1) 【北双调沉醉东风】(1) 【北双调折桂令】(1) 【北双调雁儿落过得胜令】(1)	3	【北黄钟愿成双、幺篇、出队子、幺篇、尾声】(1) 【北中吕粉蝶儿、醉春风、迎仙客、红绣鞋、普天乐、耍孩儿、二煞、一煞、尾声】(1) 【北中吕粉蝶儿、醉春风、迎仙客、石榴花、斗鹌鹑、上小楼、幺、满庭芳、耍孩儿、一煞、二煞、三煞、尾声】(1)
张南溟	1	【北双调沉醉东风】1	0	
李维桢	0		1	【南仙吕八声甘州、不是路、解三、前腔、黄龙滚犯、前腔、四犯黄龙滚、前腔、前腔、鹅鸭满渡船、尾声】(1)
袁宗道	3	【北南吕一枝花带折桂令】(3)	0	
张瘦郎	0		20	【南仙吕八声甘州、前腔、不是路、解三酲、前腔、扣芝麻、尾声】(1) 【南仙吕二犯桂枝香、前腔、南正宫白练序、醉太平、白练序、醉太平、尾声】(1) 【南中吕粉蝶儿、泣颜回、石榴花、喜渔灯、黄龙衮犯、扑灯蛾犯、上小楼犯、叠字犯、尾声】(1) 【南中吕榴花泣、两红灯、摊破地锦花、麻婆子、尾声】(1) 【南南吕懒画眉、不是路、掉角儿、尾声】(1) 【南正宫素带儿、升平乐、素带儿、升平乐、尾声】(1) 【南南吕太师引、琐窗寒、三段子、东瓯令、大胜乐、解三酲、尾声】(1) 【南南吕香罗带、忒忒令、尹令、品令、豆叶黄、玉交枝、月上海棠、江儿水、川拨棹、前腔、尾声】(1) 【南南吕巫山十二峰、尾声】(1) 【北南吕一枝花、牧羊关、梁州第七、四块玉、哭皇天、乌夜啼、尾声】(1) 【南商调金瓯醉、浣沙娘、春太平、奈子窗、尾声】(1) 【南商调黄莺儿、前腔、前腔、前腔】(1) 【南商调二郎神、集贤宾、黄莺儿、香柳娘、啄木鹂、琥珀猫儿坠、尾声】(1) 【北双调新水令、步步娇、折桂令、江儿水、雁儿落带得胜令、侥侥令、收江南、园林好、沽美酒带太平令、清江引】(1) 【南仙吕入双调步步娇、醉扶归、皂罗袍、好姐姐、香柳娘、尾声】(4) 【南黄钟画眉序、画集贤宾、贤宾黄莺、黄莺一封、一封皂袍、罗袍排歌、甘州解酲、解酲姐姐、姐姐醉公、醉公侥侥、尾声】(1) 【南羽调四季花、集贤宾、簇林莺、水红花、解三酲、尾声】(1)

续表

北方作家	小令（支）	宫调曲牌	套数（套）	宫调曲牌
席浪仙	6	【南商调黄莺儿】（4） 【挂枝儿】（2）	2	【南商调集贤宾、前腔、黄莺儿、前腔、琥珀猫儿坠、前腔、尾声】（1） 【南仙吕八声甘州、前腔、不是路、解三酲、前腔、鹅鸭满渡船、赤马儿、前腔、前腔、前腔、拗芝麻、尾声】（1）
呼文如	4	【南仙吕皂罗袍】4	0	
晏铎	0		1	【南仙吕入双调步步娇、香罗带、醉扶归、皂罗袍、好姐姐、香柳娘、玉交枝、猫儿坠、侥侥令、尾声】（1）
杨廷和	109	【北双调殿前欢】（8） 【北越调小桃红】（1） 【北双调折桂令】（8） 【北双调落梅风】（3） 【北双调水仙子】（13） 【北正宫醉太平】（10） 【北中吕喜来春】（2） 【北中吕朝天子】（14） 【北南吕金子经】（2） 【北南吕四块玉】 【北双调沉醉东风】（6） 【北仙吕一半儿】（2） 【北中吕山坡羊】（4） 【北越调天净沙】（6） 【北正宫塞鸿秋】（2） 【北双调庆东原】（5） 【北越调寨儿令】（1） 【北中吕红绣鞋】 【北双调清江引】（12） 【北双调雁儿落带得胜令】（2）	5	【北南吕一枝花、梁州、隔尾】（2） 【北南吕马玉郎、感皇恩、采茶歌】（1） 【北双调新水令、搅筝琶、殿前欢、鸳鸯煞】（1） 【北中吕粉蝶儿、醉春风、迎仙客、红绣鞋、满庭芳、耍孩儿、二煞、三煞、四煞、尾声】（1）
杨慎	216	【北双调清江引】（18） 【南中吕驻马听】（19） 【南南吕罗江怨】（9） 【南商调黄莺儿】（30） 【北越调寨儿令】（4） 【北双调对玉环带过清江引】（6） 【北双调庆宣和】（4） 【北中吕醉高歌】（4） 【北双调落梅风】（4） 【南仙吕入双调玉交枝】（4） 【北双调风入松】（4） 【南美樱桃】（4） 【南商调金衣公子】（12） 【北双调折桂令】（16） 【南仙吕入双调玉抱肚】（6） 【南仙吕傍妆台】（8） 【北双调拨不断】（2） 【北双调水仙子】（8）	13	【北仙吕点绛唇、混江龙、油葫芦、天下乐、那吒令、鹊踏枝、寄生草、幺、金盏儿、赚尾】（1） 【北南吕一枝花、梁州、尾声】（2） 【南仙吕八声甘州、前腔、赚、解三酲、油核桃、解三酲、油核桃、解三酲、油核桃、解三酲、尾声】（1） 【北中吕粉蝶儿、醉春风、迎仙客、红绣鞋、满庭芳、耍孩儿、一煞、尾】（1） 【南正宫倾杯赏芙蓉、玉芙蓉、普天乐犯、朱奴带锦缠、尾声】（1） 【南正宫锦缠道、太师引、三学士、解三酲、尾声】（1） 【南中吕泣颜回、石榴花、泣颜回、石榴花、一撮棹、尾声】（1） 【南商调二郎神、前腔、集贤宾、前腔、黄莺儿、前腔、琥珀猫儿坠、前腔、尾声】（1） 【南正宫刷子序犯、山渔灯犯、普天乐犯、朱奴儿犯、尾声】（1） 【南仙吕入双调夜行船序、前腔、黑蟆序、前腔、锦衣香、浆水令、尾声】（1） 【南黄钟画眉序、前腔、前腔、前腔、滴溜子、滴滴金、鲍老催、双声子、尾声】（1）

续表

北方作家	小令（支）	宫调曲牌	套数（套）	宫调曲牌
杨慎		【南南吕七犯玲珑】(8) 【南仙吕一封书】(2) 【北正宫醉太平】(2) 【北中吕普天乐】(1) 【北越调小桃红】(3) 【北双调庆东原】(4) 【北中吕朝天子】(5) 【南黄钟四犯传言玉女】(2) 【北双调折桂令带过清江引】(1) 【北正宫黑漆弩】(2) 【北南吕金字经】(2) 【北正宫菩萨蛮】(1) 【北黄钟人月圆】(1) 【北双调殿前欢】(2) 【北仙吕忆王孙】(4) 【北南吕四块玉】(1) 【北双调对玉环】(1) 【北越调天净沙】(4) 【北中吕驻云飞】(4) 【南商调金络索】(4)		【南商调二郎神、前腔、集贤宾、前腔、琥珀猫儿坠、前腔、尾声】(1)
杨惇	4	【南南吕七犯玲珑】(4)	0	
杨恺	4	【南南吕七犯玲珑】(4)	0	
刘泰之	4	【南南吕七犯玲珑】(4)	0	
朱让栩	38	【北双调鸿归浦】(2) 【北双调捲簾雁儿落带过得胜令】(1) 【玉溪清】(4) 【北双调庆宣和】(4) 【北正宫凌波仙】(4) 【北仙吕一半儿】(4) 【南商调黄莺儿】(4) 【北黄钟出队子】(5) 【北越调武陵春】(10)	2	【北黄钟醉花阴、喜迁莺、出对子、幺篇、刮地风、四门子、古水仙子、尾声】(1) 【北南吕一枝花、梁州、尾声】(1)
黄峨	61	【南中吕驻云飞】(6) 【南中吕凭阑人】(4) 【南仙吕一半儿】(8) 【北双调折桂令】(4) 【南商调梧叶儿】(4) 【南仙吕入双调柳摇金】(4) 【北双调落梅风】(4) 【南中吕驻马听】(4) 【北双调风入松】(6) 【北中吕红绣鞋】(2) 【北双调清江引】(3) 【北越调天净沙】(4) 【南商调黄莺儿】(2) 【北越调寨儿令】(1) 【北双调沉醉东风】(1)	6	【南商调二郎神、前腔、玉堂客、黄莺儿、前腔、琥珀猫儿坠、前腔、尾】(1) 【北南吕一枝花、梁州、尾】(1) 【北仙吕点绛唇、混江龙、油葫芦、天下乐、那吒令、鹊踏枝、寄生草、元和令、村里迓鼓、上马娇、游四门、胜葫芦、幺篇、后庭花、尾声】(1) 【北越调斗鹌鹑、紫花儿序、调笑令、麻郎儿、圣药王、尾声】(1) 【北仙吕点绛唇、混江龙、油葫芦、天下乐、那吒令、鹊踏枝、寄生草、幺篇、后庭花、青哥儿、尾声】(1) 【南越调绵搭絮、前腔、前腔、前腔】(1)

附录一 南北方散曲宫调曲牌统计　　251

续表

北方作家	小令（支）	宫调曲牌	套数（套）	宫调曲牌
黄峨		【南仙吕皂罗袍】(1) 【北双调捲簾雁儿落】(1) 【北中吕朝天令】(1) 【南双调吴山一段云】(1) 【北南吕骂玉郎带过感皇恩采茶歌】(1) 【北双调水仙子带过折桂令】(1)		
张佳胤	0		1	【南仙吕桂枝春、不是路、长拍、短拍、余文】(1)
王化隆	57	【南双调锦堂月】(1) 【南南吕宜春令】(2) 【南仙吕甘州歌】(1) 【南商调金索挂梧桐】(1) 【南正宫三仙桥】(1) 【南南吕懒画眉】(4) 【南正宫普天乐】(1) 【南正宫雁渔锦】(1) 【南南吕梁州序】(1) 【南正宫二犯渔家傲】(1) 【南中吕二犯渔家灯】(1) 【南中吕喜渔灯】(1) 【南正宫锦缠道】(1) 【南仙吕入双调江头金桂】(3) 【南仙吕解三酲】(1) 【南商调黄莺儿】(2) 【南南吕三学士】(1) 【南越调祝英台序】(2) 【南中吕马蹄花】(4) 【南大石调念奴娇序】(3) 【南商调高阳台】(2) 【南仙吕桂枝春】(2) 【南南吕红衲袄】(4) 【南商调二郎神】(2) 【南仙吕入双调步步娇】(2) 【南商调集贤宾】(3) 【南中吕泣颜回】(1) 【南商调莺啼序】(1) 【北双调新水令】(1) 【北双调折桂令】(1) 【北双调水仙子】(1) 【北双调雁儿落】(1) 【北仙吕点绛唇】(1) 【北双调清江引】(1) 【北仙吕后庭花】(1)	1	【南正宫雁渔锦、二犯渔家傲、二犯渔家傲、喜渔灯犯、锦缠道】(1)

北方作家	小令（支）	宫调曲牌	套数（套）	宫调曲牌
杨文岳	1	【南仙吕入双调松下乐】(1)	3	【南仙吕入双调晓行序、黑蟆序、锦衣香、浆水令、尾声】(1) 【南商调集贤宾、啄木鹂、琥珀猫儿追、滴溜子、尾声】(1) 【南仙吕望吾乡、傍妆台犯、解三酲、掉角儿犯、尾声】(1)
姜恩	18	【北双调折桂令】(4) 【北正宫塞鸿秋】(2) 【北越调天净沙】(6) 【北正宫菩萨蛮】(4) 【北双调新水令】(1) 【北双调驻马听】(1)	0	
徐敷诏	78	【北中吕石榴花】(10) 【北双调对玉环带过清江引】(4) 【南中吕驻云飞】(8) 【北双调清江引】(3) 【南正宫玉芙蓉】(4) 【南仙吕入双调玉抱肚】(30) 【南仙吕桂枝香】(2) 【北商调梧叶儿】(8) 【南南吕红衲袄】(4) 【南中吕驻马听】(4) 【北双调水仙子】(1)	0	
张含	2	【北双调清江引】(1) 【南仙吕一封书】(1)	0	
李元阳	2	【南商调黄莺儿】(2)	0	
吴懋	0		1	【南黄钟画眉序、金衣公子、集贤宾、琥珀猫儿坠、尾声】(1)
禄洪	4	【南商调山坡羊】(4)	3	【南南吕香遍满、懒画眉、梧桐树、浣溪沙、刘泼帽、秋夜月、东瓯令、金莲子】(1) 【南南吕香遍满、懒画眉、尾声】(1) 【梧桐树犯、浣溪沙、秋夜月、东瓯令、金莲子】(1)
杨一清	0		2	【南羽调四时花、前腔、集贤宾、前腔、黄莺儿、前腔】(1) 【新水令、步步娇、折桂令、江儿水、雁儿落带得胜令、侥侥令、收江南、园林好、沽美酒、尾声】(1)
龙应	48	【南商调黄莺儿】(34) 【南仙吕入双调步步娇】(4) 【南双调锁南枝】(4) 【南商调黄莺儿】(2) 【北双调对玉环带清江引】(2) 【北中吕朝天子】(1) 【北中吕红绣鞋】(1)	5	【北仙吕点绛唇、混江龙、油葫芦、天下乐、那吒令、鹊踏枝、寄生草、后庭花、青哥儿、柳叶儿、赚尾】(1) 【南双调锦堂月、前腔、前腔、前腔、醉公子、前腔、侥侥令、前腔、余文】(1) 【南中吕泣颜回、前腔、千秋岁、前腔、越恁好、红绣鞋、余文】(1) 【北双调新水令、驻马听、甜水令、折桂令、雁儿落、得胜令、沽美酒、太平令、余音】(1) 【赏花时、排歌、那吒令、排歌、鹊踏枝、桂枝香、寄生草、乐安神、六幺序、尾声】(1)

续表

北方作家	小令(支)	宫调曲牌	套数(套)	宫调曲牌
杨杰	3	【南仙吕一封书】3	0	
刘良臣	82	【北中吕普天乐】(7) 【北双调天香引】(1) 【北正宫塞鸿秋】(1) 【北双调沉醉东风】(5) 【南中吕驻马听】(4) 【南商调黄莺儿】(12) 【北正宫醉太平】(24) 【北中吕满庭芳】(5) 【南正宫锦庭乐】(4) 【南黄钟画眉序】(4) 【北仙吕寄生草】(4) 【南中吕驻云飞】(7) 【南商调山坡羊】(4)	3	【北黄忠醉花阴、喜迁莺、出对子、幺、刮地风、余音、四门子、古水仙子】(1) 【北双调新水令、驻马听、乔牌儿、雁儿落、得胜令、甜水令、折桂令、殿前欢、沽美酒、太平令、收尾】(1) 【北正宫端正好、滚绣球、叨叨令、脱布衫、小梁州、煞尾】(1)
宁斋	0		4	【南商调绣带儿、宜春令、降黄龙、醉太平、浣溪沙、啄木儿、鲍老催、下山虎、双声子、余音】(1) 【北南吕一枝花、梁州第七、尾声】(1) 【北商调集贤宾、逍遥乐、金菊香、醋葫芦、幺篇、浪来里煞】(1) 【醉花阴、画眉序、喜迁莺、画眉序、出队子、画眉序、出队子、神杖儿、刮地风、神杖儿、四门子、闹樊楼、古水仙子、余音】(1)
胡用和	0		2	【北南吕一枝花、梁州第七、尾声】(1) 【北中吕粉蝶儿、醉春风、朱履曲、魔合罗、十一煞、十煞、九煞、八煞、七煞、六煞、五煞、四煞、三煞、二煞、一煞、尾声】(1)
何瑭	0		5	【北双调新水令、落梅风、雁儿落、得胜令、鸳鸯煞】(1) 【北双调新水令、驻马听、沉醉东风、雁儿落、得胜令、川拨棹、七兄弟、梅花酒、收江南】(1) 【北双调新水令、驻马听、沉醉东风、折桂令、雁儿落、得胜令、沽美酒、太平令、离亭宴带歇指煞】(1) 【北正宫端正好、滚绣球、叨叨令、脱布衫、小梁州、幺篇、上小楼、幺篇、满庭芳、快活三、朝天子、四边静、耍孩儿、五煞、四煞、三煞、二煞、一煞、尾声】(1) 【北中吕粉蝶儿、醉春风、迎仙客、红绣鞋、石榴花、耍孩儿、一煞、尾声】(1)
毛良	0		1	【北双调新水令、驻马听、雁儿落、得胜令、川拨棹、七兄弟、梅花酒、收江南】(1)
王教	6	【贺圣朝】(2) 【御銮歌】(1) 【北双调清江引】(3)	0	

续表

北方作家	小令（支）	宫调曲牌	套数（套）	宫调曲牌
吕坤	16	【北双调折桂令】(5)、【北大石调归塞北】(5)、【北大石调望江南】(5)、【北双调清江引】(1)	0	
李翠微	0		1	【南正宫山渔灯犯、锦庭乐、朱奴儿序、六幺令、尾声】(1)
刘龙田	10	【南中吕山花子】(4)、【南仙吕入双调朝元歌】(1)、【南仙吕入双调孝南枝】(1)、【南仙吕入双调朝元令】(1)、【北双调清江引】(3)	0	

南方作家	小令（支）	宫调曲牌	套数（套）	宫调曲牌
沈贞	1	【北双调蟾宫曲】(1)	0	
祝允明	12	【南仙吕羽调排歌】(2)、【南仙吕皂罗袍】(1)、【南商调金络索】(4)、【南南吕七犯玲珑】(5)	11	【南黄钟女子上阳台、仙灯照画眉、黄莺儿懒画眉、啄木叫画眉、集贤听画眉、尾声】(1)、【南仙吕八声甘州、前腔、不是路、解三酲、油葫芦、解三酲、油葫芦、解三酲、油葫芦、解三酲、尾声】(1)、【南南吕梁州序、前腔、前腔、前腔、节节高、前腔、尾声】(2)、【南南吕梁州小序、前腔、前腔、前腔、节节高、前腔、尾声】(1)、【南南吕十样锦、尾声】(1)、【南杂调闹十八、尾声】(1)、【南商调画眉序、黄莺儿、集贤宾、琥珀猫儿坠、尾声】(1)、【南南吕十三腔、尾声】(1)、【新水令、步步娇、折桂令、江儿水、雁儿落带得胜令、侥侥令、收江南、园林好、沽美酒带太平令、清江引】(1)、【南越调祝英台、前腔、前腔、前腔、沉醉海棠红、前腔、川荳叶、前腔、尾声】(1)
文征明	5	【南商调山坡羊】(5)	4	【南仙吕入双调步步娇、香罗带、醉扶归、皂罗袍、好姐姐、香柳娘、尾声】(1)、【南商调黄莺儿、香罗带、醉扶归、好姐姐、玉山供、香柳娘、尾声】(1)、【南黄忠啄木儿、前腔、三段子、滴溜子、尾声】(1)、【南仙吕八声甘州、前腔、不是路、解三酲、油葫芦、解三酲、油葫芦、解三酲、油葫芦、解三酲】(1)
文彭	0		1	【南商调画眉序、黄莺儿、簇御林、集贤宾、皂罗袍、琥珀猫儿坠、斗双鸡、尾声】(1)

续表

南方作家	小令(支)	宫调曲牌	套数(套)	宫调曲牌
张凤翼	20	【南仙吕解三酲】(2) 【南商调山坡羊】(2) 【南仙吕桂枝香】(2) 【南仙吕九迴肠】(2) 【南南吕宜春令】(2) 【南仙吕醉扶归】(1) 【南正宫玉芙蓉】(1) 【南仙吕二犯傍妆台】(4) 【南南吕石榴花】(1) 【南商调莺花皂】(2) 【南仙吕傍妆台犯】(1)	18	【南仙吕桂枝香、前腔、大迓鼓、前腔、大胜乐、前腔、解三酲、前腔、尾声】(1) 【南仙吕入双调步步娇、江儿水、园林好、侥侥令、川拨棹、锦衣香、浆水令、尾声】(1) 【南正宫白练序、醉太平、白练序、醉太平、尾声】(1) 【南越调小桃红、下山虎、蛮牌令、尾声】(1) 【南南吕梁州贺新郎、前腔、前腔、前腔、节节高、前腔、尾声】(2) 【南南吕懒画眉、不是路、掉角儿、尾声】(1) 【南南吕懒画眉、东瓯令、赏宫花、降黄龙、大胜乐、解三酲、尾声】(1) 【南仙吕入双调步步娇、江儿水、玉山供、川拨棹、锦衣香、浆水令、尾声】(1) 【南仙吕入双调步步娇、江儿水、园林好、川拨棹、尾声】(1) 【南仙吕桂枝春、不是路、长拍、短拍、余文】(1) 【南中吕朝天子、前腔、不是路、掉角儿、前腔、尾声】(1) 【南中吕泣颜回、前腔、长拍、短拍、余文】(1) 【南南吕十样锦、尾声】(2) 【南仙吕二犯傍妆台、前腔、簇林莺、前腔、琥珀猫儿坠、前腔、尾声】(1) 【南南吕十样锦、绣带儿、宜春令、降黄龙、醉太平、浣溪沙、啄木儿、鲍老催、下小楼、双声子、莺啼序、尾声】(1) 【北双调新水令、驻马听、沉醉东风、雁儿落、得胜令、水仙子、挂玉钩、折桂令、鸳鸯煞】(1)
徐媛	26	【南越调绵搭絮】(10) 【南仙吕桂枝香】(3) 【南黄钟啄木儿】(4) 【北仙吕寄生草】(4) 【南仙吕入双调江儿水】(4) 【南越调绵搭絮】(1)	2	【南商调二郎神、集贤宾、黄莺儿、琥珀猫儿坠、尾声】(1) 【新水令、步步娇、折桂令、江儿水、雁儿落得胜令、侥侥令、收江南、园林好、沽美酒带太平令、尾声】(1)
冯梦龙	11	【南仙吕桂枝香】(1) 【南仙吕月云高】(1) 【南南吕一江风】(1) 【南商调梧蓼金罗】(1) 【南仙吕入双调玉抱肚】(1) 【南仙吕入双调江儿水】(1) 【挂枝儿】(5)	20	【南仙吕二犯傍妆台、醉归花月渡、皂袍公子、解三酲、解罗歌、感亭秋、尾声】(1) 【南中吕颜子乐、锦缠道、普天乐、古轮台、尾声】(1) 【南中吕粉孩儿、红芍药、雨休休、耍孩儿、大影戏、会河阳、孩儿灯、摊破地锦花、尾声】(1) 【南南吕绣带儿、前腔、太师引、前腔、三学士、前腔】(1) 【南南吕绣带引、懒针线、醉宜春、琐窗绣、大节高、浣泼帽、东瓯莲、尾声】(1) 【南南吕针线箱、红衫儿、太师引、醉太平、三学士、大迓鼓犯、尾声】(1) 【南南吕大胜乐、前腔、不是路、掉角儿序、前腔、尾声】(1) 【南商调集贤宾、前腔、黄莺儿、簇御林、尾声】(1) 【南商调集贤宾、黄莺儿、簇御林、尾声】(1) 【南商调山坡羊、五更转、御林莺、琥珀猫儿坠、尾声】(1)

续表

南方作家	小令（支）	宫调曲牌	套数（套）	宫调曲牌
冯梦龙				【南商调黄莺儿、集莺儿、玉莺儿、簇林莺、猫儿逐黄莺、尾声】(1) 【南商调金络索、前腔、前腔】(1) 【南双调锦堂月、二犯昼景堂、集贤宾、集贤宾听黄莺、黄莺儿、黄莺带一对、一封书、一封罗、皂罗袍、罗袍歌、甘州歌、甘州解醒、解三醒、解醒姐姐、好姐姐、姐姐带拨棹、拨棹入侥侥、侥侥令、尾声】(1) 【南双调锁南枝、前腔、前腔、前腔】(1) 【南仙吕入双调步步娇、桂花遍南枝、柳摇金、园林好、江儿水、玉交枝、玉抱肚、玉山供、三学士、解三醒、川拨棹、尾声】(1) 【南仙吕入双调步步娇、山坡羊、五更转、园林好、江儿水、玉交枝、玉抱肚、玉山供、三学士、解三醒、川拨棹、川拨棹犯、尾声】(1) 【南仙吕入双调步步娇、园林好、忒忒令、江儿水、金段子、五供枝、玉抱肚、侥侥令、尾声】(1) 【南仙吕入双调江头金桂、姐姐插海棠、玉山供、玉枝带六幺、拨棹入江水、园林带侥侥、尾声】(1) 【南羽调胜如花、前腔、三段子、滴溜子、尾声】(1) 【新水令、步步娇、折桂令、江儿水、雁儿落带得胜令、侥侥令、收江南、园林好、沽美酒带太平令、清江引】(1)
宛瑜子	32	【南仙吕入双调沉醉东风】(3) 【南双调锁南枝】(2) 【南仙吕入双调江儿水】(2) 【南中吕驻马听】(2) 【南仙吕月云高】(2) 【南仙吕入双调步步娇】(3) 【南仙吕桂枝香】(2) 【南商调黄莺儿】(2) 【南南吕红衲袄】(1) 【南仙吕入双调玉交枝】(2) 【南南吕懒画眉】(5) 【南仙吕皂罗袍】(2) 【南南吕香柳娘】(1) 【南南吕宜春令】(1) 【南仙吕一封书】(1) 【南仙吕入双调玉抱肚】(1)	14	【新水令、步步娇、折桂令、江儿水、雁儿落带得胜令侥侥令、收江南、园林子、沽美酒带太平令、尾声】(1) 【南商调梧桐树、东瓯令、大胜乐、解三醒、尾声】(1) 【南仙吕入双调步步娇、江儿水、玉交枝、尾声】(1) 【南仙吕入双调园林好、江儿水、玉交枝、尾声】(1) 【南黄钟啄木儿、琥珀猫儿坠、前腔、尾声】(1) 【南仙吕入双调步步娇、江儿水、川拨棹、尾声】(2) 【南双调锁南枝、前腔、尾声】(1) 【南商调梧桐树、解三醒、尾声】(1) 【北般涉调耍孩儿、幺篇、幺篇】(1) 【北仙吕点绛唇、南南吕一江风】(1) 【南南吕梁州新郎、前腔、前腔、前腔、节节高、前腔、尾声】(1) 【南商调莺啼序、集贤宾、黄莺儿、琥珀猫儿坠、尾声】(1) 【南商调二郎神金衣公子、琥珀猫儿坠、尾声】(1)
陆广明	0		1	【北南吕一枝花、梁州、尾声】(1)
熊秉鉴	1	【南商调黄莺儿】(1)	0	

续表

南方作家	小令（支）	宫调曲牌	套数（套）	宫调曲牌
王宠	8	【南仙吕二犯傍妆台】(4) 【南仙吕醉罗歌】(4)	5	【南商调二郎神、前腔、集贤宾、前腔、黄莺儿、前腔、琥珀猫儿坠、前腔、尾声】(1) 【南仙吕甘州歌、前腔、前腔、前腔、尾声】(1) 【南仙吕入双调步步娇、山坡羊、五更转、园林好、江儿水、玉交枝、玉山供、三学士、解三酲、川拨棹、嘉庆子、侥侥令、尾】(1) 【南商调莺啼序、集贤宾、黄莺儿、琥珀猫儿坠、尾声】(1) 【南南吕宜春令、前腔、绣带儿、前腔、琐窗寒、前腔、尾犯序】(1)
顾璘	0		1	【南越调番山虎、前腔、前腔、前腔、尾声】(1)
俞宛纶	23	【南商调十二红】(1) 【南杂调闹十八】(1) 【南仙吕入双调二犯江儿水】(4) 【南南吕懒画眉】(10) 【南商调黄莺儿】(5) 【南仙吕入双调五玉枝】(1) 【南仙吕入双调金段子】(1)	5	【南仙吕入双调四朝元、前腔、前腔、前腔、尾声】(1) 【南仙吕入双调步步娇、山坡羊、忒忒令、香罗带、斗宝蟾、玉芙蓉、香遍满、醉扶归、江儿水、玉交枝、嘉庆子、侥侥令、尾声】(1) 【南商调二郎神、集贤宾、金衣公子、啄木鹏、琥珀猫儿坠、尾声】(1) 【南商调山坡羊、步步娇、醉扶归、园林好、月云高、江儿水、三段子、皂罗袍、节节高、玉交枝、玉抱肚、嘉庆子、侥侥令、香柳娘、好姐姐、减字忆多娇、减字斗黑蟆、减字归朝欢、尾声】(1) 【南南吕香遍满、前腔、梧桐树、前腔、浣溪沙、前腔、刘泼帽、前腔、秋夜月、前腔、东欧令、前腔、金莲子、尾声】(1)
陆世明	1	【南黄钟点绛唇】(1)	0	
汪应	0		2	【南仙吕入双调步步娇、醉扶归、皂罗袍、好姐姐、香柳娘、尾声】(1) 【南商调二郎神、莺啼序、簇林莺、啄木儿、滴溜子、水红花犯、尾】(1)
燕仲义	0		1	【南商调画眉、昼锦画眉、簇林鸟、黄莺儿、螃蟹令、一封书犯、马鞍儿、皂罗袍、梧叶儿、水红花、尾声】(1)
申时行	0		1	【南正宫普天乐、雁过声犯、倾杯序、小桃红、尾声】(1)
王鏊	0		1	【南双调锦堂月、前腔、前腔、前腔、醉公子、前腔、侥侥令、前腔、尾、南仙吕一封书、皂罗袍、驻马听、清江引】(1)
杨循吉	24	【北中吕谒金门】(4) 【北双调沉醉东风】(4) 【北中吕满庭芳】(4) 【北中吕普天乐】(4) 【北双调折桂令】(4) 【北正宫醉太平】(4)	7	【北南吕一枝花、梁州、牧羊关、贺新郎、尾】(1) 【锦上花、销金帐、折桂令、二犯江儿水、雁儿落带过得胜令、叠字锦、沉醉东风、川拨棹、七弟兄、川拨棹、梅花酒、喜江南、余音】(1) 【绣停针、小桃红、合笙道和、调笑令、山马客、忆多娇、秃厮儿、圣药王、金蕉叶、豹子令、梅花酒、幺、余音】(1) 【一枝花、一江南、红芍药、两头蛮、风入松、骂玉郎、节节高、感皇恩、采茶歌、生姜芽、尾声】(1) 【集贤宾、梧叶儿、山坡羊、出队子、金菊香、醋葫芦、东瓯令、玉交枝、后庭花、玉抱肚、锦罗袍、青哥儿、耍鲍老、余音】(1) 【北商调集贤宾、逍遥乐、挂金索、金菊香、醋葫芦、尾声】(1) 【北双调夜行船、乔木查、落梅风、庆宜和、风入松、拨不断、离亭宴煞】(1)

续表

南方作家	小令（支）	宫调曲牌	套数（套）	宫调曲牌
唐寅	50	【南商调黄莺儿】(13)、【南仙吕桂枝香】(8)、【南商调集贤宾】(5)、【南商调山坡羊】(11)、【南仙吕羽调排歌】(1)、【南仙吕二犯月儿高】(4)、【北双调对玉环带清江引】(8)	20	【南仙吕入双调步步娇、醉扶归、皂罗袍、好姐姐、香柳娘、尾】(4)、【南仙吕入双调步步娇、忒忒令、园林好、香柳娘、好姐姐、双蝴蝶、玉抱肚、玉交枝、川拨棹、侥侥令、尾】(1)、【南仙吕入双调步步娇、孝顺歌、香柳娘、园林好、江儿水、侥侥令、尾】(1)、【南仙吕入双调步步娇、江儿水、园林好、川拨棹、人月圆、五供养、侥侥令、前腔、尾】(1)、【南南吕香遍满、琐窗寒、刘泼帽、大圣乐、生姜芽、尾】(1)、【南南吕香遍满、嫩画眉、梧桐树、浣溪沙、刘泼帽、秋夜月、金莲子、尾】(1)、【南仙吕桂枝香、不是路、长拍、短拍、尾】(1)、【南商调二郎神、前腔、集贤宾、前腔、黄莺儿、前腔、琥珀猫儿坠、前腔、尾】(1)、【南中吕好事近、锦缠首、普天乐、古轮台、尾】(1)、【南中吕榴花泣、前腔、喜渔灯犯、瓦渔灯、尾】(1)、【新水令、步步娇、折桂令、江水儿、雁儿落带得胜令、侥侥令、收江南、园林好、沽美酒带太平令、清江引】(2)、【南黄中画眉着皂袍、罗袍带一封、一封付黄莺、黄莺叫集贤、集贤伴醉公、醉看猫儿坠、猫儿赶画眉、尾声】(1)、【南南吕梁州新郎、前腔、前腔、前腔、节节高、前腔、尾声】(1)、【南中吕瓦盆儿、榴花令、喜渔灯、尾声】(1)、【南越调亭前柳、前腔、皂罗袍、前腔、下山虎、前腔、尾声】(1)
陆治	0		3	【南商调高阳台、前腔、前腔、前腔、前腔】(1)、【南小石调鱼灯儿、前腔、渔灯、锦上花、锦中拍、锦后拍、尾声】(1)、【南正宫四块玉、雁过声、倾杯序、芙蓉犯、山桃犯、尾声】(1)
李日华	4	【南正宫玉芙蓉】(4)	1	【南南吕六犯清音、前腔、前腔、前腔、尾声】(1)
马佶人	0		2	【北双调新水令、落梅风、锦上花、清江引、甜水令、折桂令、水仙子、雁儿落、得胜令、意不尽】(1)、【南黄钟画眉序、黄莺儿、集贤宾、琥珀猫儿坠、尾声】(1)
汤传楹	0		1	【南南吕懒画眉、前腔、尹令、品令、豆叶黄、玉交枝、三月上海棠、江儿水、川拨棹、尾声】(1)
范壶贞	5	【南仙吕入双调玉抱肚】(2)、【南商调黄莺儿】(2)、【南南吕懒画眉】(1)	1	【南南吕梁州新郎、前腔、前腔、前腔、节节高、前腔、尾声】(1)
虞臣	1	【南商调山坡羊】(1)	1	【南黄忠画眉、黄莺儿、集贤宾、琥珀猫儿坠、尾声】(1)
顾鼎臣	0		1	【南正宫白练序、醉太平、白练序、醉太平、尾声】(1)
张寰	4	【南南吕七犯玲珑】(4)	0	

续表

南方作家	小令（支）	宫调曲牌	套数（套）	宫调曲牌
周瑞	0		2	【南仙吕二犯傍妆台、前腔、不是路、掉角儿序、前腔、尾声】(1) 【南仙吕入双调夜行船序、前腔、闹宝蟾、前腔、锦衣香、浆水令、尾声】(1)
张恒纯	2	【南商调集贤宾】(2)	0	
郑若庸	0		4	【南商调金梧桐、东瓯令、大圣乐、解三酲、尾声】(1) 【南商调黄莺儿、前腔、六幺忆多娇、前腔、雁过灯犯、前腔、琥珀猫儿坠、前腔、尾声】(1) 【珍珠马、新水令、步步娇、雁儿落、沉醉东风、得胜令、忒忒令、沽美酒、好姐姐、七弟兄、喜庆子、梅花酒、豆叶黄、脱布衫、园林好、倘秀才、川拨棹、川拨棹、锦衣香、收江南、浆水令、尾声】(1) 【南仙吕入双调沉醉东风、忒忒令、品令、豆叶黄、玉交枝、月上海棠、江水儿、尾声】(1)
顾梦圭	0		1	【南大石调念奴娇序、前腔、前腔、前腔、古轮台、前腔、尾声】(1)
梁辰鱼	54	【南仙吕月儿高】(2) 【南中吕驻马听】(5) 【南中吕驻云飞】(10) 【南商调山坡羊】(4) 【南仙吕入双调玉抱肚】(20) 【南南吕征胡兵】(2) 【南南吕六犯碧桃花】(1) 【南南吕七贤过关】(1) 【南仙吕入双调销金帐】(1) 【南南吕楚江情带金字经】(1) 【南仙吕入双调二犯江儿水】(2) 【南双调孝南歌】(1) 【南南吕七犯玲珑】(3) 【南南吕六犯清音】(1)	41	【南仙吕桂枝香、不是路、长拍、短拍、余文】(1) 【南正宫白练序、醉太平、白练序、醉太平、余文】(2) 【南正宫刷子序、虞美人犯、普天乐犯、针线箱犯、余文】(1) 【南中吕好事近、前腔、千秋岁、前腔、越恁好、前腔、红绣鞋、前腔、尾声】(1) 【南中吕梁州序、前腔、前腔、前腔、节节高、前腔、余文】(2) 【南南吕香遍满、嫩画眉、余索挂梧桐、浣溪沙、刘泼帽、秋夜月、东瓯令、金莲子、尾声】(1) 【南黄钟画眉序、前腔、前腔、前腔、滴溜子、鲍老催、滴滴金、鲍老催、双声子、尾声】(1) 【南越调小桃红、下山虎、蛮牌令、尾声】(1) 【南商调二郎神、啭林莺、前腔、锦衣公子、前腔、琥珀猫儿坠、前腔、尾声】(1) 【南商调二郎神、莺啼序、簇林莺、啄木儿、滴溜子、水红花犯、尾声】(1) 【南大石调念奴娇序、前腔、前腔、前腔、古轮台、前腔、尾声】(1) 【南仙吕入双调步步娇、江儿水、园林好、川拨棹、五供养、侥侥令、尾声】(1) 【南仙吕入双调夜行船序、前腔、黑蟆序、前腔、锦衣香、浆水令、尾声】(1) 【南南吕宜春令、太师引、琐窗寒、三段子、东瓯令、三换头、刘泼帽、大胜令、解三酲、节节高、三学士、大迓鼓、扑灯蛾、尾声】(1) 【南中吕好事近、榴花泣、锦缠道、千秋岁、普天乐、鲍老催、古轮台、尾声】(1) 【南仙吕入双调步步娇、孝南歌、香柳娘、园林好、江儿水、侥侥令、尾声】(1) 【南南吕懒画眉、不是路、掉角儿、尾声】(1) 【南仙吕入双调步步娇、忒忒令、沉醉东风、好姐姐、园林好、江儿水、五供养、玉交枝、川拨棹、香柳娘、尾声】(1)

续表

南方作家	小令（支）	宫调曲牌	套数（套）	宫调曲牌
梁辰鱼				【南中吕瓦盆儿、榴花泣、喜渔灯、尾声】(1) 【南仙吕入双调摊破金字令、夜雨打梧桐】(1) 【南南调黄莺儿、簇御林】(1) 【南南吕红纳袄、五更转、浣溪沙、东瓯令、大迓鼓、节节高、金莲子、尾声】(1) 【南正宫破齐阵、刷子序、普天乐、尾犯序、锦缠道、倾杯序、玉芙蓉、小桃红、摧拍、一撮棹】(1) 【南仙吕二犯月儿高、桂枝香、不是路、排歌、皂罗袍、解三酲、掉角儿、尾声】(1) 【南中吕好事近、锦缠道、普天乐、古轮台、尾声】(1) 【南南吕香罗带、醉扶扫、香柳娘、尾声】(1) 【南仙吕入双调步步娇、忒忒令、尹令、品令、豆叶黄、玉交枝、月上海棠、江儿水、川拨棹、嘉庆子、尾声】(1) 【南仙吕小措大、不是路、长拍、短拍、尾声】(1) 【南中吕榴花泣、锦缠道、节节高、渔家灯、尾声】(1) 【南仙吕八声甘州、前腔、不是路、前腔、前腔、尾声】(1) 【南南调金络索、五更转、簇御林、琥珀猫儿坠、尾声】(1) 【南越调小桃红、下山虎、山麻客、五韵美、四般宜、五般宜、江头送别、忆多娇、尾声】(1) 【南仙吕四季花、集贤宝、簇林莺、琥珀猫儿坠、水红花、尾声】(1) 【南黄钟啄木儿、卖花声带归仙洞、尾声】(1) 【南中吕好事近、泣颜回、榴花泣、石榴花、尾声】(1) 【南南吕巫山十二峰、三仙桥、百练序、醉太平、普天乐、征胡兵、香遍满、锁窗寒、刘泼帽、三换头、梁州序、节节高、东瓯令尾声】(1) 【南南吕九疑山、香罗带、征胡兵、懒画眉、醉扶归、梧桐树、锁窗寒、大迓鼓、解三酲、刘泼帽、尾声】(1) 【南商调字字锦、满园春】(1) 【南仙吕锦衣相思、前腔、针线箱、前腔、解三酲、前腔】(1)
朱世征	1	【南商调金络索】(1)	0	
陶唐	0		1	【南正宫白练序、醉太平、白练序、醉太平、尾声】(1)
方凤	6	【北双调清江引】(6)	0	

续表

南方作家	小令（支）	宫调曲牌	套数（套）	宫调曲牌
杜文焕	12	【南正宫玉芙蓉】(2) 【南南吕宜春令】(2) 【南黄钟画眉序】(4) 【南仙吕桂枝香】(4)	3	【南商调集贤宾、前腔、前腔、前腔、余文】(1) 【南中吕驻云飞、前腔、玉交枝、前腔、玉抱肚、前腔、余文】(1) 【新水令、步步娇、折桂令、江儿水、雁儿落带得胜令、侥侥令、收江南、园林好、沽美酒带太平令、尾声】(1)
杜子华	137	【南商调黄莺儿】(132) 【南仙吕桂枝香】(4) 【南中吕驻云飞】(1)	7	【南商调金落索挂梧桐、懒画眉、江儿水、五供养、玉交枝、川拨棹、前腔、尾】(1) 【南商调金落索挂梧桐、黄莺儿、前腔、解三醒、前腔、风入松、前腔、不是路、长拍、短拍、大迓鼓、前腔、尾声】(1) 【南仙吕桂枝香、前腔、前腔、前腔、宜春令、前腔、前腔、前腔、二郎神、前腔、集贤宾、前腔、黄莺儿、前腔、琥珀猫儿坠、前腔、尾声】(1) 【南中吕尾犯序、前腔、前腔、前腔】(1) 【南仙吕入双调夜行船序、前腔、斗宝蟾、前腔、锦衣香、浆水令、尾声】(1) 【南仙吕八声甘州、前腔、不定路、掉角儿序、前腔、尾声】(1) 【南黄钟啄木儿、前腔、三段子、滴溜子、尾声】(1)
顾宪成	0		1	【步步娇、折桂令、江儿水、雁儿落带得胜令、侥侥令、沽美酒、尾声】(1)
邵宝	1	【南中吕驻马听】(1)	0	
辛升	2	【南商调黄莺儿】(2)	0	
王问	24	【南商调黄莺儿】(1) 【南越调浪淘沙】(21) 【南中吕驻云飞】(1) 【南双调朝元歌】(1)	0	
赵宽	1	【南正宫锦堂春】(1)	0	
张禄	1	【北双调沉醉东风】(1)	1	【北双调新水令、驻马听、乔牌儿、川拨棹、七弟兄、梅花酒、喜江南】(1)
顾大典	0		3	【南商调山坡羊、皂罗袍、解三醒、玉抱肚、掉角儿犯、尾声】(1) 【南南吕香遍满、懒画眉、尾声】(1) 【梧桐树、浣溪沙、刘泼帽、秋夜月、东瓯令、金莲子】(1)

续表

南方作家	小令（支）	宫调曲牌	套数（套）	宫调曲牌
沈璟	17	【南南吕宜春乐】(1) 【南商调山坡羊】(1) 【南商调莺啼序】(1) 【南仙吕入双调松下乐】(1) 【南商调金络索】(1) 【南仙吕二犯桂枝香】(1) 【南仙吕解袍歌】(1) 【南仙吕醉罗歌】(1) 【南仙吕醉归花月渡】(1) 【南南吕梁沙泼大香】(1) 【南南吕浣溪刘月莲】(1) 【南南吕浣溪刘月莲】(1) 【南南吕浣溪刘月莲】(1) 【南商调山坡羊】(1) 【南仙吕入双调步步娇】(2) 【南南吕金络索】(1)	43	【南商调二郎神、前腔、啭林莺、前腔、啄木鹂、前腔、黄莺儿、前腔、尾声】(1) 【南仙吕八声甘州、前腔、不是路、解三酲、皂罗袍犯、解三酲、胜葫芦犯、解三酲、安乐神犯、尾声】(1) 【南仙吕皂罗袍、胜葫芦、一封书、尾声】(1) 【南仙吕皂罗袍、排歌】(2) 【南语调四时花、集贤宾、簇林莺、琥珀猫儿坠、水红花、尾声】(1) 【南正宫白练序、醉太平、白练序、醉太平、尾声】(1) 【南正宫刷子序犯、朱奴儿犯、山渔灯犯、普天乐犯、尾声】(1) 【南正宫普天乐、雁过声、倾杯序、玉芙蓉、山桃红、尾声】(1) 【南中吕驻马听、泣颜回、驻马听、泣颜回、尾声】(1) 【南中吕古轮台、前腔、尾声】(1) 【南中吕古轮台、扑灯蛾、前腔、前腔、尾声】(1) 【南南吕梁州序、前腔、前腔、前腔、尾声】(1) 【南南吕香遍满、懒画眉、梧桐树犯、浣溪沙、刘泼帽、秋夜月、东瓯令、金莲子、尾声】(1) 【南南吕懒画眉、五更转、浣溪沙、东瓯令、节节高、尾声】(1) 【南南吕绣带引、懒针线、醉宜春、琐窗绣、大节高、东瓯莲、尾声】(1) 【南南吕琐窗寒、大胜乐、奈子花、尾声】(1) 【南黄钟画眉序、前腔、滴溜子、鲍老催、双声子、尾声】(1) 【南黄钟太平歌、赏宫花、降黄龙、大胜乐】(1) 【南黄钟降黄龙、前腔】(1) 【南商调二郎神、集贤宾、莺啼序、琥珀猫儿坠、尾声】(1) 【南商调集贤宾、黄莺儿、簇御林、琥珀猫儿坠、尾声】(1) 【南商调集贤宾、前腔、黄莺儿、前腔、簇御林、前腔、尾声】(1)

续表

南方作家	小令（支）	宫调曲牌	套数（套）	宫调曲牌
沈璟				【南商调集贤宾、前腔、黄莺儿、前腔、尾声】(1) 【南商调山坡羊、簇林莺、啄木儿、滴溜子、水红花、耍鲍老、尾声】(1) 【南商调莺啼序、黄莺儿、集贤宾、滴溜子、簇御林、琥珀猫儿坠、尾声】(1) 【南商调金梧桐、五更转、东瓯令、浣溪沙、大迓鼓、节节高、尾声】(1) 【南商调金梧桐、东瓯令、大胜令、解三酲、尾声】(2) 【南商调金梧桐、东瓯令、浣溪沙、尾声】(1) 【南商调金瓯线解酲、浣溪乐、春太平、奈子落琐窗、尾声】(1) 【南商调黄莺儿、集贤宾、莺啼序、琥珀猫儿坠、尾声】(1) 【南仙吕入双调步步高、忒忒令、沉醉东风、好姐姐、园林好、锦衣香、浆水令、尾声】(1) 【南仙吕入双调步步娇、江儿水、玉交枝、五供养、川拨棹、尾声】(1) 【南仙吕入双调步步娇、江儿水、川拨棹、尾声】(1) 【南仙吕入双调江头金桂、姐姐插海棠、玉山供、玉枝带六幺、拨棹入江水、园林带侥侥、尾声】(1) 【南中吕泣颜回、驻马听、渔家灯、千秋岁、尾声】(1) 【南中吕石榴花、驻马听、剔银灯、渔家灯、尾声】(1) 【南南吕懒画眉、不是路、掉角儿序、尾声】(1) 【南南吕巫山十二峰、尾声】(2) 【南商调集贤宾、啄木鹂、琥珀猫儿坠、尾声】(1) 【南仙吕入双调江头金桂、姐姐插海棠、玉山供、玉枝带六幺、拨棹入江水、园林带侥侥、尾声】(1)
俞安期	0		1	【南商调二郎神、前腔、风入松、前腔、玉交枝、前腔、浆水令、前腔、尾声】(1)
沈瓒	2	【南商调金络索】(1) 【南黄钟啄木鹂】(1)	6	【南正宫白练序、醉太平、尾声】(1) 【南商调二犯梧桐树、东欧令带皂罗袍、大胜乐、解三酲、尾声】(1) 【南南吕懒画眉、东欧令、浣溪沙、南仙吕醉扶归、皂罗袍、尾声】(1) 【月上海棠、江儿水、侥侥令、南商调集贤宾、簇林莺、啄木儿、琥珀猫儿坠、尾声】(1) 【南仙吕入双调步步娇、江儿水、尾声】(1) 【园林好、五供养、川拨帽、锦衣香、浆水令】(1)
沈珂	1	【南南吕太师接学士】(1)	0	
沈静专	5	【南南吕懒莺儿】(1) 【南商调金络索】(2) 【南南吕懒画眉】(2)	0	
沈君谟	1	【南仙吕入双调东风江水】(1)	0	

续表

南方作家	小令(支)	宫调曲牌	套数(套)	宫调曲牌
沈自征	2	【南杂调新样四时花】(1) 【北双调折桂令】(1)	6	【南仙吕桂枝春、不是路、长拍、短拍、尾声】(1) 【南商调梧桐树、东瓯令、皂罗袍、大圣乐、解三酲、余文】(1) 【南南吕梁州序、前腔、前腔、前腔、节节高、前腔、余文】(1) 【南仙吕入双调步步娇、醉扶归、皂罗袍、好姐姐、香柳娘、余文】(1) 【新水令、步步娇、折桂令、江儿水】(1) 【新水令、步步娇、折桂令、江儿水、收江南、北煞、雁儿落带得胜令、侥侥令、园林好、沽美酒带太平令】(1)
叶小鸾	1	【南商调黄莺儿】(1)	0	
马一龙	0		1	【南仙吕醉扶归、不是路、红衲袄、前腔、解三酲、前腔、朝天子】(1)
张景严	2	【南仙吕入双调六幺令犯】(2)	0	
陆之裘	2	【南仙吕江头金桂】(1) 【南仙吕桂枝春】(1)	0	
王世贞	7	【南黄钟画眉序】(7)	0	
周天球	1	【南仙吕入双调二犯江儿水】(1)	0	
王锡爵	12	【北双调对玉环带清江引】(12)	0	
杨仪	2	【北双调拨不断】(2)	0	
孙楼	33	【南商调黄莺儿】(29) 【南南吕罗江怨】(4)	0	
唐顺之	0		1	【南商调二郎神、集贤宾、啄木儿、三段子、前腔、斗双鸡、尾声】(1)
王稚登	1	【南仙吕月云高】(1)	4	【南仙吕桂枝春、不是路、长拍、短拍、尾声】(1) 【南仙吕醉扶归、步步娇、江儿水、园林好、五供养、叨叨令、尾声】(1) 【南南吕梁州序、前腔、前腔、前腔、节节高、前腔、余文】(1) 【南商调金梧桐、东瓯令、刘泼帽、奈子花、浣溪沙、金钱花、尾声】(1)
姜宝	0		1	【北双调新水令、驻马听、乔牌儿、雁儿落、得胜令、川拨棹、折桂令、七弟兄、梅花酒、收江南、鸳鸯煞】(1)
吴㭟	3	【南仙吕入双调玉抱肚】(1) 【南仙吕入双调玉抱肚】(1) 【南商调山坡羊】(1)	1	【南仙吕桂枝香、不是路、长拍、短拍、尾声】(1)
郑鄤	4	【南商调黄莺儿】(4)	0	

续表

南方作家	小令（支）	宫调曲牌	套数（套）	宫调曲牌
李清	4	【南南吕梁州新郎】(2)【北双调二犯江儿水】(2)	0	
曹大章	2	【南商调集贤宾】(1)【南仙吕醉花阴】(1)	1	【金梧桐、骂玉郎、东瓯令、感皇恩、浣溪沙、采茶歌、尾声】(1)
汤三江	1	【南商调山坡羊】(1)	1	【南仙吕入双调夜行船序、前腔、黑蟆序、前腔、锦衣香、浆水令、余音】(1)
孙艾	2	【北中吕红绣鞋】(2)	0	
陈儒	1	【南商调黄莺儿】(1)	0	
孙胤伽	3	【北正宫醉太平】(1)【南仙吕傍妆台】(2)	0	
王思轩	0		1	【南仙吕甘州歌、前腔、解三醒、前腔、尾声】(1)
刘兑	5	【南南吕七贤过关】(4)【南南吕一江风】(1)	4	【南黄钟画眉序犯、锦堂月犯、集贤宾犯、黄莺儿犯、一封书犯、皂罗袍犯、甘州歌犯、解三醒犯、好姐姐犯、侥侥令、尾声】(1)【南商调集贤宾、黄莺儿、琥珀猫儿坠、前腔、尾声】(1)【南仙吕入双调步步娇、锁南枝、香柳娘、园林好、江儿水、侥侥令、尾声】(1)【南正宫刷子带芙蓉、山渔灯犯、普天带芙蓉、朱奴插芙蓉、尾声】(1)
陈鹤	9	【南正宫锦缠道】(1)【南仙吕桂枝春】(1)【南仙吕入双调玉抱肚】(1)【南商调黄莺儿】(1)【南双调锁南枝】(5)	7	【南越调番山虎、前腔、前腔、前腔、尾声】(1)【南南吕梁州贺新郎、前腔、前腔、前腔】(1)【南仙吕入双调步步娇、川拨棹、江儿水、好姐姐、尾声】(1)【南商调集贤宾、琥珀猫儿坠、尾声】(2)【南仙吕甘州歌、前腔、前腔、前腔、余文】(1)【南仙吕入双调步步娇、江儿水、园林好、川拨棹、五供养、侥侥令、幺、意不尽】(1)
徐渭	6	【南商调黄莺儿】(1)【南双调锁南枝】(4)【北双调清江引】(1)	0	
史槃	8	【南仙吕醉罗歌】(3)【南南吕六犯清音】(1)【南商调黄莺儿】(1)【南仙吕九迴肠】(1)【南南吕六犯清音】(1)【南商调黄莺儿】(1)	7	【南正宫白练序、醉太平、白练序、醉太平、尾声】(1)【南仙吕小措大、不是路、长拍、短拍、尾声】(1)【南中吕锦缠道、普天乐、古轮台、尾声】(1)【南中吕瓦盆儿、榴花泣、喜渔灯、摊破地锦花、麻婆子、尾声】(1)【南南吕宜春令、太师引、琐窗寒、三段子、东瓯令、三换头、刘泼帽、大胜乐、解三醒、节节高、三学士、大迓鼓、扑灯娥、尾声】(1)【南正宫普天乐、雁过声、倾杯序、芙蓉灯、山桃花、尾声】(1)【南南吕石竹花、前腔、渔家傲犯、前腔、尾声】(1)

续表

南方作家	小令(支)	宫调曲牌	套数(套)	宫调曲牌
王骥德	58	【南正宫玉芙蓉】(9) 【南正宫锦芙蓉】(4) 【南南吕梁州序】(2) 【南仙吕入双调惜奴娇】(2) 【南杂调梧桐秋夜打琐窗】(1) 【南杂调白乐天九歌】(1) 【南杂调五月红楼别玉人】(2) 【南商调十二红】(1) 【南仙吕一封书】(1) 【南仙吕桂枝香】(1) 【南仙吕解醒歌】(1) 【南仙吕解袍歌】(1) 【南仙吕皂罗袍】(2) 【南仙吕醉花云】(1) 【南仙吕月云高】(1) 【南羽调胜如花】(1) 【南羽调四季盆花灯】(1) 【南南吕梁州新郎】(3) 【南南吕一江风】(2) 【南商调山羊转五更】(1) 【南商调黄莺儿】(1) 【南商调金络锁】(1) 【南双调锁南枝】(2) 【南仙吕入双调风入松】(5) 【南仙吕入双调玉抱肚】(2) 【南黄钟太平花】(1) 【南商调山羊转五更】(1) 【南商调梧叶亲红花】(1) 【南商调梧叶堕罗袍】(1) 【南商调黄莺逐山羊】(1) 【南商调猫儿入御林】(2) 【南仙吕入双调姐姐寄封书】(1) 【南仙吕入双调步步入江水】(1)	32	【南南吕宜春令、太师引、琐窗寒、东瓯令、刘泼帽、三学士、浣溪沙、解三酲、尾声】(1) 【南仙吕桂枝香、赚、长拍、短拍、尾声】(1) 【南正宫刷子序犯、雁过声、倾杯序、玉芙蓉、小桃红、一撮棹、尾声】(1) 【南南吕香遍满、懒画眉、梧桐树犯、浣溪沙、刘泼帽、秋夜月、东瓯令、金莲子、尾声】(1) 【南南吕宜春乐、太师带、学士解酲、泼帽令、尾声】(1) 【南南吕懒画眉、五更转、大迓鼓、东瓯令、节节高、尾声】(1) 【南南吕绣带儿、太师引、琐寒窗、三换头、刘泼帽、三学士、高瓯令、尾声】(1) 【南商调金梧桐、东瓯令、刘泼帽、大胜乐、三换头、浣溪沙、大迓鼓、三学士、节节高、尾声】(1) 【南正宫白练序、醉太平、白练序、醉太平、尾声】(1) 【南正宫缠绵道、普天乐、古轮台、尾声】(1) 【南正宫渔灯儿、前腔、锦渔灯、锦上花、锦中拍、锦后拍、尾声】(1) 【南大石调赛观音、前腔、人月圆、前腔、尾声】(1) 【南中吕榴花泣、缠绵道、玉芙蓉、古轮台、尾声】(1) 【南中吕榴花泣、喜渔灯、扑灯蛾、尾声】(1) 【南中吕渔家傲、剔银灯、摊破地锦花、麻婆子】(1) 【南中吕榴花泣、锦缠道、玉芙蓉、普天乐、喜渔灯、节节高、大迓鼓、扑灯蛾、尾声】(1) 【南正宫倾杯赏芙蓉、雁过声、普天乐、朱奴儿、小桃红、尾声】(1) 【南正宫普天乐、雁过声、倾杯序、玉芙蓉、小桃红、尾声】(1) 【南正宫白练序、醉太平、白练序、醉太平、尾声】(1) 【南黄钟啄木儿、前腔、三段子、归朝欢】(1) 【南商调二郎神、集贤宾、莺啼序、黄莺儿、簇御林、琥珀猫儿坠、水红令、尾声】(1) 【南商调二郎神、集贤宾、黄莺儿、簇御林、琥珀猫儿坠、尾声】(1) 【南商黄调二郎试画眉、集贤看黄龙、啼莺梢啄木、猫儿戏狮子、御林转队子、尾声】(1) 【南商调半面二郎神、摊破集贤宾、惊断莺啼序、歇拍黄莺儿、减字簇御林、偷声猫儿坠、小尾】(1) 【南商调金无通过、东瓯令、大胜乐、解三酲、尾声】(1) 【南仙吕入双调夜行船序、前腔、黑蟆序、前腔、锦衣香、浆水令、尾声】(1) 【南仙吕入双调步步娇、醉扶归、阜罗袍、好姐姐、香柳娘】(1) 【南仙吕入双调步步入、江儿水、沉醉海棠、园林好、川拨棹、前腔、尾声】(1) 【南商调入双调步步入江水、江水绕园林、园林见姐姐、姐姐插娇枝、娇枝催娇棹、尾声】(1) 【南南吕巫山十二峰、尾声】(1) 【南南吕宜春引、针线窗、柰子乐、秋夜令、浣溪莲、尾声】(1)

续表

南方作家	小令（支）	宫调曲牌	套数（套）	宫调曲牌
王端淑	5	【南商调黄莺儿】(4) 【北双调新水令】(1)	0	
汤式	186	【北双调湘妃引】(28) 【北双调天香引】(19) 【北双调湘妃游月宫】(5) 【北中吕满庭芳】(6) 【北正宫小梁州】(20) 【北正宫脱布衫带小梁州】(8) 【北双调沉醉东风】(20) 【北中吕普天乐】(11) 【北双调对玉环带清江引】(8) 【北越调小桃红】(6) 【北越调柳营曲】(5) 【北中吕调金门】(6) 【北正宫醉太平】(7) 【北双调风入松】(1) 【北商调望远行】(4) 【北中吕醉高歌带红绣鞋】(3) 【北中吕山坡羊】(5) 【北双调庆东原】(5) 【北黄钟出对子】(4) 【北双调寿阳曲】(3) 【北越调天净沙】(3) 【北商调知秋令】(2) 【北双调蟾宫曲】(4)	67	【北双调新水令、驻马听、乔牌儿、鸿门凯歌、甜水令、天香引、随煞】(1) 【北双调夜行船、新水令、胡十八、离亭晏带歇指煞】(1) 【北双调夜行船、沉醉东风、离亭晏带歇指煞】(1) 【北双调夜行船、风入松、沉醉东风、离亭晏带歇指煞】(1) 【北商调集贤宾、逍遥乐、梧叶儿、金菊香、醋葫芦、幺、幺、幺、浪来历煞】(1) 【北般涉调哨遍、耍孩儿、七煞、六煞、五煞、四煞、三煞、二煞、一煞、尾】(1) 【北仙吕赏花时、幺、赚煞】(5) 【北南吕一枝花、梁州、余音】(1) 【北南吕一枝花、梁州、骂玉郎、感皇恩、采茶歌、尾声】(2) 【北双调新水令、驻马听、沉醉东风、庆东原、离亭晏歇指煞】(1) 【北双调新水令、驻马听、乔牌儿、沉醉东风、风入松、滴滴金、雁儿落、得胜令、川拨棹、七兄弟、梅花酒、收江南、歇指煞】(1) 【北双调新水令、驻马听、乔牌儿、雁儿落、得胜令、滴滴金、折桂令、尾声】(1) 【北双调风入松、幺篇、沉醉东风、离亭晏带歇指煞】(1) 【北正宫端正好、滚绣球、倘秀才、脱布衫、醉太平、尾声】(1) 【北正宫端正好、滚绣球、倘秀才、脱布衫、小梁州、幺篇、尾声】(2) 【北黄钟碎花阴、喜迁莺、出队子、幺篇、刮地风、四门子、古水仙子】(1) 【北商调集贤宾、逍遥乐、金菊香、浪来里煞】(1) 【北仙吕赏花时、幺篇、赚煞尾】(1) 【北南吕一枝花、梁州、尾声】(42) 【塞鸿秋、普天乐、脱布衫带过小梁州、幺、雁过声、醉太平、倾杯序、转调货郎儿、幺篇、小桃红、伴读书、笑和尚、尾声】(1)
杨讷	8	【北中吕红绣鞋】(1) 【北中吕普天乐】(1) 【北双调水仙子】(1) 【北中吕普天乐】(1) 【北中吕朱履曲】(4)	1	【北商调二郎神、梧叶儿、二郎神幺篇、金菊香、浪来里煞】(1)
瞿佑	16	【北双调折桂令】(2) 【北正宫端正好】(1) 【北双调殿前歌】(1) 【北双调清江引】(2) 【北双调水仙子】(2) 【北南吕金子经】(1) 【北正宫醉太平】(1) 【北仙吕青哥儿】(1) 【北正宫小梁州】(1) 【北中吕普天乐】(1) 【北商调梧叶儿】(1) 【北双调雁儿落】(1) 【北双调得胜令】(1)	0	

续表

南方作家	小令（支）	宫调曲牌	套数（套）	宫调曲牌
胡文焕	63	【南仙吕桂枝香】(8) 【南中吕驻云飞】(11) 【南越调浪淘沙】(12) 【南商调黄莺儿】(8) 【南南吕红衲袄】(2) 【南商调山坡羊】(2) 【南大石调催拍】(4) 【北仙吕一半儿】(4) 【北双调清江引】(12)	18	【南中吕石榴花、前腔、泣颜回、前腔、尾声】(2) 【南南吕懒画眉、不是路、掉角儿、尾声】(4) 【新水令、步步娇、折桂令、江儿水、雁儿落带得胜令、侥侥令、收江南、园林好、沽美酒带太平令、清江引】(3) 【南商调黄莺儿、前腔、簇御林、前腔、琥珀猫儿坠、前腔、尾声】(1) 【南商调黄莺儿、前腔、前腔、前腔、琥珀猫儿坠、前腔、前腔、前腔、尾声】(1) 【南商调黄莺儿、前腔、琥珀猫儿坠、前腔、尾声】(3) 【南仙吕桂枝香、前腔、香柳娘、前腔、琥珀猫坠、前腔、意不尽】(1) 【北仙吕点绛唇、混江龙、油葫芦、天下乐、那吒令、鹊踏枝、寄生草、幺篇、六幺序、幺篇、赚煞】(1) 【北双调新水令、驻马听、沉醉东风、雁儿落、得胜令、乔牌儿、甜水令、折桂令、锦上花、幺、碧玉箫、鸳鸯煞】(1)
高濂	16	【南仙吕九迴肠】(2) 【南仙吕桂枝春】(1) 【南商调金络索】(5) 【南仙吕入双调玉抱肚】(8)	16	【南正宫白练序、醉太平、百练序、醉太平、尾声】(1) 【南中吕瓦盆儿、榴花泣、喜渔灯、尾声】(1) 【南黄钟降都春序、出对子、闹樊楼、滴滴金、画眉序、沙上啄木儿、三段绣、滴溜子、尾声、下小楼、永团圆犯】(1) 【南南吕太师引、琐窗寒、三段子、东瓯令、三换头、解三酲、三学士、节节高、尾声】(1) 【南南吕宜春令、太师引、琐窗寒、三段子、东瓯令、三换头、刘泼帽、大圣乐、解三酲、节节高、三学士、打迓鼓、扑灯蛾、尾声】(1) 【南商调山坡羊、皂罗袍、解三酲、玉抱肚、掉角儿、尾声】(1) 【南商调二郎神、集贤宾、莺啼序、啄木儿、黄莺儿、琥珀猫儿追、尾声】(1) 【南南吕十样锦、绣带儿、宜春令、降黄龙、醉太平、浣溪沙、啄木儿、鲍老催、下小楼、双声子、莺啼序、尾声】(2) 【南仙吕入双调步步娇、山羊破、玉交枝、五供养、滴溜子、月上海棠、尾声】(1) 【南正宫普天乐、雁过声、倾杯序、玉芙蓉、山桃红、尾声】(1) 【南中吕好事近、锦缠道、普天乐、古轮台、尾声】(1) 【南中吕入双调步步娇、山坡羊、皂罗袍、好姐姐、玉交枝、江儿水、川拨棹、侥侥令、尾声】(1) 【南双调锁南枝、朝元歌、香柳娘、玉交枝、五供养、醉公子、尾声】(1) 【新水令、步步娇、折桂令、江儿水、雁儿落带得胜令、侥侥令、收江南、园林好、沽美酒带太平令、余音】(2)
冯廷槐	4	【南仙吕入双调玉抱肚】(4)	2	【南越调斗宝蟾、忒忒令、五供养、好姐姐、风淘沙、川拨棹、余文】(1) 【南大石调念奴娇序、前腔、前腔、前腔、古轮台、前腔、尾声】(1)

续表

南方作家	小令（支）	宫调曲牌	套数（套）	宫调曲牌
冯延年	2	【北仙吕一半儿】(1) 【北双调沉醉东风】(1)	1	【南商调金梧桐、东瓯令、大胜乐、解三酲、尾声】(1)
沈堧	0		1	【南小石调渔灯儿、渔家灯、锦渔灯、锦上花、锦中拍、锦后拍、尾声】(1)
梁孟昭	0		6	【南商调集贤宾、前腔、黄莺儿、前腔、琥珀猫儿坠、前腔、尾声】(1) 【南商调黄莺儿、前腔、前腔、前腔】(2) 【南商调山坡羊、前腔、前腔、前腔】(1) 【南南吕懒画眉、前腔、前腔、前腔】(1) 【南南吕一江风、前腔、前腔、前腔】(1)
张琦	6	【北双调八不就】(2) 【南商调金络索】(4)	1	【南仙吕入双调江头金桂、二犯江儿水、江头金桂、二犯江儿水】(1)
张旭初	0		3	【南正宫刷子带芙蓉、锦芙蓉、普天带芙蓉、朱奴插芙蓉、尾声】(1) 【南商调二郎神、前腔、集贤宾、前腔、黄莺儿、前腔、琥珀猫儿追、前腔、尾声】(1) 【南仙吕入双调桂花遍南枝、孝南枝、锁南枝、江头金桂】(1)
沈仕	86	【南仙吕桂枝香】(6) 【南仙吕羽调排歌】(7) 【南仙吕二犯傍妆台】(1) 【南正宫玉芙蓉】(10) 【南南吕懒画眉】(8) 【南商调黄莺儿】(13) 【南商调集贤宾】(4) 【南仙吕入双调玉抱肚】(27) 【南双调锁南枝】(6) 【南仙吕入双调六幺令犯】(1) 【南大石调催拍】(2) 【南南吕琐窗寒】(1)	10	【南仙吕八声甘州、前腔、赚、解三酲、孤飞雁、油核桃、解三酲、油核桃、解三酲、尾声】(1) 【南仙吕八声甘州、前腔、不是路、解三酲、前腔、尾声】(1) 【南正宫普天乐、雁过声、倾杯序、玉芙蓉、山桃犯、尾声】(1) 【南南吕懒画眉、不是路、掉角儿、尾声】(2) 【南南吕梁州新郎、前腔、前腔、前腔、节节高、前腔、尾声】(1) 【南商调二郎神、集贤宾、黄莺儿、香柳娘、黄莺儿、香柳娘、琥珀猫儿坠、尾声】(1) 【新水令、步步娇、折桂令、江儿水、雁儿落带得胜令、侥侥令、收江南、园林好、清江引、沽美酒带太平令】(2) 【南黄钟灯月照画眉、黄莺学画眉、啄木叫画眉、集贤听画眉、尾声】(1)
曲痴子	0		1	【南小石调骂玉郎、前腔、前腔、雁过声、顷杯序】
张梴	7	【南南吕贺新郎】(2) 【南仙吕入双调江头金桂】(2) 【北双调梧叶儿】(1) 【南商调山坡羊】(1) 【南黄钟侍金童】(1)	14	【北中吕醉春风、幺篇、醉高歌、喜春来、普天乐、卖花声煞】(1) 【南商调山坡羊、五更转、簇林莺、琥珀猫儿坠、尾声】(1) 【南中吕好事近、锦缠道、普天乐、古轮台、尾声】(1) 【南商调二郎神、前腔、集贤宾、前腔、黄莺儿、前腔、琥珀猫儿坠、尾声】(1) 【南南吕懒画眉、东瓯令、赏宫花、降黄龙、大胜乐、解三酲、尾声】(1) 【南仙吕入双调步步娇、山坡羊、五更转、园林好、江儿水、玉交枝、玉抱肚、玉山供、三学士、解三酲、川拨棹、嘉庆子、侥侥令、尾声】(1) 【南北双调西湖两六桥、水仙子、江儿水、得胜令、柳摇金、挂玉钩、川拨棹、太平令、锦衣香、梅花酒、浆水令、尾声】(1)

续表

南方作家	小令（支）	宫调曲牌	套数（套）	宫调曲牌
张栩				【南商调金络锁、五更转、簇御林、琥珀猫儿坠、尾声】(1) 【南南吕巫山十二峰、三仙桥、百炼序、醉太平、普天乐、征胡兵、香遍满、琐窗寒、刘泼帽、三换头、梁州序、节节高、东瓯令、尾声】(1) 【南黄钟啄木儿、卖花声、归仙洞、尾声】(1) 【南仙吕桂枝香、不是路、长拍、短拍、尾声】(1) 【南正宫刷子序犯、山渔灯犯、普天乐犯、朱奴儿犯、尾声】(1) 【南南吕宜春令、太师引、琐窗寒、三段子、东瓯令、三换头刘泼帽、大胜乐、解三酲、节节高、三学士、大迓鼓、扑灯蛾、尾声】(1) 【南南吕红衲袄、五更转、浣溪沙、东瓯令、大迓鼓、节节高、金莲子、尾声】(1)
许次纾	0		4	【南仙吕桂枝春、不是路、长拍、短拍、尾声】(1) 【南南吕香遍满、懒画眉、二犯梧桐树、浣溪沙、刘泼帽、秋夜月、东瓯令、金莲子、尾声】(1) 【南仙吕入双调步步娇、江水儿、园林好、川拨棹、五供养、侥侥令、尾声】(1) 【南南吕十样锦、尾声】(1)
徐士俊	10	【南南吕楚江情】(1) 【南中吕尾犯序】(4) 【南小石调骂玉郎】(5)	7	【南大石念奴娇序、前腔、前腔、前腔、古轮台、前腔、尾声】(1) 【南仙吕桂枝香、不是路、长拍、短拍、尾声】(1) 【新水令、步步娇、折桂令、江儿水、雁儿落带得胜令、侥侥令、收江南、园林好、沽美酒带太平令、尾声】(1) 【南商调十二红、山坡羊、五更转、园林好、江儿水、玉交枝、五供养、好姐姐、玉山颓、滴滴金、川拨棹、嘉庆子、侥侥令、尾声】(1) 【南南吕梁州新郎、前腔、前腔、前腔、节节高、前腔、余文】(1) 【南黄钟画眉不尽、罗袍再穿、封书另修、黄莺有偶、集贤会友、醉翁未醒、琥珀回文、尾声】(1) 【南仙吕入双调步步娇、沉醉东风、园林好、江儿水、五供养、川拨棹、尾声】(1)
陆人龙	4	【南商调黄莺儿】(1) 【南仙吕桂枝香】(2) 【挂枝儿】(1)	0	
杨尔曾	81	【南仙吕桂枝香】(2) 【北中吕上小楼】(3) 【北仙吕那吒令】(1) 【北仙吕鹊踏枝】(1) 【南南吕五更转】(5) 【南商调梧桐叶】(5) 【北双调沽美酒带太平令】(2) 【南商调黄莺儿】(5) 【南商调山坡羊】(6) 【南仙吕桂枝春】(2) 【南越调浪淘沙】(13) 【南黄钟画眉序】(5) 【南中吕驻云飞】(5) 【北双调清江引】(13)	1	【南南吕步蟾宫、步步娇、新水令、寄生草、煞尾】(1)

续表

南方作家	小令（支）	宫调曲牌	套数（套）	宫调曲牌
杨尔曾		【北仙吕混江龙】(1) 【南仙吕皂罗袍】(2) 【北南吕一枝花】(1) 【北仙吕寄生草】(2) 【南中吕驻马听】(2) 【北双调雁儿落带折桂令】(3) 【南仙吕不是路】(1) 【南商调醉翁子】(1) 【南南吕罗江怨】(4)		
周楫	1	【北中吕朝天子】(1)	0	
许应亨	0		1	【南南吕梁州新郎、前腔、前腔、前腔、节节高、前腔、尾声】(1)
谢迁	2	【南南吕梁州新郎】(2)	1	【南黄钟画眉序、黄莺儿、四时花、皂罗袍犯、解三酲、浣溪沙、乔合笙、啄木儿、玉交枝、玉抱肚、玉山供、川拨棹、尾声】(1)
王守仁	0		1	【南仙吕入双调步步高、沉醉东风、忒忒令、好姐姐、嘉庆子、双蝴蝶、园林好、川拨棹、锦衣香、浆水令、尾声】(1)
史立模	0		1	【南商调山坡羊、前腔、不是路、前腔、掉角儿、前腔、前腔、尾声】(1)
顾应祥	4	【南南吕七犯玲珑】(4)	0	
李丙	4	【南南吕七犯玲珑】(4)	0	
王藻	0		1	【北正宫端正好、滚绣球、倘秀才、滚绣球、叨叨令、脱布衫带过小梁州、上小楼、幺篇、满庭芳、耍孩儿、二煞、一煞、尾声】(1)
谢谠	0		1	【南中吕好事近、前腔、千秋岁、前腔、越恁好、前腔、红绣鞋、前腔、尾声】(1)
沈袾宏	7	【南中吕驻云飞】(7)	0	
黄洪宪	0		1	【南黄钟啄木儿、前腔、卖花声、归仙洞、余文】(1)
周履靖	1	【南中吕驻马听】(1)		【南中吕时石榴花、前腔、前腔、前腔】(1) 【北双调二犯江儿水、幺篇、幺篇、幺篇】(1) 【北般涉调耍孩儿、四煞、三煞、二煞、一煞】(1) 【新水令、步步娇、折桂令、江儿水、雁儿落带得胜令、侥侥令、收江南、园林好、沽美酒带太平令】(1) 【南南吕红衲袄、前腔、前腔、前腔】(1) 【北般涉调魔合罗、四煞、三煞、二煞、一煞】(1) 【南中吕驻马听、前腔、前腔、前腔】(1) 【南商调黄莺儿、前腔、前腔、前腔】(1) 【南商调集贤宾、前腔、前腔、前腔】(1)

续表

南方作家	小令（支）	宫调曲牌	套数（套）	宫调曲牌
周履靖			40	【南黄钟锦堂罩画眉、画眉笼锦堂、锦堂罩画眉、画眉罩锦堂、醉公子、侥侥令、十二时】(1) 【新水令、步步娇、折桂令、江儿水、雁儿落带过阵阵赢、彩旗儿、收江南、园林好、沽美酒带太平令、清江引】(1) 【南仙吕入双调步步娇、沉醉东风、玉交枝、玉山供、川拨棹、尾声】(1) 【南正宫醉太平、前腔、皂罗袍、前腔、香柳娘、前腔】(1) 【南商调二郎神、前腔、集贤宾、前腔、琥珀猫儿坠、前腔、尾声】(1) 【南商调黄莺儿、前腔、簇御林、前腔】(1) 【北仙吕点绛唇、混江龙天下乐、那吒令、鹊踏枝、赚尾】(1) 【南南吕梁州序、前腔、前腔、前腔、节节高、前腔、尾声】(2) 【粉蝶儿、泣颜回、普天乐、思亚圣、上小楼、扑灯蛾犯、上小楼、叠字犯、尾声】(1) 【南正宫玉芙蓉、前腔、刷子序、前腔、尾声】(1) 【南正宫素带儿、升平乐、素带儿、升平乐、琥珀猫儿坠、尾声】(1) 【南仙吕甘州歌、前腔、前腔、尾声】(2) 【南中吕石榴花、前腔、思亚圣、前腔、尾声】(1) 【南仙吕入双调夜行船序、前腔、黑麻序、前腔、锦衣香、浆水令、尾声】(1) 【南仙吕入双调园林好、江儿水、五供养、玉交枝、川拨棹、尾声】(1) 【南仙吕入双调朝元歌、前腔、前腔、前腔】(1) 【南商调黄莺儿、前腔、忆多娇、尾声】(1) 【南南吕懒画眉、前腔、前腔、前腔】(1) 【南大石调念奴娇、前腔、前腔、前腔、古轮台、前腔、尾声】(1) 【南黄钟画眉序、前腔、前腔、滴溜子、鲍老催、双声子、尾声】(1) 【南商调金锁挂梧桐、前腔、前腔、前腔】(1) 【南双调玉交枝、前腔、忆多娇、前腔】(1) 【南商调黄莺儿、前腔、簇御林、琥珀猫儿坠、尾声】(1) 【南黄钟啄木儿、前腔、三段子、滴溜子、尾声】(1) 【南仙吕入双调步步娇、醉扶归、皂罗袍、好姐姐、香柳娘、尾声】(1) 【南南吕红锦袍、前腔、前腔、前腔】(1) 【南南吕宜春令、前腔、前腔、前腔】(1) 【南南吕六犯清音、前腔、前腔、前腔、尾声】(1) 【南中吕好事近、锦缠道、普天乐、古轮台】(1)
冯梦祯	0		1	【南羽调胜如花、前腔、三段子、滴溜子、尾声】(1)

续表

南方作家	小令(支)	宫调曲牌	套数(套)	宫调曲牌
卜世臣	9	【南仙吕二犯傍妆台】(1) 【南仙吕桂枝春】(1) 【南仙吕羽调排歌】(1) 【南仙吕解三酲】(1) 【南仙吕醉花阴】(1) 【南仙吕月照山】(1) 【南南吕懒画眉】(1) 【南南吕大圣乐】(1) 【南南吕六犯清音】(1)	12	【南仙吕上马踢、月儿高、蛮江令、凉草蜓】(1) 【南正宫刷子序犯、山渔灯犯、普天乐犯、朱奴儿犯、尾声】(1) 【南中吕瓦盆儿、榴花泣、喜渔灯、尾声】(1) 【南仙吕入双调步步娇、江儿水、园林好、五供养犯、川拨棹、锦衣香、浆水令、尾声】(1) 【南中吕泣颜回、前腔、太平令、风入松、前腔、尾声】(1) 【南南吕懒画眉、五更转、浣溪沙、东瓯令、节节高、尾声】(1) 【南南吕针线箱、前腔、解三酲、前腔】(1) 【南黄钟画眉序、前腔、前腔、前腔、神仗儿、前腔、滴溜子、前腔、双声子、前腔、尾声】(1) 【南仙吕入双调步步娇、醉扶归、皂罗袍、好姐姐、香柳娘、尾声】(1) 【南南吕巫山十二峰、尾声】(1) 【南正宫玉芙蓉、刷子序、雁来红、朱奴儿】(1) 【南中吕好事近、锦缠道、普天乐、古轮台、尾声】(1)
屠隆	1	【北正宫叨叨令】(1)	4	【南仙吕桂枝香、不是路、长拍、短拍、尾声】(1) 【新水令、步步娇、折桂令、江儿水、雁儿落带折桂令、收江南、园林好、沽美酒、清江引】(1) 【逍遥令、鸟栾、挟飞仙、重绸柳、洞箫曲、雷龙部曲、大江东、渔阳鼓、水红莲、天门歌、梨花月、围网絮、江流九曲、尾声】(1) 【北中吕粉蝶儿、醉春风、脱布衫、小梁州、幺篇、上小楼、幺篇、满庭芳、耍孩儿、五煞、四煞、三煞、二煞、一煞、煞尾】(1)
黄润玉	1	【北双调雁儿落带折桂令】(1)	2	【北南吕一枝花、梁州第七、尾声】(2)
沈一贯	0		1	【粉蝶儿、泣颜回、石榴花、泣颜回、斗鹌鹑、扑灯蛾、上小楼、扑灯蛾、尾声】(1)
陈与郊	60	【南商调黄莺儿】(46) 【北双调折桂令】(4) 【南黄钟画眉序】(4) 【南中吕尾犯序】(4) 【南南吕七犯玲珑】(2)	6	【北双调新水令、驻马听、雁儿落、得胜令、沉醉东风、折桂令、尾声】(1) 【北仙吕点绛唇、混江龙、油葫芦、天下乐、那吒令、鹊踏枝、寄生草】(1) 【南南吕懒画眉、二犯梧桐树、浣溪沙、秋叶月、东瓯令、金莲子、尾声】(1) 【北正宫端正好、滚绣球、倘秀才、滚绣球、倘秀才、醉太平、叨叨令、尾声】(1) 【南仙吕羽调排歌、前腔、甘州歌、前腔、前腔、尾声】(1) 【南商调集贤宾、前腔、黄莺儿、前腔、琥珀猫儿坠、前腔、尾声】(1)

续表

南方作家	小令（支）	宫调曲牌	套数（套）	宫调曲牌
关思	0		1	【南正宫白练序、醉太平、白练序、醉太平、尾声】(1)
凌濛初	13	【南商调黄莺儿】(3) 【北双调醋葫芦】(3) 【南南吕一剪梅】(1) 【畜调山坡羊】(2) 【北正宫滚绣球】(1) 【挂枝儿】(2) 【北越调绵搭序】(1)	3	【南南吕梁州新郎、前腔、前腔、前腔、节节高、前腔、尾声】(1) 【新水令、步步娇、折桂令、江水儿、雁儿落带得胜令、侥侥令、收江南、园林好、沽美酒带太平令、清江引】(1) 【南南吕香遍满、懒画眉、尾声、梧桐树犯、浣溪沙、刘泼帽、秋夜月、东瓯令、金莲子】(1)
董斯张	1	【挂枝儿】(1)	1	【南商调二郎神、集贤宾、黄莺儿、簇御林、琥珀猫儿坠、尾声】(1)
王屋	85	【南商调黄莺儿】(85)	0	
郑心材	4	【南商调黄莺儿】(4)	0	
张文介	3	【南黄钟驻云飞】(2) 【南南吕懒画眉】(1)	4	【南商调二郎神、集贤宾、莺啼序、啄木儿、黄莺儿、琥珀猫儿坠、意难忘】(1) 【南南吕懒画眉、不是路、掉角儿序、尾声】(1) 【南商调二郎神、前腔、集贤宾、黄莺儿、琥珀猫儿坠、余文】(1) 【南商店二郎神、前腔、集贤宾、黄莺儿、琥珀猫儿坠、尾声】(1)
王谟	0		2	【南商调集贤宾、前腔、黄莺儿、簇御林、琥珀猫儿坠、尾声】(1) 【南南吕香遍满、懒画眉、二犯梧桐树、浣溪沙、刘泼帽、秋夜月、东瓯令、金链子、尾声】(1)
黄淮	13	【北正宫鹦鹉曲】(3) 【北中吕喜来春】(2) 【北正宫醉太平】(1) 【北双调水仙子】(1) 【北中吕普天乐】(1) 【北正宫叠字醉太平】(1) 【北双调水仙子过折桂令】(1) 【北中吕朝天曲】(1) 【北双调落梅风】(2)	0	
王交	4	【南商调黄莺儿】(4)	0	

续表

南方作家	小令(支)	宫调曲牌	套数(套)	宫调曲牌
冯敏效	38	【南商调锦堂月】(8) 【南商调黄莺儿】(9) 【南仙吕入双调玉交枝】(2) 【南仙吕入双调步步娇】(4) 【南商调集贤宾】(2) 【南商调金衣公子】(6) 【南正宫划锹儿】(1) 【南正宫玉芙蓉】(1) 【南南吕香柳娘】(1) 【北般涉调耍孩儿】(4)	7	【南正宫玉芙蓉、前腔、前腔、前腔、清江引】(1) 【南仙吕入双调玉交枝、前腔、前腔、前腔、清江引】(1) 【南商调二郎神、前腔、集贤宾、前腔、黄莺儿、前腔、簇御林犯、前腔、琥珀猫儿坠、前腔、尾声】(1) 【点绛唇、不是路、儿抱娘、娘抱儿、耍孩儿、娘抱儿、儿抱娘、香柳娘、煞尾】(1) 【南越调浪淘沙、前腔、红衲袄、黄莺儿、前腔】(1) 【南越调下山虎、越恁好、红绣鞋、尾声】(1) 【南越调下山虎、前腔、三段子、前腔】(1)
沈演	1	【北双调清江引】(1)	0	
殷都	1	【南仙吕二犯桂枝香】(1)	0	
陆应旸	9	【挂枝儿】(6) 【北双调水仙子】(1) 【北仙吕寄生草】(2)	1	【南商调二郎神、前腔、啭林莺、前腔】(1)
钱福	0		2	【南商调二郎神、集贤宾、琥珀猫儿坠、前腔、尾声】(1) 【南仙吕入双调步步娇、江儿水、园林好、川拨棹、五供养、侥侥令、前腔、尾声】(1)
徐霖	3	【北双调对玉环带清江引】(3)	1	【黄钟醉花阴、画眉序、喜迁莺、画眉序、出队子、神仗儿、刮地风、闹樊楼、四门子、耍老鲍、古水仙子、尾声】(1)
徐阶	0		1	【南黄钟画眉序犯、集贤宾犯、皂罗袍犯、香柳娘犯、滴溜子犯、侥侥令、莺啼序犯、尾声】(1)
莫是龙	0		1	【南黄钟啄木儿、前腔、三段子、滴留子、尾声】(1)
顾正谊	20	【南商调金索挂梧桐】(4) 【南仙吕桂枝香】(16)	6	【南仙吕入双调步步娇、山坡羊、五更转、园林好、江儿水、玉交枝、玉山供、三学士、解三酲、川拨棹、嘉庆子、侥侥令、尾】(1) 【南正宫素带儿、升平乐、素带儿、升平乐、尾】(1) 【南正宫白练序、升平乐、白练序、升平乐、尾】(2) 【南商调二郎神、前腔、集贤宾、前腔、黄莺儿、前腔、琥珀猫儿坠、前腔、尾】(2)
董其昌	0		1	【南南吕绣带儿、宜春令、降黄龙、醉太平、浣溪沙、滴溜子、鲍老催、琥珀猫儿坠、尾声】(1)
陈继儒	3	【南仙吕入双调松下乐】(3)	3	【北中吕粉蝶儿、醉春风、满庭芳、普天乐、折桂令、锦上花、幺、碧玉箫、鸳鸯煞】(1) 【南商调二郎神、前腔、转林莺、前腔、啼莺儿、前腔、黄莺儿、前腔、琥珀猫儿坠、尾声】(1) 【南仙吕桂枝香、醉扶归、前腔、皂罗袍、前腔】(1)
张以诚	0		1	【南正宫素带儿、升平乐、素带儿、升平乐、尾声】(1)

续表

南方作家	小令(支)	宫调曲牌	套数(套)	宫调曲牌
施绍莘	74	【南商调黄莺儿】(12) 【北双调清江引】(6) 【南商调山坡羊】(1) 【南仙吕入双调玉抱肚】(8) 【南商调金锁挂梧桐】(2) 【南正宫玉芙蓉】(2) 【南仙吕桂枝香】(4) 【南南吕六犯清音】(1) 【南中吕驻云飞】(15) 【南仙吕月云高】(1) 【南双调锁南枝】(13) 【南黄钟画眉序】(1) 【北双调对玉环带过清江引】(2) 【北双调水仙子】(2) 【北双调八不就】(4)	87	【北正宫端正好、滚绣球、叨叨令、脱布衫、小梁州、幺篇、上小楼、幺篇、满庭芳、快活三、朝天子、四边静、耍孩儿、五煞、四煞、三煞、二煞、一煞、煞尾】(1) 【南仙吕入双调步步娇、醉扶归、皂罗袍、好姐姐、香柳娘、尾文】(3) 【南仙吕甘州歌、前腔、解醒歌、前腔、皂罗袍、前腔、尾文】(1) 【南双调锁南枝、朝元歌、香柳娘、前腔、前腔、玉交枝、解三酲、尾文】(1) 【南商调金梧桐、东瓯令、大胜乐、解三酲、前腔、尾文】(4) 【南南吕梁州新郎、前腔、前腔、前腔、节节高、前腔】(4) 【南商调黄莺儿、前腔、前腔、前腔、琥珀猫儿坠、前腔、前腔、前腔、尾文】(1) 【南商调二郎神、啄木儿、三段子、前腔、滴溜子、尾文】(2) 【南仙吕桂枝香、前腔、前腔、前腔、不是路、掉角儿、尾文】(3) 【南中吕泣颜回、前腔、千秋岁、前腔、越恁好、前腔、红绣鞋、前腔、尾文】(1) 【南仙吕入双调夜行船序、前腔、黑蟆序、前腔、锦衣香、浆水令、尾文】(2) 【南商调金索挂梧桐、前腔、前腔、前腔】(3) 【南商调集贤宾、前腔、黄莺儿、琥珀猫儿坠、黄莺儿、琥珀猫儿坠、尾文】(1) 【南正宫白练序、升平乐、素带儿、醉太平、尾文】(1) 【南仙吕月儿高、桂枝香、不是路、排歌、皂罗袍、大胜乐、解三酲、掉角儿、尾文】(1) 【南仙吕入双调步步娇、山坡羊、解三酲、前腔、掉角儿、尾文】(1) 【北双调新水令、驻马听、沉醉东风、折桂令、离亭宴带歇指煞】(1) 【南仙吕桂枝香、不是路、长拍、短拍、尾文】(1) 【南商调二郎神、集贤宾、黄莺儿、琥珀猫儿坠、尾文】(7) 【南仙吕入双调晓行序、前腔、黑蛤序、前腔、锦衣香、浆水令、尾文】(1) 【北南吕一枝花、梁州、骂玉郎、感皇恩、采茶歌、煞尾】(1) 【南南吕临江仙、金索挂梧桐、前腔、前腔、刘泼帽、前腔、前腔、尾声】(1) 【南黄钟画眉序、前腔、前腔、前腔、滴溜子鲍老催、滴滴金、双声子、尾文】(3) 【南大石调念奴娇序、前腔、前腔、前腔、古轮台、前腔、尾文】(2) 【北双调二犯江儿水、幺篇、沽美酒带太平令、幺篇、清江引】(1) 【南商调二郎神、集贤宾、掉角儿、尾文】(1) 【南商调十二红、山坡羊、五更转、园林好、江儿水、玉交枝、五供养、好姐姐、玉山供、鲍老催、川拨棹、侥侥令、尾声】(1)

续表

南方作家	小令（支）	宫调曲牌	套数（套）	宫调曲牌
施绍莘				【南中吕渔家傲、剔银灯、地锦摊花、美娘儿】(1) 【新水令、步步娇、折桂令、江儿水、雁儿落带得胜令、侥侥令、收江南、园林好、沽美酒带太平令、清江引】(3) 【南仙吕入双调步步娇、江儿水、园林好、玉交枝、人月圆、侥侥令、尾文】(1) 【南南吕懒画眉、不是路、掉角儿、前腔、尾文】(4) 【南小石调马玉郎、前腔、前腔】(1) 【南南吕香遍满、懒画眉、梧桐树、浣溪沙、刘泼帽、秋夜月、东欧令、金莲子、尾文】(1) 【南南吕楚江情、前腔、皂罗袍】(1) 【南仙吕九回肠、前腔】(1) 【南南吕宜春令、太师引、琐窗寒、三段子、东瓯令、三换头、刘泼帽、大圣乐、越恁好、尾文】(1) 【南南吕懒画眉、前腔、前腔、前腔、前腔、前腔、前腔】(1) 【南仙吕入双调步步娇、江儿水、请江阴】(1) 【南仙吕八声甘州、前腔、不是路、解三酲、前腔、尾文】(1) 【南中吕泣颜回、千秋岁、前腔、越恁好、双乘凤、前腔、凤毛儿】(1) 【北双调蟾宫、幺篇、幺篇、幺篇、煞尾】(1) 【南中吕泣颜回、前腔、普天乐、前腔、古轮胎、尾文】(1) 【南南吕懒画眉、步步娇、山坡羊、江儿水、玉交枝、园林好、侥侥令、尾文】(1) 【南商调长相思、二郎神、集贤宾、黄莺儿、琥珀猫儿坠、尾文】(1) 【南正宫锦缠道、玉芙蓉、小桃红、尾文】(1) 【南仙吕入双调步步娇、山坡羊、江儿水、玉交枝】(1) 【南南吕懒画眉、不是路、解三酲、川拨棹、侥侥令、尾文】(1) 【南中吕驻云飞、前腔、前腔、前腔】(1) 【南仙吕入双调步步娇、山坡羊、五更转、园林好、江儿水、玉交枝、玉抱肚、玉山供、三学士、解三酲、川拨棹、嘉庆子、侥侥令、尾文】(1) 【南中吕好事近、锦缠道、锦庭乐、古轮台、尾文】(1) 【南商调字字锦、不是路、鹊踏枝、尾文】(1) 【南商调集贤宾、啄木儿、黄莺儿、琥珀猫儿坠、黄莺儿、琥珀猫儿坠、尾文】(1) 【南南吕懒画眉、赚、掉角儿、尾文】(1) 【南仙吕桂枝香、赚、长拍、短拍、尾声】(1) 【南南吕香遍满、懒画眉、二犯梧桐树、浣溪沙、刘泼帽、秋夜月、东瓯令、金莲子、尾文】(1) 【南南吕十一声、太师引、琐窗寒、东瓯令、三换头、大圣乐、节节高、尾声】(1) 【南仙吕桂枝香、前腔、前腔、前腔】(1) 【南商调黄莺儿、前腔、前腔、前腔】(1) 【南正宫普天乐、雁过声、倾杯序、玉芙蓉、小桃红、尾声】(1)

续表

南方作家	小令(支)	宫调曲牌	套数(套)	宫调曲牌
张积润	2	【南双调公子醉东风】(1)【南仙吕入双调姐姐带六幺】(1)	0	
陈子龙	0		2	【南正宫倾杯赏芙蓉、玉芙蓉、普天乐犯、朱带锦、尾声】(1)【南商调集贤宾、黄莺儿、簇御林、琥珀猫儿坠、尾声】(1)
夏完淳	3	【南商调金梧桐】(1)【南商调金莺转】(1)【南仙吕入双调江儿水】(1)	2	【南仙吕傍妆台、前腔、不是路、掉角儿序、前腔、余音】(1)【南仙吕甘州歌、前腔、前腔、前腔、余音】(1)
顾乃大	1	【南商调金衣公子】(1)	0	
王一鹏	0		1	【北正宫端正好、滚绣球、倘秀才、滚绣球、叨叨令、耍孩儿、三煞、二煞、一煞、尾声】(1)
陆深	7	【万岁乐】(1)【北中吕朝天子】(1)【水吟龙】(1)【御銮歌】(1)【北中吕四边静】(1)【凤銮吟】(1)【万岁乐】(1)	0	
孙承恩	19	【北双调清江引】(15)【南双调黄莺儿】(4)	1	【粉蝶儿、泣颜回、石榴花、泣颜回、耍孩儿、斗鹌鹑、满庭芳、三煞、青哥儿、扑灯蛾、上小楼、扑灯蛾、收音】(1)
许乐善	12	【南中吕驻云飞】(4)【南商调黄莺儿】(8)	4	【北南吕一枝花、梁州、尾声】(2)【南双调锦堂月、前腔、前腔、醉翁子、前腔、侥侥令、前腔、尾声】(1)【南商调莺啼序、前腔、山坡羊、皂罗袍、解三酲、玉抱肚、掉角儿、尾声】(1)
范允临	7	【南仙吕桂枝香】(2)【南商调黄莺儿】(1)【南仙吕入双调江儿水】(2)【南南吕梁州新郎】(1)【南中吕满庭芳】(1)	1	【南仙吕桂枝香、不是路、长拍、短拍、尾声】(1)
宋楙澄	3	【北中吕鲍老儿】(1)【北中吕尧民歌】(1)【北中吕十二月】(1)	0	
佘翘	2	【北越调小桃红】(1)【南中吕驻马听】(1)	0	
谷子敬	0		2	【北黄钟碎花阴、喜迁莺、出对子、刮地风、四门子、古水仙子、尾声】(1)【北商调集贤宾、逍遥乐、金菊香、醋葫芦、梧叶儿、后庭花、柳叶儿、尾声】(1)
陈全	9	【北正宫叨叨令】(1)【北双调水仙子带折桂令】(1)【北中吕朝天子】(2)【北双调水仙子】(2)【北双调雁儿落带得胜令】(1)【北正宫塞鸿秋】(2)	0	

附录一　南北方散曲宫调曲牌统计

续表

南方作家	小令（支）	宫调曲牌	套数（套）	宫调曲牌
马守真	1	【南大石调少年游】(1)	1	【南正宫锦缠道、普天乐、古轮台、尾声】(1)
史忠	19	【北中吕普天乐】(13) 【北中吕喜春来】(2) 【北南吕骂玉郎过感皇恩采茶歌】(2) 【北南吕金子经】(1) 【北双调对玉环带清江引】(1)	0	
陈沂	0		1	【北正宫端正好、滚绣球、脱布衫、小梁州、幺篇、上小楼、幺篇、耍孩儿、四煞、三煞、二煞、一煞、尾声】(1)
陈所闻	192	【南仙吕桂枝春】(1) 【南商调金络锁】(12) 【南南吕懒画眉】(74) 【南正宫玉芙蓉】(5) 【南仙吕桂枝香】(2) 【南仙吕月云高】(1) 【南南吕一江风】(1) 【南仙吕入双调玉抱肚】(19) 【南商调黄莺儿】(2) 【南仙吕九回肠】(1) 【南正宫玉芙蓉】(3) 【南仙吕二犯傍妆台】(5) 【南越调浪淘沙】(2) 【南中吕驻马听】(39) 【南仙吕入双调朝元歌】(1) 【南仙吕入双调玉交枝】(2) 【南仙吕解三酲】(2) 【南仙吕解袍歌】(1) 【南中吕倚马待风云】(1) 【南仙吕入双调江儿水】(1) 【南商调山坡羊】(2) 【南仙吕入双调步步娇】(1) 【南双调锁南枝】(2) 【北仙吕寄生草】(2) 【北中吕朝天子】(1) 【北双调沉醉东风】(1) 【北双调折桂令】(6) 【北仙吕后庭花】(1)	60	【北正宫端正好、滚绣球、倘秀才、塞鸿秋、脱布衫、小梁州、幺篇、醉太平、耍孩儿、六煞、五煞、四煞、三煞、二煞、一煞、煞尾】(1) 【北南吕一枝花、梁州第七、骂玉郎、感皇恩、幺、采茶歌、煞尾】(3) 【北双调新水令、驻马听、雁儿落带得胜令、沉醉东风、折桂令、清江引】(1) 【北黄钟醉花阴、喜迁莺、出对子、幺篇、刮地风、四门子、古水仙子、尾声】(1) 【北中吕粉蝶儿、醉春风、迎仙客、红绣鞋、石榴花、耍孩儿、七煞、六煞、五煞、四煞、三煞、二煞、一煞、尾声】(1) 【北南吕一枝花、梁州第七、煞尾】(6) 【北双调新水令、驻马听、雁儿落、得胜令、川拨棹、七弟兄、沽美酒、太平令】(1) 【北双调新水令、驻马听、雁儿落、得胜令、折桂令、收尾】(1) 【北正宫端正好、滚绣球、倘秀才、塞鸿秋、脱布衫、小梁州、幺篇、煞尾】(1) 【新水令、步步娇、折桂令、江儿水、雁儿落带得胜令、侥侥令、收江南、园林好、沽美酒带太平令、尾声】(1) 【粉蝶儿、泣颜回、石榴花、泣颜回、斗鹌鹑、扑灯蛾、上小楼、扑灯蛾、上小楼、扑灯蛾、尾声】(1) 【北双调新水令、驻马听、雁儿落、得胜令、折桂令、水仙子、幺篇、清江引】(1) 【南中吕石榴花、泣颜回、泣颜回、前腔、尾声】(2) 【南黄钟画眉序、前腔、前腔、前腔、滴溜子、鲍老催、滴滴金、双声子、尾声】(3) 【南商调二郎神、前腔、转林莺、琥珀猫儿坠、前腔、尾声】(1) 【南仙吕甘州歌、前腔、前腔、前腔、余文】(1) 【南仙吕二犯傍妆台、长拍、短拍、尾声】(1) 【南中吕好事近、泣颜回、榴花泣、尾声】(1) 【南大石念奴娇序、前腔、前腔、前腔、古轮台、前腔、尾声】(1) 【南南吕梁州贺新郎、前腔、前腔、前腔、节节高、前腔、尾声】(11) 【南仙吕入双调步步娇、江儿水、园林好、玉交枝、川拨棹、侥侥令、尾声】(4) 【南仙吕八声甘州、赚、解三酲、前腔、前腔、前腔、尾声】(1)

续表

南方作家	小令（支）	宫调曲牌	套数（套）	宫调曲牌
陈所闻				【南商调金索挂梧桐、东瓯令、解三酲、前腔、尾声】(1) 【南仙吕八声甘州、不是路、解三酲、前腔、前腔、前腔、尾声】(1) 【南南吕金梧桐、东瓯令、大胜乐、解三酲、余音】(3) 【南南吕解三酲、前腔、前腔】(4) 【南仙吕入双调步步娇、醉扶摇、皂罗袍、好姐姐、香柳娘、尾声】(1) 【南仙吕好事近、泣颜回、榴花泣、石榴花、尾声】(1) 【南商调二郎神、转林莺、啄木鹂、前腔、簇御林、琥珀猫儿坠、尾声】(1) 【北正宫端正好、滚绣球、脱布衫、小梁州、幺篇、耍孩儿、十煞、九煞、八煞、七煞、六煞、五煞、四煞、三煞、二煞、一煞、煞尾】(1)
盛敏耕	0		1	【北双调新水令、驻马听、雁儿落、得胜令、沉醉东风、折桂令、水仙子、清江引】(1)
黄祖儒	7	【北正宫醉太平】(3) 【北仙吕寄生草】(2) 【北双调水仙子】(1) 【北双调折桂令】(1)	7	【南仙吕入双调步步娇、醉扶归、皂罗袍、好姐姐、香柳娘、尾声】(1) 【南商调梧桐树、东瓯令、皂罗袍、尾声】(1) 【南仙吕入双调步步娇、醉扶归、皂罗袍、好姐姐、香柳娘、尾声】(1) 【醉花阴、画眉序、喜迁莺、画眉序、出队子、神仗儿、刮地风、耍鲍老、四门子、斗双鸡、古水仙子、余音】(1) 【北正宫端正好、滚绣球、倘秀才、耍孩儿、四煞、三煞、二煞、一煞、尾声】(1) 【北双调新水令、驻马听、雁儿落、得胜令、甜水令、清江引、梅花酒、收江南】(1) 【北南吕一枝花、梁州第七、隔尾】(1)
李登	11	【南仙吕入双调玉抱肚】(1) 【南仙吕懒画眉】(8) 【南仙吕入双调玉抱肚】(2)	0	
黄成儒	8	【北仙吕寄生草】(5) 【南商调黄莺儿】(3)	0	
杜大成	0		2	【北南吕一枝花、梁州第七、骂玉郎、感皇恩、采茶歌、尾声】(1) 【北双调新水令、驻马听、雁儿落、得胜令、川拨棹、七弟兄、梅花酒、收江南、离亭宴带歇指煞】(1)
邢一凤	0		2	【南南吕梁州贺新郎、前腔、前腔、前腔、节节高、前腔、余音】(1) 【南商调金络索、前腔、前腔、猫儿坠桐花、前腔、前腔】(1)
胡汝嘉	0		2	【南中吕石榴花、前腔、泣颜回、前腔、尾声】(1) 【南商调高阳台、前腔、前腔、前腔、尾声】(1)
张四维	0		1	【北双调新水令、驻马听、雁儿落带得胜令、川拨棹、七弟兄、梅花酒、收江南】(1)

续表

南方作家	小令（支）	宫调曲牌	套数（套）	宫调曲牌
顾起元	0		3	【南中吕榴花泣、前腔、泣颜回、前腔、急板令、前腔、尾声】(1) 【南南吕香遍满、懒画眉、二犯梧桐树、浣溪沙、刘泼帽、秋叶月、东瓯令、金莲子、尾声】(1) 【南南调二郎神、前腔、啅林莺、前腔、啄木鹂、前腔、尾声】(1)
皮光淳	3	【北仙吕寄生草】(2) 【南中吕驻马听】(1)	2	【南仙吕入双调步步娇、醉扶归、皂罗袍、好姐姐、香柳娘、尾声】(1) 【南仙吕入双调夜行船序、前腔、江儿水、玉交枝、玉抱肚、前腔、解三酲、前腔、川拨棹、侥侥令、尾声】(1)
高志学	14	【南南吕懒画眉】(14)	0	
倪民悦	0		1	【北双调新水令、驻马听、雁儿落、得胜令、叨叨令、川拨棹、梅花酒、收江南】(1)
孙起都	4	【南商调金络索】(4)	0	
茅溓	1	【北仙吕寄生草】(1)	6	【北仙吕粉蝶儿、醉春风、红绣鞋、普天乐、石榴花、斗鹌鹑、上小楼、幺篇、满庭芳、耍孩儿、一煞、尾声】(1) 【北仙吕粉蝶儿、醉春风、迎仙客、普天乐、十二月、尧民歌、净瓶儿煞】(1) 【北双调夜行船、乔木查、庆宣和、落梅风、风入松、拨不断、离亭宴带歇指煞】(1) 【南仙吕入双调夜行船序、黑麻序、锦衣香、浆水令、十二时】(1) 【南南吕石竹花、前腔、渔家傲前腔、尾声】(1) 【北正宫端正好、滚绣球、倘秀才、呆骨朵、叨叨令、脱布衫、小梁州、幺篇、白鹤子、醉太平、煞、煞尾】(1)
王春泉	2	【北中吕满庭芳】(1) 【北双调湘妃遊月宫】(1)	1	【北南吕一枝花、梁州、尾】(1)
俞彦	15	【南仙吕入双调玉抱肚】(9) 【南仙吕入双调玉交枝】(3) 【南正宫玉芙蓉】(1) 【北仙吕忆王孙】(2)	0	
黄方胤	2	【挂枝儿】(1) 【跨调山坡羊】(1)	0	
陈铎	467	【北正宫小梁州】(29) 【北双调沉醉东风】(36) 【北双调折桂令】(28) 【北商调梧叶儿】(11) 【北双调水仙子】(47) 【北双调落梅风】(12) 【北双调雁儿落带过得胜令】(17)	98	【粉蝶儿、泣颜回、塞鸿秋、普天乐、脱布衫带过小梁州、雁过声、醉太平、倾杯乐、货郎儿、小桃红、伴读书、普贤歌、煞尾】(1) 【南黄钟画眉序、前腔、神杖儿、前腔、滴溜子、前腔、鲍老催、前腔、双声子、前腔、尾声】(1) 【北商调集贤宾、逍遥乐、醋葫芦、幺篇、幺篇、梧叶儿、后庭花、青哥儿、浪里来煞】(3) 【北正宫端正好、滚绣球、倘秀才、滚绣球、倘秀才、叨叨令、脱布衫、小梁州、幺篇、尾声】(1)

续表

南方作家	小令（支）	宫调曲牌	套数（套）	宫调曲牌
陈铎		【北正宫脱布衫带过小梁州】(5) 【北中吕满庭芳】(34) 【北中吕朝天子】(42) 【北双调清江引】(2) 【北仙吕一半儿】(5) 【南中吕驻云飞】(18) 【南仙吕入双调二犯江儿水】(4) 【南南吕一江风】(4) 【南仙吕醉罗歌】(8) 【北正宫醉太平】(14) 【南双调锁南枝】(4) 【南仙吕入双调娇莺儿】(4) 【南正宫普天乐】(4) 【南仙吕入双调玉抱肚】(16) 【北双调蟾宫】(4) 【北商调醋葫芦】(20) 【北越调小桃红】(17) 【南商调金络锁】(4) 【南仙吕入双调风入松】(13) 【南中吕驻马听】(4) 【南商调黄莺儿】(4) 【北双调水仙子带过折桂令】(5) 【北般涉调耍孩儿】(2) 【南仙吕傍妆台】(4) 【北中吕红绣鞋】(12) 【北双调胡十八】(8) 【北双调河西六娘子】(6) 【北越调天净沙】(10) 【北正宫塞鸿秋】(10)		【北双调新水令、驻马听、雁儿落、得胜令、川拨棹、七弟兄、梅花酒、收江南】(2) 【北中吕粉蝶儿、醉春风、叫声、剔银灯、蔓菁菜、快活三、鲍老儿、尾声】(1) 【北双调折桂令、驻马听、乔牌儿、雁儿落、得胜令、甜水令、折桂令、随煞】(1) 【北双调夜行船、新水令、落梅风、凤入松、拨不断、离亭宴带歇指煞】(1) 【南南吕香遍满、懒画眉、二犯梧桐树、浣溪沙、刘泼帽、秋夜月、东瓯令、金莲子、尾声】(1) 【南仙吕一封书犯、皂罗袍犯、大河蟹犯、安乐神犯、尾声】(2) 【南中吕好事近、锦缠道、普天乐、古轮台、尾声】(1) 【北南吕一枝花、梁州第七、骂玉郎、感皇恩、采茶歌、尾声】(3) 【粉蝶儿、泣颜回、石榴花、泣颜回、斗鹌鹑、扑灯蛾、上小楼、扑灯蛾、余音】(1) 【南正宫锦庭乐、前腔、前腔、前腔、余音】(1) 【北黄钟醉花阴、喜迁莺、出对子、刮地风、幺篇、四门子、古水仙子、尾声】(6) 【北南吕一枝花、梁州第七、煞尾】(28) 【北双调新水令、驻马听、雁儿落、得胜令、水仙子、沉醉东风、折桂令、离亭宴带歇指煞】(2) 【北商调十二红、山坡羊、五更转、园林好、五供养、好姐姐、玉山供、鲍老催、川拨棹、嘉庆子、侥侥令、尾声】(1) 【北南吕一枝花、梁州第七、黄钟煞、尾声】(1) 【北越调斗鹌鹑、紫花儿序、小桃红、调笑令、秃厮儿、随煞】(1) 【北越调斗鹌鹑、紫花儿序、小桃红、鬼三台、金蕉叶、调笑令、秃厮儿、圣药王、青山口、随煞】(2) 【北南吕一枝花、梁州第七、隔尾、牧羊关、骂玉郎、感皇恩、采茶歌、煞尾】(1) 【北般涉调耍孩儿、八煞、七煞、六煞、五煞、四煞、三煞、二煞、一煞、尾声】(6) 【北中吕粉蝶儿、醉春风、红绣鞋、石榴花、斗鹌鹑、上小楼、幺篇、耍孩儿、八煞、七煞、六煞、五煞、四煞、三煞、二煞、一煞、尾声】(1) 【南商调莺啼序、黄莺儿、集贤宾、滴溜子、簇御林、琥珀猫儿坠、余音】(1) 【金梧桐、骂玉郎、东瓯令、感皇恩、浣溪沙、采茶歌、尾声】(1) 【北双调集贤宾、逍遥乐、金菊香、醋葫芦、幺篇、幺篇、幺篇、幺篇、幺篇、幺篇、幺篇、后庭花、青哥儿、浪里来煞】(1) 【粉蝶儿、泣颜回、石榴花、普天乐、斗鹌鹑、朱奴儿、十二月、扑灯蛾、尾声】(1) 【南仙吕一封书犯、皂罗袍犯、胜葫芦犯、安乐神犯、尾声】(1) 【南商调集贤宾、前腔、黄莺儿、前腔、琥珀猫儿坠、前腔、尾声】(1)

续表

南方作家	小令（支）	宫调曲牌	套数（套）	宫调曲牌
陈铎				【醉花阴、画眉序、喜迁莺、画眉序、出对子、神仗儿、刮地风、闹潘楼、四门子、耍鲍老、古水仙子、尾声】(1)
【南南吕梁州新郎、前腔、前腔、前腔、节节高前腔、余音】(1)
【南商调金梧桐、东瓯令、大胜乐、解三酲、余音】(2)
【北仙吕村里迓古、元和令、上马娇、胜葫芦、幺篇、后庭花、双雁儿、青哥儿、煞尾】(2)
【北中吕粉蝶儿、醉春风、迎仙客、红绣鞋、普天乐、石榴花、斗鹌鹑、上小楼、幺篇、满庭芳、十二煞、尧民歌、耍孩儿、四煞、三煞、二煞、一煞、煞尾】(1)
【南仙吕入双调黑麻序、前腔、忒忒令、五供养、好姐姐、川拨棹、锦衣香、浆水令、余音】(1)
【北双调行香子、夜行船、庆宣和、锦上花、幺、拨不断、离亭宴煞】(1)
【北双调夜行船、风入松、落梅风、胡十八、拨不断、离亭宴煞】(1)
【北仙吕八声甘州、混江龙、醉扶归、后庭花煞】(1)
【北双调夜行船、风入松、乔牌儿、甜水令、离亭宴煞】(2)
【南中吕泣颜回、前腔、普天乐、古轮台、余音】(1)
【北双调夜行船、风入松、乔牌儿、雁儿落、得胜令、鸳鸯煞】(1)
【南商调山坡羊、皂罗袍、解三酲、玉抱肚、掉角儿序、尾声】(1)
【南中吕泣颜回、前腔、扑灯蛾、前腔、尾声】(1)
【南商调二郎神、集贤宾、黄莺儿、簇御林、琥珀猫儿坠、尾声】(1)
【南中吕泣颜回、前腔、前腔、不是路、解三酲、前腔、十二时】(1)
【南中吕榴花泣前腔、喜渔灯犯、瓦鱼灯、尾声】(1)
【南越调小桃红、下山虎、山麻稭、五韵美、蛮牌令、五般宜、江头送别、江神子、尾声】(1)
【新水令、二犯江儿水、洪门凯歌、斗宝蟾、挂玉钩、本序、川拨棹、锦衣香、梅花酒过收江南、浆水令、余音】(1)
【南中吕泣颜回、普天乐、雁过声、倾杯乐、小桃红、笑贤哥、尾声】(1)
顾养谦	0		1	【南仙吕八声甘州、不是路、解三酲、前腔、尾声】(1)
吴拱宸	1	【挂枝儿】(1)	0	
李文烛	1	【南中吕驻云飞】(1)	0	
胡松	2	【北双调梧叶儿】(2)	0	
江一桂	1	无牌名	0	
潘士藻	0		1	【南商调二郎神、集贤宾、黄莺儿、香柳娘、黄莺儿、香柳娘、琥珀猫儿坠、尾声】(1)

续表

南方作家	小令（支）	宫调曲牌	套数（套）	宫调曲牌
左赞	11	【北正宫灵寿杖】(1) 【北正宫白鹤子】(2) 【北中吕满庭芳】(1) 【北双调楚天遥】(1) 【北双调万花方三叠】(1) 【北双调落梅风】(1) 【北越调天净沙】(4)	0	
汪道昆	0		2	【新水令、步步娇、折桂令、江儿水、雁儿落带得胜令、侥侥令、收江南、园林好、沽美酒带太平令、尾声】(1) 【南仙吕入双调园林好、前腔、江儿水、前腔、五供养犯、前腔、玉交枝、前腔、川拨棹、前腔、尾声】(1)
王寅	105	【北双调雁儿落带过得胜令】(5) 【北双调水仙子带过折桂令】(5) 【北双调水仙子】(21) 【北正宫醉太平】(16) 【北中吕朝天子】(12) 【北双调折桂令】(4) 【北双调沉醉东风】(19) 【北中吕满庭芳】(4) 【北双调落梅风】(4) 【南商调黄莺儿】(11) 【北中吕普天乐】(1) 【北正宫塞鸿秋】(1) 【北双调对玉环带过清江引】(1) 【北双调清江引】(1)	19	【北正宫端正好、滚绣球、倘秀才、滚绣球、倘秀才、叨叨令、脱布衫、小梁州、幺、醉太平、尾声】(1) 【南仙吕入双调夜行船序、前腔、黑麻序、前腔、浆水令、锦衣香、浆水令、尾声】(1) 【北双调新水令、驻马听、雁儿落、得胜令、沉醉东风、折桂令、随煞】(1) 【北双调夜行船、新水令、落梅风、凤入松、拨不断、离亭宴带歇指煞】(1) 【北双调新水令、驻马听、乔牌儿、雁儿落、得胜令、甜水令、折桂令、离亭宴歇指煞】(1) 【北黄钟醉花阴、喜迁莺、出对子、刮地风、四门子、古水仙子、尾声】(3) 【北南吕一枝花、梁州、尾声】(10) 【北双调夜行船、乔木查、庆宣和、落梅风、凤入松、拨不断、离亭宴带歇指煞】(1)
程可中	17	【南南吕六犯清音】(1) 【南正宫玉芙蓉】(3) 【北中吕朝天子】(1) 【北双调折桂令】(2) 【北双调水仙子】(4) 【北正宫小梁州】(1) 【北正宫醉太平】(2) 【北双调沉醉东风】(1) 【北正宫塞鸿秋】(1) 【南仙吕桂枝春】(1)	13	【南仙吕入双调步步娇、忒忒令、沉醉东风、好姐姐、园林好、江儿水、五供养、玉交枝、川拨棹、嘉应子、尾声】(1) 【南仙吕醉扶归、步步娇、皂罗袍、好姐姐、香柳娘、尾声】(1) 【南正宫刷子序犯、山渔灯犯、普天乐犯、虞美人犯、尾声】(2) 【南仙吕醉扶归、步步娇、江儿水、园林好】(1) 【北商角调黄莺儿、踏莎行、盖天旗、垂丝钓、应天长、尾】(1) 【北双调新水令、驻马听、沉醉东风、水仙子、雁儿落、得胜令、离亭晏歇指煞】(1) 【南吕一枝花、梁州第七、尾声】(3) 【北仙吕点绛唇、混江龙、油葫芦、天下乐、那吒令、鹊踏枝、寄生草、幺篇、煞尾】(1) 【北仙吕点绛唇、混江龙】(1) 【北双调新水令、驻马听】(1)

南方作家	小令（支）	宫调曲牌	套数（套）	宫调曲牌
汪廷讷	25	【南中吕驻马听】(2) 【南仙吕入双调玉抱肚】(2) 【南南吕懒画眉】(11) 【北双调沉醉东风】(1) 【北商调梧叶儿】(1) 【北正宫醉太平】(1) 【北中吕满庭芳】(1) 【南中吕驻马听】(2) 【南仙吕傍妆台】(1) 【南仙吕桂枝香】(3)	3	【北越调斗鹌鹑、紫花儿序、金蕉叶、小桃红、秃厮儿、圣药王、东原了、络丝娘、绵搭絮、拙鲁速、煞尾】(1) 【北南吕一枝花、梁州第七、骂玉郎、感皇恩、采茶歌、煞尾】(1) 【南大石调念奴娇序、前腔、前腔、前腔、古轮台、前腔、余文】(1)
孙湛	2	【北中吕满庭芳】(1) 【南中吕黄莺儿】(1)	1	【北南吕一枝花、梁州第七、尾声】(1)
解缙	1	【北双调落梅风】(1)	0	
李昌祺	23	【北越调天净沙】(5) 【北中吕满庭芳】(11) 【北南吕金子经】(4) 【北仙吕一半儿】(3)	0	
欧阳阴淮	0		1	【南中吕好事近、泣颜回、榴花泣、石榴花、普天乐、古轮台、余音】(1)
夏旸	100	【北双调雁儿落兼得胜令】(20) 【北双调折桂令】(20) 【北中吕朝天子】(20) 【北双调沉醉东风】(20) 【北正宫醉太平】(20)	0	
夏言	42	【南仙吕二傍妆台】(4) 【南越调忆多娇】(8) 【南中吕驻马听】(4) 【南仙吕入双调玉交枝】(4) 【南中吕驻云飞】(4) 【南黄钟画眉序】(4) 【水龙吟】(1) 【北中吕朝天子】(2) 【殿前欢】(3) 【贺圣朝】(1) 【千秋岁】(1) 【九重欢】(1) 【凤凰吟】(1) 【北双调太平令】(1) 【北中吕普天乐】(1) 【御銮歌】(2)	7	【南中吕山花子、前腔、前腔、前腔、前腔、前腔、前腔、前腔、金钱花、尾声】(1) 【南双调锦堂月、前腔、前腔、前腔、醉公子、前腔、侥侥令、前腔、尾声】(1) 【南仙吕羽调排歌、前腔、前腔、前腔、金钱花、前腔、尾声】(1) 【南正宫四边静、前腔、前腔、前腔、划锹儿、前腔、尾声】(1) 【南仙吕入双调步步娇、沉醉东风、忒忒令、双蝴蝶、园林好、川拨棹、浆水令、尾声】(1) 【南仙吕八声甘州、前腔、前腔、前腔、尾声】(1) 【南中吕山花子、前腔、前腔、前腔、醉公子、前腔、尾声】(1)
徐文昭	14	【南商调金井梧桐】(4) 【南商调黄莺儿】(10)	0	
罗钦顺	0		1	【南仙吕小措大、不是路、长拍、短拍、尾声】(1)

续表

南方作家	小令（支）	宫调曲牌	套数（套）	宫调曲牌
夏文范	0		4	【北双调新水令、驻马听、乔牌儿、扰筝琶、沉醉东风、乔牌儿、甜水令、折桂令、锦上花、清江引、雁儿落、得胜令、离亭宴带歇指煞】(1) 【北商调集贤宾、逍遥乐、金菊香、醋葫芦、幺篇、幺篇、梧叶儿、后庭花、青哥儿、浪来里煞】(1) 【北双调新水令、驻马听、沉醉东风、雁儿落、得胜令、乔牌儿、甜水令、折桂令、锦上花、幺篇、碧玉篇、鸳鸯煞、络丝娘煞尾】(1) 【南南吕梁州新郎、前腔、前腔、前腔】(1)
汤显祖	0		1	【南南吕宜春令、太师引、琐窗寒、三段子、东瓯令、三换头、刘泼帽、大圣乐、三学士、解三酲、节节高、大迓鼓、扑灯蛾、尾声】(1)
景翩翩	2	【南仙吕了入双调二犯江儿水】(1) 【南南吕七犯玲珑】(1)	0	
简绍芳	1	【北双调折桂令】(1)	0	
蔡国珍	0		3	【南双调宝鼎现、锦堂月、前腔、前腔、前腔、醉翁子、前腔、侥侥令、前腔、尾声】(1) 【南黄钟西地锦、画眉序、前腔、滴溜子】(1) 【南商调黄莺儿、前腔、前腔、前腔、前腔、尾声】(1)
廖道南	115	【北双调沽美酒】(10) 【御銮歌】(31) 【殿前欢】(6) 【北正宫醉太平】(6) 【北双调清江引】(6) 【北中吕十二月】(5) 【万年歌】(2) 【北双调新水令】(3) 【万岁乐】(3) 【北中吕朝天子】(4) 【水吟龙】(9) 【北中吕四边静】(1) 【凤銮吟】(1) 【太清歌】(4) 【上清歌】(3) 【开天门】(3) 【贺圣朝】(2) 【庆丰年】(1) 【北双调醉太平】(1) 【北双调水仙子】(1) 【庆太平】(1) 【千秋岁】(2) 【北正宫滚绣球】(1) 【北仙吕天下乐】(1) 【太平歌】(1) 【看花会】(1) 【天下乐】(1) 【北双调太平令】(2) 【北双调碧玉箫】(2) 【回鸾歌】(1)	0	

续表

南方作家	小令（支）	宫调曲牌	套数（套）	宫调曲牌
李东阳	0		2	【南仙吕桂枝香、前腔、前腔、掉角儿序、尾声】(1) 【南正宫普天乐、雁过声、顷杯序、玉芙蓉、小桃红、尚轻圆煞】(1)
张治	6	【御銮歌】(1) 【水吟龙】(2) 【太清歌】(1) 【上清歌】(1) 【开天门】(1)	0	
孙斯亿	0		1	【北商调集贤宾、逍遥乐、金菊香、醋葫芦、幺篇、梧叶儿、后庭花、青哥儿、浪来里煞】(1)
薛廷宠	2	【南正宫喜迁莺】(2)	0	
陈完	0		1	【南商调莺啼序、黄莺儿、集贤宾、斗双鸡、簇林莺、琥珀猫儿、尚遶梁煞】(1)
林廷玉	15	【北中吕朱履曲】(9) 【北正宫塞鸿秋】(2) 【北双调清江引】(4)	0	
郑琰	0		2	【南南吕懒画眉、前腔、前腔、前腔】(1) 【南黄钟画眉序、前腔、前腔、前腔、滴溜子、双声子、尾声】(1)
李贽	0		1	【南正宫素带儿、升平乐、素带儿、升平乐、尾声】(1)
翁吉㸌	0		2	【南商调二郎神、莺啼序、簇林莺、啄木儿、斗鹌鹑、念佛红花、尾声】(1) 【南南吕石竹花、前腔、渔家傲犯、前腔、尾声】(1)
陈子升	3	【南商调金络索】(1) 【前腔】(1) 【南南吕楚江情】(1)	11	【南仙吕桂枝香、不是路、长拍、短拍、尾声】(1) 【南羽调四季花、集贤宾、簇林莺、琥珀猫儿坠、水红花、尾声】(1) 【南正宫玉芙蓉、尾犯序、朱奴儿、尾声】(1) 【南中吕瓦盆儿、榴花泣、喜渔灯、尾声】(1) 【南中吕榴花泣、喜渔灯、摊破地锦花、麻婆子、尾声】(1) 【南中吕粉孩儿、红芍药、耍孩儿、会河阳、越恁好、红绣鞋、尾声】(1) 【南南吕香遍满、懒画眉、梧桐树犯、浣溪沙、刘泼帽、秋夜月、东瓯令、金莲子、尾声】(1) 【南商调二贤宾、啄木鹂、水红花、三段子、意不尽】(1) 【南商调山坡羊、水红花、梧桐树、尾声】(1) 【南商调集贤宾、大胜乐、不是路、掉角儿序、前腔、尾声】(1) 【南中吕榴花泣、喜渔灯、扑灯蛾、尾声】(1)
湛若水	0		1	【南商调集贤宾、黄莺儿、玉交枝、月上海棠、尾声】(1)

附录二

321 位作家籍贯及生卒年

说明：作家的生卒年主要是依据《全明散曲》中记录的每一位作家的生平简介照录。

姓名	籍贯/居住地	今属省市	生卒年
刘兑	浙江绍兴	浙江绍兴	公元1383年前后在世
谷子敬	南直隶金陵	江苏南京	明洪武初人
李唐宾	南直隶广陵	江苏扬州	元末明初人
汤式	浙江象山	浙江宁波	元末明初人
贾仲明	山东淄川	山东淄博	元至正三年（1343）—明永乐二十年（1422）后
杨贲	南直隶滁阳	安徽合肥	公元1383年前后在世
唐复	南直隶京口	江苏镇江	明洪武中尚在世
胡用和	河南天门山	河南修武	元末明初人
陈完	福建长乐	福建长乐	元至正十九年（1359）—明永乐二十年（1422）
解缙	江西吉水	江西吉水	明洪武二年（1369）—明永乐十三年（1415）
瞿佑	浙江钱塘	浙江杭州	元至正七年（1347）—明宣德八年（1433）
朱权	辽宁大宁	辽宁宁城	明洪武十一年（1378）—正统十三年（1448）
朱有燉	安徽凤阳	安徽凤阳	明洪武十二年（1379）—正统四年（1439）
李昌祺	江西庐陵	江西吉安	明洪武九年（1376）—景泰三年（1452）
朱瞻基	安徽凤阳	安徽凤阳	明洪武三十一年（1396）—宣德十年（1435）
沈贞	南直隶长洲	江苏苏州	生于明建文二年（1400）
王越	河南濬县	河南浚县	明永乐二十一年（1423）—弘治十一年（1498）
史忠	南京上元	江苏南京	明正统二年（1437）—正德十一年（1516）以后
虞臣	南直隶昆山	江苏昆山	明正统七年（1442）—正德十五年（1520）
杨杰	山西平定	山西平定	明正统九年（1444）—弘治十二年（1499）

续表

姓名	籍贯/居住地	今属省市	生卒年
李东阳	湖广茶陵	湖南茶陵	明正统十二年（1447）—正德十一年（1516）
谢迁	浙江余姚	浙江余姚	明正统十四年（1449）—嘉靖十年（1531）
王鏊	江苏吴县	江苏吴县	明景泰元年（1450）—嘉靖三年（1524）
刘龙田	山东	山东	约明正德初（1510）前后在世
林廷玉	福建侯官	福建福州	明景泰五年（1454）—嘉靖十一年（1532）
杨一清	云南安宁	云南广南	明景泰五年（1454）—嘉靖九年（1530）
陈铎	南直隶上元	江苏南京	明景泰五年（1454）—正德二年（1507）
赵宽	南直隶吴江	江苏吴江	明景泰八年（1457）—弘治十八年（1505）
杨循吉	南直隶吴县	江苏吴县	明天顺二年（1458）—嘉靖二十五年（1546）
杨廷和	四川新都	四川新都	明天顺三年（1459）—嘉靖八年（1529）
邵宝	南直隶无锡	江苏无锡	明天顺四年（1460）—嘉靖六年（1527）
祝允明	南直隶长洲	江苏苏州	明天顺四年（1460）—嘉靖五年（1526）
钱福	南直隶华亭	上海松江	明天顺五年（1461）—弘治十七年（1504）
徐霖	南直隶华亭	上海松江	明天顺六年（1462）—嘉靖十七年（1538）
徐文昭	江西汝水	江西广昌	明天顺八年（1464）—嘉靖三十二年（1553）
罗钦顺	江西泰和	江西泰和	明成化元年（1465）—嘉靖二十六年（1547）
湛若水	广东增城	广东增城	明成化二年（1466）—嘉靖三十九年（1560）
刘守	山东济宁	山东济宁	生于明成化二年（1466）
王九思	陕西鄠县	陕西户县	明成化四年（1468）—嘉靖三十年（1551）
陈沂	南直隶上元	江苏南京	明成化五年（1469）—嘉靖十七年（1538）
文征明	南直隶长洲	江苏苏州	明成化六年（1470）—嘉靖三十八年（1559）
王磐	南直隶高邮	江苏高邮	卒于嘉靖九年（1530）
唐寅	南直隶吴县	江苏苏州	明成化六年（1470）—嘉靖二年（1523）
王守仁	浙江余姚	浙江余姚	明成化八年（1472）—嘉靖七年（1528）
顾鼎臣	南直隶昆山	江苏昆山	明成化九年（1473）—嘉靖十九年（1540）
王廷相	河南仪封	河南兰考	明成化十年（1474）—嘉靖二十三年（1544）
何瑭	河南武陟	河南武陟	明成化十年（1474）—嘉靖二十二年（1543）
康海	陕西武功	陕西武功	明成化十一年（1475）—嘉靖二十年（1541）
顾璘	南直隶苏州	江苏苏州	明成化十二年（1476）—嘉靖二十四年（1545）
朱应登	南直隶宝应	江苏宝应	明成化十三年（1477）—嘉靖五年（1526）
吕柟	陕西高陵	陕西高陵	明成化十五年（1479）—嘉靖二十一年（1542）
张含	云南永昌	云南保山	明成化十五年（1479）—嘉靖四十四年（1565）

续表

姓名	籍贯/居住地	今属省市	生卒年
韩邦奇	陕西朝邑	陕西大荔	明成化十五年（1479）—正德三年（1508）
杨应奎	山东益都	山东益都	明成化十六年（1480）—嘉靖二十年（1541）
夏言	江西贵溪	江西贵溪	明成化十八年（1482）—嘉靖二十八年（1549）
刘良臣	山西芮城	山西芮城	明成化十八年（1482）—嘉靖二十九年（1550）
顾应祥	浙江长兴	浙江长兴	明成化十九年（1483）—嘉靖四十四年（1565）
江一桂	南直隶婺源	江西婺源	明成化二十年（1484）—嘉靖二十四年（1545）
张寰	南直隶昆山	江苏昆山	明成化二十二年（1486）—嘉靖四十年（1561）
袁崇冕	山东章丘	山东章丘	明成化二十三年（1487）—嘉靖四十五年（1566）
沈仕	浙江仁和	浙江杭州	明弘治元年（1488）—嘉靖四十四年（1565）
杨慎	四川新都	四川新都	明弘治元年（1488）—嘉靖三十八年（1559）
韩邦靖	陕西朝邑	陕西大荔	明弘治元年（1488）—嘉靖二年（1523）
杨惇	四川新都	四川新都	明弘治二年（1489）—嘉靖三十六年（1557）
康河	陕西武功	陕西武功	明弘治三年（1490）—嘉靖二十三年（1544）
朱让栩	四川	四川	卒于嘉靖二十六年（1547）
张恒纯	南直隶昆山	江苏昆山	嘉靖二十年（1541）前后在世
常伦	山西沁水	山西沁水	明弘治六年（1493）—嘉靖五年（1526）
王宠	南直隶长洲	江苏苏州	明弘治七年（1494）—嘉靖十二年（1533）
金銮	陕西陇西	甘肃陇西	明弘治七年（1494）—万历十一年（1583）
李元阳	云南太和	云南大理	明弘治九年（1496）—万历八年（1580）
陆治	南直隶吴县	江苏吴县	明弘治九年（1496）—万历四年（1576）
王问	南直隶无锡	江苏无锡	明弘治十年（1497）—万历四年（1576）
文彭	南直隶长洲	江苏苏州	明弘治十一年（1498）—万历元年（1573）
黄峨	四川遂宁	四川遂宁	明弘治十一年（1498）—隆庆三年（1569）
马一龙	南直隶溧阳	江苏溧阳	明弘治十二年（1499）—隆庆五年（1571）
陆之裘	南直隶太仓	江苏太仓	嘉靖三十八年（1559）尚在世
顾梦圭	南直隶昆山	江苏昆山	明弘治十三年（1500）—嘉靖三十七年（1558）
杨仪	南直隶常熟	江苏常熟	明弘治元年（1488）—嘉靖三十七年（1558）
吴承恩	直隶山阳	江苏淮安	明弘治十三年（1500）—万历十年（1582）
朱曰藩	南直隶宝应	江苏宝应	明弘治十四年（1501）—嘉靖四十年（1561）
李开先	山东章丘	山东章丘	明弘治十五年（1502）—隆庆二年（1568）
徐阶	南直隶华亭	上海松江	明弘治十六年（1503）—万历十一年（1583）
唐顺之	南直隶武进	江苏武进	明正德二年（1507）—嘉靖三十九年（1560）

附录二　321位作家籍贯及生卒年

续表

姓名	籍贯/居住地	今属省市	生卒年
邢一凤	南直隶江宁	江苏南京	明正德四年（1509）—隆庆六年（1572）
冯惟敏	山东临朐	山东临朐	明正德六年（1511）—万历八年（1580）
谢谠	浙江上虞	浙江上虞	明正德七年（1512）—嘉靖二十三年（1544）
秦时雍	南直隶亳州	安徽亳县	万历初（1573）前后在世
周天球	南直隶	江苏太仓	明正德九年（1514）—万历二十三年（1595）
姜宝	南直隶丹阳	江苏丹阳	明正德九年（1514）—万历二十一年（1593）
孙楼	南直隶常熟	江苏常熟	明正德十一年（1516）—万历十二年（1584）
陈鹤	浙江山阴	浙江绍兴	明正德十一年（1516）—嘉靖三十九年（1560）
吴懋	云南太和	云南大理	明正德十二年（1517）—嘉靖四十三年（1564）
吴嶔	南直隶武进	江苏常州	明正德十二年（1517）—万历八年（1580）
梁辰鱼	南直隶昆山	江苏昆山	明正德十四年（1519）—万历十九年（1591）
徐渭	浙江山阴	浙江绍兴	明正德十六年（1521）—万历二十一年（1593）
曹大章	南直隶金坛	江苏金坛	明正德十六年（1521）—隆庆三年（1575）
刘效祖	山东滨州	山东惠民	明嘉靖元年（1522）—万历十七年（1589）
殷士儋	山东历城	山东济南	明嘉靖元年（1522）—万历十年（1582）
汪道昆	南直隶歙县	安徽歙县	明嘉靖四年（1525）—万历二十一年（1593）
宗臣	南直隶兴化	江苏兴化	明嘉靖四年（1525）—万历三十九年（1560）
王世贞	南直隶太仓	江苏太仓	明嘉靖五年（1526）—万历十八年（1590）
王克笃	山东寿里	山东东平	明嘉靖五年（1526）—万历二十二年（1594）后
李贽	福建晋江	福建晋江	明嘉靖六年（1527）—万历三十年（1602）
张凤翼	南直隶长州	江苏长洲	明嘉靖六年（1527）—万历四十一年（1613）
张佳胤	四川铜梁	四川铜梁	明嘉靖六年（1527）—万历十六年（1588）
孙斯亿	湖广华容	湖南华容	明嘉靖八年（1529）—万历十八年（1590）
史槃	浙江会稽	浙江绍兴	明嘉靖十年（1531）—天启三年（1623）
殷都	南直隶嘉定	上海嘉定	明嘉靖十年（1531）—万历二十九年（1601）
薛论道	直隶定兴	河北易县	明嘉靖十年（1531）—万历二十八年（1600）
王锡爵	南直隶太仓	江苏太仓	明嘉靖十三年（1534）—万历三十八年（1610）
王稚登	南直隶武进	江苏武进	明嘉靖十四年（1535）—万历四十年（1612）
沈袾宏	浙江仁和	浙江杭州	明嘉靖十四年（1535）—万历四十三年（1615）
薛岗	山东益都	山东益都	约明嘉靖十四年（1535）—万历二十三年（1595）
朱载堉	南直隶凤阳	安徽凤阳	明嘉靖十五年（1536）—万历三十八年（1610）
杜子华	南直隶勾吴	江苏无锡	明万历六年（1578）尚在世

续表

姓名	籍贯/居住地	今属省市	生卒年
莫是龙	南直隶华亭	上海松江	明嘉靖十六年（1537）—万历十五年（1587）
潘士藻	南直隶婺源	江西婺源	明嘉靖十六年（1537）—万历二十八年（1600）
顾大典	南直隶吴江	江苏吴江	明嘉靖十九年（1540）—万历二十四年（1596）
顾养谦	南直隶通州	江苏南通	明嘉靖十六年（1537）—万历三十二年（1604）
俞安期	南直隶吴江	江苏吴江	明嘉靖二十九年（1550）—天启七年（1627）
黄洪宪	浙江秀水	浙江嘉兴	明嘉靖二十年（1541）—万历二十八年（1600）
周履靖	浙江秀水	浙江嘉兴	明嘉靖二十一年（1542）—崇祯五年（1632）
屠隆	浙江鄞显	浙江宁波	明嘉靖二十一年（1542）—万历三十三年（1605）
陈与郊	浙江海宁	浙江海宁	明嘉靖二十三年（1544）—万历三十九年（1611）
盛敏耕	南直隶上元	江苏南京	明嘉靖二十五年（1546）—万历二十六年（1598）
李维桢	湖广京山	湖北京山	明嘉靖二十六年（1547）—天启六年（1626）
马守真	南直隶金陵	江苏南京	明嘉靖二十七年（1548）—万历三十二年（1604）
许次纾	浙江钱塘	浙江杭州	明嘉靖二十八年（1549）—万历三十二年（1604）
梅鼎祚	南直隶宣城	安徽宣城	明嘉靖二十八年（1549）—万历四十三年（1615）
汤显祖	江西临川	江西临川	明嘉靖二十九年（1550）—万历四十四年（1616）
赵南星	直隶高邑	河北元氏	明嘉靖二十九年（1550）—天启七年（1627）
顾宪成	南直隶无锡	江苏无锡	明嘉靖二十九年（1550）—万历四十年（1612）
冯梦祯	浙江秀水	浙江嘉兴	明嘉靖二十五年（1546）—万历三十三年（1605）
沈璟	南直隶吴江	江苏吴江	明嘉靖三十二年（1553）—万历三十八年（1610）
董其昌	南直隶华亭	上海松江	明嘉靖三十二年（1553）—万历三十八年（1610）
沈瓒	南直隶吴江	江苏吴江	明嘉靖三十七年（1558）—万历四十年（1612）
陈继儒	南直隶华亭	上海松江	明嘉靖三十七年（1558）—崇祯十二年（1639）
汪廷讷	南直隶休宁	安徽休宁	明万历元年（1573）—万历四十七年（1619）
袁宗道	湖广公安	湖北公安	明嘉靖三十九年（1560）—万历二十八年（1600）
徐媛	南直隶长洲	江苏苏州	明嘉靖三十九年（1560）—万历四十八年（1620）
龙应	湖广武陵	湖南常德	明嘉靖三十九年（1560）—万历四十六年（1618）
王骥德	浙江会稽	浙江绍兴	明嘉靖三十九年（1560）—天启三年（1623）
杜大成	南直隶上元	江苏南京	卒于万历四十七年（1619）以后
沈珂	南直隶吴江	江苏吴江	明嘉靖四十四年（1565）—崇祯三年（1630）
顾起元	南直隶江宁	江苏南京	明嘉靖四十四年（1565）—崇祯元年（1628）
王征	陕西泾阳	陕西泾阳	明隆庆五年（1571）—崇祯十七年（1644）
丁彩	山东诸城	山东诸城	明万历元年（1573）—崇祯十年（1637）

续表

姓名	籍贯/居住地	今属省市	生卒年
冯梦龙	南直隶长洲	江苏苏州	明万历二年（1574）—清顺治三年（1646）
俞宛纶	南直隶长洲	江苏苏州	明万历四年（1576）—万历四十六年（1618）
张以诚	南直隶华亭	上海松江	明万历四年（1576）—万历四十三年（1615）
凌濛初	浙江乌程	浙江吴兴	明万历八年（1580）—崇祯十七年（1644）
施绍莘	南直隶华亭	上海松江	明万历九年（1581）—崇祯十三年（1615）
董斯张	浙江乌程	浙江吴兴	明万历十四年（1586）—崇祯元年（1628）
沈自征	南直隶吴江	江苏吴江	明万历十九年（1591）—崇祯十四年（1641）
汤传楹	南直隶吴显	江苏苏州	明泰昌元年（1620）—清崇祯十七年（1644）
叶小鸾	南直隶吴江	江苏吴江	明万历四十四年（1616）—清崇祯五年（1632）
卜世臣	浙江秀水	浙江嘉兴	明万历三十八年（1610）尚在世
陈子龙	南直隶华亭	上海松江	明万历三十六年（1608）—清顺治四年（1647）
夏完淳	南直隶华亭	上海松江	明崇祯四年（1631）—清顺治四年（1647）
陈子升	广东南海	广东广州	明万历三十九年（1611）—清康熙十年（1671）
黄淮	浙江永嘉	浙江永嘉	元至正二十七年（1367）—明正统十四年（1449）
王思轩	浙江常熟	浙江常熟	永乐二十一年（1423）—弘治八年（1495）
黄润玉	浙江鄞县	浙江宁波	洪武二十二年（1389）—成化十三年（1477）
左赞	江西南城	江西南城	不详—弘治二年（1489）
孙艾	南直隶常熟	江苏常熟	景泰三年（1452）—不详
王麒	陕西凤翔	陕西凤翔	天顺七年（1463）—嘉靖七年（1528）
毛良	河南祥符	河南祥符	不详—嘉靖十九年（1540）
马理	陕西三原	陕西三原	成化十年（1474）—嘉靖三十四年（1555）
陆深	南直隶上海	上海	成化十三年（1477）—嘉靖二十三年（1544）
王教	河南祥符	河南祥符	成化十五年（1479）—嘉靖二十年（1541）
孙承恩	南直隶华亭	上海松江	成化十七年（1481）—嘉靖四十年（1561）
刘天民	山东历城	山东济南	成化二十二年（1486）—嘉靖二十年（1541）
张治	湖广茶陵	湖南茶陵	弘治元年（1488）—嘉靖二十九年（1550）
朱厚照	安徽凤阳	安徽凤阳	弘治四年（1491）—正德十六年（1521）
沐崧	安徽凤阳	安徽凤阳	弘治四年（1491）—嘉靖十六年（1537）
廖道南	湖广蒲圻	湖北蒲圻	弘治七年（1494）—嘉靖二十六年（1547）
胡松	南直隶滁州	安徽滁州	弘治十六年（1503）—嘉靖四十五年（1566）
陈儒	南直隶常熟	江苏苏州	弘治十八年（1505）—嘉靖三十八年（1559）
王交	浙江慈溪	浙江慈溪	正德九年（1514）—隆庆四年（1570）

续表

姓名	籍贯/居住地	今属省市	生卒年
蔡国珍	江西奉新	江西奉新	嘉靖七年（1528）—万历三十九年（1611）
于慎思	山东东阿	山东东阿	嘉靖十年（1531）—万历十六年（1588）
沈一贯	浙江鄞县	浙江宁波	嘉靖十年（1531）—万历四十三年（1615）
申时行	南直隶长洲	江苏苏州	嘉靖十四年（1535）—万历四十二年（1614）
吕坤	宁陵	河南宁陵	嘉靖十五年（1536）—万历四十六年（1618）
毕木	山东淄川	山东淄川	嘉靖十六年（1537）—万历二十九年（1601）
冯敏效	浙江平湖	浙江平湖	嘉靖十七年（1538）—万历二十二年（1594）
李应策	陕西蒲城	陕西蒲城	嘉靖三十三年（1554）—崇祯八年（1635）
范允临	南直隶华亭	上海	嘉靖三十七年（1558）—崇祯十四年（1641）
刘汝佳	南直隶无为	安徽无为	嘉靖四十三年（1564）—万历四十三年（1615）
沈演	浙江乌程	浙江湖州	嘉靖四十五年（1566）—崇祯十一年（1638）
佘翘	南直隶池州	安徽铜陵	隆庆元年（1567）—万历四十年（1612）
宋楙澄	南直隶华亭	上海	隆庆三年（1569）—万历四十八年（1620）
杜文焕	南直隶昆山	江苏昆山	万历九年（1581）—不详
王端淑	浙江山阴	浙江绍兴	万历年间—顺治末年（1661）前后
郑鄤	南直隶武进	江苏常州	万历二十二年（1594）—崇祯十三年（1640）
徐士俊	浙江仁和	浙江杭州	万历三十年（1602）—康熙二十年（1681）
李清	南直隶兴华	江苏兴化	万历三十年（1602）—康熙二十二年（1683）
朱经	甘肃陇西	甘肃陇西	不详
杨讷	浙江钱塘	浙江杭州	不详
张全一	辽东懿州	辽宁阜新	不详
施子安	南直隶兴化	江苏兴化	不详
晏铎	四川富顺	四川富顺	不详
万勋	辽东辽阳	辽宁辽阳	不详
夏旸	江西贵溪	江西贵溪	不详
夏文范	江西新建	江西南昌	不详
彭泽	兰州	甘肃兰州	不详
王田	山东济南	山东济南	不详
张禄	南直隶吴江	江苏吴江	不详
朱应辰	南直隶宝应	江苏宝应	不详
刘泰之	四川成都	四川成都	不详
周瑞	南直隶昆山	江苏昆山	不详

续表

姓名	籍贯/居住地	今属省市	生卒年
郑若庸	南直隶昆山	江苏昆山	不详
杨慎	四川新都	四川新都	不详
张炼	陕西武功	陕西武功	不详
史立模	浙江余姚	浙江余姚	不详
简绍芳	江西新喻	江西新余	不详
吴廷翰	南直隶无为	安徽无为	不详
马惠	山东章丘	山东章丘	不详
张南溟	湖广均州	湖北均县	不详
弭来夫	山东章丘	山东章丘	不详
薛廷宠	福建福清	福建福清	不详
张诚庵	山东章丘	山东章丘	不详
吴国宝	南直隶无为	安徽无为	不详
高应纪	山东章丘	山东章丘	不详
李日华	南直隶吴县	江苏吴县	不详
宁斋	山西太原	山西太原	不详
陈所闻	南直隶上元	江苏南京	不详
胡汝嘉	南直隶江宁	江苏南京	不详
陈全	南直隶金陵	江苏南京	不详
王寅	南直隶歙县	安徽歙县	不详
倪民悦	南直隶秣陵	江苏南京	不详
胡文焕	浙江钱塘	浙江杭州	不详
程可中	南直隶休宁	安徽休宁	不详
顾正谊	南直隶华亭	上海松江	不详
宋登春	直隶新河	河北新河	不详
张四维	南直隶江宁	江苏南京	不详
黄祖儒	南直隶上元	江苏南京	不详
李登	南直隶上元	江苏南京	不详
黄戍儒	南直隶上元	江苏南京	不详
关思	浙江乌程	浙江吴兴	不详
徐维敬	南直隶濠州	安徽凤阳	不详
景翩翩	江西建昌	江西南城	不详
茅溱	南直隶镇江	江苏镇江	不详

续表

姓名	籍贯/居住地	今属省市	生卒年
王化隆	四川广汉	四川广汉	不详
高濂	浙江钱塘	浙江杭州	不详
孙峡峰	山东安丘	山东安丘	不详
张炳潜	陕西泾阳	陕西泾阳	不详
叶华	山东曲阜	山东曲阜	不详
马佶人	南直隶吴县	江苏吴县	不详
张瘦郎	湖广石阳	湖北黄陂	不详
席浪仙	湖广黄陂	湖北黄陂	不详
宛瑜子	南直隶长洲	江苏苏州	不详
呼文如	湖广江夏	湖北武汉	不详
沈静专	南直隶吴江	江苏吴江	不详
范垣	陕西郃阳	陕西合阳	不详
沈君谟	南直隶吴江	江苏吴江	不详
张琦	浙江武陵	浙江杭州	不详
王屋	浙江嘉善	浙江嘉善	不详
张旭初	浙江武陵	浙江杭州	不详
张积润	南直隶云间	上海松江	不详
张文介	浙江西安	浙江衢县	不详
张守中	南直隶邮州	江苏高邮	不详
顾乃大	南直隶华亭	上海松江	不详
曲痴子	浙江武陵	浙江杭州	不详
李文烛	南直隶丹徒	江苏丹徒	不详
丁惟恕	山东琅邪	山东诸城	不详
杨文岳	四川南充	四川南充	不详
王文昌	辽东辽阳	辽宁辽阳	不详
皮光淳	南直隶江宁	江苏南京	不详
高志学	南直隶江宁	江苏南京	不详
孙起都	南直隶秣陵	江苏南京	不详
杨德芳	南直隶扬州	江苏扬州	不详
陆广明	南直隶长洲	江苏苏州	不详
熊秉鉴	南直隶长洲	江苏苏州	不详
朱世征	南直隶昆山	江苏昆山	不详

续表

姓名	籍贯/居住地	今属省市	生卒年
陶唐	南直隶昆山	江苏昆山	不详
张景严	南直隶溧阳	江苏溧阳	不详
汤三江	南直隶江阴	江苏江阴	不详
冯廷槐	浙江钱塘	浙江杭州	不详
冯延年	浙江钱塘	浙江杭州	不详
沈埰	浙江钱塘	浙江杭州	不详
梁孟昭	浙江钱塘	浙江杭州	不详
张栩	浙江仁和	浙江杭州	不详
李翠微	陕西米脂	陕西米脂	不详
王异	陕西邠阳	陕西邠阳	不详
禄洪	云南	云南	不详
孙湛	南直隶徽州	安徽徽州	不详
王春泉	南直隶上元	江苏南京	不详
王一鹏	南直隶华亭	上海松江	不详
一斋	安徽凤阳	安徽凤阳	不详
方凤	南直隶昆山	江苏昆山	不详
陆世明	江苏长洲	江苏苏州	不详
姜恩	四川广安	四川广安	不详
徐敷诏	四川阆中	四川阆中	不详
许乐善	南直隶华亭	上海	不详
范壶贞	南直隶吴县	江苏苏州	不详
郑心材	浙江海盐	浙江海盐	不详
陆应旸	南直隶青浦	上海	不详
欧阳阴淮	江西吉安	江西吉安	不详
孙胤伽	南直隶常熟	江苏常熟	不详
李樸	陕西朝邑	陕西大荔	不详
俞彦	应天府上元	江苏南京	不详
黄方胤	金陵	江苏南京	不详
辛升	南直隶无锡	江苏无锡	不详
陆人龙	浙江钱塘	浙江杭州	不详
吴拱宸	南直隶丹徒	江苏丹徒	不详
方汝浩	河南洛阳	河南洛阳	不详

续表

姓名	籍贯/居住地	今属省市	生卒年
杨尔曾	南直隶钱塘	浙江杭州	不详
王谟	浙江萧山	浙江萧山	不详
汪应	南直隶长洲	江苏苏州	不详
李丙	浙江长兴	浙江长兴	不详
张舜臣	山东章丘	山东章丘	不详
周楳	浙江钱塘	浙江杭州	不详
王藻	浙江金华	浙江金华	不详
许应亨	浙江钱塘	浙江杭州	不详
燕仲义	南直隶吴县	江苏苏州	不详
陆洙	江苏兴化	江苏兴化	不详
郑琰	福建闽县	福建福州	不详
翁吉燸	福建永春	福建永春	不详
兰楚芳	西域	新疆、甘肃一带	不详

参考文献

一 古籍

查继佐：《九宫谱定总论》，《新曲苑》第 14 种，中华书局 1931 年版。

顾起元：《历代笔记小说大观：客座赘语》，上海古籍出版社 2012 年版。

郭茂倩：《乐府诗集》，人民文学出版社 2010 年版。

胡　垣：《古今中外音韵通例》卷七，清光绪十二年胡氏刻本。

李　渔：《闲情偶寄》，《中国古典戏曲论著集成》第七册，中国戏剧出版社 1982 年版。

李　玉：《北词广正谱》，《续修四库全书》，上海古籍出版社 2002 年版。

刘禧延：《中州切音谱赘论》，《新曲苑》第 30 种，中华书局 1931 年版。

陆　容：《菽园杂记》第十卷，中华书局 1985 年版。

梅膺祚：《字汇》，《续修四库全书》第 233 册、第 234 册，上海古籍出版社 1995 年版。

潘　耒：《南北音论》，《类音》卷一，古籍文献电子版本。

钱大昕：《十驾斋养新录》卷五"声相近而讹"，上海书店出版社 2011 年版。

沈宠绥：《度曲须知》，《中国古典戏曲论著集成》第五册，中国戏剧出版社 1982 年版。

沈宠绥：《弦索辨讹》，《中国古典戏曲论著集成》第五册，中国戏剧出版社 1982 年版。

沈自晋：《南词新谱》，学生书局1984年版。（电子影印版）

王骥德：《曲律》，《中国古典戏曲论著集成》第四册，中国戏剧出版社1982年版。

王世贞：《曲藻序》，《中国古典戏曲论著集成》第四册，中国戏剧出版社1982年版。

王世贞：《曲藻》，《中国古典戏曲论著集成》第四册，中国戏剧出版社1982年版。

徐　渭：《南词叙录》，《中国古典戏曲论著集成》第三册，中国戏剧出版社1982年版。

燕南芝庵：《唱论》，《中国古典戏曲论著集成》第一册，中国戏剧出版社1982年版。

周德清：《中原音韵·虞集序》，中华书局1978年版。

周德清：《中原音韵》，中华书局1978年版。

朱　权：《太和正音谱》，《中国古典戏曲论著集成》第三册，中国戏剧出版社1982年版。

二　今著

北京大学中国语言文学系语言学教研室编：《汉语方音字汇》，文字改革出版社1989年版。

北京大学中文系《语言学论丛》编委会编：《语言学论丛》（第十三辑），商务印书馆1984年版。

曹正义：《近代-m韵嬗变证补》，《汉语言文字学专题研究》，山东人民出版社2008年版。

陈立中：《湘语与吴语音韵比较研究》，中国社会科学出版社2004年版。

丁　锋：《琉汉对音与明代官话语音研究》，中国社会科学出版社1995年版。

冯梦龙：《太霞曲语》，《新曲苑》，中华书局1940年版。

耿振生：《20世纪汉语音韵学方法论》，北京大学出版社2004年版。

耿振生：《明清等韵学通论》，语文出版社1992年版。

汉语大字典编辑委员会：《汉语大字典》第八卷，湖北辞书出版社、四川辞书出版社1990年版。

何九盈：《中国古代语言学史》，广东教育出版社 2000 年版。
侯精一：《现代汉语方言概要》，上海教育出版社 2002 年版。
蒋冀骋：《近代汉语音韵研究》，湖南师范大学出版社 1997 年版。
蒋绍愚：《近代汉语研究概况》，北京大学出版社 1994 年版。
康保成：《苏州剧派研究》，花城出版社 1993 年版。
李立成：《元代汉语音系的比较研究》，外文出版社 2002 年版。
李　荣：《隋韵谱》，《音韵存稿》，商务印书馆 1982 年版。
李新魁：《论明代之音韵学研究》，《李新魁音韵学论集》，汕头大学出版社 1997 年版。
林　焘、耿振生：《音韵学概要》，商务印书馆 2004 年版。
刘致中、侯镜昶：《读曲常识》，上海古籍出版社 1985 年版。
鲁国尧：《鲁国尧自选集》，河南教育出版社 1994 年版。
鲁国尧：《论宋词韵及其与金元词韵的比较》，《鲁国尧自选集》，河南教育出版社 1994 年版。
鲁国尧：《宋代苏轼等四川词人用韵考》，《语言学论丛》（第八辑），商务印书馆 1981 年版。
鲁国尧：《宋元江西词人用韵研究》，《近代汉语研究》，商务印书馆 1992 年版。
陆　华：《明代散曲用韵研究》，上海教育出版社 2011 年版。
陆志韦：《释〈中原音韵〉》，《陆志韦集》，中国社会科学出版社 2003 年版。
罗常培：《切韵鱼虞之音值及其所据方音考》，《历史语言研究所集刊》第二本，1931 年版。
吕叔湘：《近代汉语指代词》，《吕叔湘文集》（第三卷），商务印书馆 1992 年版。
钱乃荣：《当代吴语研究》，上海教育出版社 1992 年版。
任　讷：《散曲概论》，《新曲苑》，中华书局 1940 年版。
山东省地方史志编纂委员会：《山东省志·方言志》，山东人民出版社 1993 年版。
王国维：《传世经典文库：宋元戏曲史》，安徽人民出版社 2013 年版。
王　力：《汉语诗律学》，上海教育出版社 1979 年版。

王　力：《汉语史稿》，中华书局 1980 年版。

王　力：《汉语语音史》，中国社会科学出版社 1985 年版。

王　力：《曲律学》，中国人民大学出版社 2004 年版。

王　力：《王力语言学论文集》，商务印书馆 2000 年版。

吴　梅：《南北词简谱》，《吴梅全集·南北词简谱卷》，河北教育出版社 2002 年版。

项远村：《曲韵易通》，中华书局出版 1963 年版。

徐通锵：《历史语言学》，商务印书馆 1991 年版。

徐通锵：《徐通锵文选》，北京大学出版社 2010 年版。

杨耐思：《近代汉语 -m 的转化》，《近代汉语音论》，商务印书馆 1997 年版。

杨耐思：《音韵学的研究方法》，《近代汉语音论》，商务印书馆 1997 年版。

杨耐思：《中原音韵音系》，中国社会科学出版社 1981 年版。

叶宝奎：《明清官话音系》，厦门大学出版社 2001 年版。

袁家骅等：《汉语方言概要》（第二版），语文出版社 2001 年版。

张树铮：《清代山东方言语音研究》，山东大学出版社 2005 年版。

赵元任：《现代吴语的研究（附调查表格）》，科学出版社 1956 年版。

郑　伟：《现代方言"支微入虞"的相对年代》，《中国语言学报》（第十八期），商务印书馆 2018 年版。

周维培：《曲谱研究》，江苏古籍出版社 1999 年版。

周祖谟：《汉魏晋南北朝韵部之演变》，东大图书出版公司 1996 年版。

朱晓农：《北宋中原韵辙考》，语文出版社 1989 年版。

三　期刊论文

邓兴锋：《大都剧韵所反映的元代一些单字的读音》，《语言研究》1997 年第 1 期。

杜爱英：《"临川四梦"用韵考》，《古汉语研究》2001 年第 1 期。

郝志伦：《论汉语鼻音韵尾的演变》，《西南民族学院学报》（哲学社会科学版）2000 年第 4 期。

胡明扬：《三百五十年前苏州一带吴语一斑——〈山歌〉和〈桂枝儿〉所见的吴语》，《语文研究》1981年第2期。

黄　勇：《李树侗话辅音尾的演变规律》，《民族语文》1995年第2期。

金雪莱、黄笑山：《中古诗文用韵考研究方法的进展》，《语言研究》2006年第3期。

黎新第：《〈中原音韵〉清入声作上声证》，《古汉语研究》1992年第4期。

李慧芬：《浙江元人散曲用韵研究——与〈中原音韵〉比较研究》，《福建师范大学学报》（哲学社会科学版）1999年第2期。

李　蕊：《元曲里几个单字的读音》，《南阳师范学院学报》（社会科学版）2009年第4期。

李永新：《从会同方言看中古流摄和效摄的关系》，《湖南社会科学》2007年第3期。

梁　扬：《曲的起源新探》，《广西大学学报》（哲学社会科学版）1997年第3期。

廖珣英：《关汉卿戏曲的用韵》，《中国语文》1963年第4期。

廖珣英：《诸宫调的用韵》，《中国语文》1964年第1期。

刘晓南：《宋代文上用韵与宋代通语及方言》，《古汉语研究》2001年第1期。

刘英波：《常伦北散曲小令用韵试析》，《齐鲁师范学院学报》2011年第6期。

刘英波：《康海北散曲小令用韵简析》，《聊城大学学报》（社会科学版）2008年第4期。

刘英波：《明代北散曲小令用韵简析——以汤式、朱有燉、王九思等人的北散曲小令用韵为例》，《聊城大学学报》（社会科学版）2010年第1期。

刘英波：《汤式散曲小令用韵简析》，《聊城大学学报》（社会科学版）2009年第2期。

刘英波、张俊阁：《王九思北散曲小令用韵简析》，《西华师范大学学报》（哲学社会科学版）2008年第1期。

刘英波、张俊阁：《朱有燉北散曲小令用韵简析》，《西华大学学报》

（哲学社会科学版）2008 年第 1 期。

马重奇：《明末上海松江韵母系统研究——晚明施绍莘南曲用韵研究》，《福建师范大学学报》（哲学社会科学版）1998 年第 3 期。

马重奇：《〈南音三籁〉曲韵研究》，《福建师范大学学报》（哲学社会科学版）1995 年第 1 期。

麦　耘：《论近代汉语-m 韵尾消变的时限》，《古代汉语研究》1991 年第 4 期。

石　林、黄　勇：《汉藏语系语言鼻音韵尾的发展演变》，《民族语文》1996 年第 6 期。

孙红艳：《北方方言中的人称代词"咱"》，《辽宁医学院学报》（社会科学版）2008 年第 2 期。

王　曦：《明代南京作家南曲用韵研究》，《泉州师范学院学报》2007 年第 5 期。

韦金满：《冯惟敏北小令用韵之探讨》，《中国韵文学刊》2005 年第 2 期。

尉迟治平：《"北叶〈中原〉，南遵〈洪武〉"溯源——〈中原音韵〉和南曲曲韵研究之一》，《语言研究》1988 年第 1 期。

魏慧斌：《宋词韵-m 韵尾消变考察》，《古籍整理研究学刊》2005 年第 6 期。

魏慧斌：《宋代江浙词人用韵考》，《湛江师范学院学报》2006 年第 4 期。

闫玉山：《上古汉语辅音韵尾的分类——兼论汉语辅音韵尾的发展》，《东北师大学报》（哲学社会科学版）1988 年第 2 期。

曾晓渝：《对〈中原音韵〉音系-m 尾韵的一点认识》，《古汉语研究》1993 年第 3 期。

张吉生：《汉语韵尾辅音演变的音系理据》，《中国语文》2007 年第 4 期。

张建坤：《冯惟敏北曲用韵考》，《现代语文》（语言研究版）2009 年第 8 期。

张建坤：《冯惟敏南曲用韵考》，《河南科技大学学报》（社会科学版）2010 年第 5 期。

张其昀、谢俊涛：《二、两、俩和再》，《南阳师范学院学报》（社会科学版）2008 年第 8 期。

张树铮：《山东青州北城满族所保留的北京官话方言岛记略》，《中国语文》1995 年第 1 期。

张玉来：《元明以来韵书中的入声问题》，《中国语文》1991 年第 5 期。

赵　宏：《浅谈汉语入声韵塞音尾消失的原因》，《贵州民族学院学报》（社会科学版）1997 年第 2 期。

赵元任、倪大白：《吴语的对比情况》，《国外语言学》1980 年第 5 期。

赵则玲：《浙江兰溪方言音系》，《宁波大学学报》（人文科学版）2003 年第 4 期。

四　学位论文

陈　浩：《吴语与江淮官话语音比较研究》，硕士学位论文，安徽大学，2014 年。

李　蕊：《全元曲用韵研究》，博士学位论文，华中科技大学，2009 年。

钱　毅：《宋代江浙诗韵研究》，博士学位论文，扬州大学，2008 年。

任淑宁：《明刊徽池雅调散出选本用韵研究》，博士学位论文，山西师范大学，2014 年。

孙艳芳：《明代河北散曲家薛论道散曲用韵考》，硕士学位论文，陕西师范大学，2007 年。

王　红：《明代山东籍曲人用韵考》，硕士学位论文，吉林大学，2015 年。

王晓军：《山东方言语音研究》，硕士学位论文，上海师范大学，2004 年。

王　莹：《张可久散曲用韵研究》，硕士学位论文，河北师范大学，2007 年。

魏慧斌：《宋词用韵研究》，博士学位论文，华中科技大学，2005 年。

吴葆勤：《元刊杂剧用韵研究》，博士学位论文，南京大学，2003 年。

许国梁：《唐代山东文人诗韵研究》，硕士学位论文，南京师范大学，2008 年。

许颖颖：《〈全清散曲〉用韵研究》，博士学位论文，福建师范大学，2008年。

尤寅灵：《明代浙江作家南曲用韵考》，硕士学位论文，福建师范大学，2012年。

张　静：《元明北方汉语入声研究》，硕士学位论文，河北师范大学，2003年。